ullstein

Das Buch

Nach dem Tod ihrer Mutter beschließt Gitte, ihr Leben radikal zu verändern, das Münsterland hinter sich zu lassen und nach Marielyst auf der dänischen Insel Falster auszuwandern.
Gitte landet nicht zufällig in diesem Ort: Ihr Vater war Däne und ist zwanzig Jahre zuvor dort spurlos verschwunden. Gitte hat eine Anstellung bei einem Bestatter gefunden und hofft auf einen möglichst ruhigen Berufsalltag. Doch die Ruhe währt nicht lange: Kurz nach ihrer Ankunft findet Gitte eine Leiche vor der Terrassentür ihres »hyggeligen« Ferienhäuschens. Der Tote ist ein junger Grieche, der Gitte schon auf der Fähre aufgefallen ist. Besonders bizarr ist die Tatsache, dass auf seinem Rücken Wikingerrunen eingeritzt sind. Gemeinsam mit dem örtlichen Kommissar, Ole Ansgaard, beginnt Gitte, Nachforschungen anzustellen. War der Mörder, wie die Runen glauben lassen, ein Anhänger von *Forn Siðr* – einem wiederentdeckten Wikingerkult?
Marielyst, jahrelang ausgezeichnet als Ort mit dem schönsten Sandstrand Dänemarks, hat offenbar auch eine dunkle Seite …

Die Autorin

Frida Gronover, geboren 1969 in Hamm, studierte Diplom-Pädagogik und Kunsttherapie an der Universität Münster. Seit 1993 arbeitet sie als Kliniktherapeutin. Die Sommer ihrer Kindheit verbrachte sie auf Falster und ist der dänischen Insel seitdem besonders verbunden. Sie lebt zusammen mit ihrer Familie und ihren Tieren auf dem Land in Nordrhein-Westfalen.

Frida Gronover

EIN DÄNISCHES VERBRECHEN

Kriminalroman

Ullstein

Besuchen Sie uns im Internet:
www.ullstein-taschenbuch.de

Für meine Eltern Werner und Bärbel Schwienhorst,
die mir schon in frühester Kindheit durch zahlreiche
Urlaube Dänemark nähergebracht haben.

FSC
www.fsc.org
MIX
Papier aus verantwortungsvollen Quellen
FSC® C083411

Originalausgabe im Ullstein Taschenbuch
1. Auflage Juni 2018
2. Auflage 2018

Umschlaggestaltung: bürosüd° GmbH, München
Titelabbildung: mauritius images / © Günter Rossenbach
Satz: Pinkuin Satz und Datentechnik, Berlin
Gesetzt aus der Minion Pro
Druck und Bindearbeiten: CPI books GmbH, Leck
ISBN 978-3-548-28967-0

1

Eine Überfahrt mit der Autofähre von Puttgarden im Norden Deutschlands nach Rødby in Dänemark dauerte keine Stunde.

Bereits wenige Minuten nach dem Ablegen des großen Kahns sah Gitte eine Menge Passagiere dösend in den Sesseln und auf den Bänken sitzen, oft mit einem Becher Kaffee in der Hand. Sie grinste, als sie umherblickte. Viele der älteren Kinder sprangen herum, schauten durch die großen Fenster aufs Meer hinaus oder stürmten über die Sonnendecks. Die kleinen Kinder hingegen hingen im Arm der Eltern, viele weinerlich und völlig übermüdet. Es gab auf dieser Fähre zum Zeitvertreib sogar einarmige Banditen, aber insgesamt erinnerte der Wartebereich an eine Bahnhofshalle.

Die Ungeduldigen unter den Touristen strebten schon früh zum großen Shop und wussten offenbar genau, was sie an Spirituosen und Kosmetikwaren brauchten.

Gitte wollte erst kurz vor dem Anlegen in den Shop gehen und in sentimentaler Erinnerung an alte Zeiten mit ihrem Vater einige gefüllte Schildkröten kaufen. Es gab diese Schokodinger mit Lakritze oder Karamell. Als Kind hatte sie die Schokoschildkröten geliebt.

Derweil beobachtete sie relativ ungeniert die Leute in der Nachbarschaft ihres Sessels. Nach zwanzig Minuten wusste Gitte, dass die Familie ihr gegenüber bereits zum dritten Mal in Dänemark Urlaub machte und hoffte, diesmal endlich gutes

Wetter zu haben. Sie erfuhr auch, dass der Mittlere der drei Geschwister eine Lese-Rechtschreib-Schwäche und deshalb neben der Badehose auch seine Deutschbücher dabeihatte. Grausam. Am liebsten hätte Gitte der Familie einige Tipps für einen entspannten Urlaub mitgegeben.

Es war Samstagmorgen, die Fähre war bis auf den letzten Autoplatz gefüllt und schipperte bei strahlendem Sonnenschein durch das blaue Wasser. Alle Urlaubsgäste an Bord waren entzückt, viele saßen draußen auf den Sonnendecks. Was für ein herrlicher Start in die schönste Zeit des Jahres.

Gitte selbst war das Wetter beinahe egal, sie würde noch genug Gelegenheit bekommen, jede Variante des Sommers in Dänemark zu erleben. Denn sie hatte eine anfangs nur vage Idee tatsächlich in Realität verwandelt und siedelte nach Dänemark über. Das klang ungewöhnlicher, als es für Gitte war. Mit einem dänischen Vater und einer deutschen Mutter war sie in beiden Ländern und beiden Sprachen heimisch. Die glatten blonden Haare hatte sie von ihrem Vater geerbt, obgleich längst nicht alle Dänen blond waren. Ihr Naturell hätte jeder, der sich da auskannte, als original westfälisch beschrieben, womit die sehr direkte, aber manchmal wortkarge oder auch sture Art der münsterländischen Landbevölkerung gemeint war.

Da fiel ihr jemand auf, der ebenso wenig Urlaubsstimmung ausstrahlte wie sie selbst. Der südländisch wirkende junge Mann stand aufrecht an die Wand gelehnt, eine Hand umschloss einen weißen Pfeiler, die andere umklammerte einen sehr großen Rucksack, der zwischen den Beinen des Jungen steckte, beides so angestrengt, dass die Fingerknöchel weiß hervortraten. Das Gesicht mit den schwarzen Augen und dem feinen dünnen Schnurrbart war starr. Und wenn man genau hinsah, konnte man erkennen, dass der junge Mann leise vor sich hin redete.

Gitte Madsen erkannte Angst bei einem Menschen, wenn

sie sie sah. Sie hatte lange als pädagogische Mitarbeiterin in der Opferhilfe gearbeitet. Außerdem fühlte sie sich selbst gerade nicht besonders mutig. Immer wieder musste sie zu dem jungen Mann hinüberblicken. Er sah so hilflos und einsam aus.

Sie vermutete eine panische Furcht, das Schiff könnte kentern. Er blieb trotz seines starren Gesichtsausdrucks fluchtbereit, behielt ständig den Ausgang im Auge und stand nahe an der Tür zu den Decks. Ungünstig nahe. Die Wahrscheinlichkeit, von einem anderen Passagier geschubst zu werden und hinzufallen, war deutlich größer als die zu ertrinken. Zumal der junge Mann sehr schmal gebaut war. Gitte überlegte, wie sie ihn zum Lächeln bringen könnte. Dann sähe er mit diesen runden Augen und dem schönen Mund bestimmt fantastisch aus.

Als neben ihr ein Platz frei wurde, machte sie dem fremdländischen Jungen ein Zeichen, dass er sich setzen könne. Er lächelte, ganz kurz, aber tatsächlich sehr schön. Doch er blieb stehen und starrte weiterhin durch die Fenster aufs Meer hinaus. Ruhiger würde er wohl erst werden, wenn das dänische Land in Sicht kam. Dann würde allerdings in ihr selbst Unruhe aufkommen.

Und das wäre auch kein Wunder. Mit vierunddreißig Jahren den Job zu kündigen und mit der Fähre nach Dänemark überzusiedeln riss einen auf jeden Fall aus dem Alltag. In ihrem Fall einem eigentlich recht geordneten Alltag. Wäre da nicht der Tod der Mutter gewesen. Der hatte ein ganz schönes Loch in ihr Leben gerissen, und sie musste feststellen, dass Münster nicht mehr ihre erste Wahl war. Die Trennung von ihrem Freund kam erschwerend hinzu, und Gitte beschloss, nach Dänemark zu ziehen, in das Land ihres Vaters. Das war ein großer Schritt, der viel mit ihren Gefühlen zu Dänemark zu tun hatte, denn ihr Vater war vor knapp zwanzig Jahren bei einem Auftrag dort spurlos verschwunden.

Immerhin hatte sie sich in Dänemark einen Job besorgt.

In Marielyst, das sie von Urlauben her kannte, würde sie bei einem örtlichen Bestatter arbeiten. Dieser Beruf faszinierte sie, seit sie noch während der Schule ein Praktikum gemacht hatte. Nun hatte sie noch einen entsprechenden Lehrgang absolviert und war froh, dass der Bestatter in Marielyst sehr kurzfristig jemanden gesucht hatte, als Ersatz für einen verunglückten Mitarbeiter. Zusammen mit dem Geld, das sie von ihrer Mutter geerbt hatte, würde sie eine Zeit lang über die Runden kommen. Ein kleines Häuschen, so eine niedliche Ferienholzhütte, wartete ebenfalls auf sie.

Die Hütte sei sogar wintertauglich, hatte der Vermieter geprahlt. Darin hätten schon jede Menge deutsche Touristen Weihnachten gefeiert. Das hatte er eigens betont: deutsche Touristen. Die bräuchten es doch immer extra warm, trocken und sauber. Und auf die Beleuchtung legten sie auch großen Wert. Hell sollte der Raum sein, jede Ecke musste man erkennen können. Der Däne hingegen hatte seine Beleuchtung lieber »hyggelig«, gemütlich halt. Und dann hatte er gelacht, der Herr Asgersen.

Nun, dieses Jahr würde sie dort Weihnachten feiern.

Plötzlich schrie ein kleiner Junge los: »Mami, Feuer, Feuer, es brennt!« Gitte sah, wie der Junge mit dem Rucksack zwischen den Beinen heftig erschrak. Aufgeregt blickte er um sich, ohne dabei die Hand von der Eisenstange zu nehmen.

Zwei, drei andere Passagiere sprangen beunruhigt auf und drehten den Kopf suchend in sämtliche Richtungen, doch die meisten Leute sahen ruhig den beiden Stewards entgegen, die den Gang entlangeilten. Tatsächlich konnte man einen Brandmelder gedämpft tuten hören. Für einen ganz kleinen Moment durchfuhr auch Gitte ein Schreck, dann beruhigte sie sich wieder. Der Signalton kam von den Toilettenräumen, da explodierte so leicht nichts.

Hinter dem kleinen Jungen tauchte jetzt ein langhaariger Mann auf, zu dem sein teurer Blazer nicht recht passen wollte.

Er sagte zerknirscht: »Ich habe auf der Toilette geraucht, und die Rolle Klopapier hat sich entzündet. Ein Versehen. Entschuldigung.«

Gitte war sich nicht sicher, ob der ängstliche Passagier die auf Dänisch gesprochenen Worte verstanden hatte, und sie ging zu ihm, um ihm auf Englisch Entwarnung zu geben. Er nickte eifrig und sagte in einem leidlich verständlichen Gemisch aus Englisch und Deutsch, dass alles okay sei. Er wisse schon, dass er keine Angst haben müsse.

Einmal ins Reden gekommen, wurde der junge Mann gesprächig und wiederholte mehrmals, dass es doch so voll sei auf der Fähre.

»Volle Boote bringen Tod im Wasser. Das Meer holt sich Tribut.« Dazu nickte er mit dem Kopf, sodass einzelne schwarze Locken wippten.

Das klang sehr nach einer traumatischen Erfahrung, und kurz kam ihr der Gedanke, es könnte sich um einen Flüchtling handeln. Sie fragte ihn, woher er komme.

»Ich bin Grieche. Ich habe gearbeitet auf einem Fischerboot. Und dann kam kleines Boot mit Flüchtlingen. So viele Leute. Sie schreien und wollen Hilfe, aber beide Boote sind zu klein für so viele Menschen. Ich habe immer wieder Menschen aus dem Wasser gezogen.« Er ließ die Stange los und machte mit den Armen Bewegungen, als fischte er jemanden aus dem Wasser.

»Ich konnte nicht mehr, war so schwach, zu viele im Wasser, und alle rufen nach Hilfe. Und sie starren mich an. Da war so viel Angst. Vier Menschen sind ertrunken.« Er riss die Augen so weit auf, dass zu viel Weiß zu sehen war. Diese Augen machten Gitte ganz nervös.

»Das muss schrecklich gewesen sein. Aber auf dem Schiff sind nicht zu viele Menschen, die Fähre ist groß genug. Es gibt nur einen Blödmann an Bord«, sagte sie in beruhigendem Tonfall.

Jemand lachte bestätigend, als er ihre Worte hörte.

Wie furchtbar, mitansehen zu müssen, wie andere ertrinken, ohne helfen zu können. Kein Wunder, dass eine Überfahrt über das offene Meer, egal, wie groß das Schiff war, ihn daran erinnerte.

Und endlich befand sie sich auf dänischem Boden. Gitte ließ ihren alten Volvo über die Rampe rollen und fuhr zum Ausgang des Fährhafens. Links von ihr warteten schon neue Autoschlangen, um sich nach Deutschland zurückbringen zu lassen. In vielen Bundesländern waren die ersten drei Wochen der Sommerferien bereits um. Sie selbst hatte alles andere als Urlaub hinter sich. Eine Umsiedlung in ein anderes Land erforderte eine Menge Behördengänge, man musste viel organisieren und entscheiden. Immerhin hatte Gitte seit ihrem zehnten Lebensjahr in Münster gelebt. Damals war die Familie von Kopenhagen, wo sie ihre frühe Kindheit verbracht hatte, nach Deutschland gezogen.

Gitte hielt noch kurz am Straßenrand an und warf einen Blick in den Karton, in dem Hieronymus die lange Fahrt hinter sich gebracht – und hoffentlich sicher überstanden hatte. Beim ersten Geräusch erhob er sich aus seiner dösenden Haltung und fuhr den Kopf aus dem Panzer heraus, als wollte er fragen, wie weit sie schon seien. Hieronymus war eine mediterrane Landschildkröte, eine sogenannte *Testudo Hermanni boettigeri*, und mit vierunddreißig Jahren genauso alt wie Gitte. Er war ein Geschenk ihres Vaters zur Einschulung gewesen und bedeutete Gitte viel. Egal, von welchen Menschen sie in ihrem Leben noch verlassen werden würde, gemeinsam mit diesem Tier würde sie alt werden. Achtzig Jahre konnte auch eine Landschildkröte schaffen.

Eine Dreiviertelstunde später befuhr sie den Kreisverkehr am Eingang des beschaulichen Ortes Marielyst. Marielyst war ein Ferienort auf der dänischen Insel Falster und zählte damit zu Dänemarks sogenannter Südsee. Trotz des exotischen Begriffs durfte man allerdings keine tropischen Temperaturen erwarten. Auf Falster herrschte ein feuchtes und typisch dänisches Wetter vor, selbst in den Sommermonaten wurde es selten viel wärmer als zwanzig Grad. Aber gäbe es hier eine Garantie für gutes Wetter, dann würde Marielyst in kürzester Zeit vom Tourismus überrollt. Schon mehrfach war der feine, zwanzig Kilometer lange Sandstrand zum besten Strand Dänemarks prämiert worden.

Gitte musste grinsen, als sie daran dachte, dass jeder dauerhaft hier lebende Besucher die Einwohnerzahl von Marielyst deutlich erhöhte. Etwa siebenhundert Einheimische waren es. Hinzu kamen jedes Jahr bis zu fünfzigtausend Touristen. Deshalb – und weil die umliegenden Städte ebenfalls zum Kundenstamm zählten – lohnte sich ein Unternehmen wie das ihres künftigen Arbeitgebers überhaupt. Es gab im Ort einige kleine Boutiquen und Geschäfte, eine Touristeninformation und seit zwei Jahren eine völlig neu gestaltete Strandpromenade mit einem Aussichtsturm. Der große Platz um den Turm war komplett mit Holzdielen ausgelegt, Liegestühle standen bereit, und man konnte auf diesen Holzplatten auch bequem und behindertengerecht zum schönsten Sandstrand Dänemarks gelangen.

Gitte staunte nicht schlecht. Sie betrachtete die vielen sonnenhungrigen Leute, die sich auf dem großen Platz und dem neuen Aussichtsturm tummelten. Alle Liegen waren besetzt, und auf dem Weg zum Strand herrschte reger Verkehr. Eis essend oder mit Gummitieren und Luftmatratzen im Wasser planschend genossen die Urlauber das sonnige Wetter bei 23 Grad.

Wenige Minuten später bog Gitte in den Anemonenvej ein und erreichte über einen Schotterweg das Haus Nummer 14. Das knirschende Geräusch beim Befahren des Weges klang nach Urlaub und Unbeschwertheit, es erinnerte sie an vergangene Zeiten und ein Familienleben, das lange vorbei war.

Ihr Haus lag etwas zurückgesetzt und war von Nadelbäumen umgeben. Eine blaue Holzvertäfelung und weiße Fenster ließen es beinahe schwedisch aussehen. Der Garten war großzügig, wie bei den meisten dänischen Ferienhäusern, und das Gras kurz und gelblich. Auf einer Veranda stand ein einfacher Tisch mit vier weißen Stühlen aus Metall. Die würde sie putzen müssen. Aber mit seinem vorstehenden grauen Dach sah das Hüttchen fantastisch aus, fand Gitte.

»Ah, schlechte Stimmung in Deutschland, oder? Zu viele Flüchtlinge aufgenommen, kaum Platz, und das Geld wird knapp. Sind sicher alle neidisch, weil wir Dänen so streng sind. Ist es nicht so, Gitte Madsen?«

Ihr Vermieter stellte sich als hünenhafter, drahtiger Mann heraus, dem offenbar seine Wikingerherkunft zu Kopf gestiegen war. Er trug seine wenigen langen Haare zu einem Zopf geflochten, und an seinem Gürtel baumelte ein riesiges Messer, so als gälte es, gleich ein Wildschwein zu erlegen.

»Nein, es ist ganz anders, Herr Asgersen. Ich verlasse Deutschland sicher nicht wegen der Flüchtlingspolitik.« Demonstrativ ruckelte sie an einem sehr schwer zu öffnenden Fenster, um frische Luft in die Wohnung zu lassen.

»Ah.« Offenbar überrascht, dass eine Deutsche nicht sofort über die Flüchtlingspolitik sprechen wollte, wechselte der bärtige Mann das Thema.

»In Marielyst wird bereits über dich geredet. Nur Gutes natürlich. Bei einem solchen Job fangen die Leute ja eh an zu grinsen, aber du als Frau – abgedreht.«

Sie sollte netter zu ihm sein, er meinte es nur gut, und er war ihr Vermieter. Gitte zwang sich zu einem Lächeln und wandte sich ihm zu. Sie beide hatten am Telefon so oft hart miteinander verhandelt und dabei sogar gescherzt.

»Ja, ich freue mich darauf. In Deutschland war ich lange in der Opferhilfe der Polizei tätig, ich kann keine einzige Geschichte mehr hören. Aber das ist ja nun zum Glück ein ganz anderes Kümmern um … hm … Opfer.«

Er lachte schallend und haute ihr auf die Schultern. »Mädel, wenn du was brauchst oder es geht was kaputt, melde dich. Ich wohne nur drei Straßen weiter.«

Ja, in Marielyst befand sich immer alles nur drei Straßen – oder Schotterwege – weiter.

Zu ihrem neuen Arbeitgeber hatte sie es auch nur drei Straßen weit. Was für ein Luxus, wenn man zuvor dem Stadtverkehr von Münster ausgesetzt gewesen war. Aber ein Fahrrad brauchte man hier schon, im Schuppen stand sogar ein alter Drahtesel. Die beiden Hauptstraßen Bøtøvej und Bøtøringvej zogen sich ein paar Kilometer weit, sie verbanden die einzelnen Ortsteile von Marielyst. So war zum Beispiel der Campingplatz einige Kilometer vom Ortskern entfernt, und auch andere Ferienhäuser standen überall verteilt auf der kilometerlangen Landzunge.

Gitte spazierte durch ihr neues Domizil. Achtzig Quadratmeter dänisches Ferienhaus mit Holzboden, einer einfachen Einrichtung und alten Fenstern. Mit wachsender Begeisterung blickte sie von einem Fenster zum anderen. Es gab Nadelbäume zu sehen, eine große Wiese vorm Haus, und in der Ferne lockte das Meer. Die Wohnung war hell, besaß im Wohnbereich einen gusseisernen Ofen und strahlte eine unpersönliche Freundlichkeit aus. In den Regalen standen einige Romane, auf Deutsch oder Dänisch, was die Touristen eben so zurückgelassen hatten. Das Badezimmer war in Jadegrün gehalten, da duschte man doch wie in Neptuns Reich.

Ab und an ertönte der Schrei einer Möwe. Durch die Terrassentür trat Gitte hinaus in den Garten, stellte ein mitgebrachtes klappbares Gitter auf der Wiese auf und ließ Hieronymus erst einmal den leckeren Klee probieren und die für ihn so wichtige Sonne genießen. Sein Zubehör hatte viel Platz im Auto eingenommen.

Als ein Mann an ihrem Garten vorbeikam und neugierig guckte, lächelte sie ihm zu. Sie wollte sich hier unbedingt wohlfühlen.

Auspacken würde sie später; ihr ganzes Auto war vollgestopft mit Gepäck und den Erinnerungsstücken, die ihr wichtig waren. Jetzt musste sie erst das Meer sehen, die Ostsee. Das Wetter hielt noch, was es auf der Fähre versprochen hatte, aber das konnte sich morgen schon ändern.

Von ihrem Haus bis zum Strand waren es, wie sollte es anders sein, nur drei Straßen, knapp zehn Minuten Fußweg.

Die Deichlandschaft hier in Marielyst war fantastisch. Sie zeigte hohes, teilweise recht scharfkantiges Gras, bunte Heidegewächse und feinen Sand. Es roch nach Meer und nach Nadelbäumen. Immer wieder trat man auf kleine Tannenzapfen, und die feinen Nadeln vermischten sich mit dem Sandboden.

Auf dem Deich konnte man kilometerweit laufen und Rad fahren. In den Sandkuhlen daneben lagen heute vereinzelt Touristen und genossen das gute Wetter.

Sie hatte sich sehr bewusst für eine Rückkehr im Sommer entschieden, weil Marielyst dann viel lebendiger und bunter war. Es gab so viele treue Urlauber, die immer wieder kamen und die auch das dänische Wetter nicht schrecken konnte.

Allerdings war das Strandleben in Dänemark nicht mit dem in südlichen Ländern vergleichbar. Wenn man in einer Urlaubsbroschüre ein Foto von Marielyst mit einem Strand voller Menschen sah, war es entweder trickreich bearbeitet, oder es war eine Strandprämie ausgerufen worden. Mehr als zehn Menschen auf dreißig Meter Strand gab es dort selten.

Gitte ließ ihre Flipflops im Sand liegen und ging zum flachen Wasser, das sanft ins Tiefe verlief. Ihre Füße versanken im nassen Sand, sie hinterließen tiefe Spuren, die das Wasser sofort wieder glatt zog. Die Sonne brannte ihr auf den Nacken, und zusammen mit dem Geschrei der Möwen kam sie sich plötzlich vor wie im Urlaub. Gitte schloss die Augen und erinnerte sich an die Urlaube mit ihren Eltern, in denen ihr Vater mit ihr komplizierte Sandburgen gebaut hatte. Dann hatten sie aufgeregt beobachtet, wann das Wasser sich die Burg wohl eroberte. Sie hatten zusammen gelacht und die Tage am Strand genossen.

Tief atmete sie die Meeresluft ein und stellte sich vor, die lauten Stimmen im Hintergrund gehörten zu ihrer Familie. Doch schon nach ein paar Sekunden hörte sie das empörte Rufen einer Mutter: »Niko, du schlägst deine Schwester nicht mit der Schippe auf den Kopf!«

Der kleine Junge reagierte empört: »Womit soll ich sie sonst hauen? Sie ist blöd.«

Gitte grinste und beguckte sich die Streithähne. Und sie musste Niko recht geben. Seine Schwester war blöd, sie trat mit ihrem rechten Fuß in seiner Sandburg herum und machte sie kaputt.

Zwei Stunden später, als sie im Supermarkt ihre notwendigen Einkäufe erledigte, entdeckte sie den Jungen wieder. Er stöberte gerade in der Tiefkühltruhe mit dem Fisch.

Gitte genoss es, in Dänemark einzukaufen. Es gab so viel zu entdecken, was sie unbedingt probieren wollte.

Die Dänen liebten Marzipan und Lakritze. Sie schreckten nicht einmal davor zurück, diese Zutaten in die Grillfleischsoße zu mischen. Und natürlich gab es Kekse, Eis, Schokolade und vielen andere Süßigkeiten mit Marzipan oder Lakritzstückchen. Gitte mochte beide Geschmacksrichtungen gerne, aber sie kaufte Süßigkeiten nur in Maßen.

An der Fleischtheke packte sie zwei Scheiben Schweinebauch in den Korb. Den ersten Abend wollte sie mit einem der Nationalgerichte der Dänen beginnen: *stegt flæsk med persille-*

sauce, gebratener Schweinebauch mit Petersiliensauce. Dazu gab es Kartoffelpüree, das sie aus der Tiefkühltruhe mitnahm. In Deutschland konnte man Fertigpüree nur zum Einrühren in Milch oder heißes Wasser kaufen, in Dänemark fand man dieses Gericht auch gefroren und mit Speck angereichert.

Der Laden war noch immer gut besucht, auch jetzt um halb acht Uhr abends. Viele Familien waren an diesem Tag erst mit der Fähre angekommen und suchten nun ihre ersten Einkäufe zusammen, in urlaubsgerechter Kleidung, die oft mehr weiße Haut zeigte, als andere sehen wollten.

Gitte beobachtete den kleinen Niko, wie er eine durchsichtige Tüte mit tiefgekühlten Meeresfrüchten begutachtete und ein Gesicht zog, als würden die Tiere lebendig auf ihm herumkrabbeln. Er blickte sich verstohlen um, und sie traute ihren Augen nicht, als der Bengel die Tüte mit einem Finger durchbohrte, aufriss und eines der seltsamen Tiere herauspuhlte. Schön ekelig und hoch wirksam, denn er steckte es nun seiner nur wenig älteren Schwester in das T-Shirt. Das Gekreische war groß, und am Ende hatten die Eltern so viel Anstand, die angebrochene Tüte in ihren Wagen zu legen. Gitte war sich sicher, dass sie die Kinder noch häufiger zu Gesicht bekommen würde. In Marielyst lief man sich immer wieder über den Weg, und dieser Junge hatte ein besonderes Talent, Ärger anzuziehen. Sie grinste ihm zu.

In der Nacht begann der Ärger dann für sie selbst. Das gute Wetter hielt bis zum späten Abend, dann zog ein unangenehmer Wind auf. Gitte konnte keinen Stern am Himmel sehen, als sie ihr Kissen vom Gartenstuhl hereinholte. Aber über Wolken und Regen wollte sie jetzt noch nicht nachdenken.

Für Hieronymus hatte sie inzwischen ein Terrarium mit Erde und Sand bestückt und ein paar Steine hineingelegt. Ein Wasserbecken war in den Sand eingebettet, und eine Wärmelampe mit UV-Strahlung verbreitete bei jedem Wetter die passende Umgebungstemperatur. Solange es noch warm war, würde sie die Schildkröte tagsüber immer draußen lassen. Diese Tiere brauchten Auslauf und Natur, aber wenig zu essen. Ein paar Grashalme und etwas Klee reichten vollkommen. Mit Leckerbissen in Form von Tomate, Gurke oder gar Obst war Gitte sehr zurückhaltend. Hieronymus liebte das, aber es kam in seiner natürlichen Umgebung eigentlich nicht vor.

»Hieronymus«, sagte sie zu ihm, bevor sie zu Bett ging, »weißt du, wir müssen uns dringend ein paar Freunde suchen, sonst werden die Winterabende sehr, sehr lang. Hier kann man nicht einfach so ausgehen wie in Münster. Diese Stadt macht Winterschlaf, auch wenn es tapfere Urlauber gibt, die die Weihnachtszeit in Marielyst verbringen. Nein, auf einen Partner kann ich erst einmal verzichten. Das wird doch alles überbewertet. Schau dich an, Hieronymus – no stress, keine Dame, der du hinterherlaufen musst, um dich ständig zu beweisen.«

Sie musste an ihre Mutter denken, die mit dem Alleinsein nicht gut fertiggeworden war. Als ihr Ehemann von einem Tag auf den anderen spurlos verschwand, war das für ihre Mutter die Hölle gewesen. Sie hatte eine Vermisstenanzeige aufgegeben, sich bei der Polizei gemeldet, hatte Suchmeldungen losgeschickt und das Schlimmste befürchtet. Schließlich musste sie ihrer sechzehnjährigen Tochter eine Erklärung liefern. Denn Gitte kam überhaupt nicht damit zurecht, als ihre Mutter lediglich hilflos erklärte: »Papa ist weg!«

Die Mutter hatte mit Gitte immer wieder über ihre Ängste und Befürchtungen gesprochen. »Hat er uns verlassen? Will er ohne Verpflichtungen irgendwo ein neues Leben beginnen?« Doch auch wenn ihr Vater in Dänemark, seiner Heimat, verschwunden war, das konnte sich Gitte nicht vorstellen.

Gitte hatte vor, in Marielyst nach Leuten zu suchen, die ihren Vater gekannt hatten. Sie wusste noch nicht, wo sie anfangen sollte, denn sie selbst kannte hier kaum jemanden. Ihr

Vater hatte mit Gitte und ihrer Mutter zwar mehrmals in der Nähe Urlaub gemacht, aber zu seinen Geschäftspartnern oder anderen Bekannten hatte er sie beide nie mitgenommen.

Gitte verabschiedete sich von ihrer Schildkröte und ging zu Bett. Nichts war Schlaf weniger zuträglich als die Beschäftigung mit alten Problemen.

Mitten in der Nacht schreckte sie jäh auf und musste sich erst zurechtfinden. Sie befand sich nicht mehr in ihrer Altbauwohnung in Münster, wo der Lichtschalter rechts vom Bett ertastbar war, sondern in einem Holzhaus mit einer unpraktischen Stehlampe neben dem Bett. Ein Geräusch hatte sie geweckt, ein undefiniertes Poltern. Womöglich spielte der Wind mit ihren Gartenmöbeln.

Im schwarzen Nachthemd und barfuß marschierte sie durch das Haus, kontrollierte erst, ob vor der Haustür alles in Ordnung war, und lief dann zur Terrassentür. Sie schaltete das Licht im Wohnzimmer an.

Tatsächlich, da lag etwas Längliches vor der Tür auf den Holzdielen. Es sah nicht aus wie ein Stuhl – eine Robbe? Aber Robben verirrten sich nicht aufs Festland und landeten dann auf einer Veranda. Man sah sie überhaupt eher selten.

Gitte wurde es unheimlich zumute, und sie betätigte alle Schalter an der Wand. Als auch auf der Terrasse ein schwaches Licht aufglimmte, stieß sie einen erschrockenen Schrei aus.

Hinter der Glastür auf dem Boden lag ein Mann.

Seit es Krimis und »Aktenzeichen XY« im Fernsehen gab, öffnete natürlich niemand mehr sofort die Tür, um nachzusehen, ob Hilfe benötigt wurde. Daher holte sie ihr Handy und wählte den Notruf.

»Bei mir liegt eine leblose Person auf der Terrasse.« Sie nannte ihre Adresse und sagte dann: »Ich gehe jetzt nachsehen. Aber es wäre wohl gut, einen Krankenwagen zu schicken.«

Doch der Mann am anderen Ende der Leitung, der sie wie in Dänemark üblich duzte, reagierte entspannt. Sie solle doch erst einmal nachgucken. Eventuell sei es ja ein Verehrer, der nur gestürzt sei und sich gleich wieder aufrappeln würde.

»Ich kenne hier niemanden,« sagte Gitte bestimmt.

Mit dem Handy in der Hand traute sie sich, in den Wind hinauszutreten. Sie bückte sich zu dem Mann hinab und sah weit aufgerissene leere Augen, dunkel und samtig, und einen feinen kleinen Schnurrbart in dem jungen Gesicht. Tief bestürzt erkannte sie den jungen Mann vom Schiff.

Und sie sah ein Messer, ein sehr großes Messer. Es steckte in seiner Brust. Zitternd tastete sie nach dem Puls an seinem Hals, konnte aber nichts spüren. Auf einmal hätte sie sich beinahe übergeben. Da kam etwas hoch, das rauswollte. Sie schluckte ein paarmal dagegen an.

Der junge Mann war tot, aber seine Haut fühlte sich noch so warm und lebendig an. Wie viel Angst hatte er bei der Überfahrt mit der Fähre über das weite Meer gehabt, und nun war er an einem Messerstich gestorben. Das Ende einer Bowie-Klinge ragte aus dem Oberkörper. Gitte kannte diese Art von Messern mit den typisch geschwungenen Klingen, weil sie eine alte Messersammlung besaß.

Auf einmal kam ihr der unangenehme Gedanke, dass der Mörder sie vielleicht gerade beobachtete. Der war doch bestimmt noch in der Nähe! Der Körper des jungen Mannes war warm, es konnte nur Minuten her sein, dass sie gehört hatte, wie er auf ihrer Veranda aufschlug. In plötzlicher Panik rappelte sie sich auf, stürzte ins Haus und schlug die Tür hinter sich zu.

Dann besann sie sich, machte die Tür noch einmal einen Spalt auf und schrie in die Dunkelheit hinaus: »Du Schwein, du verdammter Irrer!« Der Wind ließ ihr die Haare vors Gesicht flattern. Erneut überkam sie ein unheimliches Gefühl, und schnell schloss sie wieder fest die Tür.

»Hallo, hallo, bist du noch da?« Sie hatte das Handy noch immer in der Hand, und am anderen Ende der Leitung wartete jemand.

Mit lauter Stimme, um sich zu beruhigen, sagte sie: »Den Krankenwagen kannst du streichen, ich habe einen toten jungen Mann vor mir liegen. Er ist ermordet worden.«

Da hatte dieser Junge so viel erlebt und seine Angst bei der Überfahrt ausgehalten, um nach Dänemark zu kommen, nur um dann in einem besinnlichen Urlaubsort brutal erstochen zu werden. Hatte die Angst, die er auf der Überfahrt gezeigt hatte, eventuell etwas mit seiner Ankunft hier zu tun gehabt? Hatte er vielleicht schon geahnt, dass er sich in tödliche Gefahr begab?

Sie hatte auf dem Schiff mit dem jungen Mann gesprochen, und nun lag er ausgerechnet auf ihrer Terrasse. Das konnte doch kein Zufall sein!

Natürlich würde sie in ihrem neuen Job noch viele Leichen zu sehen bekommen, aber sie hatte nicht geahnt, dass ihr bereits der erste Tote so nahegehen würde.

An Schlaf war nicht mehr zu denken, in Kürze würden sich hier jede Menge Beamte tummeln. Sie zog sich an und kochte eine große Kanne Kaffee.

Der erste Wagen, der vorfuhr, war der des Notarztes. Es handelte sich um einen dünnen, älteren Herrn im Trenchcoat, der sehr schnell das Ableben des jungen Mannes konstatierte.

»Alles Weitere muss der Gerichtsmediziner feststellen«, sagte er, während er einen Totenschein ausfüllte. Er wollte gerade wieder gehen und sie mit der Leiche allein lassen, als zum Glück zwei Polizisten in blauer Uniform eintrafen und den Tatort sicherten. Sie stellten Scheinwerfer im Garten auf, und Gitte kam der abstruse Gedanke, dass deutsche Touristen davon sicher begeistert wären, weil man im Garten nun jeden Käfer erkennen konnte.

Und dann erschien der Kommissar. Selbstsicher übernahm

er die Verantwortung, seine offensichtliche Müdigkeit trug er wie eine Kriegsverletzung. Gitte schenkte er ein Lächeln, das jede Braut am Altar glücklich gemacht hätte. Er war sehr dänisch: groß, mit blonden Haaren und einer Frisur, die an die Achtzigerjahre erinnerte. Blaue Augen und eine saloppe Art rundeten das Bild ab.

»Du hast den Toten also gefunden?«, sprach er Gitte an.

»Das klingt ja, als hätte ich bei einer Schnitzeljagd gewonnen. Der Junge wurde mir quasi vor die Tür geworfen. Ich glaube, ich sollte ihn finden.«

»Aha. Kennst du ihn denn?«

Gitte erzählt ihm in kurzen Sätzen von der Begegnung auf der Fähre und schloss mit den Worten: »Ich kenne hier noch nicht viele Leute.«

Seinen eigenen Namen hatte der Kommissar noch gar nicht genannt, ihren aber schrieb er groß auf seinen Notizblock und machte sich darunter weitere Notizen, in ungewöhnlich großer Schrift. Vielleicht war er kurzsichtig, dachte sie, und wollte sein Gesicht nicht mit einer Brille verunstalten.

Unverhofft nahm er den Stift und hielt ihn sich wie der Kinderheld Wicki an die Nase. Offenbar war ihm etwas eingefallen. »Du bist das! Die Frau, die bei Larstsen arbeiten wird. Hab ich recht? Das ist schon subtil, dir einfach eine Leiche vor die Füße zu legen, als wäre das hier dein neuer Arbeitsplatz. Vielleicht sollte das eine Anspielung sein? Hat jemand etwas dagegen, dass du diesen Job machst?«

»Meine Tante in Deutschland. Aber die hätte jeden Job schlechtgeredet, den ich in Dänemark annehme. Wenn es nach ihr ginge, würde ich zu ihr nach Hamm ziehen und ihren kleinen Buchladen übernehmen.«

Er grinste jungenhaft und sagte: »Ich würde sehr gerne einen Buchladen übernehmen.«

»Nicht in Hamm, glaub mir.«

Er drehte sich abrupt um und wandte sich dem Toten zu.

Gitte blieb unschlüssig auf ihrer Terrasse stehen und sah zu, wie immer mehr Menschen in das kleine Häuschen und auf die Terrasse drängten.

Irgendwann traf die Spurensicherung ein, und ihr Garten war von Menschen und Utensilien übersät. Der Nachbar, ein Urlauber aus Schweden, erschien vor seinem Haus, im grünen Bademantel und barfuß, und genoss das kriminalistische Element in seinem beschaulichen Urlaub sichtlich. Er wurde natürlich befragt, ob er etwas gesehen oder gehört habe, und es tat ihm sehr leid, keine Angaben machen zu können. Er sei durch Gittes Rufen wach geworden, und nun habe ihn der ganze Rummel doch neugierig gemacht.

Gitte wäre eigentlich gerne wieder ins Bett gegangen, da kam der Kommissar plötzlich auf sie zu, streckte doch noch die Hand aus und sagte: »Kommissar Ole Ansgaard, ich habe mich ja noch gar nicht vorgestellt. Ich gehöre zum Ermittlungsdienst in Nykøbing, Abteilung personengefährdende Kriminalität.«

Sie schüttelte seine kräftige, warme Hand und erwiderte: »Ja, Personengefährdung lag hier eindeutig vor.«

»Der Tote hatte Papiere dabei, einen griechischen Pass und eine Adresse in Nykøbing. Was er hier in Marielyst wollte, weißt du nicht?«

»Nein, aber ich vermute, dass er jemanden besuchen wollte, so allein, wie er zu sein schien. Ich dachte erst, er wäre ein Flüchtling.«

Ganz leicht verzog der Kommissar das Gesicht, und sie hakte sofort nach. »Bist du auch für eure strenge Verfahrensweise in der Flüchtlingspolitik?«

Ole Ansgaard schüttelte den Kopf. »Nein, aber das ist ein schwieriges Thema, dafür würde die Nacht nicht reichen. Wir ziehen jetzt erst mal ab und bringen den Toten in die Rechtsmedizin. Du wirst ihn danach ja eventuell wiedersehen.«

Himmel, diese ständigen Anspielungen auf ihren neuen Job. Sollte das die Art der Dänen sein, »herzlich willkommen« zu sagen?

Er sah sich im Raum um. Sein Blick blieb an dem Terrarium, das am Boden stand, hängen, und er fragte verdutzt: »Warum hast du denn eine Schildkröte?«

»Weil ich dann nicht alleine alt werden muss. Sie ist im gleichen Alter wie ich und kann locker achtzig Jahre schaffen.«

Er guckte erst auf Hieronymus, dann zu ihr und meinte: »Das hört sich nach einem einsamen Lebensplan an.«

Gitte zuckte zusammen und erwiderte etwas scharf: »Den Lebensplan lass mal meine Sorge sein. Ich ziehe Qualität der Quantität vor.«

Eine einzelne Schildkröte als qualitativ hochwertige Gesellschaft zu verteidigen klang jetzt sehr nach schlechten Erfahrungen. Einen solchen Eindruck hatte Gitte eigentlich nicht hinterlassen wollen. Sie war froh, als der Kommissar aufbrach.

Ihr Nachbar, der Schwede, blickte, wie Gitte auch, den abfahrenden Wagen der Polizei hinterher und fragte dann liebenswürdig, ob sie Hilfe brauche. Er sprach kein Dänisch, aber Englisch. »Entschuldigung, kannten Sie den Toten? Dann spreche ich Ihnen hiermit mein Beileid aus.«

Der Mann mit den grauen Haaren und dem Lächeln eines Seehundes wirkte tief betroffen. In seinem vollen Gesicht saß ein beeindruckender Schnurrbart.

»Nein, ich kannte ihn nicht näher. Aber er ist mit der gleichen Fähre gekommen wie ich und ist offenbar Grieche, mehr weiß ich nicht von ihm. Ich bin auch nicht im Urlaub hier, sondern bleibe dauerhaft und arbeite ab Montag in Marielyst. Mein Name ist Gitte Madsen.«

»Oh, wie nett. Arbeiten, wo andere Urlaub machen. Mein Name ist Erik Nyström, und ich komme aus Malmö. Einen guten Start wünsche ich Ihnen. Ich bin noch drei Wochen hier, wenn Sie Hilfe brauchen …«

Beim Sprechen streckte er sich unbewusst und zog den Bauch ein. Gitte hoffte, dass es auch noch eine Frau Nyström gab, und zwar direkt in seiner Nähe, schlafend. Wahrscheinlich war der Mann aber nur nett und hatte keine Hintergedanken. Er war bestimmt zwanzig Jahre älter als sie.

Als Gitte endlich wieder in ihrem Bett lag, konnte sie lange nicht einschlafen. Immer wieder sah sie die dunklen Augen des jungen Mannes vor sich und wie er sich angstvoll an der Säule festgehalten hatte. Konnte es sein, dass sie ihn missverstanden hatte und seine Angst einen konkreten Grund gehabt hatte? Er war keinen Tag in Marielyst gewesen und hatte bestimmt kaum Zeit mit irgendwelchen Freunden oder Verwandten verbringen können. Wie grausam und traurig.

Willkommen war der fremde Grieche hier ganz offensichtlich nicht gewesen. Wer konnte nur einen solchen Hass auf jemanden haben, der gerade erst ein paar Stunden in der Stadt war? Noch lange grübelte Gitte, ob es wohl zwischen ihrem Gespräch mit dem Griechen auf der Fähre und dem Auffinden der Leiche auf ihrer Terrasse einen Zusammenhang gab.

2

Am nächsten Tag war es bedeckt und kühler. Aus Westen wehte ein unangenehm scharfer Wind, wie Gitte feststellen musste, als sie vor die Tür trat. Sie nutzte den Vormittag, um sich einzurichten, und wusste nach wenigen Stunden, dass sie den hässlichen kleinen Schreibtisch in die Garage verbannen und sich ein neues Möbelstück gönnen würde. Er störte ihr ästhetisches Empfinden und bot kaum genug Platz, um ihren Laptop nebst Maus entspannt zu bedienen. Wenn dann noch ein Becher Kaffee hinzukam, wurde es brenzlig.

Überhaupt würden ein paar nette Kleinigkeiten dem Wohnzimmer mehr Charme verleihen. Es war ein Ferienhaus, und vieles war vom jahrelangen Gebrauch abgenutzt. Die Dänen verstanden durchaus etwas von Design und geschickter Einrichtung. Klare Linien, schöne Farben und Funktionalität zeichneten dänische Einrichtungen aus. Sie würde in einem der hiesigen Möbelhäuser bestimmt fündig werden.

Doch am Nachmittag stand erst ein anderer Besuch an. Sie musste zu ihrer Tante Stine nach Nykøbing, einer Schwester ihres Vaters. Zu ihr hatte Gitte immer schon einen guten Kontakt gehabt, auch weil dies der Tante stets wichtig gewesen war. Als Gitte noch klein war, hatte ihre Tante die Familie oft in Kopenhagen besucht. Später, als sie mit ihren Eltern nach Deutschland übergesiedelt war, war Tante Stine regelmäßig nach Münster gekommen und hatte die Nichte weiterhin verwöhnt.

Tante Stine war die Witwe eines reichen Reeders und bewohnte ein großes, herrschaftliches Haus. Sie verwaltete ihr Vermögen und das ihrer beiden Töchter mit strenger Hand und in wallende Gewänder gehüllt. Ihr Erbteil nannte die Tante auch gerne und treffend »Schmerzensgeld«, denn ihr Mann war in den letzten Jahren seines Lebens ein munterer Stinkstiefel gewesen. Munter, weil er oft Feste feierte und sich auf dubiose Jagdveranstaltungen einladen ließ, wobei er meist Unmengen an Alkohol konsumierte. Einmal hatte er bei einer Wolfsjagd in Rumänien sogar stockbetrunken ein Kind in einem Dorf angeschossen. Eine Sache, die er, wie vieles andere, mit Geld bereinigte.

Solche Geschichten bekam Gitte von ihrer Tante zusammen mit *bondepige med slör* aufgetischt. Das bedeutete wörtlich »Bauernmädchen im Schleier«, eine Mischung aus Schwarzbrot, Apfel- und Himbeermus. Angeblich hatte Gitte das Gericht als Kind geliebt, nun musste sie bei jedem Besuch eine Schale der kalorienreichen cremigen Masse verdrücken.

Ihrer Tante wäre es lieber gewesen, wenn Gitte sich in Nykøbing einen anständigen Job gesucht hätte und zu ihr in das große Haus gezogen wäre. Aber Gitte wollte direkt am Meer wohnen und vor allem unabhängig sein. So gerne sie Tante Stine auch mochte, anstrengend war sie für drei.

Von Marielyst aus waren es etwa fünfzehn Kilometer in die viel größere Stadt Nykøbing. Gitte fuhr aus Marielyst heraus und freute sich über die Schafe, die sie entlang der Strecke auf den Wiesen entdeckte. Hin und wieder sah sie Stände, wo die Dänen Obst, Gemüse oder auch Altwaren zum Kauf anboten. Bald hatte Gitte die Stadtgrenze erreicht. Tante Stine wohnte ein paar Straßen außerhalb der Innenstadt.

Als Gitte geparkt hatte, betrachtete sie sich mit einem prüfenden Blick in den Rückspiegel, immerhin hatte die Tante sie eine ganze Zeit lang nicht gesehen. Dann stieg sie aus und ging voller Vorfreude zur schmucken Haustür, die Tante Stine im gleichen Moment mit einem begeisterten Ausruf öffnete. Ein blaues Gewand fiel ihr locker über den mächtigen Brustkorb, dicke Goldketten lagen eng am Hals an. Gitte wurde ins Haus gezogen, bekam rechts und links einen dicken Kuss auf die Wangen, und dann hielt die muntere Tante sie ein Stück von sich weg.

»Du hast zugenommen, mein Kind, steht dir aber irgendwie. Signe, Gitte ist da!«

Signe war die fleißige gute Seele des großen Hauses. Sie versorgte den Haushalt und den Garten, und das an sechs Tagen die Woche. Der *søndag* war für ihre beiden erwachsenen Kinder reserviert, die dann immer zum Essen kamen.

Gitte wollte sich gerade höflich die Schuhe ausziehen, als Signe um die Ecke geeilt kam. Sie wischte sich die Hände an einem Tuch ab, das ihr über die fülligen Schultern hing, und wiederholte die Begrüßungszeremonie der Tante. Erneut gab es zwei dicke Küsse. Signe war eine kleine agile Frau Ende fünfzig mit einem Kopf voller krauser grau-schwarzer Locken. In der Vorgeschichte ihrer Familie hatte wohl irgendwann ein Afrikaner seine Gene hinterlassen, aber das war nur an den Haaren erkennbar. Ihre Haut war, wie bei fast allen Dänen im Sommer, leicht gebräunt, aber nicht auffallend dunkel. Sie strahlte und sagte in fröhlichem Befehlston: »Ab mit euch ins Wohnzimmer, ich habe schon gedeckt. Macht es euch hyggelig.«

Der mittelgroße Raum war sehr geschmackvoll eingerichtet. Auf einem grazilen Holztisch mit Intarsien war der Kaffeetisch vorbereitet, die dazugehörigen dunkelblau gepolsterten Stühle waren leicht geschwungen. Außerdem gab es noch einen passenden Vitrinenschrank und einen alten Sekretär mit einem Ledersessel davor. Hier erledigte Tante Stine ihre Korrespondenz und kümmerte sich um Geschäftsangelegenheiten. Auf der Schreibplatte sah es dementsprechend chaotisch aus, denn putzen oder aufräumen durfte dort niemand. Überall im Wohnzimmer waren Vasen und Souvenirs verteilt, was den Raum etwas übervoll wirken ließ.

Gitte hatte kaum begonnen, von ihren jüngsten Erlebnissen zu berichten, da wurde sie schon unterbrochen.

»Man hat dir eine Leiche vor die Gartentür geworfen? Höre ich recht? Warum hast du mich nicht schon in der Nacht angerufen? So etwas will ich doch auch sehen.«

Mit solchen Geschichten konnte man das Tantchen nicht erschrecken. Wenn man ihr hingegen erzählen würde, man habe sich einen Hund angeschafft, wäre es mit der Contenance sofort vorbei. Dann würde sich Stine Poulsen ganz furchtbar aufregen, weil Hunde angeblich schlimme Krankheiten übertrugen. Gittes Schildkröte Hieronymus hielt sie für eine merkwürdige Marotte, gegen die sie aber nichts einzuwenden hatte, da das Tier ein Geschenk ihres Bruders, Gittes verschollenen Vaters, gewesen war.

Doch nun kam der Tante ein sorgenvoller Gedanke.

»Gitte, wenn man dir zwei Tage vor Jobantritt eine Leiche vor die Tür wirft, dann kennt dich der Mörder doch! Himmel, du solltest wirklich lieber bei mir einziehen, Kind. Du kannst die Strecke von hier doch gut mit dem Auto fahren, ja, sogar mit dem Fahrrad. Zwölf Kilometer, keine große Sache.«

Gitte schüttelte entschieden den Kopf. »Mein Vermieter sagt, im Ort wird schon seit Tagen davon geredet, dass eine Frau aus Deutschland die neue Mitarbeiterin im Bestattungsinstitut Larstsen wird. Seit dem plötzlichen Tod meines Vorgängers kennt jeder das Unternehmen. Diese makabere Anspielung könnten sich viele erlaubt haben, ohne mich persönlich zu kennen. Und mein Wohnhaus zu ermitteln wäre auch nicht schwer gewesen. Eine andere Version scheint mir realistischer: Der junge Mann taumelt schwer verletzt in meinen Garten, auf der Suche nach Hilfe, und bricht dann sterbend vor der Tür zusammen. Alles reiner Zufall.«

Die Tante hörte aufmerksam zu. »Was für eine plötzliche Todesursache hat denn deinen Vorgänger aus dem Amt katapultiert? Ich habe irgendetwas in der Zeitung gelesen, weiß es aber nicht mehr genau.«

Gitte machte ein betroffenes Gesicht.

»Er ist aus dem Heißluftballon gestürzt, während einer Bestattungszeremonie! Es war ein ziemlich unglücklicher Unfall. Und auch verdammt unnötig. Passiert ist es bei dem Versuch, die Zeremonie mit der Kamera aufzunehmen, er hat sich wohl einfach zu weit nach hinten gelehnt. Gelandet ist er dann auf einer Bullenweide, wo er vom tierischen Anführer auch noch einige derbe Tritte kassiert hat. Da war er aber schon tot.«

»Das wird auch immer verrückter mit diesen Bestattungen. Der arme Mann. So etwas wirst du bitte nicht machen. Man braucht doch bei einer Beerdigung kein Erlebniskino.«

Tante Stine stellte ihre Kaffeetasse ungewohnt energisch auf dem hübschen Holztisch ab und blickte sie an.

»So, Gitte. Und jetzt sagst du mir mal, warum du plötzlich wieder Dänin werden möchtest.«

»Nach Mutters Tod bekam ich Sehnsucht nach der anderen Hälfte meiner Wurzeln.«

»Und ein einfacher Urlaubsbesuch hätte es da nicht getan? Soweit ich weiß, hast du deshalb einen guten und sehr sicheren Job gekündigt.«

Gitte schob ihr leeres Glas zur Seite, in dem sich die unvermeidliche *bondepige med slör* befunden hatte. Ihr eigenes Glas hatte Tante Stine kaum angerührt. Dabei liebte die füllige Frau solche Zwischenmahlzeiten sehr.

Gitte musste improvisieren, sie war sich nicht sicher, ob sie gleich beim ersten Treffen mit ihrer Tante das Gespräch auf ihren Vater Mads bringen sollte. »Ach, da kamen mehrere

Gründe zusammen. Ich habe es in meinem alten Job nicht mehr ausgehalten. Da war ich umgeben von halbstarken Polizisten auf der einen Seite und Opfern von Kriminalfällen auf der anderen. Und Letztere wurden von uns in ihrem Gefühl, ein Opfer zu sein, noch unterstützt. Der Sinn meiner Arbeit war mir abhandengekommen, die Stadt ging mir auf die Nerven, ich war einfach gelangweilt. Und ich dachte, du freust dich.«

»Und mit Mads hat das alles nichts zu tun?« Der Ton klang harmlos, aber Gitte ahnte, dass ihre Tante wenig begeistert wäre, wenn ihre Nichte die alte Geschichte wieder aufrollte und den Vater auf eigene Faust suchte.

»Nein«, log sie, doch die Tante ließ nicht locker.

»Ich dachte, weil er doch zuletzt in Marielyst gesehen worden ist. Das war einen Tag, bevor er verschwand.«

»Was wäre eigentlich so schlimm daran, wenn ich ein wenig nachforschen würde? Als es passiert ist, war ich noch zu jung, und ich finde, Mutter hat zu früh aufgegeben.«

Tante Stine schwieg einen Moment und seufzte. »Kind, ich kann dich gut verstehen. Ich muss mir ebenfalls den Vorwurf gefallen lassen, dass wir damals zu schnell die Flinte ins Korn geworfen haben. Aber wenn es sich wirklich um ein Verbrechen gehandelt hat, ist es eben auch nicht ganz ungefährlich, auf eigene Faust zu ermitteln. Weißt du, inzwischen ist so viel Zeit vergangen, ich will einfach nicht, dass du noch einmal leidest.«

»Man leidet wohl ein Leben lang unter dem Verlust eines Elternteils. Es ist etwas, mit dem man leben lernen muss.«

Der Montagmorgen kam schneller, als Gitte lieb war. Sie holte das alte Fahrrad aus dem Schuppen, um die wenigen Straßen zum Ortskern zu radeln. Das Rad gab einige merkwürdige Geräusche von sich, aber sie kam voran, trotz der Schotterwege. Solche Wege fand sie zwar eher unpraktisch, aber zugleich viel gemütlicher als gepflasterte Straßen, und die Autos waren gezwungen, langsamer zu fahren.

Das Wetter war nicht übermäßig schön, kurze Sonnenabschnitte wechselten sich mit großen Wolken ab, und es war nicht wärmer als zwanzig Grad. Ein Mallorca-Urlauber wäre seufzend im Hotel geblieben, Schlechtwetterprogramm. Der hiesige Tourist überlegte kurz, dennoch zum Strand zu gehen, entschied sich dann für eine Fahrradtour, packte aber auf jeden Fall die Badehose ein.

Das Bestattungsunternehmen, in dem Gitte heute ihren ersten Arbeitstag hatte, befand sich am Druevej. Ihr neuer Chef Larstsen hatte sich seit einiger Zeit auch auf Wünsche ausländischer Kunden eingestellt. Seine Asche ins Meer oder über die Küsten Dänemarks streuen zu lassen war für ihn ein lukrativer Geschäftszweig geworden.

Das Bestattungsunternehmen war ein Ableger einer größeren Firma in Kopenhagen. Gitte hatte den Job bekommen, weil sie gleich mehrere Qualifikationen mitbrachte. Sie war jahrelang in der Opferhilfe der deutschen Polizeibehörde tätig gewesen und konnte mit trauernden Angehörigen umgehen. Sie konnte Deutsch und Dänisch und kannte auch die rechtlichen Bestimmungen beider Länder. Außerdem hatte sie neben ihrem Lehrgang zur Bestatterin auch eine Qualifizierung als Thanatopraktikerin absolviert und dabei die optische Wiederherstellung von Leichen gelernt. Es gab Fälle, in denen die herkömmlichen Maßnahmen eines Bestatters nicht mehr ausreichten, beispielsweise bei stark verwesten Leichen oder nach schweren Unfällen.

»Schräg« hatten ihre Freunde ihren Berufswechsel gefunden. Für Gitte hingegen war er eine Konsequenz aus ihrer bisherigen Arbeit gewesen. Toten musste man nicht mehr zuhören, sie trösten, Mut zusprechen und motivieren, es war bereits alles vollbracht.

Sie erinnerte sich an das letzte Telefonat mit ihrem neuen

Chef, dem sie bisher noch nicht persönlich begegnet war. Himmel, hatte der am Telefon gleich losgetobt, als sie ihre Ankunft um zwei Wochen verschieben musste.

»Das war aber ganz anders abgesprochen. Wie unzuverlässig. Ich werde in Kopenhagen erwartet. Das geht so einfach nicht.«

»Das muss gehen. Es gibt noch einige Termine wegen der Erbschaftsangelegenheiten meiner Mutter. Der Notar nimmt nun einmal keine Rücksicht auf einen Bestatter in Marielyst. Es tut mir leid.«

Ihr neuer Chef hatte dann noch einiges vor sich hin gebrummt, wo denn die berühmte deutsche Zuverlässigkeit hin sei und Ähnliches. Von dem dänischen *bare rolig*, was so viel hieß wie »ganz ruhig« oder »keine Sorge«, einer weitverbreiteten und sehr sinnvollen Lebenseinstellung der Wikingernachfahren, hatte Larstsen anscheinend nicht viel mitbekommen.

Daher war Gitte überrascht, als sie der hagere Mann jetzt mit einem überaus herzlichen Lächeln willkommen hieß und ihr eine Tasse dampfenden Kaffees hinstellte.

Larstsen trug eine Leinenhose und ein kariertes Hemd, seine Haare waren exakt gescheitelt und sein Gesicht so glatt rasiert wie das eines Teenagers. Er erinnerte Gitte spontan an einen deutschen Beamten.

»Schön, dass du da bist. Aber du weißt schon, dass wir erst mit den Angehörigen sprechen, bevor sie uns die Leichen überlassen? Nicht umgekehrt. Was war denn da in deiner ersten Nacht los?«

Der Dorfklatsch funktionierte offensichtlich tadellos.

Gitte erzählte ihm alles und schloss mit den Worten: »Der arme Junge, er tut mir so leid.«

»Ja«, erwiderte Larstsen, »sein Onkel hat mich bereits kontaktiert. Der Junge wollte zu seinen Verwandten, sie arbeiten in einem Hotel in Nykøbing und wohnen auch dort. Seine ältere Schwester hatte gedacht, nach all dem, was er erlebt hat, täte es ihm gut, eine Zeit lang bei den Verwandten im Ausland zu verbringen. Zunächst war er einige Zeit in Deutschland und hat im Restaurant eines anderen Onkels mitgeholfen, nun wollte er weiter nach Dänemark. Seine Familie war erstaunt, dass er in Marielyst geblieben und nicht gleich zu ihnen nach Nykøbing gefahren ist. Aber eines ist echt der Hammer: Was hat ein Grieche mit Wikingerrunen zu tun? Kannst du mir das sagen?«

Larstsen rieb sich das Gesicht noch glatter und grinste genüsslich. So sah man aus, wenn man einen richtig guten Wein im Glas hatte.

»Wieso Wikingerrunen?«

»Ach so, du weißt es noch gar nicht. Dann ist der Kommissar nicht noch einmal zu dir gekommen?«

»Nein, dabei muss ich noch meine Aussage unterschreiben.«

Der Bestatter, der doch in seinem Job genug mit Leichen zu tun hatte, ergötzte sich sichtlich an seiner Geschichte.

»Dem Jungen wurden Runen auf dem Rücken eingeritzt. Ist dir das nicht aufgefallen? Du hast ihn doch gefunden.«

Gitte starrte ihren neuen Chef an und schwieg. Es war düster gewesen, trotz der Terrassenbeleuchtung. Und der junge Mann hatte ein Hemd getragen, das wusste sie genau. Ihr kam ein Gedanke.

»Hat man ihm die Runen vor oder nach dem Tod zugefügt?«

Larstsen wusste es nicht. So etwas war schließlich Insiderwissen der Polizei.

»Lass uns erst einmal mit einem kleinen Aquavit auf deinen Dienstantritt trinken.« Händereibend durchquerte er den kleinen Verkaufsraum, Gitte folgte ihm. Genau zwei Särge gab es zu sehen, ein Standardmodell und einen luxuriöseren weißen Sarg. Auf einem Pult lag allerdings ein Katalog, der die verschiedensten Modelle zeigte. Der Katalog für die Urnen befand sich auf einem weiteren Pult. Für die Angehörigen war es schon wichtig, dass das Gefäß ansprechend war, dachte Gitte, als sie die aufwendig gearbeiteten und oft bunten Behälter sah.

Eine halbe Minute später hatte sie ein gut gefülltes Glas Norkap-Aquavit in der Hand. Die Dänen tranken gerne und viel und zu allen möglichen Gelegenheiten. Gitte hatte schon öfter den bösen Gedanken gehabt, dass es wohl an dem vielen Alkohol im Blut lag, wenn die Dänen als glücklichstes Volk Europas galten. Doch dann erinnerte sie sich an viele Dinge, die hier im Vergleich mit Deutschland besser waren. Und immerhin hielt das dänische Volk den Titel, das glücklichste zu sein, schon seit einigen Jahren.

Dass sich hier alle gleich mit »du« anredeten, fand sie freundlich und unkompliziert, aber sich sofort mit dem Chef zu duzen und dabei Aquavit zu trinken ging ihr eigentlich einen Schritt zu weit. Morgens mochte sie das Zeug noch weniger als am Abend.

»Die meisten stehen ja auf Aalborg, aber ich finde, der Norkap-Aquavit ist vollmundiger und weicher im Geschmack. Trink mal. Na, was hab ich dir gesagt? Wir haben momentan übrigens zwei Anfragen wegen einer Ballonbestattung.«

Er sah ihr erschrockenes Gesicht und fügte schnell hinzu. »Das läuft so wie abgesprochen, die führe ich durch. Aber …«, er hob seinen rechten Zeigefinger, »dir entgeht da etwas. Es ist wundervoll und sehr erhaben, oben in den Lüften und dem Himmel so nah die Asche eines Verstorbenen zu verstreuen.«

»Ja, weißt du, ich bin schon am Boden recht ungeschickt. Ich möchte meinem Vorgänger nicht nachfolgen.« Gitte war sich da ganz sicher.

Paul Larstsen erzählte weiter. »Knut, mein ehemaliger Mitarbeiter, der hat sich aber auch zu ungeschickt angestellt. Nachdem er bereits zig Ballonbestattungen mitgemacht hatte, kam der Narr auf die Idee, ein Foto von der Zeremonie zu machen. Er steigt also auf eine große Kiste und lehnt sich nach hinten. Eine Hand an der Kamera, mit der anderen hält er sich am Strick fest. Plötzlich macht der Ballon einen Schwenk und sackt ein Stück weit ab. Da droht ihm die Kamera aus der Hand zu fallen, und statt sie einfach fallen zu lassen, lässt er das Seil los und verliert das Gleichgewicht, leider in die falsche Richtung. So ähnlich haben es mir die anderen Passagiere berichtet. Es ging ja alles sehr schnell.«

Larstsen blickte auf einen Fotorahmen mit schwarzem Band, und erst jetzt sah Gitte, dass er im Verkaufsraum ein Bild seines toten Kollegen aufgestellt hatte. Er hatte ihn wohl sehr gemocht.

»Knut war beliebt und einfühlsam. Er konnte gut mit Kunden und hat mir stets den Rücken freigehalten. Das Ganze war wirklich ein richtiger Mist.«

Er blickte Gitte flüchtig an und meinte: »Du bist beinahe zu hübsch für den Job einer Bestatterin. Hager, blass und spitze Nase, das würde besser passen.«

Larstsen lächelte über seinen zweifelhaften Scherz, aber seine Augen blickten traurig, als er nun weitererzählte: »Ich hatte damit gerechnet, dass vielen nach so einem Vorfall eine Ballonfahrt zu gefährlich wäre, aber weit gefehlt. Gerade wegen dieses Ereignisses sind einige erst auf die Idee zu einer Ballonbestattung gekommen.«

Er tippte auf sein Buch mit den Terminen. »Einer wollte ganz genau wissen, wie es passiert ist, und ob er dann mit seinem Onkel, vielmehr der Asche seines Onkels, in demselben Ballon fahren würde und ob er Bilder von dem Unfall sehen könnte. Manche Leute sind schon ein morbides Pack!«

Während sie so im Raum mit den Särgen standen, dachte Gitte daran, dass nun tatsächlich der Tod Einzug in ihr Leben gehalten hatte. Der schreckliche Mord an dem jungen Griechen ging ihr nicht aus dem Kopf, und dann war da noch dieser schräge Todesfall im Heißluftballon. Und der Tod ihrer Mutter lag auch erst drei Monate zurück.

Dann zeigte Larstsen ihr den danebenliegenden Arbeitsraum und einen noch kleineren Raum dahinter, in dem ein Kreuz hing. Das war der Raum, in dem die Toten aufgebahrt wurden, damit die Angehörigen in Ruhe Abschied nehmen konnten. In der Mitte stand ein Gestell, und neben einem mit einem Schaffell belegten Stuhl, der sehr bequem aussah, entdeckte Gitte eine Box mit Papiertaschentüchern.

Im Arbeitsraum gab es einen großen Schrank, in dem sich, wie Larstsen ihr zeigte, alles befand, was man brauchte, damit ein Leichnam für die Angehörigen in einen würdevollen Zustand gebracht werden konnte. Wenn nötig, eben durch eine thanatopraktische Behandlung. Bei dem Lehrgang war Gitte beeindruckt gewesen, was in dieser Hinsicht möglich war. Mitunter wurde eine Leiche ja erst Tage später in ihrer Wohnung gefunden, da war dann einiges an Aufwand nötig, um sie vorzeigbar zu machen.

Morgen sollte sie ihre erste Leiche bearbeiten, erzählte ihr Larstsen, eine alte Dame aus Sakskøbing. Die Leiche des jungen Griechen war natürlich noch nicht freigegeben, aber auch dafür würde das Bestattungsunternehmen Larstsen den Auftrag bekommen.

Bei dem Namen Sakskøbing klingelte etwas in Gitte, eine Erinnerung stieg auf, das flüchtige Bild einer reizvollen Stadt. Sakskøbing war etwa dreißig Kilometer von Marielyst entfernt und lohnte einen Besuch. Es besaß einen pittoresken Hafen und lag inmitten idyllischer Natur mit einer großen Vogelwelt. Das besondere Flair entstand nicht zuletzt durch die Designer-Hausboote, die im Hafen vor Anker lagen. Wenn man durch den Ort schlenderte, fühlte man sich in die Handelszeit früherer Jahrhunderte zurückversetzt.

Als Gitte um vier Uhr, von den vielen Eindrücken und Informationen ermattet, zu Hause ankam, machte ihr der schwedische Nachbar lebhafte Handzeichen. Erst als sich der Kommissar auf ihrer Terrasse bemerkbar machte, begriff sie, was er ihr sagen wollte.

»Entschuldige den Überfall«, begrüßte sie der Polizist, »aber ich brauche noch eine Unterschrift von dir. Und ein paar Fragen habe ich auch.«

Er blickte zu dem großen Schweden hinüber, der entspannt dastand, Gitte herzlich begrüßte und sich ansonsten auf das kommende Gespräch zu freuen schien.

»Können wir reingehen?«, fragte Kommissar Ansgaard.

Gitte bemerkte das gute Aussehen des Kommissars und dachte an das Chaos, in dem sie ihre Wohnung am Morgen hinterlassen hatte. Nach kurzem Zögern sagte sie: »Es ist sehr unordentlich, aber bitte.«

»Dann gehe besser du vor, damit ich sehe, wo ich hintreten darf.« Er grinste, und sie war ein wenig beleidigt. So schlimm war es nun auch wieder nicht.

Als Erstes legte er Gitte ihre gestrige Zeugenaussage vor die Nase und bat um eine Unterschrift.

Während sie ihren Namen unter das Papier setzte, fragte sie forsch: »Haben deine Fragen etwas mit den Runen zu tun?«

»Ja, das stimmt. Der Fall hat ziemlich unschöne Züge. Die Runen wurden dem armen Kerl vor seinem Tod beigebracht, nicht besonders tief, aber sicher schmerzhaft.«

Gitte fragte betroffen: »Wie lange vorher?«

»Ein paar Stunden, einen Tag. Wenn du daran zurückdenkst, wie er bei eurer Begegnung aussah, was für einen Eindruck hattest du von ihm? Wirkte er auf der Fähre so, als hätte er Schmerzen?«

Ole Ansgaard nahm einen Bücherkarton von einem Stuhl, stellte ihn vorsichtig auf den Boden und setzte sich, wobei er die langen Beine lässig übereinanderschlug.

Angesichts von so viel Lässigkeit fragte sie ihn zunächst, ob er einen Kaffee haben wolle. Sein strahlendes Gesicht sprach Bände. Bevor sie in der kleinen Küche verschwand, beantwortete sie seine Frage: »Man sah dem Jungen an, dass es ihm nicht gut ging, aber ich hielt es für Angst oder Seekrankheit. Doch seelischer Schmerz kann im Gesicht genauso aussehen wie körperlicher. Also wäre es schon möglich, dass jemand zu dem Zeitpunkt schon seinen Rücken als Geschichtsbuch missbraucht hatte.«

»Als Geschichtsbuch? Was für ein Vergleich. In der Gerichtsmedizin rätseln sie noch, was die Runen bedeuten.«

Als die Kaffeemaschine lief und sie mit zwei großen Tassen, Milch und Zucker ins Wohnzimmer zurückkam, fragte sie neugierig: »Wie wurde das denn gemacht? Ich meine, wie sind die Runen auf seine Haut gekommen?«

Er blickte sie erstaunt an. »Du willst es aber schon genau wissen, oder? Die meisten Leute möchten sich eine solche Verletzung lieber nicht anschaulich erklären lassen.«

»Ich schon, und spare dir bitte Bemerkungen zu meinem aktuellen Job.«

»Es ist mit einem Werkzeug gemacht worden, das dem von Tätowierern ähnelt. Wahrscheinlich war es auch nicht viel schlimmer als die Tätowierungen, die sich Häftlinge gegenseitig beibringen. Nur dass diese die Prozedur freiwillig über sich ergehen lassen.« Er verzog das Gesicht.

Gitte holte die Kaffeekanne aus der Küche und schenkte Ole Ansgaard und sich selbst eine große Tasse ein. Im Vergleich zu den Deutschen tranken die Dänen doppelt so viel Kaffee. Gitte teilte diese Leidenschaft mit ihren dänischen Landsleuten, sie war unter ihren Freunden in Münster als ausgesprochene Kaffeetante bekannt.

Sie sah zu, wie Ansgaard zwei gehäufte Löffel Zucker in den Kaffee gab und die Tasse fast bis zur Oberkante mit Milch auffüllte. Gitte trank ihren Kaffee schwarz, was allerdings nichts mit Genuss, sondern mit Selbstdisziplin zu tun hatte.

Versonnen hielt sie den Blick auf seine kräftige Hand gerichtet, mit der er jetzt sehr gründlich den Zucker einrührte, und überlegte laut: »Vielleicht hat sich der junge Grieche ja auch freiwillig einer Zeremonie unterzogen. Wäre doch möglich, dass er sich Schutzrunen einritzen lassen wollte oder sogar einer obskuren Gruppe von Wikingerfans angehörte? Allerdings, falls es zum Schutz war, hat das wirklich rein gar nichts gebracht, eher im Gegenteil. Aber realistisch betrachtet wirken solche heidnischen Bräuche ohnehin nie.«

Ole Ansgaard runzelte die Stirn. »Nun, so streng würde ich das nicht sehen. Bestimmte Rituale gibt es in jeder Religion, und es ist der Glaube daran, der einem hilft. Wenn ich mich beschützt fühle, wirke ich sicherer, was mich wiederum weniger leicht zum Opfer macht. Weißt du, was ich meine?«

O ja, das wusste Gitte nur zu gut. Aus der Opferhilfe kannte sie die Verhaltensweisen, die jemanden zum Opfer werden ließen, manchmal immer und immer wieder. Viele Mobbingopfer gerieten nicht völlig zufällig in diese Position, und es gab Menschen, die in ihrem Leben wiederholt zu Opfern wurden. Viktimologie hieß die Disziplin, die sich mit der Persönlichkeitsstruktur dieser Menschen beschäftigte. Erlernte Hilflosigkeit konnte zu solchen wiederholten Erfahrungen führen. Ein Teufelskreis.

»Ich hoffe, die Untersuchung der Runen und ihrer Bedeutung gibt uns Aufschluss darüber, warum sie auf dem Rücken des Opfers gelandet sind«, sagte Ole Ansgaard. »Als du ihn gefunden hast, hast du da jemanden in der Nähe gesehen oder gespürt?«

»Nein.«

»Ich dachte schon, denn der Schwede von nebenan meinte, du hättest etwas in den Garten hinausgerufen. Er kann kein Dänisch, aber es soll sich sehr zornig angehört haben.«

»Du Schwein, du verdammter Irrer!«

Er blickte sie amüsiert an, und Gitte ergänzte: »Das waren die Worte, die ich gerufen habe. Ich dachte, der Täter könnte noch in der Nähe sein, weil der Tote so einen warmen Körper hatte, er fühlte sich fast noch lebendig an. Der Messerstich musste ihm kurz zuvor zugefügt worden sein.«

»Ganz schön mutig.« Ansgaard blickte sich in ihrem neuen Reich um.

Dann sagte er: »Das ist ein gemütliches Haus und sogar wintertauglich. Wieso wanderst du plötzlich nach Dänemark aus? Hat Deutschland dir nicht mehr gefallen? Besser ist das Wetter hier auch nicht.«

»Der Strand ist schöner«, konterte sie, »und die Hotdogs sind leckerer.«

»Das sind triftige Gründe. Jedenfalls hast du eine interessante und etwas düstere Aura. Du kommst aus Deutschland nach Dänemark, wirst Nachfolgerin eines Bestatters, der spektakulär bei einer Ballonfahrt ums Leben gekommen ist, und bekommst schon in der ersten Nacht ein Mordopfer vor die Tür gelegt. Und das hat dann auch noch blutige Runen auf dem Rücken. Ich weiß nicht, wann wir in Marielyst zuletzt ein so brutales Verbrechen aufklären mussten. Ist dein Leben in Deutschland auch so gewesen?«

»Ich komme aus Münster, das ist die Krimihauptstadt schlechthin. Du kannst dort sogar eine Krimitour buchen und Tatorte besichtigen.«

Das gab es wirklich in Münster, aber es ging dabei um Tatorte, die zu einer Krimiserie gehörten, nicht um reale. Im wirklichen Münster gab es haufenweise Fahrraddiebstähle und auch Einbrüche, aber nur wenig Mord und Totschlag.

»Wir haben bereits in die verschiedensten Richtungen ermittelt, und es sieht so aus, als wäre der junge Grieche – er hieß übrigens Joris – per Anhalter nach Marielyst gefahren. Es waren deutsche Urlauber, die ihn mitgenommen haben.«

»Kannst du mir ihre Namen sagen oder, noch besser, die hiesige Adresse?«, bat Gitte den Kommissar. »Ich würde gerne wissen, worüber Joris gesprochen hat. Was ihn bewegt hat.«

»Das wollen wir auch wissen. Und es ist übrigens Sache der Polizei, den Mord aufzuklären.«

»Mich interessiert das aus menschlichen Gründen. Ich werde ihn bald auf meinem Bestattertisch liegen haben. Und dann muss ich eventuell, wenn seine Familie das wünscht, ein paar Worte vorbereiten«, erklärte Gitte mit wichtiger Miene.

Der Kommissar schwieg erst einmal lange und trank seinen Kaffee. Mit seinem Schweigen machte er sie ganz nervös.

»Bitte ...«, fügte sie schließlich hinzu.

»Nein«, meinte er endlich entschlossen, »das darf ich nicht. Die Adresse musst du schon selber herausfinden. Sie wohnen aber hier in der Nähe und kommen jedes Jahr nach Marielyst. So viel kann ich dir erzählen, weil es auch in der Zeitung steht. Das ist meiner Meinung nach zwar unklug, denn es geht immerhin um Mord, aber die Deutschen mussten ja unbedingt sofort ein Interview geben.«

Er stand auf und sie ebenfalls. Der Kommissar überragte sie um mehr als Haupteslänge.

»Danke für den guten Kaffee«, sagte er.

An der Haustür drehte er sich noch einmal um. »Wie war dein erster Arbeitstag?«

»Blutleer, aber interessant. Ich habe meinem Chef klargemacht, dass ich keine Ballonbestattungen übernehmen werde.«

»Wieso? Es ist doch sehr unwahrscheinlich, dass zwei Leuten der gleiche Unfall passiert, zumal dein Vorgänger an seinem Sturz nicht ganz unschuldig war.«

»Mir ist schon so einiges passiert, was unwahrscheinlich war, ich möchte das nicht.«

»Hm.« Er zögerte, klopfte gegen den Holzrahmen und sagte: »Denk daran, bald dein Auto umzumelden.«

Mist. Das war ein Punkt auf ihrer Liste, den sie eigentlich ganz nach hinten schieben wollte. Sie hatte gehofft, zumindest während der Urlaubssaison noch mit einem deutschen Kennzeichen herumfahren zu können. Wie ärgerlich. Ein Auto in Dänemark anzumelden war eine Tortur, eine echte behördliche Schikane, die so gar nicht zum freundlichen Bild der Dänen passte. Und unglaublich teuer! Gitte beschloss, den Hinweis zu ignorieren, zumindest eine Zeit lang.

Sie brauchte nicht lange, um die deutsche Familie zu finden, die Joris von der Fähre in Rødby bis nach Marielyst mitgenommen hatte. Auf schmalen Wegen lief sie durch ihre Wohngegend und betrachtete dabei die verschiedenen, oft knallbunten Holzhäuser. Vier deutsche Urlauber und einen dänischen hatte sie bereits gefragt, dann stand sie am Cypresvej vor einem weiteren Holzhaus mit Veranda und großem Garten. Vor der Tür parkte ein weißer BMW.

Die Luft war zum Abend hin merklich abgekühlt.

Eine Frau Ende dreißig nahm Wäsche von der Leine hinter dem Haus, und zwei Kinder lungerten im Garten herum. Der ältere Junge las in einem Buch, die etwa sechsjährige Tochter stand neben ihrer Mutter und quengelte, weil sie fernsehen wollte.

Gitte ging mit einem freundlichen »Hallo« auf die Frau zu und entschuldigte sich für ihr Eindringen. »Sind Sie die Familie, die den jungen Griechen von der Fähre aus mitgenommen hat?«, fragte sie.

»Jaaah, warum?«

»Ich bin die Frau, vor dessen Tür er ermordet aufgefunden worden ist, und ich möchte gerne kurz mit Ihnen sprechen. Geht das?«

Sofort machte die Frau ein betroffenes Gesicht. »Himmel, das ist alles so schrecklich. Ja, Charlotte, dann geh halt Fernsehen gucken, und nimm deinen Bruder mit.« Beide Kinder stürmten ins Haus.

»Ich sehe ihn immer wieder vor mir, mit diesen dunklen Augen, als er in unserem Auto saß. Er war doch fast noch ein

Kind, und doch hatte er schon so viel erleben müssen.« Die Frau ließ eine Badehose in den Korb fallen.

»Wissen Sie, warum er nach Marielyst wollte?«

»Nein. Ich weiß gar nicht, ob er tatsächlich hierher wollte. Er stand da am Fährhafen und hielt den Arm raus, um irgendwo mitzufahren.«

»Er musste eigentlich nach Nykøbing, zu seinem Onkel.«

Die blonde Frau sah sie mit ihren etwas weit auseinanderstehenden Augen an. »Ja, das kann sein. Er fragte, wie weit Marielyst von Nykøbing weg sei, und wir sagten, zwölf Kilometer. Mein Mann und ich, wir fahren schon sehr lange in diese Gegend in Urlaub, fünfzehn Jahre sind es nun. Wir kennen uns aus. Michael, mein Mann, ist schon als Kind oft hier gewesen, und zwar immer in diesem Haus.«

Sie breitete die Arme aus, als wäre dieses Grundstück, eingerahmt von einigen alten Fichten, mit zwei Schaukeln und einer Hängematte zwischen den Bäumen, der Inbegriff der Glückseligkeit. Ein bisschen in die Jahre gekommen wirkte das Haus, aber es war charmant gealtert. Der ursprünglich grelle Gelbton war zu einem hübschen Beige verwittert, die mattgrün gestrichenen Fensterrahmen passten gut dazu.

»Und dann sagte der junge Mann, das sei gut. Er wolle gerne mit uns nach Marielyst fahren.«

Gitte war verwirrt. Warum hatte der Onkel seinen Neffen nicht persönlich abgeholt? Oder wollte Joris noch nicht gleich zu seiner Familie? Sie fragte die Frau: »Haben Sie das den ermittelnden Beamten gesagt?«

»Ich denke schon. Mein Mann hat mit dem Kommissar geredet. Aber er ist gerade nach Gedser zum Fischladen gefahren.« Sie strahlte voller Vorfreude, als sie sagte: »Dort gibt es die besten *fisk kage.*«

Sie benutzte den dänischen Ausdruck, aber ihre Aussprache war katastrophal. Trotzdem – es war schön, wenn Deutsche auch mal ein paar dänische Brocken lernten. Warum jemand aber statt frischem Fisch Fischfrikadellen bevorzugte, war Gitte schleierhaft.

»Früher hatte der Laden in Gedser nur donnerstags, freitags und samstags auf«, erinnerte sich Gitte.

»O verdammt, Sie haben recht. In diese Falle tappen wir jedes Jahr. Wie lange sind Sie schon hier?«

»Seit Samstag. Ich war auch schon öfter in Marielyst, ist aber schon ein paar Jahre her. Ich bin zur Hälfte Dänin und bleibe nun dauerhaft hier.« Hoffentlich, setzte sie in Gedanken hinzu.

Die Frau strahlte. »Haben Sie es gut! Wir wohnen in Dortmund. Groß, voll mit Menschen, eine eigenwillige Stadt.«

In diesem Moment schoss eine Gestalt auf einem Rennrad um die Ecke und bremste auf der Wiese abrupt ab. Ein schnittiger Helm saß auf seinem Kopf mit dem braunen Haar, und die kurze Hose, die der Mann anhatte, wirkte an den noch weißen Beinen recht jungfräulich. Wahrscheinlich trug er solche Kleidung nur im Urlaub. Er war schmal, aber sehnig, mit zögernden Schritten kam er auf Gitte zu. Sein Händedruck war kräftig und knapp. »Michael Heilmann.«

»Der Fischladen hatte zu, du musst eine deiner Konserven aufmachen. Ich hatte keine Lust mehr, bis zum Aldi in Væggerløse zu fahren.«

»Stimmt, da steht ja immer ein Fischwagen. Egal. Geh duschen, dann kannst du dich mit uns unterhalten.«

Seine Frau, deren Namen Gitte noch immer nicht wusste, bat sie nun auf die Veranda, die im Schatten lag. So ohne Sonne war es hier ein wenig ungemütlich, Gitte fröstelte.

»Ich heiße übrigens Julia. Hier in Dänemark sagt man doch immer du, oder? Also Julia.«

»Ich bin Gitte. Ich wollte euch aber nicht aufhalten.«

»Unsinn, ich hole uns mal etwas zu trinken, und dann reden wir weiter.«

Kurze Zeit später kam sie mit drei Likörgläschen und einer

Flasche Kirsberry zurück. Den bekam man hier als dänische Spezialität überall zu kaufen, und Gitte wusste von früheren Aufenthalten, dass das Zeug auch nur im Urlaub wirklich schmeckte. Zu Hause erkannte man den wahren Charakter des Getränks: Es war klebrig, süß und stieg ohne Umwege in den Kopf, oft mit schmerzhaften Folgen.

Julia goss großzügig ein und stieß mit ihr an. »Skål, Gitte. Lass uns auf meinen Mann warten, er hat im Auto mehr mit dem jungen Mann gesprochen, denn ich saß am Steuer. Das Stück von Rødby nach Marielyst muss nämlich immer ich fahren, und weißt du, warum? Mein Mann will seinen Urlaubsbeginn genießen. Du müsstest ihn mal sehen: Er schnuppert aus dem Fenster in die würzige Luft, guckt hin und her, damit er keinen Baum und keine Straßenecke verpasst, und genießt die ersten Minuten in Dänemark wie ein Kind im Karussell. Das Erste, was er dann bei unserer Ankunft probiert, ist ein Lakritzeis. Brrr. So ein weißes Limoneneis mit einer Lakritzschale drum herum. Dafür fahren wir zum Bøtøcenter, noch bevor wir unser Haus erreicht haben.« Sie schüttelte in gespielter Entrüstung den Kopf, und Gitte erinnerte sich nur zu gut an ihre eigenen schönen Zeiten am Bøtøcenter, dem Jugendtreff in Marielyst.

»Lästerst du wieder über meine Dänemark-Sucht?«

Michael Heilmann trat mit nassen Haaren auf die Terrasse und goss sich bereits beim Hinsetzen ein Glas des Likörweins ein.

Julia erklärte ihrem Mann: »Gitte möchte erfahren, ob der junge Grieche bei uns im Auto etwas von seinen Plänen erzählt hat. Du hast dich doch mit ihm unterhalten.«

Gitte ergänzte: »Ich möchte verstehen, warum er tot vor meiner Tür gelandet ist. Eventuell wollte er sich, schwer verletzt, wie er war, zu eurem Haus schleppen und hat sich nur verlaufen. Ich wohne am Anemonenvej. Hat Joris, so hieß er laut Polizei, erzählt, ob er hier jemanden kennt?«

»Nein.« Michael hielt sein Glas mit dem Likör genießerisch in den Händen. »Ich hatte den Eindruck, es war ihm gar nicht so wichtig, wo er landet, Hauptsache, noch nicht in Nykøbing. Er wollte erst ein bisschen was erleben, Sonne und Strand, mal ein paar Tage alleine sein, wie er sagte. Bei seinem Onkel müsse er Dänisch lernen und arbeiten. Am liebsten wolle er dauerhaft in Dänemark bleiben und in der Gastronomie arbeiten, hat er erzählt. Nur, so viele Stellen gibt es zumindest bei uns in Marielyst nicht.«

Gitte amüsierte sich im Stillen über die Formulierung »bei uns«.

Sie fragte weiter: »Machte er den Eindruck, als hätte er Schmerzen?«

Michael stellte sein Glas ab und wandte sich ihr zu. Er hatte eine große Nase, die markant aussah. Dazu passten die dunklen Augen und das entschlossene Kinn.

»Wie meinst du das? Körperliche Schmerzen, so als habe er das Messer bereits in der Brust stecken? Oder eine Schussverletzung? Gelaufen ist er jedenfalls ganz normal.«

»Hat er sich angelehnt, als er im Auto saß?«

Wenn er zu dem Zeitpunkt bereits die Runen auf dem Rücken gehabt hatte, hätte er sich wohl kaum an die Lehne gepresst.

»Ja, ich denke schon«, sagte Julia.

»Nein, hat er nicht, er saß vorgebeugt, um sich besser mit mir unterhalten zu können. Seinen Rucksack hatten wir einfach auf dem Dach festgebunden, unser Auto war voll bepackt.«

Gitte glaubte nicht, dass Ole Ansgaard dem Ehepaar von den Runen auf dem Rücken erzählt hatte, deshalb klärte sie die beiden darüber auf.

»Er könnte also bereits verletzt gewesen sein, oder eben nicht«, seufzte sie. »Was hat er denn sonst noch erzählt?«

Michael grinste plötzlich. »Das passt jetzt zu den Runen,

denn der Junge hat erzählt, dass er Wikingergeschichten liebt und nach dem Tode auch nach Walhalla kommen will. Dort hätte Heldentum noch eine Bedeutung. Er war ganz verrückt nach Orten, wo es etwas von den Wikingern zu sehen gibt, fragte sogar nach einer bestimmten Begräbnisstätte.«

Gitte hatte die Unterhaltung mit den Deutschen trotz des ernsten Themas genossen. Nun verabschiedete sie sich herzlich von ihnen und spazierte nachdenklich zu ihrem Haus zurück.

3

Gegen sechs Uhr startete Gitte den Wagen, um nach Nykøbing zu fahren. Ihre Tante hatte beschlossen, Gitte müsse gleich ein paar neue Leute kennenlernen, und hatte auch die Bäckerin Sofie eingeladen, auf die sie große Stücke hielt und die im gleichen Alter war wie ihre Nichte.

In Dänemark prahlte man nicht mit Stand, akademischem Titel oder Reichtum, daher fand es Stine Poulsen völlig normal, mit ihrer Haushälterin über Politik zu diskutieren und die Bäckerin zu einem feinen Vier-Gänge-Menü einzuladen.

Es gab zunächst Smørrebrød belegt mit Lachs, Meerrettich, Ei und Sahne, die ganze Pracht so hoch aufgetürmt, dass man nur mit Messer, Gabel und viel Geschick alles sauber in den Mund bekam. Danach servierte Stine ein hervorragendes Steak mit Speck-Kartoffelpüree und feinen Bohnen. Es folgte ein überbackener Ziegenkäse mit Feigensenf, und zum Abschluss gab es Schokoladenkuchen mit flüssigem Kern. Von dem köstlichen Rotwein konnte Gitte leider nur ein Glas trinken, denn sie musste ja noch Auto fahren. Es war ein Lille Gadegård Rondo, auch Bornholmer Burgunder genannt, ein dänischer Wein von der schönen und vor allem sonnigen Insel Bornholm. Die Dänen hatten immer schon gerne und viel Wein getrunken und auch angebaut, aber es musste erst ein neues Jahrhundert beginnen, damit das Land von der EU offiziell als Weinbaugebiet anerkannt wurde.

»Ich kenne mein Land. Wenn es überhaupt irgendwo zuverlässig genug Sonne für Weinreben gibt, dann auf Bornholm.«

Daher trank Tantchen nur diesen einen heimischen Rotwein. Ansonsten waren ihr die französischen lieber, denn beim Bornholmer Burgunder schwankte der Geschmack, je nachdem, wie viele Sonnenstunden er im jeweiligen Jahr genossen hatte.

»Du isst wie ein Spatz – und du auch«, beklagte sich Stine erst bei Gitte und dann bei Sofie, die sich als muntere und freundliche Person entpuppte.

Tante Stines Gespür für Menschen war extrem schwankend, Gitte hatte bei ihr auch schon sehr merkwürdige Personen kennengelernt.

Sofie betrieb eine kleine Bäckerei in der Nähe und hatte zwei Angestellte. Mit dem einen, Nils, flirtete sie ein wenig, aber ernsthaft interessiert war sie an dem anderen, Liam, der sie allerdings stets mit höflicher Distanz behandelte. So hatte Sofie es bei der Vorspeise ganz offen erzählt und entzückend gegrinst, bevor sie ihre Lippen zum Schmollmund formte.

Die Grundlage für das Smørrebrød stammte aus ihrem Geschäft, ein sehr leckeres Vollkornbrot, wie Gitte beeindruckt feststellte. In Marielyst hatte sie solch ein körniges Brot noch nicht entdeckt, im Supermarkt gab es dunkles Brot nur fertig abgepackt und von zweifelhafter Qualität.

»Die Deutschen sind ja überzeugt davon, dass sie die einzige Nation sind, die schmackhaftes dunkles Brot backen kann, aber mein Rezept stammt noch von meiner Urgroßmutter«, behauptete Sofie beim ersten Lob.

»Warum esst ihr so wenig, schmeckt es euch nicht?«, nörgelte die Gastgeberin erneut.

Sofie seufzte und erwiderte: »Es schmeckt himmlisch, Stine, aber ich muss früh aufstehen. Nach dem Abendessen gehe ich gleich ins Bett, da kann ich nicht so viel essen.«

»Ach was, lass doch deine Männer backen, und schlaf dich aus. Und du?«

»Ich träume von Kleidergröße 38, und das schon sehr lange. Jetzt ist mal Schluss mit der Völlerei.«

»So ein Blödsinn, das musst du von deiner Mutter haben. Die hat auch ständig auf ihre Figur geachtet. Ich würde mich nicht wundern, wenn sie am Ende verhungert ist.«

Damit hatte sie gar nicht mal unrecht, dachte Gitte. Ihre Mutter war an einer Krebserkrankung gestorben. Zum Schluss hatte die Krankheit ihren Körper tatsächlich so ausgezehrt, dass sie fast wie verhungert wirkte.

»Du sollst nicht so abfällig über Verstorbene reden, Stine«, sagte Sofie tadelnd und blickte Gitte entschuldigend an.

»Wieso, jetzt kann mich das Kind nicht mehr verpetzen. Meine Schwägerin ist tot.«

Es war in der Familie ein offenes Geheimnis gewesen, dass die dänische Schwester von Gittes Vater und seine deutsche Frau einander umschlichen hatten wie zwei Wölfinnen, die beide das Rudel anführen wollten. Nur die räumliche Distanz hatte in späteren Jahren für einen Waffenstillstand gesorgt.

Zum Abschluss gab es den unvermeidlichen traditionellen Aquavit. Sofie war mit dem Fahrrad da und trank zwei Gläser, und Stine goss sich sogar zweimal nach, aber Gitte nippte nur zaghaft an ihrem Getränk. Es war ein Aalborg Jubiläumsaquavit, benannt nach der kleinen Stadt im Norden Jütlands, die schon seit Jahrhunderten die unbestrittene Hochburg des Aquavits war. Übersetzt hieß der Schnaps »Wasser des Lebens«, was zeigte, welch heilende Kräfte man dem Tropfen immer schon zugesprochen hatte.

Als Gitte gerade aufbrechen wollte – Sofie hatte bereits mehrfach verhalten gegähnt –, fragte ihre Tante sie nach dem Mord.

»Gibt es etwas Neues zu dem jungen Griechen?«

»Ja, er ist per Anhalter von Rødby nach Marielyst gekommen, und zwar mit einer sehr netten Familie aus Deutschland. Offenbar wollte er nicht gleich zu seinen Verwandten nach Nykøbing, obwohl sie ihn bereits erwarteten. Außerdem hatte ihm jemand Wikingerrunen in den Rücken geritzt.«

»Darauf brauche ich noch einen.« Der vierte Aquavit wurde gekippt.

Als Gitte aufstehen wollte, hielt Tante Stine sie am Arm fest.

»Warte mal, Kind. Sagtest du gestern nicht, die Verwandten des Toten arbeiten in einem Hotel hier in der Stadt? Ich habe mal nachgeschaut, das kann nur das ›Lilesund‹ sein. Soll ich mich mal umhören? Warum bloß will ein junger Mann in einem fremden Land nicht sofort zu seinen nächsten Verwandten? Und dann sagt er ihnen nicht einmal Bescheid, dass er später kommen wird? Da stimmt doch etwas nicht.« Sie machte eine fahrige Handbewegung, als wollte sie die Luft im Zimmer zerteilen. »Ich kenne die Besitzer des Hotels recht gut und höre mich mal um, ja?«

»Diskret, Tantchen, diskret. Die Polizei wird sicher ebenfalls mit der Verwandtschaft geredet haben.«

Sofie schaltete sich ein: »Wisst ihr was? Da mache ich auch mit. Ich beliefere das Hotel nämlich morgens mit frischen Brötchen.« Triumphierend blickte sie in die kleine Frauenrunde.

»In der Küche arbeitet tatsächlich ein südländisch aussehender Mann. Er ist immer sehr zurückhaltend. Meist bringt Liam die Brötchen frühmorgens dorthin, aber ich kann ihm die Arbeit ja mal abnehmen. Dann habe ich einen Grund, mit dem Mann zu reden.« Sofie zwinkerte verschwörerisch, und ihre blauen Augen strahlten so sehr, dass Gitte diesen Liam für einen Dummkopf hielt, wenn er seine Chefin nicht bald mal privat einlud.

Mit der Handynummer von Sofie ausgestattet und dem Gefühl, eine sympathische Bekanntschaft gemacht zu haben, fuhr Gitte nach Hause.

Am nächsten Tag musste sich Gitte um die Aufbahrung der alten Dame aus Sakskøbing kümmern und die Beerdigung mit den Angehörigen durchsprechen. Ihr Chef, Paul Larstsen, war auf einem Kongress in Kopenhagen und den ganzen Tag unterwegs. Sie war sehr aufgeregt, es war schließlich das erste Mal, aber Larstsen hatte ihr versichert, dass er telefonisch jederzeit erreichbar sei.

Die alte Frau lag vor ihr auf dem Behandlungstisch. Ihre Wangen waren eingefallen, die Haut wächsern, aber die Gesichtszüge wirkten friedlich. Die Frau war auf einer Palliativstation gestorben und ruhig und ohne Schmerzen eingeschlafen. In Dänemark ging man wesentlich großzügiger mit Schmerzmitteln wie Morphium um, wusste Gitte. Die meisten Hausärzte in Deutschland besaßen keine Zusatzausbildung in Palliativmedizin und verschrieben immer noch sehr zögerlich starke Schmerzmittel. Da verwunderte es nicht, dass in Deutschland laut einer Schätzung dreitausend Menschen pro Jahr aufgrund chronischer Schmerzen Suizid begingen. Gitte hatte sich mit diesem Thema beschäftigt, als sie während ihrer Arbeit bei der Polizei mit einem solchen Selbstmord konfrontiert worden war.

Daran musste sie denken, als sie die Tote auszog, was kaum Zeit in Anspruch nahm. Die alte Dame trug lediglich ein dünnes Nachthemd und eine Krankenhaus-Windel. Den Kopf lagerte Gitte mit einer Nackenstütze höher. Unter dem Körper befanden sich bereits gelochte Metallkassetten, damit beim gründlichen Waschen das Wasser gut abtropfen konnte. Zunächst griff Gitte zu einer Sprühflasche mit Desinfektionsmittel und sprühte den Leichnam komplett damit ein, dann seifte sie den Körper ein und spülte ihn mit kaltem Wasser ab. Am Körper der Frau befanden sich viele kleinere und größere Verdickungen, Gitte konnte fühlen, wie der Krebs sich über den ganzen Körper verteilt hatte. Für sie war der Tod eine Erlösung gewesen, kein plötzlicher Vorfall, der sie den Angehörigen entrissen hatte. Gitte fragte sich beiläufig, ob sie auch in der Lage wäre, die Aufbahrung des ermordeten griechischen Jungen vorzubereiten.

Unter den verschiedenen Haarshampoos, die Larstsen besaß, wählte sie nun ein mildes mit Orangenaroma aus und wusch der Frau die kurzen grauen und sehr feinen Haare. Dann föhnte sie den Kopf sorgfältig, damit sie das zarte Gesicht schön locker einrahmten. Die Hände der Frau waren feingliedrig und trotz des Alters schön, mit ausgeprägten Fingernägeln und sehr gepflegt. Da musste Gitte nur ganz wenig feilen und säubern. Während ihrer Fortbildung hatte sie mal einen älteren, allein lebenden Mann auf dem Tisch gehabt. Himmel, bei dem hatte sie den Dreck der letzten drei Jahre unter den Nägeln wegkratzen müssen. Ein Wunder, dass sich darunter noch nichts bewegt hatte.

Nachdem sie Tisch und Körper komplett abgetrocknet hatte, benutzte sie eine spezielle feuchtigkeitsregulierende Massagecreme und massierte den Körper damit, um die Leichenstarre zu lösen. Außerdem wirkte die Creme einer Austrocknung der Haut entgegen.

Damit keine Körperflüssigkeiten austreten konnten, wurden noch alle Öffnungen mit Watte und einem feuchtigkeitsbindenden Pulver verschlossen.

Nun kam der Schritt, den Gitte am schwierigsten fand. Sie musste einige chirurgische Tricks vornehmen, um den Unterkiefer und den Oberkiefer dauerhaft zusammenzuhalten.

Auch bei den Augen wurde getrickst. Gitte setzte kontaktlinsenartige Plastikkappen mit Noppen ein, um zu verhindern, dass die geschlossenen Augen wie üblich nach dem Tod einsanken oder sich gar durch das unvermeidliche Austrocknen der Lider wieder öffneten.

Zum Schluss begutachtete sie die Frau, die so nackt vor ihr nun doch ein wenig befremdlich aussah. Doch das Ankleiden wollten die Angehörigen übernehmen. Das war nicht üblich, wurde aber gelegentlich gewünscht. Manch einer konnte sich so besser verabschieden.

Eine halbe Stunde später erschien ein rüstiger Rentner und stellte sich als Ehemann der Toten vor. In der rechten Hand hielt er eine Reisetasche mit der Kleidung, die er für die Beerdigung vorgesehen hatte. Gitte staunte nicht schlecht, als der Witwer ein festliches royalblaues Kleid auspackte.

»Dieses Kleid hat meine Frau getragen, als uns vor zwei Jahren ihre Krebsdiagnose mitgeteilt wurde. Wir hatten gerade unseren 41. Hochzeitstag und wollten nach dem Arztbesuch fein essen gehen.«

Dem Mann lief eine einzelne Träne über die Wange, doch er wischte sie nicht weg. Zärtlich strich er über den Stoff.

»Wir sind dann auch essen gegangen. Damals fühlten wir uns noch so stark und entschlossen und wollten uns die Stimmung nicht kaputtmachen lassen. Sie hat sich an diesem Tag bei mir für 41 Jahre Glück und Liebe bedankt. Was immer jetzt auf sie zukäme, könne den schönen vergangenen Zeiten verdammt noch mal nichts anhaben. Das hat sie gesagt – verdammt noch mal.«

Er lächelte wehmütig, und Gitte dachte, was für ein schönes Paar die beiden einst gewesen sein mussten.

»Es sollte einer unserer letzten schönen Abende werden. Danach begann die systematische Zerstörung ihres Körpers. Erst durch die Chemotherapie und dann durch den Krebs, der sich durch gar nichts aufhalten ließ.«

Er straffte sich und sagte mit Blick auf seine zugedeckte Frau: »Ich möchte jetzt ein letztes Mal mit meiner Frau alleine sein, während ich sie anziehe. Du hast sie sehr schön hergerichtet. Lieben Dank dafür.«

Gitte nickte ihm zu und verließ den Raum. Am liebsten hätte sie die Tür laut zugeknallt, doch sie schloss sie ganz leise hinter sich. Gerade musste sie an ihren Ex-Freund denken, der bereits ins Gästezimmer gezogen war, wenn Gitte nur mal eine kleine Erkältung hatte. Liebevoll beigestanden hatte er ihr nie.

In der Mittagspause spazierte sie durch Marielyst, das sich seit ihrem letzten Besuch deutlich verändert hatte und doch irgendwie gleich geblieben war. Der Ortskern war aufgehübscht worden, aber es gab noch immer dieselben Gebäude, die kleinen Läden, wenn auch oft mit neuen Besitzern, und natürlich das unbeständige Wetter. Gerade war die Sonne herausgekommen, und mit ihr erschien ein Haufen Touristen, die zum Strand eilten. Gitte war überrascht, dass der einzige Bäcker vor Ort sich jetzt als Café präsentierte, Brötchen und Brot bekam man nur noch selten. Dafür saßen eine Menge älterer Leute und eine junge Familie in ›Larsen's Bageri & Café‹ und aßen meist eine dänische Spezialität, ein lang gezogenes Plundergebäck, gefüllt mit Vanillecreme und Marzipan. Schrecklich süß und schrecklich lecker. Die Dänen liebten ihre Kuchen sehr süß, sogar die Obstkuchen.

Gitte bestellte sich einen Kaffee und einen *jordbær kage.* Sie war immer wieder überrascht, mit wie wenig Erdbeeren hier ein Erdbeerkuchen auskam, sie waren allenfalls schmückendes Beiwerk. Was ihr serviert wurde, war in erster Linie süßer Teig, ein Schokoladenbiskuit, der mit Pudding gefüllt war. Obenauf lagen drei Erdbeerhälften.

Auf der gegenüberliegenden Straßenseite erkannte sie Niko, den deutschen Urlaubsjungen, der mit seinem Handy gerade heimlich die Füße anderer Passanten fotografierte. Zumindest sah es so aus. Was trieb der Bengel da nur? Sie musste grinsen und schob sich den letzten Bissen des Kuchens in den Mund.

Entspannt wanderte Gitte zurück zum »Haus des Bestatters«, wie die Leute es laut Larstsen immer nannten, zurück. Diesbezüglich ging es in Marielyst zu wie im Wilden Westen. Herr Larstsen war »der Bestatter« und nicht Herr Larstsen. Gitte erinnerte sich, dass es oberhalb des Ortes auf einem Hügel eine Glasbläserei gab, die von einer Frau geführt wurde. Sie hatte immer wieder deutsche Praktikanten, deshalb hieß sie »die mit den Deutschen« oder »die Glasbläserin«.

Mal sehen, wie man sie selbst bald nennen würde, dachte sie.

Als sie nach der Arbeit an ihrem Haus ankam, erwartete sie schon wieder ein überraschender Gast auf der Veranda.

Ich sollte die Kissen draußen auf den Stühlen liegen lassen und Blumen auf den Tisch stellen, dann wäre der Wartebereich schöner, kam ihr in den Sinn, während sie ihr Fahrrad abstellte. Der unbekannte Besucher war männlich, deutlich unter zwanzig und erinnerte im Aussehen an Joris. Dunkle Augen, leicht gelocktes schwarzes Haar und dichte Augenbrauen.

Der Junge stand sofort auf und verbeugte sich. »Hallo, ich bin Timon. Bist du die Frau, vor deren Haustür Joris ermordet worden ist?«

Er hatte die gleiche Art, die Augen weit aufzureißen, wie Joris, fiel Gitte auf. Sie war zutiefst betroffen über seine in traurigem Tonfall gestellte Frage.

»Ich bin Gitte. Joris ist vor meiner Tür zusammengebrochen, wann und wo er erstochen worden ist, weiß ich nicht. Bist du ein Freund von ihm?«

»Ich bin sein Cousin.«

Jetzt erst sah Gitte das Fahrrad, das ordentlich vor ihrer Haustür stand. Offenbar war er damit aus Nykøbing gekommen.

»Wo hat er gelegen?«, wollte Timon wissen.

Sie zeigte es ihm und trat erstaunt einen Schritt zurück, als Timon sich plötzlich auf den Boden legte. »So?«

Gitte zeigte es ihm. Sie bückte sich, nahm seinen rechten Arm und legte ihn so, wie sie es bei dem toten Joris vorgefunden hatte. Auch die Beine schob sie in eine angewinkelte Position. Joris war gestorben wie jemand, der große Schmerzen hatte. Zusammengekrümmt.

Der Junge blieb eine kleine Weile so liegen und schloss die Augen. Er versetzt sich in seinen toten Cousin, dachte Gitte und wusste nicht, was sie sagen sollte. Also ging sie ins Haus, um Getränke zu holen. Als sie mit zwei Gläsern, einer Flasche Wasser und einer Flasche *solbærsirup* – Johannisbeersirup – wieder auf die Veranda trat, hockte Timon immer noch am Boden und befühlte mit den Händen die Holzdielen. Er hatte Tränen in den Augen, als er schließlich aufstand.

»Joris hat leiden müssen, nicht wahr? Ich habe mich so auf meinen Cousin gefreut. Ich wollte ihm dieses tolle Land zeigen und ihm die Sprache beibringen.«

Gitte goss ihm ein Glas Wasser ein und gab auf seinen bestätigenden Blick hin auch einen Schuss Sirup hinein. Am liebsten hätte sie ihn in den Arm genommen.

»Du bist nun mit ihm verbunden, weil er bei dir gestorben ist.«

Gitte war sich nicht sicher, ob sie eine derartige Verbundenheit mit einem toten Jungen wollte.

Timon setzte sich auf einen Stuhl und meinte dann etwas großspurig: »Ich kann Karate, ich hätte ihn beschützen können. Warum ist er nicht zu uns nach Nykøbing gekommen?«

Er leerte das Glas in einem Zug.

»Er wäre bestimmt noch zu euch gekommen. Vielleicht wollte er erst das Meer sehen, den Strand. Man weiß nicht, was in Menschen vorgeht, wenn sie plötzlich ein neues Land betreten.«

»Joris hat meinen Vater gehasst. Ich weiß es. Er hat nie ein böses Wort über ihn gesagt, aber ich weiß es.«

Gitte ließ den Jungen reden. Von ihrer Arbeit bei der Polizei wusste sie, dass schweigendes Zuhören manchmal das Beste war, um Menschen zum Reden zu bringen.

»Sein Vater ist der Bruder meines Vaters, er sitzt im Gefängnis, und seine Mutter ist gestorben. Sie war wohl herzkrank. Joris wollte bei uns bleiben. Wieso hat er sich bloß nicht gemeldet?«

Gitte zuckte mit den Schultern. Timons Dänisch war ziemlich gut, und so fragte sie ihn: »Wie lange lebt deine Familie schon hier in Dänemark?«

»Schon lange, seit fast zehn Jahren. In Griechenland verdienten meine Eltern zu wenig. Eigentlich wollten sie ein eigenes Restaurant aufmachen, mein Vater kocht sehr gut, aber im Hotel gefällt es ihnen beiden gut. Papa arbeitet als Koch und meine Mutter im Service.«

Joris hatte eine Menge Pech gehabt in seinem kurzen Leben. Dieses Schicksal teilte er mit zahllosen Flüchtlingen, aber deshalb war es nicht minder schlimm. Gitte fiel etwas ein. »Joris hat doch erst eine Zeit lang in Deutschland gelebt, bei einem anderen Onkel, nicht wahr? Wo denn genau?«

Der Junge überlegte kurz und sprach dann den Namen der deutschen Stadt sorgfältig aus: »In Lübeck, da gibt es tolles Marzipan.«

Gitte nickte und bot ihm welches an. »Möchtest du Marzipan? Ich habe welches da, ist aber dänisches, Anthon Berg.«

Es gab Feinschmecker – vor allem dänische –, die behaupteten, Anthon Berg mache das beste Marzipan. Doch Gitte mochte auch das Marzipan aus Lübeck, das aus so vielen Mandeln wie möglich und so wenig Zucker wie nötig bestand.

Timon strahlte, und sie brachte ihm einen Riegel, eingepackt in rosa Papier. Zwischen zwei Bissen erzählte Timon, dass Joris zu den Wikingern gewollt habe. Er sei ein großer Fan der Nordmänner gewesen und habe alles darüber im Fernsehen angeguckt und ständig im Internet nach Details gesucht.

»Mein Vater hat ihm mal eine Wikingerschere geschickt, in alter Machart, also richtig geschmiedet, Joris hat sich unglaublich gefreut. Mein Vater hat immer Kontakt zu ihm gehalten. Damals lebte Joris noch auf Samos.«

Klang eigentlich nach einem netten Onkel. »Warum hat Joris deinen Vater dann nicht gemocht?«

Timon biss kräftig in sein Marzipanbrot und zuckte mit den Schultern. »Jedenfalls ist er nicht sofort zu uns gekommen, er hat sich lieber umbringen lassen.«

Gitte fragte sich gerade, ob sie ihm von den Runen auf dem Rücken erzählen sollte, da fragte der Junge selbst danach.

»Glaubst du, die Nordmänner haben Joris geholt? Weil er doch diese Zeichen auf dem Rücken hatte. Ich habe mal nachgedacht. Vielleicht wollte er sterben und hat sich vorher diese Zeichen einritzen lassen? Er stand total auf diesen Walhallakram.«

Gitte konnte kaum glauben, was sie da hörte. »Es ist sicher schlimm, seine Mutter zu verlieren und den Vater im Gefängnis zu wissen, aber nun hatte Joris es doch gerade bis nach Dänemark geschafft. Warum sollte er dann sterben wollen? Er hatte doch sein Leben noch vor sich.«

Timon setzte ein altkluges Gesicht auf: »Mitunter ist genau das das Problem, die Tatsache, dass man noch so viele Jahrzehnte leben muss. Wo steht denn geschrieben, dass man es toll finden muss, alles noch vor sich zu haben?«

Ganz schön philosophisch für einen so jungen Kerl.

Gitte zeigte ihm ihre Hände und erwiderte: »Es steht in den Händen, schau genau hin. Damit kann man so viel machen, das Leben gestalten, für sich sorgen, nehmen und geben und Spaß haben.«

»Hm. Ich will ja auch gar nicht sterben. Echt nicht. Es war nur so eine Idee.«

»Hast du mal mit dem Kommissar gesprochen? Über deine Gedanken?«

»Nö, mach ich auch nicht.«

»Wieso nicht? Der ist doch ganz nett.«

Timon grinste frech und wirkte zum ersten Mal wie ein Junge seines Alters.

»Du meinst, er sieht gut aus. Das darfst du aber nicht mit Nettsein verwechseln.«

Damit hatte er den Nagel auf den Kopf getroffen.

Am nächsten Morgen rief Gitte bei einem griechischen Restaurant in Lübeck an, das einem gewissen Adam Papadakis gehörte. Den Nachnamen hatte sie aus den Unterlagen ihres Chefs. Immerhin gab es vom Onkel aus Nykøbing einen Auftrag für die Beerdigung von Joris. Offenbar waren sich alle Verwandten einig, dass Joris in Dänemark beerdigt und nicht nach Griechenland überführt werden sollte.

Gitte hatte sich gefreut, als sie unter demselben Namen ein Restaurant in Lübeck entdeckte. Einfacher wäre es gewesen, Timon nach dem Nachnamen seines toten Cousins zu fragen, aber Einfaches fiel einem nicht immer sofort ein.

Nach dreimaligem Tuten sprang ein Anrufbeantworter an, und sie sprach ihr Anliegen darauf. Bei ihr ging es nicht um eine Tischreservierung. Gitte gab ihr Diensttelefon und die Handynummer an.

Und um halb zwölf klingelte mitten in der Arbeit ihr Handy.

»Es geht um den toten Jungen«, raunte sie ihrem Chef zu. Der nickte nur.

»Guten Tag, Gitte Madsen hier.«

»Guten Tag, Adam Papadakis. Danke für Ihren Anruf, wir stehen noch alle unter Schock.«

Gitte erzählte ihm, dass sie mit Joris auf der Fähre gesprochen und ihn später tot auf ihrer Terrasse aufgefunden hatte. »Ich möchte gerne wissen, was mit Joris passiert ist und warum er nicht gleich zu seinem Onkel gefahren ist.«

»Ich verstehe das alles auch nicht. Joris wollte unbedingt nach Dänemark. Er hätte ja auch bei mir bleiben können, wir haben ihn nicht weggeschickt. Er war ein guter, fleißiger Junge, vielleicht ein bisschen melancholisch. Mein Bruder ist ein netter Mensch, der schon recht lange in Dänemark lebt und sich auskennt. Wenn Joris in Schwierigkeiten geraten wäre, hätte er es seinem Onkel sagen können.«

»Ich verstehe«, sagte Gitte, verstand aber nichts.

»Joris hat hier in Lübeck sogar eine Sprachschule besucht, um Dänisch zu lernen. Durch die Schule hat er dann ein paar Dänen kennengelernt, wie er mir erzählte, aus Schleswig. Ein Ausländer und Leute, die einer Minderheit angehören, die verstehen sich oft leichter. Sie kennen die Situation der Dänen oben in Schleswig?«

Gitte wusste, dass es im deutschen Südschleswig eine dänische Minderheit gab und im dänischen Nordschleswig eine deutsche Minderheit, was auf die Teilung Schleswigs nach einer Volksabstimmung vor etwa hundert Jahren zurückzuführen war.

Wenn Joris schon in Deutschland mit einigen Dänen befreundet gewesen war, dann musste der Kommissar davon erfahren. Vielleicht gab es da einen Zusammenhang mit dem Mord.

»Haben Sie Namen?«

»Nein, tut mir leid. Seine arme Schwester in Griechenland, sie verkraftet es nur schwer. Sie hat uns vertraut, und nun ist er tot. Wir werden natürlich alle zur Beerdigung kommen. Würden Sie mir Bescheid geben, wenn Sie wissen, warum er sterben musste?«

»Das mache ich«, versprach sie. »Können Sie mir noch den Namen der Sprachschule geben, an der er Dänisch gelernt hat?«

Sie notierte ihn.

Larstsen stand schon seit einer Weile neben ihr und fuchtelte mit den Armen. Wollte er mithören, sollte sie auflegen, oder musste er unbedingt wissen, was los war? Als sie das Gespräch beendet hatte, platzte es aus ihm heraus: »Und? Was gibt es Neues? Geht es um die alte Sitte? Wer war dran?«

Gitte verdrehte die Augen und sagte betont ruhig: »Es ging um Joris, habe ich doch gesagt. Er hat eine Sprachschule in Lübeck besucht. Das war sein Onkel aus Lübeck, bei dem er vorher gewohnt hat. Er weiß auch nichts von …«

»Der Junge hat bei ihm gelebt, und er weiß nichts?«

»Er weiß, dass Joris ein netter Kerl war, der unbedingt nach Dänemark wollte. Schade, der Anruf hat mich nicht weitergebracht.«

Paul Larstsen grinste. »Hast du gedacht, der Onkel erzählt dir, dass sein Neffe auf der Flucht vor einem Mann mit einem großen Messer war?«

»Vielleicht war er auf der Flucht vor ein paar Dänen. Joris hat in Lübeck eine Sprachschule besucht und hat dort dänische Freunde gefunden, offenbar aus Schleswig. Was meintest du übrigens mit *Forn Siðr*, der alten Sitte?«

Ihr Chef lächelte wissend. »Ich bin sehr gespannt auf die Wikingerrunen auf seinem Rücken. Ach, das wollte ich dir noch sagen, den Leichnam des toten Griechen übernehme ich gerne. Also, die Runen erinnern mich an *Forn Siðr.* Es gibt hier in Dänemark eine neuheidnische Wiederbelebung der alten Religion, und die nennt sich ›die alte Sitte‹. Ihre Anhänger verehren die Götter und Mächte der nordischen Überlieferung, vor allem den Göttervater Odin. Erst vor einigen Jahren sind sie vom dänischen Kirchenministerium als staatliche Religionsgemeinschaft anerkannt worden. Das heißt, sie dürfen Ehen schließen und eigene Friedhöfe einrichten. In Odense gibt es die erste neuheidnische Begräbnisstätte.«

Gitte war zunächst enttäuscht, sie hätte sich gerne selbst um den toten Joris gekümmert. Pauls Bericht erstaunte sie. Natürlich gab es auch in Deutschland Odinanhänger, vor allem junge Menschen fanden diesen Glauben schick und mochten das Heldenhafte daran. Leider gab es unter den Odinfans auch viele Rechtsradikale. Von einer staatlich anerkannten Religionsgemeinschaft, die sich »die alte Sitte« nannte, hatte sie aber noch nie etwas gehört.

»Wie weit ist es von Lübeck nach Odense?«, fragte sie ihren Chef.

»Das ist schon ein Stück, schätze dreihundert Kilometer. Aber nur Festland, du brauchst keine Fähre. Für den Namen der Stadt stand übrigens Odin persönlich Pate. Aber worauf willst du hinaus? Die Anhänger leben ja nicht nur in Odense.«

»Nein, natürlich nicht, aber ein echter Anhänger oder Fan will doch bestimmt mal zum Kern seines Glaubens vordringen. Ich denke an die Worte seines Cousins, dass Joris von den Wikingern fasziniert war. Vielleicht wollte Joris zur alten Sitte, zur *Forn Siðr* gehören. Weißt du, wie ich den Kommissar erreichen kann?«

In dem Moment betrat eine gebeugte alte Frau mit einem schwarzen Mantel das Büro und wandte sich Hilfe suchend an sie beide. »Ich suche einen Herrn Larstsen. Ich habe einen Termin bei ihm, wegen meines Mannes. Ich muss ihn doch nun beerdigen, meinen Finn. Finn war mein Mann, er …«

Lächelnd begrüßte Larstsen die Frau und bot ihr einen Platz an. Gitte zog sich hinter den Arbeitstisch zurück und machte sich daran, eine Rechnung an einen deutschen Auftraggeber zu schreiben. Aber mit einem Ohr hörte sie zu, wie behutsam Larstsen seine Fragen stellte und auch einem Redeschwall der Dame gelassen standhielt.

Da öffnete sich erneut mit einem leisen Klingeln die Ladentür, und herein trat ein älterer Mann mit grauer Künstlermähne und dunklen Augen. Er trug ein kurzärmeliges grünes Hemd und eine leichte Stoffhose. Als er den Mund öffnete, erkannte Gitte ihn wieder. Er war ein Freund ihres Vaters gewesen, einer der wenigen seiner Freunde, die sie überhaupt kennengelernt hatte, denn bei ihm waren die Eltern mit Gitte öfter essen gegangen. Sein Restaurant, das Schou's, lag direkt am Bøtøvej, einer der beiden Hauptstraßen von Marielyst, und soweit sie sich erinnerte, gehörte dem Mann auch die Metzgerei direkt daneben.

»Hej, Sven«, rief Larstsen dem Mann zu. Gitte stand auf und wusste nicht, was sie sagen sollte. Sie konnte sich an den Namen des Mannes nicht mehr erinnern, nur der des Restaurants war ihr noch eingefallen.

»Hej«, sagte er zu Gitte gewandt. »Lass dich mal anschauen. Du bist doch Gitte Madsen, oder? Kennst du mich noch? Sven, Sven Træborg.«

»Hej. Es ist lange her. Dir gehört doch das Restaurant Schou's?«

Er lachte schallend, und die alte Dame zuckte zusammen. Larstsen machte Gitte ein Zeichen, dass sie nach nebenan gehen sollten, und der ältere Mann schob sie vor sich her, als wäre sie ein Kind, das zur Toilette musste. Er schloss die Tür des Angehörigenzimmers hinter ihnen, grinste sie erneut an und sagte: »Kartoffelpüree, du erinnerst dich? Das war das Einzige, was du essen wolltest. Da warst du sehr eigen.« Er zeigte mit der Hand an, wie klein sie damals gewesen war. Dann wurde er ernst.

»Mensch, Gitte, warum hast du dich denn nicht bei uns gemeldet? Wir freuen uns doch, dass du jetzt hier leben willst. Das musste ich erst gestern Abend von Paul erfahren. In der Sauna. Mads' Tochter als Bestatterin in Marielyst, was für eine Geschichte. Deinem Vater hätte das gefallen. Du musst heute unbedingt zum Essen zu uns kommen, Gitte, ich dulde keine Widerrede. À la carte und auf Kosten des Hauses, versteht sich.«

Gitte lächelte und kam endlich auch zu Wort. »Danke, sehr gerne. Ich hätte mich noch gemeldet, aber ich musste erst mal ankommen, und dann war da diese Leiche. Und alles ist noch so neu.«

»Ja, es stand mit einiger Verspätung in der Zeitung. Nils, unser Journalist, hatte am Wochenende eine große Party und hat wohl seine volle Aufmerksamkeit ein paar schicken Holländerinnen gewidmet. Ich habe gehört, er hat sich mächtig geärgert, dass er den Mord verpasst hat. Da passiert einmal etwas in unserem kleinen Ort, und dann ist er nicht zur Stelle. Ich wundere mich, dass er noch nicht bei dir war. In dem Artikel wurden aber ein paar deutsche Urlauber zitiert, die den Jungen aus Rødby im Auto mitgenommen hatten.« Er grinste schief. »Da bringt eine deutsche Familie einen Griechen mit Wikingerrunen auf dem Rücken zu seinem Mörder nach Dänemark. Das lass dir mal auf der Zunge zergehen.«

Gitte musste lachen. So beschrieben klang der Mord beinahe skurril und unterhaltsam. Um das Gespräch abzuschließen, sagte sie: »Ich komme sehr gerne heute Abend.«

Als die alte Dame gegangen war und auch Sven sich bei Larstsen mit einem Klaps auf die Schulter verabschiedet hatte, kam Gitte auf ihre Frage zurück: »Wie kann ich den Kommissar erreichen?«

»Versuch es auf der Polizeistation, eventuell ist er da. Bei einem Mord ermitteln sie ja nun mal vor Ort und nicht von Nykøbing aus. Hier wird sonst höchstens mal eine Luftmatratze geklaut oder ein betrunkener Däne aus dem Auto geholt. Das ist dem smarten Kommissar in der Regel dann doch zu öde. Übrigens, der Sven kennt sich mit Wikingern aus, sein Sohn ist ein Anhänger der alten Sitte. Das hat dem Sven anfangs mächtig zugesetzt, aber es nützt ja nichts. Wenn du in Kontakt mit deinen Kindern bleiben willst, musst du einiges aushalten. Schräge Freunde, Tattoos an den unmöglichsten Körperstellen, Ansichten wie ein Altachtundsechziger und obendrauf noch die Vorwürfe, du hättest dieses oder jenes bei der Erziehung falsch gemacht.« Er gab einen Grunzlaut von sich und schrieb weiter an der Aufstellung für die Beerdigung von Finn, dem Ehemann der alten Dame. Zum ersten Mal kam Gitte in den Sinn, dass ihr Chef eventuell Kinder hatte und nicht nur ein Bestatter war.

Tatsächlich traf sie den Kommissar später in der Polizeistation am Strandvej an. Er saß hinter einem kleinen Schreibtisch, die langen Beine seitwärts ausgestreckt und das Kinn in die Hände gestützt. Ein Polizist in blauer Uniform redete auf ihn ein.

Als Gitte den Raum betrat, strahlte Ole Ansgaard und schickte den Beamten mit freundlichen Worten, aber sichtlich erleichtert einfach weg.

»Hej, ich wollte doch tatsächlich heute noch deine Schildkröte besuchen.«

»Und was wolltest du ihr erzählen?«

»Setz dich.« Er zeigte auf einen knallgrünen Stuhl. »Wir haben mittlerweile einiges herausgefunden. Und ich dachte, Hieronymus ist bestimmt jemand, der Geheimnisse bewahren kann.«

»Ja, das hat er mit mir gemeinsam. Erzähl ruhig, ich platze vor Neugier. Ich habe auch ein paar Dinge herausgefunden.«

Ole Ansgaard bedeutete ihr, einen Moment zu warten, dann stand er auf und rief jemandem zu, dass er gerne zwei Kaffee haben wolle. Gitte war begeistert.

Dann begann Ansgaard zu berichten. »Also, Joris hat sich sofort nach seiner Ankunft in Marielyst einen Platz am Campingplatz besorgt und für zwei Nächte im Voraus bezahlt. Ein Zelt hat er sich dort auch geliehen und aufgebaut. Ich war drin.«

Der Kommissar sagte das so bedeutsam, als hätte er ein seltenes Grab betreten. Aber natürlich war es das letzte Domizil des Toten gewesen.

Als eine blonde Frau mit tadelloser Figur und einem zu netten Lächeln auf den Kommissar zutrat, stand er auf und zeigte Gitte seine breite Rückenfront. Er nahm zwei dampfende Kaffeebecher in Empfang. Einer der Becher enthalte bereits Milch und Zucker, betonte die Blonde. Gitte beschloss, diese Beamtin nicht zu mögen, nahm ihren Becher aber dankend entgegen.

»Und? Gab es in dem Zelt etwas zu sehen?«

»Diverse Hygieneutensilien, ein Buch über Wikinger in englischer Sprache, einen Sprachführer, ein paar Klamotten. Und eine Wikingerschere.« Er machte mit den Fingern eine Schneidebewegung und ergänzte: »Keine Werkzeuge, mit denen man besonders gut Runen in Haut ritzen könnte, keine Messersammlung und vor allem kein Handy. Bei sich getragen hat er auch keins.«

»In seiner Brust steckte ein sehr schönes Bowiemesser, soweit ich das erkennen konnte«, sagte Gitte mit bedeutsamer Miene.

»Woher kennst du Bowiemesser? Solche Messer benutzt ihr wohl kaum bei deiner neuen Arbeit.«

»Ich besitze eine kleine Sammlung an Messern, ich habe Messer immer schon gemocht. Sie sind so anmutig, hilfreich und dennoch gefährlich. Das Bowiemesser hat seinen Namen übrigens von Jim Bowie. Der Mann war im Wilden Westen in zahlreiche Messerstechereien verwickelt. Die Messer sollen von seinem Bruder, wohl mit Rücksicht auf Jims Streitlust, so entwickelt worden sein, dass sie sich sowohl als Jagdmesser als auch als Kampfmesser eigneten.«

Ole Ansgaard blickte sie durchdringend an und beugte sich gespannt vor. »Und was glaubst du? War das hier eine Jagd auf einen fremden Griechen oder ein Kampf zwischen ihm und jemand anderem?«

»Das Messer steckte vorne in der Brust, nicht hinten im Rücken. Das würde eher für einen Kampf sprechen. Oder es waren mehrere, die ihn festgehalten haben. Irgendetwas muss er falsch gemacht haben in der kurzen Zeit, die er in Marielyst war.«

Ole Ansgaard nickte bedächtig und erzählte dann weiter.

»Wir haben sein Foto auf dem Campingplatz herumgezeigt. Am frühen Abend war er wohl mit einigen Leuten am Strand. Leider suchen wir immer noch nach weiteren Personen, die mit ihm Kontakt hatten. Aber auf einem Campingplatz herrscht eben ein ständiges Kommen und Gehen. Zwei Holländer haben ausgesagt, dass sie kurz mit ihm an einem Lagerfeuer am Strand gesessen hätten. Da sei jedenfalls ein südländischer Typ bei der Gruppe junger Leute gewesen. Sie sind dann aber bald zu ihrem Wohnwagen zurückgegangen.«

Gitte trank den guten Kaffee aus und verabschiedete sich. Sie stellte sich den jungen Griechen vor, wie er relaxt am Feuer im Sand saß, umgeben von Leuten seines Alters, und sich für eine kleine Weile vielleicht sogar sauwohl gefühlt hatte. Abends rauschte das Meer immer viel geheimnisvoller, der Wind, der von der See kam, wurde stärker, und ab und an rief ein Käuzchen aus den nahe gelegenen Wäldern. Sie seufzte. Immerzu wollte sie die Uhr zurückdrehen und den armen Kerl retten.

Um halb sieben setzte sie Hieronymus in sein Terrarium zurück und zog sich eine dickere Jacke an, um die wenigen Meter bis zum Restaurant Schou's zu radeln. Die Luft roch würzig, nach Nadelhölzern und nassem Gras. Sie liebte diesen abendlichen Geruch, er weckte Erinnerungen. Sie sah ihren Vater vor sich, blond und groß und mit einem verschmitzten Lächeln, wenn er mit ihr an der Hand noch eine Runde um den Block gegangen war. Immer, wenn er Urlauber draußen auf ihrer Veranda sitzen sah, hatte er mit Gitte hinter einer Hecke versteckt den lauten Ruf einer Eule nachgemacht. Das hatte die Touristen mächtig beeindruckt, sie hatten meist aufgeregt im Garten herumgeschaut, während Gitte kicherte.

An der Hauptstraße, dem Bøtøvej, stieg sie ab und wollte gerade die Straße überqueren, als sie sich auf einmal beobachtet fühlte. Noch immer spazierten auf den Straßen einige Touristen herum, genossen die Abendluft oder wollten etwas essen gehen. Auch der Minigolfplatz war gut besucht, vor allem Väter sah man dort mit ihren Sprösslingen ehrgeizig einen kleinen Ball schlagen. Die Luft war frisch, die meisten Leute trugen leichte Jacken oder Westen. Sie drehte sich um, und ihr Blick traf sich mit dem eines langhaarigen Mannes, der seinen Hund spazieren führte. Er lächelte kurz und ging weiter die Straße hinunter. Junge Männer starrten schon mal eine Frau an, beruhigte sie sich. Doch das Gefühl, beobachtet zu werden, blieb. Sie ging über die Straße und stellte ihr Fahrrad ab. Ein Schloss besaß die alte Möhre nicht, aber in Marielyst konnte man sein Rad durchaus unverschlossen abstellen und fand es später an genau derselben Stelle unversehrt vor. In Münster dagegen setzte man seine Hoffnung auf die kompliziertesten und sichersten Schlösser und wurde dennoch oft genug beklaut.

Sie musste das Restaurant, dessen ursprünglicher Haupteingang geschlossen war, durch eine Hintertür betreten und kam zunächst an den Toiletten und der Garderobe vorbei. Sie öffnete die Tür zum Speiseraum und stand sofort inmitten der schräg im Raum aufgestellten Tische. Von der Theke her stürzte Sven sofort auf sie zu und umarmte sie. Er führte Gitte zu einem gemütlich gedeckten Tisch an der Wand, der für drei Personen gedeckt und mit blauen Kerzen und gelben Blumen geschmückt war. Dem Besteck entnahm sie, dass es mehrere Gänge geben würde.

Das Lokal war gemütlich eingerichtet und an diesem Abend gut besucht. Die Theke zeigte viele diverse Flaschen in allen Formen und Größen und erinnerte so an eine Cocktailbar. Daneben gab es ein Regal an der Wand mit zahlreichen Weinflaschen.

»Rhandi, nun komm schon, und schau dir Gitte an!«, rief Sven in Richtung Küche und bat sie dann, Platz zu nehmen. Wenige Minuten später erschien eine dunkelhaarige Frau Ende fünfzig, Svens Ehefrau Rhandi. An sie konnte Gitte sich nicht erinnern. Ihre Figur verriet an den Hüften, dass ihr das Essen im eigenen Restaurant gut schmeckte. Ihre stahlblauen

Augen musterten Gitte ein wenig kühl, aber nicht unfreundlich.

»Na, ich hätte dich nicht wiedererkannt. Als du zum letzten Mal hier warst, warst du noch ein halbes Kind. Hübsch bist du geworden. Schaust gar nicht aus wie eine Bestatterin.« Sie streckte ihr eine warme Hand entgegen und setzte sich ihr gegenüber. Sven reichte Gitte eine Karte und meinte: »Die Scholle ist ganz frisch und superlecker. Macht die Küche dir auch mit Kartoffelpüree.«

Nach längerer Diskussion bestellten sie jeder einen Tomaten-Bohnen-Salat und ein Rindersteak mit extra großen Pommes. Nur Gitte erhielt eine große Portion Kartoffelpüree dazu. Gitte erzählte während des Essens von ihrer Arbeit in Münster und von ihrer Mutter, die Sven und Rhandi gut gekannt hatten. Ihr früher Tod sorgte für Betroffenheit.

Sven berichtet ihr kurz von seinem Sohn Malthe, der nur wenig älter war als Gitte und heute Abend leider keine Zeit hatte, und von der steigenden Anzahl an Touristen in Marielyst.

Zum Nachtisch nahm sie lediglich einen Cappuccino, während Sven und Rhandi sich einen schwedischen Eisbecher gönnten. Vanilleeis, Eierlikör, Apfelmus und Sahne.

»Wusstest du«, fragte Sven, während er den Eierlikör vom Eis schabte, »dass es diese Kreation bei euch vor allem in der DDR gab? Besteht aus billigen und einfachen Zutaten, ist aber in der Kombination fantastisch.«

»Fantastisch kalorienreich«, meinte seine Frau schmunzelnd und schob Gitte ihren Becher zu. »Hilf mir bitte mit ein paar Löffeln, ja?«

Gitte wählte ihre Worte nun mit Bedacht. Sie wollte die Gelegenheit nutzen, sich bei den alten Freunden ihres Vaters zu erkundigen, was sie über sein Verschwinden wussten.

»Sven, wann hast du eigentlich meinen Vater damals zuletzt gesehen? Er ist, soweit ich weiß, an einem Dienstag oder Mittwoch verschwunden.«

Ein Schatten ging über das Gesicht des Dänen, und er schob seinen Eisbecher hin und her. Seine Frau hielt in einer vertraulichen Geste seine Hand fest und nickte ihm aufmunternd zu. »Sag ihr doch, was du mir gestern erzählt hast.«

Sven seufzte. »Gitte, ich habe deinen Vater nicht so gut gekannt, wie du vielleicht denkst. Er hat ab und an mit Geschäftsfreunden oder Kunden hier gegessen. Dein Vater war im Immobilienbereich tätig, aber das weißt du sicher besser als ich.«

Gitte schüttelte ganz langsam den Kopf. Etwas anderes als diese schwammige Berufsbezeichnung hatte sie nie erfahren. Zu Hause hatte ihr Vater meist in seinem Büro am Computer gesessen oder stundenlange Telefonate geführt, aber er war auch viel unterwegs gewesen. Er müsse seine Projekte betreuen, hieß es dann.

»Wie dem auch sei«, fuhr Sven fort, »zweimal war er mit drei russischen Männern hier verabredet. Ich habe nicht mitbekommen, worüber sie geredet haben, ging mich ja auch nichts an. Aber ich besitze eine recht gute Menschenkenntnis. Ich weiß, wer ein üppiges Trinkgeld gibt oder wer sich freut, wenn ich ein Getränk auf der Rechnung vergessen habe. Das bringt der Beruf mit sich, und ich sage dir, Gitte: Mit diesen drei Russen hätte ich nicht einmal über einen Eisbecher verhandeln wollen. Die waren mir eine Spur zu finster.«

Gitte legte die Stirn in Falten. »Was für Geschäfte sollte Pa mit irgendwelchen Russen gemacht haben?«

»Keine Ahnung. Sie waren sehr höflich, aber so kalt wie gefrorene Schollen. Wie gesagt, ich habe deinen Vater zweimal mit ihnen gesehen. Das letzte Mal, kurz bevor er verschwand. Da macht man sich schon so seine Gedanken.« Er griff sich in die langen grauen Haare und fasste sie zu einem Zopf zusammen.

»Was für Gedanken?« Gitte löffelte aufgeregt den letzten Rest von Rhandis Eisbecher.

»Die drei Russen sahen nicht wie Touristen aus, die sich mit deinem Vater über die schönsten Bereiche am Strand unterhalten wollen. Da ging es um ganz andere Dinge. Dein Vater hat sich an diesem letzten Abend nicht wohlgefühlt, er hat viel geschwitzt, war unruhig. Ich habe mich gefragt, ob er Angst hatte. Das ist alles schon so lange her, aber daran erinnere ich mich genau. Es tut gut, es mal auszusprechen.«

Rhandi sagte dazu nur ein Wort: »Russenmafia.«

Gitte blickte das Ehepaar verdutzt an. »Das meint ihr nicht ernst.« Sie spürte eine Gänsehaut im Nacken. Bekam sie zum ersten Mal in den letzten achtzehn Jahren eine Spur?

Sven sagte: »Gitte, in solche Geschäfte rutscht man schon mal aus Versehen hinein. Dein Vater hat mit Immobilien gehandelt. Da ahnt man doch nicht immer, welche Kunden man anzieht. Es tut mir leid, das so direkt zu sagen, aber mich würde nicht wundern, wenn dein Vater mit einem Betonklotz an den Füßen irgendwo in unserer schönen Ostsee verschwunden wäre.«

Rhandi machte ein empörtes Gesicht und sagte ärgerlich: »Sven, du bist unsensibel. Was malst du denn hier für Bilder!«

Gitte winkte ab. »Lass mal. Die Alternative, dass er nämlich mit einer anderen Frau abgehauen ist und uns vergessen wollte, ruft auch keine schönen Bilder hervor. Schlussendlich ist es die Ungewissheit, die mich fertigmacht. Dabei kommt es gar nicht so selten vor, dass Menschen verschwinden. Im Internet kannst du eine ganze Liste aufrufen, Kinder, Ehepartner, alte Leute, einfach vom Erdboden verschluckt. Die Angehörigen von Joris wissen wenigstens, womit sie es zu tun haben.«

»Joris? Hieß so der Tote, den du vor deiner Terrassentür gefunden hast?«, fragte Rhandi.

Gitte nickte. »Er hatte ein Messer in der Brust und Wikingerrunen auf dem Rücken eingeritzt. Sagt dir das irgendetwas?« Mit der Frage wandte Gitte sich an Sven.

Der Kellner brachte eine neue Runde Bier, ein Skovlyst

JægerBock, das es mit 6,5 % Alkoholgehalt in sich hatte. Gitte trank gerade ihr drittes Glas und merkte, dass ihr die Glieder schwer wurden.

Sven sah sie aufmerksam an und fragte: »Wieso sollte mir das etwas sagen? Da frag am besten meinen verrückten Sohn, der kennt sich mit heidnischem Kram bestens aus. Da lässt man den Kindern eine christliche Erziehung angedeihen – was haben wir uns nicht alles zur Konfirmation einfallen lassen! –, nur damit der Junge jetzt Thors Hammer schwingt.«

»Sven!«, ermahnte seine Frau ihn bestimmt nicht zum ersten Mal. »Es ist ihm wirklich ernst damit, und jeder Glaube verdient Respekt.« Sie wandte sich an Gitte.

»Die alten Traditionen, Vorstellungen und Bräuche sind den Anhängern auch heute noch wichtig. Dabei geht gar nicht um den konkreten Glauben an einen oder mehrere Götter. So fragte man früher in der germanischen Religion auch nicht: ›An welche Götter glaubst du?‹, sondern ›Welchen Göttern opferst du?‹.«

Gitte nickte verständig und fragte: »Ist Joris vielleicht einem skurrilen Ritual zum Opfer gefallen?«

Sven bestritt dies vehement. »Die *Forn-Siðr*-Mitglieder sind friedlich orientiert. Für sie zeichnet sich der neuheidnische Glaube durch Eintracht mit der Natur und den alten Bräuchen aus. Viermal im Jahr, zu den vier Jahreszeiten, feiern ihre Anhänger bestimmte Rituale. Da gibt es Opferfeste und das Abrollen von Feuerrädern, oder man zündet Osterfeuer an.«

Gitte fragte ein wenig zögerlich weiter, weil sie keinem zu nahe treten wollte. »In Deutschland gibt es auch Odinanhänger, aber leider propagieren sie oft völkische und nationalistische Gesinnungen. Sie zeigen dies auch sehr deutlich durch auffällige Tätowierungen. Gibt es solche Leute auch bei der *Forn Siðr*?«

Sven schüttelte den Kopf. An seiner gerunzelten Stirn glaubte Gitte zu erkennen, dass die Frage ihn wütend machte.

»Von solchen Ideologien grenzen sich die Anhänger der alten Sitte ausdrücklich ab«, beteuerte er. »Ich bin wirklich nicht begeistert, dass mein Sohn zum Heidentum übergelaufen ist, aber sein Herz trägt der Junge auf dem richtigen Fleck. Glaub mir, Gitte, keiner der alten Wikingermythen trägt am Tod des Griechen irgendeine Schuld. Diese Verbindung kannst du vergessen.«

Sven wandte sich an seine Frau: »Stell dir mal vor, Rhandi, beide Religionen hätten recht, unsere und seine. Dann sind wir nach dem Tod im christlichen Himmel, und Malthe lässt sich in Walhalla bedienen. Dann würden wir ihn nie wiedersehen.«

Gitte radelte gegen halb zehn Uhr zurück ins Ferienhaus. Es war schon ziemlich dunkel, und sie legte ein schnelles Tempo vor. Dank eines scheppernden Geräusches war sie mit ihrem Fahrrad meilenweit zu hören. Als sie in den Anemonenvej einbog und sich ihrem Haus näherte, glaubte sie, eine Gestalt im Garten zu sehen. Gitte fuhr langsamer und tatsächlich. Jemand lief mit gesenktem Kopf über die Wiese, als suche er etwas. Der dünne Strahl einer Taschenlampe war gut erkennbar. Plötzlich schien dieser Jemand etwas zu vernehmen, und er rannte durch die Gärten davon, ohne sich in Gittes Richtung umzudrehen. Alles, was sie erkennen konnte, war, dass die Person groß und schlank war und einen Kapuzenpulli trug. Die Kapuze hatte sie über den Kopf gezogen.

Allmählich reichte es Gitte mit diesen unerbetenen Besuchen, laut und zornig rief sie dem oder der Fliehenden hinterher: »Lass dich hier bloß nicht mehr blicken!«

Doch der Mut verließ sie schnell. Mit zitternden Beinen brachte sie ihr Fahrrad in den Schuppen und schrie erschrocken auf, als eine tiefe Stimme sie ansprach.

Es war ihr Nachbar Erik Nyström, der plötzlich hinter ihr stand.

Groß und dunkel stand er da, einen Minigolfschläger in der Hand, den er nun verschämt hinter sich hielt.

»Ich habe gerade jemanden in deinem Garten gesehen, aber als ich die Terrassentür aufgemacht habe, ist er davongelaufen. Ist alles in Ordnung?«

Gitte stellte ihr Fahrrad ab und sagte: »Jetzt ja, danke. Ich habe mich nur erschrocken. Konntest du den Fremden erkennen?«

»Nein, es war zu dunkel. Aber er kann noch nicht lange hier gewesen sein. Ich war eben schon mal draußen und habe eine Pfeife geraucht. Als ich am Fenster vorbeiging, fiel mir das Leuchten der Taschenlampe auf, ich dachte erst, du würdest etwas suchen.«

Gitte fragte sich, ob der fremde Besucher auch so schnell davongerannt wäre, wenn eine Frau den Garten betreten hätte. Erik Nyström war schon eine imposante Erscheinung, auch wenn nicht nur sein Kreuz enorm war, sondern auch der Bauchumfang.

»Danke fürs Aufpassen. Ich glaube, du hast den Mann vertrieben. Bist du eigentlich alleine hier?« Sie sprachen englisch miteinander.

»Ja, meine Frau verreist nicht gerne. Sie habe im Urlaub weniger Komfort und mehr Stress als zu Hause, sagt sie. Sie malt.« Das sagte er so, als wäre dies eine Erklärung für die Urlaubsunlust seiner Frau.

»Ich dachte, Künstler würden gerne reisen und schöne Gegenden malen.«

Erik schüttelte den Kopf. »Meine Frau malt nicht schön.«

Er zuckte zusammen, als könnte seine Frau ihn hören.

Dann ergänzte er schnell: »Also, so meine ich das nicht, sie kann schon gut malen. Aber sie malt surrealistisch und oft düster. Ihre Bilder hätten eine Aussage, sagt sie. Sie wolle die Leute damit aufrütteln.« Er blickte Gitte an. »Ich will eigentlich nicht gerüttelt werden, ich brauche viel Ruhe. Hatte schon mal einen Herzinfarkt. Seitdem versuche ich, das Leben zu genießen.«

Gitte nickte, fragte aber, neugierig geworden, dennoch weiter: »Verkauft deine Frau denn trotzdem gut?«

»Die meisten Menschen wollen sich lieber schöne Gemälde an die Wand hängen, aber einige ihrer Bilder sehen auch nett und lustig aus. Das meiste Geld verdient sie durch Buchillustrationen für Fantasygeschichten. Wenn die Bilder so richtig schräg und düster werden sollen, ist Kate in ihrem Element.«

Gitte lachte und sagte: »Bring deine Kate das nächste Mal mit nach Marielyst. Ich möchte sie gern kennenlernen. Gute Nacht.«

4

In dieser Nacht konnte Gitte es kaum abwarten, bis es hell wurde und sie sich ihren Garten genauer ansehen konnte. Sie war sich inzwischen sicher, dass jemand dort irgendetwas verloren hatte. Etwas, das man offenbar in aller Heimlichkeit suchen musste.

Als sie früh am nächsten Morgen auf die Terrasse trat, erkannte sie mit einem breiten Grinsen im Gesicht, dass ihr schwedischer Nachbar noch ungeduldiger war. Er fuhr gerade mit dem Auto vor, sprang heraus und zeigte stolz etwas in die Höhe, was wie ein Gartengerät aussah.

»Das ist ein Metalldetektor. Soll ich mal?« Er zeigte auf ihre Wiese, und Gitte nickte eifrig. Viel Zeit hatte sie nicht, denn sie musste ja zur Arbeit. Schon nach wenigen Metern begann das Gerät zu piepen, und beide erschraken. Aber es war nur ein total verrosteter Angelhaken, der schon länger auf der Wiese herumgelegen haben musste.

Gitte stellte ihr Schildkrötengehege um und holte Hieronymus aus dem Haus, sehr zum Vergnügen von Erik, der begeistert die Suche vergaß und sich mit steifen Gliedern vor der Schildkröte niederließ. »Ein Hund als Haustier würde uns zwar aktuell mehr helfen, aber ich liebe Schildkröten. Die sind immer so chillig.«

Hieronymus bewegte sich gerade so viel wie ein Stofftier, nämlich gar nicht. Das lag an den kühlen Temperaturen an diesem Morgen. Auch Gitte fror bei sechzehn Grad und kaum Sonne. Schildkröten wurden erst mit jedem steigenden Grad Celsius schneller und agiler.

Während Gitte suchend über die Wiese marschierte, sagte sie: »Erik, wenn du Langeweile hast, darfst du gerne auf meinem Grundstück alles absuchen. Ich muss gleich los.«

»Und wenn ich tatsächlich etwas finde?«

»Bei Leichenteilen würde ich den Kommissar informieren, ansonsten entscheiden wir später gemeinsam. Erst mal muss da überhaupt etwas zu finden sein. Aber Joris ist sicher über die Wiese gelaufen, bevor er auf meiner Terrasse tot zusammengebrochen ist. Eventuell hatte er etwas bei sich, was er nicht haben durfte.«

Gitte dachte an das, was Sven und Rhandi Træborg am Abend zuvor über die neuheidnische *Forn Siðr* erzählt hatten. Konnte es da doch eine Verbindung geben?

Als Gitte wenig später bei Paul Larstsen im Laden ankam, empfing ihr Chef sie mit einem Kaffee und einem Aquavit.

»Hej. Es ist heute Morgen so kalt, da müssen wir uns ein wenig wärmen. Skål, Gitte.« Er schob ihr ein gefülltes Glas hin, und sie blickte sich nach der nächsten Blume um, damit sie es nicht vollständig austrinken musste. Paul hatte gute Laune. Er hatte draußen den Dannebrog gehisst, und die dänische Flagge flatterte nun munter im Wind. Die Dänen und ihre Flagge, dachte Gitte kopfschüttelnd. In diesem Land gab es immer einen Grund, warum gerade an diesem Tag die Nationalflagge vor der Tür aufgezogen werden musste.

Gitte deutete mit dem Daumen nach draußen. »Haben wir einen besonders guten Auftrag am Land gezogen? Eine berühmte Leiche, eine Urnenbestattung im Tierpark?«

Paul hob noch einmal sein Glas und sagte feierlich: »Nein, ich habe heute Geburtstag, und eben haben meine Kinder angerufen, um mir zu gratulieren. Alle beide haben dieses

Mal daran gedacht. Das wäre eigentlich sogar zwei gehisste Dannebrog wert.«

»Herzlichen Glückwunsch und alles Gute. Du hättest mir gestern ruhig einen Tipp geben können. Wo wohnen denn deine Kinder?«

»In Kopenhagen. Ich werde sie heute Abend zum Essen einladen und gleich nach dem Mittag schon Feierabend machen. Und morgen komme ich dann erst gegen Mittag zurück. Ich übernachte bei meiner Jüngsten.«

Er strahlte so glücklich, dass Gitte ahnte, wie viel Kummer ihm seine Kinder früher bereitet hatten. Und deshalb goss sie ihren Aquavit auch nicht in die Blumen, sondern trank auf das Wohl ihres Chefs.

Gegen Mittag rief sie im Schou's an und bedankte sich bei Rhandi für das gute Essen und die Einladung. Auf derartige Höflichkeiten legten die Dänen großen Wert, wie Gitte wusste. Selbst wenn ihr Vater bei Tante Stine, seiner Schwester, eingeladen gewesen war, hatte er ihr am nächsten Tag noch mal dafür gedankt. Selbst dann, wenn es zwischen Stine und Gittes Mutter wieder mal Streit gegeben hatte. Als echte Westfälin hätte ihre Mutter nach einem Streit niemals bei ihrer Schwägerin angerufen, um sich auch noch für »all das kalorienreiche Zeugs«, wie sie oft sagte, zu bedanken.

»Kein Wunder, dass deine Schwester so gut beieinander ist. All der Sahnekram, das fettige Fleisch und die Süßigkeiten. Da lob ich mir doch unseren mageren Sauerbraten mit Rotkohl.«

Leider waren ihrer Mutter solche Sätze auch oft genug in Anwesenheit der Gastgeberin herausgerutscht. Zwischen den beiden hatte es mit der Völkerverständigung nur mäßig bis gar nicht geklappt, denn auch Stine konnte sich wehren.

»Mads«, hatte sie so manches Mal gesagt, »Mads, deiner Frau merkt man die bäuerliche Abstammung an. Sie geht wie ein Knecht, der den Acker platt treten muss, und isst, als wärt ihr noch im Dreißigjährigen Krieg und müsstet die Vorräte schützen.«

Gitte vermisste ihre Mutter sehr, vor allem gerade eben, während Paul stolz von seinen Plänen mit den Kindern erzählte. Es war schon merkwürdig, dass sie, wenn ihre Mutter noch leben würde, in Münster geblieben wäre. Ob Joris dann trotzdem vor der Tür dieses Hauses gelegen hätte? Hatte Gitte etwas mit diesem Fall zu tun, oder war es ein Zufall gewesen, dass sie den Toten gefunden hatte? Wenn man diese Frage beantworten könnte, hätte man schon einen wichtigen Anhaltspunkt.

Ihre Mutter war nach dem plötzlichen Verschwinden ihres Ehemanns nie wieder nach Dänemark gereist.

»Entweder ist Mads tot, oder er lebt mit einer anderen Frau irgendwo hinter den Dünen. So oder so trägt für mich das ganze Land die Schuld daran.« So lauteten die Worte ihrer Mutter.

Also war Gitte oft allein mit dem Zug zu Tante Stine gereist, oder die Tante war nach Münster gekommen und hatte sich im Mövenpick-Hotel einquartiert. Das Verschwinden von Mads hatte die beiden Damen im Umgang miteinander ein wenig milder werden lassen.

Nach dem Anruf bei Sven kümmerte sich Gitte um die Trauerkarten, die die alte Dame von gestern bestellt hatte. Gerade wollte sie den Auftrag an die Druckerei schicken, da ging die Ladentür auf. Herein kam ein Mann Anfang vierzig, der sich aber alle Mühe gab, jugendlicher zu erscheinen. Er trug eine ausgebeulte Jeans und ein abgetragenes kariertes Hemd, dessen Ärmel lässig hochgekrempelt waren. Die dunkelblonden Haare trug er in einem Bürstenschnitt, auf dem Regentropfen glitzerten. Gitte hatte noch gar nicht bemerkt, dass es zu regnen begonnen hatte.

Als sie die Kamera des Mannes sah, ahnte sie bereits, wer sie da im Laden besuchte.

»Hej, ich bin Nils Jansen und schreibe für die Zeitung *Sydfalsternyt.*«

Sie nickte grüßend. »Gitte Madsen.«

»Gitte, ich würde gerne ein Porträt von dir machen. Du bist doch aus Deutschland ausgewandert, um hier in unserem kleinen Ferienort als Bestatterin zu arbeiten. Und noch vor Dienstantritt lag eine Leiche vor deiner Tür. Also ich finde, das ist eine Story wert. So etwas interessiert unsere Leser.«

Sie nickte und erwiderte: »Ja, das kann ich mir denken.«

Er strahlte und zeigt ein paar gelbe Zähne, nur wenig heller als die Zähne von Königin Margarethe II., einer passionierten Raucherin.

»Super, hast du dann ein paar Minuten Zeit? Ich möchte auch ein Foto von dir machen, am besten mit einem Sarg im Hintergrund.«

»Nein.«

»Wie bitte? Soll ich später wiederkommen?«

»Es tut mir leid, du hast mich falsch verstanden. Auch wenn ein Porträt von mir vor dem Hintergrund des Mordes an dem jungen Griechen eine lohnenswerte Story wäre, möchte ich dennoch nicht mitmachen. Auf gar keinen Fall.«

Sie verschränkte die Arme vor der Brust, um ihren Widerstand deutlich zu machen.

Der Journalist sah sie verdattert an. »Willst du Geld dafür?«

»Nein, Quatsch. Ich will nur einfach nicht in die Zeitung.«

»Aber es stand doch schon in der Zeitung, dass vor deinem Haus eine Leiche gestorben ist.«

Hoffentlich stand es nicht genau so da, dachte Gitte, denn Leichen konnten nicht mehr sterben.

Nils blickte sie hilflos an, seine Augen erinnerten sie an einen traurigen Dackel. Er zeigte auf seine Kamera. »Kein Foto?«

»Nein, auch das nicht. Ich möchte nicht, dass viel über mich in der Zeitung steht.«

»Aber es wäre auch eine gute Werbung für Pauls Geschäft. Du bist bestimmt sehr fotogen.«

Gitte zuckte nur die Achseln. Sie würde definitiv kein Interview geben, weder zu ihrem Job noch zu ihrer Herkunft noch zum ermordeten Joris. Sie war doch nicht zur Unterhaltung der Touristen nach Marielyst gekommen.

In diesem Moment sah sie ihren Nachbarn Erik durch den Regen rennen. Er trug eine Kappe und eine leichte Regenjacke, hatte aber keinen Regenschirm dabei. Erik sah aus, als könnte er es nicht abwarten, ihr etwas zu erzählen. Hoffentlich platzte er nicht vor dem Journalisten mit irgendeiner Neuigkeit heraus.

»Hej, ich habe etwas gefunden!« Mit diesen Worten stürzte der kräftige Schwede in den Laden, und der Journalist machte große Augen.

Gitte beeilte sich und sprach englisch: »Warte einen Moment, Erik, ich möchte eben noch Nils Jansen verabschieden. Er ist unser Journalist vor Ort.«

»Hej, Nils!« Erik nickte dem Journalisten zu. Und zu Gitte gewandt erklärte er, ebenfalls auf Englisch: »Sag ihm, ich bin dein Nachbar. Berichtet er über den Mordfall?«

Mit Blicken versuchte Gitte, Erik von unüberlegten Bemerkungen abzuhalten. Doch der Schwede schien sich über die Anwesenheit eines Pressemannes zu freuen.

»Ah, sprichst du englisch? Gut. Ich war ja dabei, als die Leiche gefunden und von der Polizei geborgen wurde. Und gestern Abend wurde Gitte beinahe bedroht. Da ist so ein Typ auf der Wiese herumgeschlichen, er schien etwas zu suchen. Just in diesem Moment ist Gitte mit ihrem Fahrrad zurückgekommen, und ich bin auf die Wiese hinaus. Der Kerl hat sofort die Beine in die Hand genommen.« Jetzt erst lächelte Erik Gitte aufmunternd zu. Mehr sagte er zum Glück nicht.

»Interessant, vielleicht kann ich das mit ein paar anderen

Informationen zusammen verwenden. Vielen Dank, äh, wie war doch gleich dein Name?«

»Nyström, Erik. Du darfst mich gerne zitieren.«

»Was hast du denn für andere Informationen?«, fragte Gitte den Journalisten neugierig.

»Steht in der nächsten Ausgabe. Hej, hej.«

Nicht mehr ganz so frustriert zog Nils Jansen von dannen. Draußen regnete es jetzt recht heftig, und er rannte über die Straße.

Gitte schaute auf die Uhr und entschied, jetzt Mittagspause zu machen.

»Komm, wir gehen einen Kaffee trinken, in ›Larsen's Bageri‹«, sagte sie zu Erik.

In ›Larsen's Bageri‹ konnte man Smørrebrød, Kuchen und Pizza essen. Das Café war gerade mäßig besucht. Einige eifrige Urlauber, die sich von dem Regen nicht schrecken ließen, liefen in Gummistiefeln und Regenjacken gekleidet an den Geschäften vorbei.

Gitte bestellte sich einen Cappuccino und ein Smørrebrød mit Roastbeef, Mixed Pickles und Senfsoße. Erik nahm einen Kakao und ein sehr süßes Stück Kuchen mit Pistazie und Marzipan. Der Kuchen war außen so grün wie ein Laubfrosch.

Als sie schließlich an einem der Tische saßen, holte er umständlich etwas aus seiner Jackentasche. Sehr vorsichtig und langsam, zu langsam für Gittes Temperament.

»Was hast du denn nun gefunden?«, fragte sie ungeduldig.

»Einen Zettel. Er ist leider etwas nass geworden vom Regen. Ich hoffe, die Schrift ist nicht zu sehr verwischt. Und sag mir jetzt bitte nicht, der ist von dir.«

Erik legte ein zerknittertes und schmutziges Stück Papier auf den Tisch und strich es vorsichtig glatt. Darauf stand in schräger Schrift und mit Bleistift geschrieben ein Name: *Ann Brixen.*

Gitte las den Namen laut vor: »Ann Brixen. Und du meinst, diesen Zettel hat Joris bei sich gehabt, als er schwer verletzt über meine Wiese wankte? Er könnte ebenso gut von den Vormietern sein. Bis vor Kurzem hatte mein Vermieter das Haus noch an Urlaubsgäste vermietet.«

Erik schüttelte den Kopf, dass sein Schnurrbart wackelte. »No. Letzte Woche stand dein Haus leer, da war nur eine Putzfrau drin und hat Ordnung gemacht. Und auf der Wiese ist es nachts feucht, da verwittert so ein Zettel mit jeder Nacht mehr. Ich habe ihn zum Glück gefunden, als gerade die ersten Tropfen fielen. Kennst du eine Ann Brixen?«

»Nein. Wir geben den Zettel dem Kommissar. Es könnte immerhin eine Spur sein. Ich kümmere mich darum, dein Dänisch ist zu schlecht.« Sie grinste ihn an.

Draußen gab es plötzlich einen Tumult, als eine aufgeregte Frau unter einem kleinen blauen Regenschirm hervor laut zwei Kindern, die barfuß durch den Regen rannten, wiederholt etwas zurief. Durch das Fenster des Cafés erblickte Gitte den deutschen Jungen, Niko, und seine Schwester, die beide in einer Hand ihre Gummistiefel, in der anderen ein großes Eis hatten. Singend wanderten sie den nassen Strandvej entlang und schienen sich sehr wohlzufühlen. Nur ihre Mutter schrie von der anderen Straßenseite eine Frage nach der anderen zu ihnen hinüber und wollte wissen, woher sie das Eis hätten und wo sie die ganze Zeit gesteckt hätten. Doch die beiden ließen sich in ihrem Glück kein bisschen stören, sie sangen einfach weiter.

Die verärgerte Mutter stand da mit einem kleinen blauen Regenschirm und fror sichtlich. Sie wartete, bis die Kinder bei ihr waren, und schimpfte dann weiter: »Ihr sagt mir jetzt sofort, wo ihr gewesen seid und woher ihr das Eis habt, sonst landet es im nächsten Mülleimer!«

Gitte verdrehte die Augen. Wie konnte man nur so unentspannt sein und die Freude der Kinder kaputtmachen? Die

Tochter begann zu weinen, und der Junge stampfte mit dem Fuß auf. »Wir haben uns Geld verdient.«

»Niko, lüg mich nicht an. Wie wollt ihr euch denn Geld verdient haben?«

»Wir haben vorgesungen, da hinten im Laden.« Er zeigte mit dem Finger diffus in eine Richtung. Seine Schwester nickte und sagte schluchzend: »Die haben jedem von uns drei Kronen gegeben.«

Da die Tür der ›Bageri‹ weit offen stand, konnte man im Inneren den Disput gut verfolgen. Gitte erinnerte sich daran, dass ihr Vater Mads immer in die Erziehung eingegriffen hatte, wenn ihre Mutter Gitte auf diese Weise gedroht hatte.

Erik zeigte nach draußen. »Die Mutter sollte stolz sein auf die Kreativität ihrer Kinder, finde ich.«

Gitte nickte. »Die Dänen sind ja schon auch für Konsequenz und Regeln in der Kindererziehung, aber ihre Kinder dürfen durchaus eine eigene Sichtweise haben, die ernst genommen wird.«

»Bestimmt zählen sie deshalb zu den glücklichsten Völkern, wenn schon ihre Kinder so zufrieden sein dürfen.« Erik schmunzelte, und Gitte war sich nicht sicher, ob er sie auf den Arm nahm.

Die deutsche Mutter war klug genug, sich mit der Antwort der Kinder zufriedenzugeben, konnte sich aber eine weitere Bemerkung nicht verkneifen. »Ich habe euch schon tausend Mal gesagt, dass ihr nicht einfach weglaufen sollt. Ich mache mir doch dann Sorgen.«

Dieser Niko war ein überaus kreativer Bengel, dachte Gitte. Wo die Familie wohl wohnte? Es musste ganz in der Nähe sein, denn sie hatte sie an ihrem Strandabschnitt gesehen.

»Was für Racker.« Damit wandte sich Erik wieder ihrem vorherigen Gesprächsthema zu und fragte: »Was machen wir, wenn der Typ wieder auftaucht und die Wiese weiter absucht?«

»Das tut er bestimmt nur noch, wenn wir weg sind. So schnell, wie der verschwunden ist! Und falls doch, mache ich ein Foto von ihm. Ich muss jetzt wieder los, nach Feierabend bringe ich den Zettel schnell zur Polizei. Ich kann aber auch gleich mal im Telefonbuch nachsehen. Eventuell haben wir Glück, und der Name Brixen steht im hiesigen Telefonbuch.«

»Unwahrscheinlich. Der Tote war ein Grieche, der aus Deutschland kam und zu seinem Onkel nach Nykøbing sollte. Kennst du unsere schwedischen Krimis um den Kommissar Kurt Wallander?«

»Ja.« Gitte hatte ein paar Folgen im Fernsehen geschaut.

»Da liegen die Motive manchmal in der Vergangenheit des Opfers. Ich meine, wer macht denn innerhalb nur weniger Stunden schon so viel verkehrt, dass er gleich ein Messer in die Brust gerammt bekommt?«

Erik schob sich den letzten Rest seiner grünen Süßigkeit in den Mund und gab zu verstehen, dass er zahlen wollte. In seinem mächtigen Schnurrbart steckten noch ein paar Kuchenkrümel, und er richtete sich zur vollen Größe auf, um sein Portemonnaie aus der Hosentasche zu ziehen. Er erinnerte Gitte an einen Wikinger nach einer guten Verhandlung.

»Ann? Ann Brixen?« Ole Ansgaard, der Kommissar, reagierte spöttisch, nachdem er sich den kleinen Zettel nahe vor die Augen gehalten hatte.

»Du kennst sie?«

»Alle, die hier im Ort leben, kennen sie, und viele Touristen ebenfalls. Du wirst sie auch noch kennenlernen. Irgendwann taucht jeder bei ihr auf und braucht ein Geschenk oder eine Inspiration. Sie besitzt die Glasbläserei oben auf dem Hügel, in Richtung Væggerløse. Direkt neben der alten Windmühle.«

Die Glasbläserei auf dem Hügel. Na klar, dort war Gitte

früher schon mal gewesen. Einen Besuch dort hatte sie sich sogar für eines der nächsten Wochenenden vorgenommen, aber deshalb hatte sie doch noch lange nicht den Namen der Besitzerin im Kopf.

Ole Ansgaard fragte sie nun ernster: »Kannst du mir sagen, wer diesen Zettel alles angefasst hat? Von den Personen brauche ich die Fingerabdrücke, um sie später ausschließen zu können. Wenn der Zettel Joris gehört hat, werden wir seine Fingerabdrücke auch darauf finden.«

Mist, daran hatte sie natürlich nicht gedacht. Und Erik auch nicht. Für solche praktischen Überlegungen nutzte das ganze Krimischauen im Fernsehen offenbar gar nichts.

Der Kommissar lehnte sich in seinem Stuhl zurück und fragte sie, mit einem Finger an der Nase: »Wieso habt ihr noch gleich deine Wiese abgesucht, als gelte es, ein Familienerbstück wiederzufinden?« Sein Grübchen am Kinn trat deutlich hervor.

Sehr zögerlich erzählte ihm Gitte, dass sie gestern Abend jemanden auf ihrer Wiese gesehen hatte, der offenbar etwas gesucht hatte.

»Ach, und da bist du nicht auf die Idee gekommen, die Polizei zu informieren? Es hätte doch auch der Täter sein können. Jetzt, wo ich es ausspreche, finde ich das sogar sehr wahrscheinlich. Aber du hast offenbar keine Sorge, dass der Mörder noch ein weiteres Bowiemesser besitzt, das er in deinen schönen Bauch versenken könnte, nein?«

Gitte war überrascht, dass Ole Ansgaard sich plötzlich so in Rage redete. Und er war noch nicht fertig.

»Sag mir nur, ist der Mann abgehauen, weil er dich gesehen hat oder weil er diesen schwedischen Hünen aus dem Haus hat kommen sehen?«

»Ich glaube, er hat mich noch gar nicht sehen können. Obwohl … warte mal, mein Rad ist ziemlich laut, er hätte es eigentlich hören müssen. Ich weiß es nicht.« Ein einziges

Gestammel, dachte sie. Aber sie wusste nicht, was er von ihr hören wollte.

»Genau. Ich gehe mal davon aus, dass ihn die Anwesenheit eines schwedischen Berserkers mehr beeindruckt hat. Es geht hier um einen brutalen Mord, da solltest du jede Auffälligkeit ernst nehmen. Und mir oder den Kollegen melden. Ich werde heute Nacht ab und an eine Streife an deinem Haus vorbeischicken.«

Gitte atmete hörbar aus. »Ist das jetzt nicht übertrieben?«

»In solchen Dingen übertreibe ich richtig gerne. Es wäre übrigens auch nicht gut, wenn du plötzlich bei Ann Brixen auftauchst und Fragen stellst. Dann weiß derjenige, der den Zettel gesucht hat, dass du ihn gefunden hast.«

Gitte wunderte sich über den Kommissar. Bislang hatte er immer so lässig gewirkt, so als spielte er in einer Fernsehserie den ermittelnden Helden. Aber jetzt gerade war er richtig dienstlich.

Sie wechselte das Thema, wusste jedoch, dass sie ganz sicher demnächst die ›Glaspusteri‹ an der Windmühle aufsuchen würde. Schließlich hatte sie selbst bei der Polizei gearbeitet, wenngleich in der Opferhilfe. So ganz doof würde sie sich kaum anstellen.

Um den Kommissar auf andere Gedanken zu bringen, fragte sie nun: »Weißt du inzwischen mehr über die letzten Stunden, die Joris auf dem Campingplatz verbracht hat? Gibt es neue Zeugen?«

»Nein, wir tappen noch im Dunklen. Ich werde mir jetzt mal den Onkel in Nykøbing vornehmen. Eventuell weiß er doch etwas mehr über die Pläne seines Neffen. Vielleicht finde ich auch heraus, warum Joris einen Grund gehabt haben könnte, seinen Onkel nicht zu mögen.«

»Habe ich dir eigentlich erzählt, dass der Cousin von Joris sich auf meine Terrasse gelegt hat, in der Pose, in der Joris gestorben ist? Ganz schön schräg, aber ich glaube, er hatte sich sehr auf ihn gefreut. Dieser Timon meinte, ich wäre jetzt mit dem toten Joris auf immer verbunden, weil er auf meiner Terrasse gestorben ist.«

Ole Ansgaard guckte sie stirnrunzelnd an. »Ich kenne das nur, wenn man jemandem das Leben gerettet hat. Dann fühle man sich angeblich ein Leben lang verantwortlich. Macht ja auch mehr Sinn. Viel Kontakt wirst du zu Joris wohl nicht aufbauen können. Und wenn doch, dann möchte ich eigentlich keinen Kontakt mehr zu dir haben.«

»Ach so, Angst vor Hexen?«

»Nein, vor Verrückten.« Er presste die Lippen aufeinander, als wäre dies kein Scherz gewesen.

Am späten Nachmittag ließ der Regen nach, und die Sonne zeigte sich. Gitte schob ihr Rad langsam nach Hause, um möglichst lange in den Genuss der Sonnenstrahlen zu kommen. Zum Wochenende sollte das Wetter tatsächlich strandtauglich werden, mit 22 Grad und mehr Sonne als Wolken. Sie freute sich auf ein paar freie Tage, in denen der kleine Ort zu einem richtigen Ferienort erwachen würde.

Kaum war sie zu Hause, da klingelte ihr Handy. Es war Tante Stine. »Hej, Gitte, wie geht es dir, Kind?«

»Gut. Ich war im Schou's essen, bei Sven Træborg. Sagt dir der Name etwas?«

»Schou's, so heißt doch der Metzger im Ort, oder? Mads hat immer so von der Leberpastete geschwärmt, aber der Name Sven Træborg sagt mir nichts.«

»Sven ist der Besitzer, er betreibt das Restaurant. Die Metzgerei gehört dazu. Er hat Mads kurz vor seinem Tod im Lokal gesehen. Erzählt er.«

Tante Stine gab ein merkwürdiges Geräusch von sich. »Alle wollen an einem Skandal beteiligt sein, als Zuschauer zumindest. Wissen tut er doch auch nichts, oder?«

Gitte musste seit dem Gespräch mit Sven und seiner Frau

ständig darüber nachdenken. Nun atmete sie tief durch und sagte dann: »Doch. Er befürchtet, dass Mads sich mit der Russenmafia eingelassen hat.«

Das Schweigen am anderen Ende der Leitung wurde unangenehm.

»Tante Stine?«, fragte Gitte schließlich besorgt.

Am anderen Ende erklang plötzlich ein leises Lachen. »Also bei der Wahl seiner Frau war er ja schon ungeschickt – entschuldige, Kind –, aber ich dachte immer, seine Geschäfte hätte er klug genug gemanagt. Ausgerechnet die Russenmafia in Marielyst! Eine bessere Räubergeschichte ist diesem Sven wohl nicht eingefallen. Obwohl, wenn ich es recht bedenke, liefen zwischen den Wikingern und den Russen früher auch interessante Kontakte und Geschäfte. Da gab es mal einen Wikinger aus der Familie der Röriks, der ging in den Osten und begründete die Dynastie der Rurikiden, die bis zum 16. Jahrhundert als Großfürsten und Zaren über Russland herrschten.«

»Mads soll an dem Abend einen ängstlichen oder besorgten Eindruck gemacht haben.« Gitte hätte zu gerne das Gesicht ihrer Tante gesehen. Sie hatte sich mit ihrem einzigen Bruder immer gut verstanden. Die Familie war in Dänemark wichtig. Man nahm sich Zeit füreinander und respektierte sich.

Gitte war davon überzeugt, dass ihre Tante diese Sache mit der Russenmafia nur ihr zuliebe herunterspielte. Stines nächste Bemerkung bestätigte ihre Vermutung.

»Mads hatte niemals Angst, höchstens um dich. Und wenn daran auch nur ein Funken Wahrheit sein könnte, dass Mads sich mit falschen Geschäftspartnern eingelassen hat, dann lässt du auf jeden Fall deine Händchen da raus. Solche Leute sind auch nach fast zwanzig Jahren noch gefährlich. Das wird im Alter nicht besser!«

Dazu sagte Gitte nichts, stattdessen plauderten sie über die guten Aussichten für das Wetter in den nächsten zwei Tagen, um die kleine Befangenheit zu überbrücken.

Dann ergriff Tante Stine wieder das Wort.

»Ich war in dem Hotel in Nykøbing und habe tatsächlich den Onkel des toten jungen Mannes gesehen. Er kocht dort, und ich habe im Hotel eine Kleinigkeit gegessen. Dann wollte ich mich persönlich beim Koch bedanken, ich musste ihn ja kennenlernen. Du, das ist ein netter, höflicher Mensch mit humorvollen Augen, aber einem melancholischen Zug um den Mund. Eine sehr interessante Ausstrahlung. Er hat mir zum Abschied die Hand geküsst. Auf den ersten Blick stelle ich es mir schwer vor, ihn nicht zu mögen. Auch der Kontakt zu seinem Sohn schien ziemlich gut zu sein. Da kam ein etwa Sechzehnjähriger gerade aus der Schule, nannte ihn Pa und zeigte ihm stolz eine Zeichnung.«

»Das muss Timon gewesen sein«, warf Gitte ein.

Ihre Tante machte eine kleine Pause und sagte vergnügt: »Viel spannender ist dagegen der Klatsch beim Hotelpersonal. Der Koch ist sehr beliebt, und mit seiner Mousse aus griechischem Joghurt, Walnüssen und Honig soll er das gesamte Personal gefügig gemacht haben. Ich habe diese Mousse probiert und werde nun meinem italienischen Stammlokal die Freundschaft kündigen. Stattdessen begebe ich mich in die Abhängigkeit eines griechischen Auswanderers. Apropos Auswanderung. Es geht das Gerücht um, dass er vor zehn Jahren aus seiner Heimat geflohen ist, weil er jemanden verprügelt haben soll. Es hat anscheinend Konflikte innerhalb der Familie gegeben.«

Tante Stines Stimme wurde jetzt schwärmerisch. »Er heißt Angelos Papadakis, was für ein Name. Zumindest ist er ein Engel in der Küche. Als Hauptgericht hatte ich Kaninchen in Rahmsoße, abgeschmeckt mit viel Weißwein, köstlich. Ob ich morgen noch mal im Hotel essen soll?«

»Tantchen, das klingt verwegen.«

»Wenn ich zwanzig Jahre jünger wäre, würde ich noch ganz andere Sachen probieren, um in die Nähe eines Angelos zu kommen.«

»Hat Sofie auch schon Kontakte geknüpft?«

Tante Stine schnaubte. »Die hat doch nur Augen für ihren Bäcker, dabei sind Kochkünste so viel wichtiger. Kochen konnte mein missratener Ehemann übrigens auch. Sein Omelett zumindest war tauglich. So, pass auf dich auf, und kümmere dich nur um die Leichen am Arbeitsplatz, nicht um die aus der Vergangenheit.«

Ohne viel Geplänkel legte die alte Dame auf, und Gitte hielt zunächst ein Zwiegespräch mit Hieronymus.

Was der Mord doch an Kontakten in ihr Leben gebracht hatte. Sie fühlte sich hier in Marielyst schon so wohl, als wäre sie bereits seit vier angenehmen Wochen hier und nicht erst seit fünf anstrengenden Tagen. Sie warf einen Blick durch die geöffnete Terrassentür und trat nach draußen, um die Seeluft zu schnuppern, die im Garten meist vom harzigen Geruch der Tannenzapfen und Nadeln überlagert wurde. Köstlich. Als sie gerade auf ihr Auto schaute und mit einem schlechten Gefühl an die bevorstehende Ummeldung dachte, sah sie Julia Heilmann mit wehendem Rock vorbeiradeln. Spontan rief sie ihr zu: »Hej, Julia.«

»Hej, Gitte, hier wohnst du also.« Julia bremste abrupt ab und sprang auf den Schotter. Außer Atem erzählte sie: »Stell dir vor, jemand hat unser Auto aufgebrochen!«

»Hier? In Marielyst?« Gitte war entsetzt. »Ist etwas gestohlen worden?«

»Nein, es wurde nur durchwühlt. Alle Sitze waren umgeklappt, die Fußmatten lagen davor, so als hätte jemand etwas gesucht. Ich bin gerade unterwegs zur Polizei.«

Gittes erster Gedanke galt dem Zettel. Sollte jemand das Auto durchsucht haben, weil Joris darin gesessen hatte? Es hatte ja groß genug in der Zeitung gestanden.

Aufgeregt und empört sprach Julia weiter: »Michael ist total enttäuscht, du, der hatte Tränen in den Augen, weil er doch immer so von der Ehrlichkeit in diesem Ort prahlt. Hier kannst du dein Haus offen und deine Kinder überall spielen lassen und Gemüse am Straßenrand kaufen, indem du das Geld in einer losen Kassette hinterlegst.«

»Das kannst du immer noch alles tun, Julia. Ich bin überzeugt davon, dass die Durchsuchung eures Autos mit Joris zusammenhängt.« Und Gitte erzählte der anderen Frau von dem Typen auf ihrer Wiese und dem Zettel, den ihr Nachbar schließlich gefunden hatte.

»Ann Brixen?«, lautet Julias erster Kommentar. »Das ist die Frau, der die Glasbläserei gehört, ›Glaspusteri‹ sagt ihr auf Dänisch, oder? Bei der laufen doch jedes Jahr irgendwelche Praktikanten herum. Vielleicht wollte Joris dort arbeiten?«

Gitte runzelte die Stirn. »Für einen so harmlosen Plan müsste aber keiner hinter dem Zettel herjagen wie der Teufel hinter einer Seele.«

Julia schob plötzlich ihr Rad hin und her, sodass es eine dunkle Spur im Schotter hinterließ, dann fragte sie verlegen: »Kannst du nicht vielleicht mitkommen zur Polizei? Ich kann kein Dänisch, und mein Englisch taugt auch nicht für die Erläuterung eines Verbrechens. Damit kann ich mir höchstens einen Hotdog bestellen.«

Gitte nickte halbherzig. Hoffentlich dachte der Kommissar nicht, sie würde absichtlich andauernd bei ihm vorbeikommen. Und hoffentlich befand er sich überhaupt noch im Büro.

Der dicke Beamte, der den Nachmittagsdienst übernommen hatte, schüttelte energisch den Kopf. Nein, Ole Ansgaard sei nicht mehr da. Er sei noch mal zum Campingplatz gefahren und wollte dann nach Hause. Nein, der Kommissar wohne in Gedesby, nicht in Marielyst.

»Das ist doch fast dasselbe«, murmelte Julia. Gedesby war keine zehn Kilometer entfernt.

Gitte erklärte dem Beamten, dass das Auto der deutschen Touristen, die Joris von Rødby nach Marielyst mitgenommen hatten, aufgebrochen worden sei. Das sei doch sicher kein Zufall, erklärte sie ihm.

Der Beamte nickte verständig, doch schon die nächste Frage zeigte, dass er nichts verstanden hatte. »Und die Deutschen haben jetzt diesen Joris in Verdacht?«

»Nein, wir haben den oder die Männer in Verdacht, die Joris getötet haben.«

Ein Zucken der Augenbrauen, er nickte wieder und sagte: »Ach so, Joris ist der tote Grieche. Hab davon gehört. Da ist wohl nichts mehr mit Gyros und Souvlaki. Aber wir wissen doch noch gar nicht, wer dieses Verbrechen begangen hat.«

Die Dänen waren stolz auf ihre Höflichkeit, das wusste Gitte. Man blieb ruhig und höflich, ganz egal, in welcher Situation. Einem deutschen Westfalen hingegen war Höflichkeit so lange wichtig, wie er damit den besten Preis für sein Pferd erzielte. Meist brachte ihm das aber wenig, weshalb er die ehrliche, etwas rauere Art bevorzugte. Auch wenn Gitte sich eigentlich für Dänemark entschieden hatte, nun brach der westfälische Charme durch.

»Das werden Sie auch ganz sicher nicht herausfinden. Aber eventuell gibt es Kollegen, die sich auf Spurensicherung verstehen. Das Auto muss untersucht werden, auf Fingerabdrücke, Haare und so.«

»Jetzt?«

»Ich weiß nicht genau, wann Sie den Mord aufklären möchten, aber ich könnte mir vorstellen, dass die Heilmanns ihr Auto bald wieder benutzen möchten.«

Julia hatte bislang von einem zum anderen geguckt und sich herausgehalten. Viel verstehen konnte sie ja nicht. Nun meinte sie zu Gitte: »Wir brauchen das Auto morgen. Wir fahren zum Knuthenborg-Park.«

Der Beamte setzte sich an den Computerbildschirm und suchte offenbar etwas. Pikiert sagte er: »Ich war im Urlaub und habe heute meinen ersten Tag, da bin ich in den Fällen noch nicht so drin. Ich war eine Woche auf Bornholm. Sonst bin ich schon mal drei Wochen in Schweden gewesen, und nichts ist passiert hier im Ort. Das muss man doch erst verdauen. Ich rufe jetzt Herrn Ansgaard an.«

»Entschuldigung«, sagte Gitte. »Mir ist es lieber, Sie lassen mich dem Kommissar die Lage erklären, ich bin in dem Fall ziemlich tief drin.« Sie guckte ihn mit großen Augen an und bemühte sich um ein Lächeln. Wer wusste schon, was der Beamte wirklich verstanden hatte?

Also redete Gitte wenig später mit Ole Ansgaard, nachdem der Beamte dem Kommissar am Telefon mitgeteilt hatte: »Zwei Frauen wollen dich sprechen, weil ein Auto aufgebrochen worden ist, in dem ein Toter gelegen hat.«

Sie erzählte ihm alles über das Auto und die Rückschlüsse, die sie daraus gezogen hatte.

»Kann sein, dass du recht hast. Ich schaue morgen früh sofort vorbei. Nenn mir mal die Adresse und die Namen, dann brauche ich nicht danach zu suchen.«

»Morgen früh? Warum nicht heute?«, fragte Gitte. Julia sah bereits erschrocken aus. So viel Dänisch hatte sie doch verstanden.

»Weil ich Feierabend habe und jetzt zu einem Freund in die Sauna gehe. Wir machen es uns hyggelig, der Abend wird kalt.«

Gitte hatte vergessen, wie wichtig den Dänen ihr Feierabend war. Ein Toter war eh schon tot, und aufgebrochene Autos fuhren schließlich nicht einfach davon.

»Tut mir leid, Julia. Ihr könnt danach bestimmt noch in den Knuthenborg-Park fahren.«

»Das musst du mal meinen Kindern erzählen. Die wollten sich den ganzen Tag dort aufhalten.«

Das konnte Gitte gut verstehen. Sie war auch gerne mit ihren Eltern in diesen riesigen Safaripark gefahren, den größten in ganz Nordeuropa, wo man mit dem Auto durch die einzelnen Gehege fuhr, um die Tiere in den riesigen Arealen kennenzulernen. Sogar durch den Tigerkäfig durfte man nach entsprechender Sicherheitsbelehrung mit dem eigenen Auto. Und die vielen Spielplätze und Streichelzoos waren eine echte Herausforderung für Kinder.

»Es tut mir leid, Julia. Den Dänen ist der Feierabend heilig. Aber ihr seid doch noch etwas länger hier, oder? Morgen könnt ihr auch zum Strand gehen, es soll schön werden.«

Julia lächelte gequält, als sie wieder aufs Fahrrad stieg. Der Urlaubsplan sollte anscheinend unbedingt eingehalten werden. Mittlerweile waren sie an Gittes Häuschen angekommen, und sie verabschiedeten sich voneinander.

5

Das Wetter hielt tatsächlich, was am Vortag prophezeit worden war. Als Gitte am nächsten Morgen um halb neun zur Arbeit fuhr, trug sie einen leichten Sommerrock, ein weißes T-Shirt und eine Strickjacke. Es war fantastisch, so früh durch den Ort zu radeln, der im prallen Sonnenlicht gleich noch viel schöner wirkte. Überall sah man Touristen in kurzen Hosen, die vergnügt Brötchen für ein perfektes Urlaubsfrühstück kauften. Die zahlreichen Möwen schrien aufgeregt, und alles sah sauber und bunt aus, die Fähnchen der Eisverkäufer und die dänischen Flaggen.

Im Geschäft würde sie den Vormittag über noch allein sein, sie hatte sich auf ein paar ruhige Arbeitsstunden eingestellt. Daher freute sie sich, als bereits um zehn Uhr ein freundlicher Herr mit schwarzem Haar und unglaublich sympathischen braunen Augen den Laden betrat. Am Nachmittag fand eine Beerdigung statt, die Paul Larstsen aber allein durchführte. Als Sargträger hatten sich die Nachbarn angeboten, der Bestatter arrangierte den Blumenschmuck, nahm die Trauerbriefe in Empfang und kümmerte sich um einen reibungslosen Ablauf.

Paul Larstsen hatte Gitte gestanden: »Ich liebe das. Im schwarzen Anzug stehe ich bereit, nehme Briefe in Empfang, halte jeden Stress von den trauernden Angehörigen fern, tröste und bin insgesamt der ruhende Pol. Das ist mein Auftritt.«

Gitte gönnte ihm das von Herzen. Doch in Kürze wollte sie

selbst mal eine Beerdigung begleiten. Sie hatte sich extra einen schwarzen Hosenanzug gekauft, der ihr so gut stand, dass sie darin auch als Hochzeitsgast eine passende Figur gemacht hätte.

Gitte zuckte überrascht zusammen, als der Mann sich mit einer kleinen Verbeugung vorstellte: »Angelos Papadakis. Ist der Bestatter Paul Larstsen zu sprechen?«

Gitte erklärte ihm die Abwesenheit ihres Chefs und fragte: »Kann ich dir weiterhelfen?«

Angelos Papadakis zögerte sichtlich. Was immer er auf dem Herzen hatte, er wollte es offenbar nicht mit ihr besprechen. Sie half ihm: »Geht es um die Beerdigung von Joris? Ich bin die Assistentin von Paul Larstsen.«

»Oh. Dann bist du die Frau, vor deren Tür mein Neffe gestorben ist. War denn wirklich keine Rettung mehr möglich? Keine Erste-Hilfe-Maßnahme?«

»Nein, als ich ihn fand, war er bereits tot«. Gittes Ton ließ keine Unsicherheit erkennen.

»Es ist so schrecklich. Wäre er doch nur sofort nach Nykøbing gekommen!«

Gitte wagte eine Frage, die den Mann nicht verletzen sollte. »Warum hast du ihn nicht von der Fähre abgeholt?«

»Das hätte ich schon getan. Es war ausgemacht, dass er sich meldet und Bescheid gibt, welche Fähre er nimmt.«

Joris schien Zeit für sich eingeplant zu haben. Eventuell hatte er etwas erledigen wollen, was völlig aus dem Ruder gelaufen war, dachte Gitte und sagte schnell: »Entschuldigung, das sollte kein Vorwurf sein. Ich hatte mich nur gewundert, weil er per Anhalter gefahren ist.«

»Das hat uns auch sehr gewundert, das kannst du mir glauben. Ich habe überhaupt keine Ahnung, was er in Marielyst wollte.«

Gitte fiel ein naheliegender Grund ein, und sie fragte den Griechen: »Hatte er vielleicht eine Freundin?«

Papadakis hob hilflos die Schultern. »Kann sein. So engen Kontakt hatten wir noch nicht, aber ich könnte meinen Bruder in Lübeck fragen. Da hat er ja die letzten Monate gelebt und Dänisch gelernt. Ich brauche auch noch die Adressen seiner Freunde. Die müssen doch Bescheid bekommen, dass Joris gestorben ist. Deswegen bin ich auch hier. Und die Polizei hat mir mitgeteilt, dass die Leiche nun abgeholt werden kann und auch muss. Sie haben ohnehin schon recht lange gebraucht. Ich habe mit der Familie gesprochen, wir wollen Joris einäschern lassen. Er war nur einen Tag hier in Dänemark, aber wir denken, er würde sich freuen, hierbleiben zu dürfen. Er soll in Nykøbing beerdigt werden.«

Ein sehr ungewöhnlicher Wunsch. Gitte wagte es, eine weitere heikle Frage zu stellen, die ihr streng genommen nicht zustand.

»Joris' Vater soll im Gefängnis sein, habe ich gehört. Weiß er Bescheid, oder sollen wir Kontakt aufnehmen?«

Das Gesicht des Griechen verschloss sich wie eine Auster. Überrascht bemerkte Gitte einen harten, wehmütigen Zug um den Mund, als Herr Papadakis erklärte: »Ich werde in diesem Fall im Sinne von Joris handeln, nicht im Sinne meines Bruders. Er ist aber informiert.« Er lächelte ganz leicht und fuhr fort: »Joris hätte sich bestimmt eine Feuerbestattung gewünscht, am liebsten auf einem Floß im Wasser, wie die alten Wikinger.« Er seufzte. »Die Familie bedeutet uns Griechen viel, manchmal alles. Aber darauf hat mein Bruder wenig Rücksicht genommen. Wir müssen beide mit einer schweren Schuld leben, und wir befinden uns beide mehr oder weniger in Lebensumständen, zu denen wir gezwungen wurden. Allerdings fühle ich mich in diesem schönen Land einigermaßen wohl.« Es folgte ein müdes Lächeln, und er ergänzte: »Es ist nur immer so kalt hier. Meinen Bruder hat es schwerer getroffen, aber er hat es nicht anders verdient, das kannst du mir glauben. Und das habe ich auch der Polizei gesagt.«

Nach diesen ausführlichen Worten sah Herr Papadakis trotz seines dunklen Teints regelrecht bleich aus.

»Das tut mir sehr leid, Herr Papadakis. Und Joris? Er war damals noch sehr jung, oder?«

»Darf ich mich setzen?« Er ließ sich auf einem Besucherstuhl nieder. Gitte bot ihm einen Kaffee an, den er aber mit einem Kopfschütteln ablehnte.

»Joris hat im letzten Jahr einiges mitgemacht. Meine Schwägerin ist schon lange tot, Joris musste schon früh Geld verdienen und schließlich die vielen Flüchtlinge, die in Massen in meine alte Heimat strömten. Joris hat auf einem Fischerboot gearbeitet und oft genug mitbekommen, in welch desolatem Zustand die armen Menschen bei uns ankamen. Mein Neffe brauchte Abstand. Er schwärmte für Dänemark, aber er wollte erst zu meinem Bruder Adam nach Deutschland. Den kannte er besser, denn Adam fährt sehr oft in die Heimat. Er kümmert sich um unsere alten Eltern und um seine Schwiegereltern. Ich werde im Hotel gebraucht.« Mit einer Spur Wehmut fügte er hinzu: »Meine Frau möchte nicht zurück.«

Gitte ahnte, dass sie keine weiteren Erklärungen bekommen würde, und richtig, Herr Papadakis straffte sich und fragte: »Können wir über die Beerdigung sprechen? Wir brauchen etwas Zeit, damit die Verwandtschaft aus Griechenland ihre Flüge organisieren kann. Wir würden die Beisetzung der Urne gern für den kommenden Mittwoch ansetzen. Geht das?«

Gitte wusste, dass dies möglich war, so voll war der Terminplan des kleinen Bestattungsunternehmens nicht. Es war nur wichtig, dass der Termin auch Larstsen passte. Sie wusste nicht, ob er mit einem seiner Kinder eine Verabredung hatte oder mit Sven in der Sauna verabredet war. Also trug sie den Termin unter Vorbehalt ein. Am liebsten wäre sie sofort mit dem schwarzen Leichenwagen losgefahren, um den Körper von Joris aus der Gerichtsmedizin zu holen. Sie brannte darauf, den Rücken mit den Runen zu sehen, fürchtete sich aber auch davor. Selbst wenn die Leiche gekühlt aufbewahrt worden war, der Anblick war sicher nicht gut auszuhalten.

»In unserer Heimat ist es üblich, statt Einladungen Plakate aufzuhängen, auf denen die Einzelheiten zur Beerdigung aufgeführt sind und jeder, der kommen möchte, herzlich willkommen geheißen wird. Joris ist hier wahrscheinlich nur als das Mordopfer bekannt. Ich möchte, dass er auch als ein junger Mann mit einem eigenen Leben in Erscheinung tritt. Meinst du, wir könnten ein paar Plakate entwerfen und sie hier in Marielyst und in Nykøbing aufhängen? Ich lasse dir ein Foto zukommen. Es kommen dann sicher ein paar Leute mehr.«

»Das ist eine sehr schöne Idee«, sagte Gitte und dachte daran, dass Mörder auch oft auf die Beerdigung ihrer Opfer gingen. Sobald ihr Chef den Termin bestätigt hatte, würde sie die Plakate fertigen lassen und am nächsten Tag aufhängen.

Kaum hatte Herr Papadakis den Laden verlassen, schlenderte der Kommissar Ole Ansgaard mit einem Eis in der Hand an der Schaufensterscheibe vorbei. Er sah sie, hielt an und zeigte fragend auf sein Eis und dann auf sie. Lächelnd schüttelte sie den Kopf. Sie kannte das dänische Eis, es war süß, cremig und gehaltvoll und enthielt dicke Schoko- oder Nussstücke.

Ole Ansgaard trat ein, hob sein Eis in die Höhe und sagte: »Bei einem solchen Wetter ist es dreimal so lecker. Dir entgeht etwas.«

»Ja, ich weiß. Mir entgehen etwa dreihundertfünfzig Kalorien. Darüber kann ich mich echt freuen. Habt ihr das Auto untersucht?«

Ole Ansgaard setzte sich auf einen Stuhl, schlug die langen Beine übereinander und machte ein komisches Gesicht.

»Diese Deutschen waren sehr unentspannt, das kann ich dir sagen. Ich bin extra früh aufgestanden und war mit meinem Team um halb neun dort. Da saßen die schon mit Picknickkörben und einer großen Fotokamera fertig in der Küche und machten Stress.«

»Die Familie wollte in den Knuthenborg-Park, und die Kinder haben sich halt darauf gefreut.«

Er winkte ab. »Ich kenne den Park. Dorthin fährt man als Urlauber doch nicht an einem Freitag oder Samstag. Da ist es so prallvoll, dass die Autos sich wie eine lange Schneckenparade durch die Anlage quälen. Die Tiere, deren Gehege es erlauben, verziehen sich in die letzten Ecken. Ich habe der Familie gesagt, sie sollten die eingepackten Butterbrote zum Strand mitnehmen und die Sonne genießen.«

»Über solche Ratschläge haben die sich sicher gefreut, oder?« Gitte machte ein altkluges Gesicht, dabei hatte sie am Tag zuvor Julia dasselbe vorgeschlagen.

Der Kommissar erwiderte ungerührt: »Wenig. Sie seien in den letzten Jahren immer bei Regen und Kälte in den Park gefahren und wollten den Zoo nun endlich mal bei Sonne besuchen. Meine Güte, die fahren doch nicht im Cabrio da durch. Ich habe meine Leute also im Eiltempo durch die Untersuchung gejagt und hoffe, sie haben jetzt nichts übersehen. Wir haben Fingerabdrücke genommen, die müssen aber noch ausgewertet werden. Das Schloss war eher stümperhaft aufgebrochen. Im Knuthenborg-Park wird heute ein nicht abgeschlossenes Auto aus Deutschland herumstehen. Das müssen sie erst reparieren lassen. Und dafür haben sie offenbar jede Menge Zeit. Für den nächsten Schaden wird vielleicht keine Versicherung aufkommen!«

Gitte lachte. »Sie halten die Dänen eben für ein sehr ehrliches Volk.« Das Lachen verging ihr schnell, als der Kommissar den linken Zeigefinger hob und sagte: »Wo wir gerade beim Thema Auto sind, deine Ummeldung habe ich durchaus im Blick.«

»Nun lass mich doch erst einmal ankommen. Ich weiß doch noch gar nicht, ob ich tatsächlich in Dänemark bleibe.«

»Jeder, der kann, bleibt hier. Selbst die sonnenverwöhnten Griechen. Das war doch eben Herr Papadakis, der Onkel von Joris, oder?«

Sie nickte, während Ole Ansgaard sich den letzten Rest von seinem Eis in den Mund steckte und die Waffel kaute.

»Sein Sohn Timon hat mir erzählt, Joris habe den Onkel nicht leiden können. Dabei macht der einen wirklich netten Eindruck«, meinte Gitte und blickte zum Kommissar.

»Hm. Hast du mir bereits berichtet.«

»Weißt du etwas über die Vorfälle in Griechenland? Warum sitzt der Vater von Joris im Gefängnis?«

»Das sind Berufsgeheimnisse. Hast du heute Morgen die Zeitung gelesen?«

Gitte fiel ein, dass der Typ von der Zeitung mit Neuigkeiten geprahlt hatte. Ole Ansgaard berichtete: »In dem Artikel äußern sie die Vermutung, dass Joris eine Freundin, ein Mädchen gesucht habe. Auf dem Zettel, den du auf der Wiese gefunden hast, waren nur die Fingerabdrücke von dir, deinem Nachbarn und Joris. Die Schwester von Joris hat die Handschrift identifiziert, er hat den Namen selbst aufgeschrieben. Gut möglich, dass er nach einer bestimmten Person oder nach Arbeit gesucht hat.«

Gitte machte ein zweifelndes Gesicht. »Aber wenn er nur wenige Tage in Marielyst bleiben wollte, hätte die Arbeitssuche keinen Sinn gehabt. Es sei denn, er wollte überhaupt nicht zu seinem Onkel nach Nykøbing. Hast du die Glasbläserin befragt? Kannte sie Joris?«

Ein Schatten ging über sein Gesicht. »Nein.«

»Nein, du hast sie nicht gefragt, oder nein, sie kannte ihn nicht?«

»Zweimal nein. Ein Kollege hat sie befragt und ihr das Foto der Leiche gezeigt.«

Gitte blickte genauer in sein Gesicht. »Was ist mit ihr? Du kannst sie nicht leiden, stimmt's?«

Der Kommissar richtete sich zu seiner vollen Größe auf und begab sich zur Tür. »Du bist Bestatterin, da sollte man seine Fragen dezenter gestalten.«

Die Tür fiel ins Schloss, und Gitte sah, dass Ansgaard geradewegs zur Polizeistation marschierte. Sie nahm sich vor, ebenso geradewegs nach der Arbeit zur Glasbläserei zu radeln und sich die Dame anzuschauen. Entweder hatte der smarte Kommissar beruflich noch eine Rechnung mit ihr offen, oder er hatte mal ein Verhältnis mit ihr gehabt. So ein Mann lief doch nicht allein durch die Gegend.

Es ärgerte sie, dass er sie trotz des gemeinsamen Falles wegen der Ummeldung ihres Autos kritisierte. Wie konnte man nur so kleinkariert sein? Was kaum einer wusste: Die Dänen waren Spießer, wenn es darum ging, Regeln einzuhalten, das hatte zumindest ihr Vater immer behauptet. Während ihre Mutter sich darüber amüsiert hatte.

Ihr Chef Paul Larstsen tauchte am frühen Nachmittag sehr vergnügt in seinem Laden auf und verkündete, Kinder könnten im Alter doch etwas Wunderbares sein. Es sei sehr gemütlich gewesen, und jedes seiner Kinder hätte ihn mit einer besonders schönen Überraschung beschenkt: Seine Tochter sei schwanger, und sein Sohn ziehe nach Nykøbing, also in seine Nähe. Er habe dort einen Job bei einer IT-Firma erhalten.

»Ist das nicht wunderbar? Ich werde Opa und bekomme meinen Sohn bald wieder mehr zu Gesicht. Wir können abends ein Bierchen trinken gehen, angeln und quatschen. Seine Frau hat ihn verlassen, deshalb zieht er weg.«

»Oh«, machte Gitte, die nun über die noch immer gute Laune doch erstaunt war. »Das tut mit leid.«

»Mir nicht. Ich glaube, sie war schuld daran, dass mein Sohn sich kaum noch gemeldet hat. Sie fand meinen Beruf unheimlich und zu morbide, um darüber beim Kaffee zu reden. Aber als ihr Vater gestorben ist, war sie sehr froh, dass ich den dicken Herrn sofort aus der Wohnung geholt habe. Himmel, hat der gestunken. Der bestand nur noch aus Fett und Nikotin. Zigaretten fasst meine Schwiegertochter nicht an, aber sie wird auch immer träger, wie ihr alter Herr.«

Gitte grinste und erzählte von dem Besuch des Herrn Papadakis.

»Gut gemacht, Gitte. Ich fahre sofort los und hole den Griechen her. Wir müssen so schnell wie möglich einen Termin im Krematorium machen, kümmerst du dich bitte darum? Wenn es geht, schon morgen. So eine Leiche wird ja nicht frischer, da kann die Person beim Sterben noch so jung gewesen sein.«

Gitte schüttelte den Kopf wegen der pietätlosen Bemerkung und fragte: »Kann ich mitkommen?«

Larstsen überlegte, schüttelte dann aber den Kopf. »Es wäre besser, wir sind erreichbar.«

»Aber lass mich bitte den Rücken der Leiche ansehen. Ich möchte mir gerne ein Bild von den eingeritzten Runen machen.«

Larstsen hatte bereits die Autoschlüssel in der Hand und drehte sich an der Tür noch mal um. »Du bist morbide, Gitte Madsen. Dich hätte ich gerne mal meiner Schwiegertochter vorgestellt.«

Und dann lag Joris Papadakis schließlich vor ihr auf dem Tisch, im Arbeitsraum des Bestattungsunternehmens. Für eine Feuerbestattung war es natürlich nicht nötig, die Leiche in irgendeiner Form herzurichten. Larstsen war etwas enttäuscht, seine Fähigkeiten nicht an einer jungen Person zur Vollendung bringen zu können, doch Gitte fand es so würdevoller.

Schon das Fotografieren seines nackten Rückens beschämte sie. Er war nun seit sechs Tagen tot, und der Prozess der Verwesung hatte voll eingesetzt. Marmoriert sah die Haut des Toten aus, an vielen Stellen grünlich verfärbt durch die explosionsartige Vermehrung bestimmter Bakterien. Sie würde kein brauchbares Foto mehr erhalten, das wurde ihr bald klar. Am Rücken sah man deutlich die Verletzungen, aber es war schwierig, noch Konturen zu erkennen. Gitte zog sich Handschuhe an und fuhr mit den Fingern vorsichtig die Striemen nach. Alle paar Sekunden setzte sie ab und malte Striche auf ein Blatt Papier, um die Verletzungen nachzuzeichnen. Sie würde im Internet nach einer Ähnlichkeit mit Wikingerrunen suchen, nahm sie sich vor. Auf ihrem Zettel standen nun eine Art Pfeil, ein verschobenes N und ein Zeichen, das wie der Abdruck eines Krähenfußes aussah. Mehr war nicht zu erkennen.

Gitte erschrak, als ihr Chef plötzlich hinter ihr stand und erst den Rücken des Toten betrachtete und dann ihre Skizze. »Schade, viel kann man nicht mehr erkennen. Das haben die bestimmt extra gemacht, dass sie uns die Leiche erst so spät überlassen. Damit wir nicht mehr nachforschen können.«

»Meinst du?«

»Nein, Gitte, das war ein Scherz. Der Kommissar wird inzwischen wohl wissen, was die Runen bedeuten. Die engagieren Fachleute für so etwas. Frag ihn halt.«

Wenig später strampelte Gitte erst einmal mühsam die lange öde Strecke zur alten Windmühle hoch, neben der sich die Glasbläserei von Ann Brixen befand. Sie musste vom Ortskern aus gut drei Kilometer zurücklegen. Es war zwar bestes Wetter, aber ihr kam ein heftiger Wind entgegen. Schon von Weitem sah sie die alte Windmühle mit dem dunklen Mauerwerk und den vier großen Schaufeln, neben der sich die ›Glaspusteri‹ befand. Gitte bewunderte diese inspirierende Umgebung. Sie wusste, dass die Objekte von Ann Brixen mittlerweile überall in Dänemark angeboten wurden. Die Glasbläserin führte das Geschäft schon recht lange und hatte mit den Jahren einen eigenen Stil entwickelt.

Gegenüber dem Gebäude, an dem ein Schild auf die Glasbläserei hinwies, stand noch ein weiteres altes Backsteinhaus, ebenfalls einstöckig und mit einem niedrigem Dach. Efeu rankte an den Wänden empor, und Gitte entdeckte ein Schild: *Landschaftsmaler Karl.* Offenbar gab es hier noch einen Künstler, der aber ohne Nachnamen auskam.

In diesem Moment trat ein drahtig wirkender Mann aus der Tür, dessen Alter man schwer schätzen konnte. Er hatte stahlblaue Augen und einen Dreitagebart. Um seine Augen lagen Schatten, so als hätte er längere Zeit schlecht geschlafen. Seine grau melierten Haare reichten fast bis auf die Schultern und gaben ihm ein verwegenes Aussehen. Er war eine durchaus interessante Erscheinung, und der lange schwarze Kittel mit den bunten Farbresten auf dem Stoff stand ihm ausgezeichnet. Freundlich nickte er ihr zu, setzte sich auf die Bank vor dem Haus und zündete sich eine Zigarette an.

Neugierig betrat Gitte nun die Werkstatt der Glasbläserin, die zugleich auch den Verkaufsraum darstellte, und stellte fest, dass sie nicht die Einzige war. Ein junges Pärchen stand am Ofen und beobachtete zwei Frauen, die gemeinsam an einer Vase arbeiteten. Die Jüngere der beiden hielt den Stab, auf dessen Ende das Glasobjekt saß, während die andere Frau es mit einer Eisenzange in eine Form brachte. Es sah toll aus, fand Gitte, wie aus einer bunten Glaskugel eine zierliche Vase wurde. Neben dem Ofen standen die Schaufeln mit den Glasfarben, und hier entdeckte sie deutsche Bezeichnungen: Azurblau, Grün, Rot und so weiter. Wahrscheinlich wurden die Farben aus Deutschland geliefert, vermutete Gitte.

Noch interessanter fand sie allerdings Ann Brixen selbst, die mit der Zange arbeitete. Sie war schlank, aber kräftig und trug die dunklen Haare auf praktische Weise zu einem Zopf geflochten. Dazu passten ihre hellbraunen Augen. Ihre Wangenknochen saßen hoch und ließen das Gesicht sehr apart erscheinen. Also war es doch eine schiefgelaufene Affäre, die dem Kommissar diese düstere Miene abgenötigt hatte?

In den Regalen stand Gebrauchskunst. Schöne Vasen, Becher und Kerzenständer sowie Geschirrteile, alles bunt und eher modern und schnörkellos. Gitte entschied sich für eine kleine Vase in Jadegrün und schlenderte noch ein wenig durch die Werkstatt. Sie wartete darauf, dass das Paar bald verschwand, damit sie die Besitzerin unauffällig in ein Gespräch verwickeln könnte. Zehn Minuten später war es so weit, sie ging zur Kasse und hoffte sehr, dass nicht die junge Assistentin zum Kassieren kam. Schließlich stand Ann Brixen vor ihr, lächelte und sagte: »Das macht 95 Kronen.«

»Gerne. Entschuldigung, darf ich dir noch ein paar Fragen stellen? Du nimmst doch jedes Jahr Praktikanten auf, oder?«

Ann Brixen lächelte und zeigte lauter kleine Lachfältchen um die Augen. »Das stimmt so nicht ganz. Ich brauche jedes Jahr einen Assistenten oder auch eine Assistentin, denn diese Arbeit geht nur zu zweit. Das heißt, der- oder diejenige müsste schon in Ausbildung oder sogar fertiger Glasbläser sein. Darüber hinaus schwirren aber oft genug ein paar Praktikanten aus allen möglichen Ländern hier herum. Das stimmt schon. Aber die kann ich nicht groß bezahlen.«

»Und hat mal ein junger Grieche namens Joris Papadakis zu dir Kontakt aufgenommen?«

Plötzlich lachte die Frau laut auf, und ihre blonde Assistentin drehte sich, verwirrt über die Reaktion ihrer Chefin, um.

»Schickt mein Bruder nun Touristen her, um mich auszuhorchen? Ich habe doch schon gesagt, dass ich den Toten nicht kenne. Der hat sie doch nicht alle.« Sie wischte sich ihre Hände an der Jeanshose ab.

»Ich bin von niemanden geschickt worden. Aber vor meiner Tür lag der tote Grieche, und ich würde es gerne verstehen.«

»Verstehen?«, fragte die Glasbläserin. »Die meisten zwischenmenschlichen Vorgänge kann man nicht verstehen, dafür tickt einfach jeder zu privat. Ich denke, du willst Miss

Marple spielen. Lass das bloß die Polizei nicht merken. Die werden ärgerlich, wenn jemand besser ist als sie.«

Ann Brixen hatte einen schnippischen Ton an sich, wenn es um die Polizei ging, und daher erwiderte Gitte: »Wer ist denn dein Bruder? Ich bin übrigens keine Touristin, sondern die neue Assistentin von Paul Larstsen.«

»Eine Bestatterin mit einer Leiche vor der Haustür. Klingt wie ein bizarres Kundengespräch. Mein Bruder ermittelt in dem Fall, er heißt Ole Ansgaard.«

Gitte starrte sie an. Die hohen Wangenknochen hatte der Kommissar auch, aber die Haare und auch die Augen waren ganz anders als bei ihm.

»Aha, du kennst ihn schon, wie ich sehe. Wenn wir nebeneinanderstehen, sieht man es recht gut, auch wenn Ole die Haar- und Augenfarbe unserer Mutter geerbt hat und ich die unseres Vaters. Aber wir beide stehen nicht mehr nebeneinander, mein Bruder redet schon seit drei Jahren nicht mehr mit mir. Leider ist das nicht strafbar, sonst hätte ich ihn bereits verklagt.« Nun steckte Ann ihre Hände tief in ihre Jeanshose und sah plötzlich zehn Jahre jünger aus. Dabei war sie vermutlich die Ältere, schätzte Gitte.

»Das tut mir leid.« Mehr fiel Gitte nicht ein. Sie konnte sich schlecht einmischen und nach Gründen fragen.

»Ja, mir auch«, sagte Ann und lächelte sie an.

»Es gibt hier noch einen Künstler, einen Maler, nicht wahr? Kann man sich seine Bilder ebenfalls anschauen?«

»Oh, das ist Karl. Seine Bilder darf man nur an bestimmten Tagen sehen. Wenn er malt, darf keiner rein, erst dann, wenn er wieder ein Bild fertig hat. Ich habe ihm Obhut gegeben, als er auf der Flucht vor seinem alten Leben war. So ganz habe ich nie verstanden, warum. Aber er fühlt sich hier wohl und lebt schon einige Jahre hier.«

Dann schloss sie die Kasse und drehte sich um. Beim Hinausgehen blieb Gitte an der Tür nochmals stehen und fragte:

»Zurzeit hast du aber keine Praktikantin, oder? Kann gut sein, dass Joris sich noch bei dir gemeldet hätte.«

»Es war eine Praktikantin für Juli geplant, aber sie ist nicht erschienen. Hat es sich wohl anders überlegt. Wir sind hier ja nicht gerade der Ballermann von Mallorca.«

Die andere jüngere Frau hatte bislang geschwiegen. Sie war ein hübsches Mädchen mit langen blonden Haaren und einem zarten hellen Teint, der von der Hitze des Ofens leicht gerötet war. Jetzt sagte sie zu Ann auf Deutsch: »Ich verstehe das nicht. Wir haben uns auf der Sprachschule kennengelernt. Da machte sie einen sehr zuverlässigen Eindruck. So kann man sich täuschen.«

Gitte hatte die Türklinke schon in der Hand und hörte kaum noch hin. Vielleicht hatte Joris von der frei gewordenen Praktikumsstelle gehört und sich den Namen geben lassen, um selbst vorstellig zu werden. Was sie nicht verstand, war die Tatsache, dass jemand ganz offensichtlich in Panik nach diesem Zettel gesucht hatte. In Gedanken spielte sie alle möglichen Ideen durch, ob Ann Brixen vielleicht eine brisante Informantin war, eine Geldwäscherin oder sonst wie in krumme Geschäfte verwickelt, dass ihr Name nicht ins Spiel gebracht werden durfte. Eventuell war sie ja schon mal straffällig geworden, und deshalb sprach ihr Bruder nicht mehr mit ihr? Wer so konsequent auf der korrekten Ummeldung eines Autos beharrte, der duldete bestimmt auch keine Vergehen seitens der Familienmitglieder.

»Ist noch etwas?«, fragte Ann, als sie bemerkte, dass Gitte stocksteif und in Gedanken versunken an der Tür stehen geblieben war.

»Nein. Doch.« Gitte drehte sich spontan um und sagte: »Ich glaube, dein Bruder ist ein Idiot, was eure Streiterei angeht.« Dann verschwand sie schnell, bevor es noch peinlicher wurde. Was hatte sie denn da geritten? Während sie überlegt hatte, welche Verbrechen die Glasbläserin wohl auf dem Kerbholz haben könnte, war ihr aufgefallen, dass sie Ann sehr sympathisch fand.

Und jetzt zum Strand, dachte Gitte, um sich abzulenken, als sie den Berg mit Schwung herunterradelte. Es war mittlerweile fünf Uhr nachmittags, wenn sie noch Sonne und Wärme genießen wollte, musste sie sich beeilen. Um sechs Uhr wurde es am Strand in Marielyst schon empfindlich kühl. Ihr kamen bereits einige Urlauber mit kleinen Kindern und roten Nasen entgegen, die sie sich von der überraschend brennenden Sonne geholt hatten. Auf der Strandpromenade herrschte reger Betrieb, von der Aussichtsplattform bis hinunter zum feinen Sand direkt am Meer. Gitte fuhr schnell nach Hause, wechselte das warm gewordene Wasser in Hieronymus' Gehege, zog den Bikini unter ihr Kleid an und radelte in zwei Minuten zum Strand. Dort legte sie sich windgeschützt in eine Mulde am Rande des Deichs und blickte auf die glatte Meeresoberfläche. Zwei Kinder bauten eine Sandburg, ein älterer Herr warf für seinen Hund ein Stöckchen ins Wasser. Hunde waren an vielen Stellen am Strand in Dänemark nicht so gerne gesehen und sollten eigentlich immer angeleint werden, aber die wenigsten hielten sich daran. Solange die Hunde sich gut benahmen, störte es keinen. Gitte war überrascht, wie konsequent die Dänen bei Hunden sein konnten. Im Restaurant oder Café beispielsweise waren grundsätzlich keine Hunde erlaubt, was in Deutschland undenkbar wäre. Egal, wo und wann man essen ging, fast immer traf man auf einen Hund, der meist artig unter dem Tisch lag. Gitte verstand das Theater der Dänen um Hunde nicht. Wann immer sie krank geworden war, hatte sie sich bestimmt bei einem Menschen angesteckt, nie bei einem Hund. Und so manches Mal, wenn eine schmatzende Person neben ihr in einem Restaurant saß, hätte sie sich lieber einen Hund als Nachbarn gewünscht.

Ihr mussten die Augen zugefallen sein, denn sie spürte irgendwann einen Schatten auf ihrem Gesicht, und dann wurde sie auch noch von zwei, drei kalten Wassertropfen auf dem Bauch getroffen. Sie blickte direkt in das Gesicht von Niko, dem deutschen Jungen. Seine Haare waren noch nass, und er stand leicht bibbernd mit einem dunkelblauen Handtuch um sich geschlungen vor ihr.

»Du sprichst dänisch und deutsch. Das habe ich gehört.«

Das klang wie ein Vorwurf, und Gitte setzte sich auf.

»Ja, das stimmt. Ich kann beide Sprachen. Und du?«

»Nur Deutsch und fünf englische Wörter. Wieso kannst du beides? Meine Eltern sagen, Dänisch hört sich an, als hätte jemand beim Sprechen einen Schal im Mund. Die lassen bei einem Wort alles weg, was wichtig ist.«

Sie musste lachen und erzählte ihm, dass sie einen dänischen Vater und eine deutsche Mutter gehabt habe.

»Und wo wohnt man dann?«

»Die ersten Jahre in Dänemark, danach in Deutschland, und jetzt bin ich wieder Dänin.«

Niko nickte ernst und meinte dann nach einer nachdenklichen Pause abfällig: »Das ist doch total bescheuert. Was machst du denn jedes Mal mit deinen Freunden? Die musst du doch zurücklassen, oder?«

Gitte schluckte. Da hatte der kleine Junge sofort ihre schwache Stelle erkannt. Als Kind hatte sie schon sehr gelitten, als die Familie von Dänemark nach Deutschland gezogen war. Und nun war sie selbst diejenige gewesen, die einen Bruch herbeigeführt hatte. Sowohl mit ihren Freundinnen als auch mit ihrem Lebensgefährten.

Aber das Vermissen hielt sich in Grenzen. Ihr Freund Tim wäre eventuell sogar mit nach Dänemark gekommen, aber Gitte fand, dass er nicht nach Dänemark passte. Sie hatte ihn nicht in das andere Land mitnehmen wollen, und spätestens nach dieser Entscheidung hatte sie sich fairerweise von ihm trennen müssen. Erstaunlich, wie sehr Freundinnen sich in eine solche Entscheidung einmischten. Ständig war eines der

Mädels vorbeigekommen, um mit ihr zu reden. »Der Tim liebt dich, das kannst du doch nicht machen. Gib ihm eine Chance …«

Eine Chance hatte sie ihm schon drei Jahre lang gegeben, aber ein Charakter änderte sich nicht, nur weil man in den kühleren Norden zog. Tim war ich-bezogen und launisch, was sein gutes Aussehen nur eine Zeit lang kompensiert hatte.

»Dann nehmt ihr ihn doch mit nach Hause, wenn er euch so leidtut«, hatte sie ihren Freundinnen erklärt, und so hatte sich auch das Verhältnis zu ihnen merklich abgekühlt. Die machen es mir leicht, hatte Gitte sich getröstet, und inzwischen bedauerte sie nur noch die Trennung von ein paar wirklich loyalen Arbeitskollegen.

Gitte lächelte den Jungen an und sagte: »Ich hoffe, ich finde hier neue Freunde.«

»Okay«, meinte Niko beinahe gönnerhaft. »Ich kann dein neuer Freund sein, aber ich bin nur noch zwei Wochen hier, dann musst du dir andere suchen. Ich verrate dir aber etwas: Ich habe den toten Mann gesehen.«

Gitte blickte ihn erstaunt an. »Du meinst den ermordeten Griechen? Den willst du gesehen haben?«

»Hab ich«, sagte Niko und setzte sich vorsichtig in den Sand, damit sein Handtuch nicht verrutschte. Ihm schien noch immer kalt zu sein.

»Wo?«

»Am Samstag am Bøtøcenter, da, wo die Spielautomaten stehen. Wir sind mit dem Fahrrad dort gewesen, und ich durfte zwanzig Kronen verspielen. Geile Sache. Zumm.« Er machte mit dem Arm eine imaginäre Bewegung, als drückte er einen Hebel herunter. Am Center gab es eine Eisdiele, ein Restaurant und einen Spielplatz sowie eine Spielhalle.

»Was hat der junge Grieche da gemacht?«

»Er ist herumgelaufen und hat einen Zettel vorgezeigt. Vielleicht stand darauf, dass er Geld brauchte. Bei uns zu Hause laufen auf dem Weihnachtsmarkt oft Leute mit so einem Zettel herum. Die wollen dann Geld, damit sie nicht verhungern. Aber dem Griechen hat hier niemand etwas gegeben. Vielleicht wäre er irgendwann eh verhungert.«

»Woher willst du wissen, dass es der ermordete Grieche war, den du gesehen hast?«

Niko verdrehte die Augen. »Er sah aus wie ein Grieche. Ich kenne die von der Gyrosbude zu Hause. Und meine Ma hat es gesagt. Die hat ihn auch erkannt.«

Gitte wusste, dass es mehr als einen südländisch aussehenden jungen Mann in Marielyst gab. Den Kellner im Schou's könnte man auch für einen Griechen halten. Aber es konnte durchaus sein, dass die Familie tatsächlich Joris gesehen hatte.

»Hatte er Gepäck bei sich?«

Niko schüttelte den Kopf.

»War jemand bei ihm?«

Niko schüttelte erneut den Kopf und blickte hinunter zum Wasser.

Aus der Ferne kam seine Schwester mit einem Eimer in der Hand auf sie zu.

»Das ist meine Schwester Jill, aber sie eignet sich nicht so gut als Freundin. Sie macht ständig Probleme.«

»Ach so, aber ich begrüße sie mal trotzdem ganz freundlich.« Und das tat sie dann auch.

Als es Gitte am Strand zu kalt wurde, verabschiedete sie sich von den beiden Geschwistern und schlenderte nachdenklich nach Hause.

Sie war sich sicher, dass Joris zu Ann Brixen gewollt hatte. Am Bøtøcenter hatte er wahrscheinlich nach der Adresse gefragt. Vom Center aus waren es bestimmt fünf oder sechs Kilometer bis zur Glasbläserei, schätzte Gitte. Mit dem Fahrrad kein Problem, aber zu Fuß doch ganz schön weit. Der Campingplatz, auf dem Joris am Abend noch gesehen worden war, lag etwa zwei oder drei Kilometer vom Bøtøcenter weg, er konnte also seine Klamotten bereits dort gelassen haben. Die immer gleichen Fragen gingen Gitte durch den Kopf: Wieso war Joris nicht sofort zu seinem Onkel gefahren? Was hatte er bei Ann Brixen gewollt, und wem war er in so kurzer Zeit dermaßen auf die Füße getreten? Auch die Frage nach den Wikingerrunen hing noch im Raum. Da fiel ihr wieder Sven Træborg, der Besitzer des Schou's, ein. Er hatte ihr versprochen, dass sein Sohn sich bald bei ihr melden würde.

Nun lag das erste Wochenende in Dänemark vor ihr, und mit der Abenddämmerung kroch die Einsamkeit ins Haus. Also zog Gitte sich eine lange Hose, ein Sweatshirt und eine dünne Lederjacke an und machte sich zu Fuß auf den Weg ins Zentrum. Sie schlenderte die Promenade entlang zum Aussichtsturm, der noch gut besucht war. Überall saßen Menschen herum, tranken ein Bier oder aßen ein Eis. Zahlreiche Möwen flogen umher und bettelten schreiend um ein paar Brocken. Gitte kaufte sich beim Restaurant ›Larsens Plads‹ ebenfalls ein Bier und setzte sich auf einen der Liegestühle, um das Treiben zu beobachten. Plötzlich tippte sie von hinten jemand an, und als sie sich umdrehte, stand der schwerfällige Beamte vor ihr, mit dem sie sich auf der Polizeistation unterhalten hatte, und hob sein Glas prostend in ihre Richtung. Sie lächelte zurück und hoffte, dass er weiterging.

»Das Auto haben wir schon unter die Lupe genommen, und die Anzeigeschrift ist auch fertig. Aber ob wir den oder die Täter finden, ist fraglich. Er hat ja nicht einmal etwas mitgenommen.« Der Beamte machte ein wissendes Gesicht, und Gitte wäre darauf reingefallen, wenn sie nicht noch das letzte, recht komplizierte Gespräch mit ihm in Erinnerung gehabt hätte.

»Nichts?«, fragte sie höflich zurück, dabei wusste sie das ja schon von Ole.

»Nö. War auch kein Profi, dieser Autoknacker. Vielleicht

wollte er nur im Auto schlafen. Das ist mir auch schon mal passiert. Da hatte ich mein Auto nicht abgeschlossen, und in der Nacht hat es sich dort ein Obdachloser gemütlich gemacht. Himmel, hat der Wagen gestunken. Nach Pisse und Alkohol.«

Er trank sein Bier leer, hob das Glas und sagte wehmütig. »Heute bleibt es bei einem, ich habe Bereitschaft.«

Gitte hoffte für den kleinen Ort und für den Beamten, dass nichts passierte. Sie war sich nicht sicher, ob der Mann ein Verbrechen überhaupt als solches erkannt hätte.

Sie sollte sich wundern. Als sie eine Weile später auf dem Strandvej nach Hause spazierte, hörte sie laute Musik, die wahrscheinlich aus einem Auto kam, das sie aber noch nicht sehen konnte. Plötzlich bekam sie einen heftigen Schlag gegen die Hüfte, und ehe sie registrierte, dass ein Auto mit Vollbremsung neben ihr zum Stehen kam, stürzte sie auch schon auf den Asphalt und schlug mit dem Hinterkopf auf. Einen Moment lang dröhnte es in ihrem Kopf, und sie sah nur noch schwarz.

Dann hörte sie Stimmen und fühlte Hände, die an ihr herumzerrten. Die Stimmen wurden klarer, jemand schrie herum. Sie roch ein würziges Rasierwasser und fühlte eine kühle Hand auf der Stirn. »Gitte Madsen, hallo, bist du okay? Sag was.«

»Es riecht gut.«

Gitte wollte sich aufsetzen, aber sie wusste nicht, wo oben und unten war. Wohin sollte sie bloß ihren Oberkörper wenden? Sie spürte eine Hand im Rücken, und allmählich wurde es heller, sie erkannte schemenhaft einige Gestalten. Mithilfe der Hand richtete sie sich zum Sitzen auf. Sie hockte mit dem Hosenboden auf dem abendkalten Asphalt.

»Himmel, wieso bin ich denn hingefallen? Ich habe doch nur ein Bier getrunken.«

»Ja, aber die Idioten in dem Auto, das dich angefahren hat, hatten deutlich mehr getrunken.«

Gitte blickte in ein sehr zorniges Gesicht und erkannte Ole Ansgaard, den Kommissar. Er kauerte neben ihr und hielt sie fest. Wo war der denn so schnell hergekommen?

Gitte wusste nicht, wie viel Zeit vergangen war. Im Hintergrund hörte sie die Sirene eines Krankenwagens und fragte sich angstvoll, ob er wohl für sie herbeigerufen worden war. Sie blickte sich um und bemerkte einen schwarzen Wagen, der am Straßenrand parkte. Drei junge Männer standen rauchend und mit schuldbewusstem Blick daneben. Einer von ihnen torkelte sogar im Stehen, ein zweiter rannte gerade unvermittelt zum Straßenrand und übergab sich. Erst jetzt begriff Gitte, dass sie tatsächlich angefahren worden war. Sie wollte aufstehen, ihr Hinterkopf tat wahnsinnig weh, und so auf dem Asphalt sitzend fühlte sie sich schutzlos.

»Rühr dich nicht, die Sanitäter kommen gerade.« Es dröhnte laut, als der Krankenwagen am Straßenrand hielt. Mittlerweile hatte sich auch eine Menge Schaulustiger eingefunden, zwei riefen, dass sie alles gesehen hätten und aussagen könnten. Der Beamte, mit dem Gitte eben noch ein Bier getrunken hatte, redete mit den Leuten und nahm Personalien auf.

»Sie ist mit dem Hinterkopf aufgeschlagen und war ein paar Minuten bewusstlos«, informierte der Kommissar die beiden Sanitäter.

»Mir geht es schon besser. Lassen Sie mich bitte aufstehen.«

Gitte wurde an beiden Seiten gehalten und kam mithilfe der Krankenwagenbesatzung zum Stehen. Ihr war etwas übel, und sie fühlte sich wackelig, aber allmählich kehrte ihr Bewusstsein voll zurück. Leider, denn die Kopfschmerzen waren höllisch.

»Wir nehmen dich mit ins Krankenhaus. Bei einer Bewusstlosigkeit sollte immer der Kopf geröntgt werden.«

»Mir geht es gut.« Gitte schüttelte zum Beweis die Hände

der Sanitäter ab und grinste, offenbar mit so blassem Gesicht, dass Ole Ansgaard sich bereitstellte, um sie nötigenfalls aufzufangen.

Er sagte: »Natürlich fährst du mit. Larstsen möchte sicherlich keine Assistentin, die aufgrund eines unentdeckten Blutgerinnsels im Kopf schwachsinnig wird.« Noch ein prüfender Blick auf Gitte, dann ging er zu seinem Beamten und redete mit ihm. Offenbar ließ er sich den Unfallhergang schildern.

»Ich fahre mit und rede mit den Ärzten«, verkündete er daraufhin.

Das nächste Krankenhaus war das Nykøbing F. Sygehus, und Gitte kam sich in den nächsten zwei Stunden wie entmündigt vor. Ole Ansgaard bestand auf einen Rollstuhl, verlangte eine Schmerztablette und erzählte jedem vorbeikommenden Arzt, dass die Bestatterin aus Marielyst bei einem riskanten Bremsmanöver betrunkener Touristen auf den Asphalt geschleudert worden sei. Er wurde recht ruppig, als sie trotzdem warten mussten.

In Dänemark gab es nur eine gesetzliche Krankenkasse, bei der man aber zwischen zwei Modellen wählen konnte. Das Hausarztmodell wurde präferiert, denn dabei war jedes Mitglied im Umkreis von zehn Kilometer bei einem Hausarzt eingetragen. Alle Behandlungen waren kostenlos, doch man benötigte für die Fachärzte eine Überweisung, ausgenommen Zahnärzte, Augen- und Hals-Nasen-Ohren-Ärzte. Beim zweiten Modell konnte man jeden Arzt frei wählen, aber das war Gitte zu teuer gewesen, denn in diesem Fall waren die Ärzte nicht an die Tarifordnung gebunden, und die oft deutlich höheren Zusatzkosten mussten die Mitglieder selbst zahlen. Eine Notfallbehandlung im Krankenhaus war natürlich, wie alle anderen notwendigen Behandlungen, für jedermann kostenlos.

Am Ende der Untersuchung stand fest, dass Gitte eine Gehirnerschütterung hatte und zur Beobachtung die Nacht im Krankenhaus bleiben sollte. Das lehnte sie rigoros ab, versprach aber, die nächsten zwei Tage ruhig liegen oder sitzen zu bleiben. Eine ganz tolle Empfehlung für die bevorstehenden wertvollen Sonnentage, zumal ihr natürlich auch verboten war, in der prallen Sonne zu liegen.

»Im Schatten auf der Veranda geht es morgen vielleicht schon für eine Weile«, tröstete sie der Kommissar, der ihr das mit seiner sturen Fürsorge eingebrockt hatte. Das warf sie ihm zumindest vor.

»Als Polizist muss man sich um die Verbrecher kümmern, nicht um die Opfer«, erklärte sie ihm erbost.

»Die sind in deinem Fall ja schon bekannt und dingfest gemacht«, erwiderte Ole Ansgaard und setzte sie vor ihrer Haustür ab. Der Schwede, offenbar an kühle Abende gewöhnt, saß auf seiner Veranda und grüßte freundlich.

Der Kommissar fragte ihn auf Englisch, ob er noch weitere umherschleichende Gestalten im Garten bemerkt habe, doch Erik winkte ab. »Alles sauber heute, bin schon eine Weile hier draußen. Wollt ihr ein Bier?«

»Ich gerne. Gitte muss ins Bett, sie hat eine Gehirnerschütterung.«

Gitte schnaubte innerlich und sagte vernehmlich: »Sehr gerne, aber nur, wenn wir uns nach drinnen setzen. Deine nordische Konstitution in allen Ehren, Erik, mir ist saukalt.«

»Das kommt von der Gehirnerschütterung«, bemerkte Ansgaard, und Erik blickte verständnislos von einem zum anderen.

Als sie schließlich im Wohnzimmer von Eriks Ferienwohnung saßen, bekam Gitte eine Decke. Doch als der Nachbar ihr ein Bier reichen wollte, zögerte er zunächst. »Du siehst wirklich sehr blass aus, Gitte.«

Mittlerweile hatte Ole Ansgaard dem Schweden von dem Autounfall erzählt und mehrfach darauf hingewiesen, dass Gitte unbedingt ins Bett gehörte. Gitte fühlte sich tatsächlich ziemlich flau, und ihr war kalt, aber die Schmerzen waren dank der Tabletten, die sie im Krankenhaus erhalten hatte, erträglich. So fühlte sie sich mutig genug und prostete den Männern jetzt zu.

»Skål. Ein Bier wird mich nicht umhauen, danach gehe ich ins Bett.«

Sie sah sich in der Wohnung um. Die Einrichtung sah neu und teuer aus, nicht so bunt zusammengewürfelt wie in ihrem Haus. Schwarze Ledermöbel und zwei moderne Glastische standen im Wohnzimmer. In der Essecke befand sich ein Nussbaumtisch mit sechs Stühlen, und auch die weiße Küche mit teilweise roten Fronten wirkte neuwertig. Sympathisch, dachte sie, als sie einen kleinen aufgestellten Fotorahmen entdeckte, auf dem eine dunkelhaarige Frau Anfang fünfzig zu sehen war, die neben Erik in die Kamera lächelte. Zumindest als Foto nahm der Schwede seine Frau mit in den Urlaub. Sie nahm erneut einen Schluck von ihrem Bier und betrachtete dann den Boden, während die beiden Männer über Schwedens Angelparadiese debattierten. Helle Dielenböden und ein orangefarbener Teppich – schön, fand sie und merkte, wie ihr auf einmal furchtbar übel wurde. Sie stand auf und schaffte es gerade noch bis in die Küche, wo sie schließlich über die Spüle gebeugt stand und sich übergab. Gehirnerschütterung, Tabletten und Bier waren eine wenig verträgliche Mischung. Sie schämte sich ganz schrecklich, während Erik mit besorgter Miene einen Waschlappen holte.

Der Kommissar blickte wenig amüsiert drein und verplemperte nun keine Zeit mehr. Er dankte dem Schweden für das Bier und packte Gitte am Arm, um sie nach Hause zu bringen. Ganz kurz hatte sie sogar Sorge, dass er sie einfach über seine Schulter werfen und wie einen Sandsack nach nebenan tragen würde.

Im Haus angekommen, wartete er tatsächlich noch ab, bis sie in ihrem Bett lag. Sogar beim Zähneputzen hatte er neben ihr gestanden. Die Hose könne sie ja im Liegen ausziehen, sobald er gegangen sei, meinte er ungerührt. Die Schminke würde sie sich auch abwaschen, wenn er weg war, dachte Gitte noch, da war sie bereits eingeschlafen. Dass Ole Ansgaard kurz darauf das Haus verließ, bekam sie nicht mehr mit.

Als sie am nächsten Morgen gegen halb neun Uhr wach wurde, strahlte die Sonne in ihr Schlafzimmer, und es wurde bereits warm im Raum. Sie fühlte sich, als hätte sie einen schweren Kater: steife Glieder, Kopfschmerzen und, sobald sie aufstand, auch noch ein flaues Gefühl im Magen. Sie ließ es langsam angehen, brauchte ewig für die Morgentoilette und war froh, als sie irgendwann gegen zehn Uhr auf der Terrasse im Halbschatten am Frühstückstisch saß.

Unter der Dusche hatte sie eine Menge blauer Flecken entdeckt. Erst jetzt kam sie dazu, über diesen Unfall nachzudenken. War das eine Warnung gewesen oder bloßer Zufall, weil sie zur falschen Zeit am falschen Ort gewesen war? Sie entschied, dass es ein dummer, leichtsinniger Unfall gewesen sein musste. Die Zahl der Dänen, die betrunken Auto fuhren, war hoch, und der Staat reagierte mit drastischen Maßnahmen, wie Ole Ansgaard ihr gestern Abend noch erzählt hatte. Wenn ein Autofahrer mit mehr als zwei Promille erwischt wurde, war nicht nur der Führerschein weg, sondern auch das Auto. Das wurde einfach versteigert, und der Erlös floss in die Staatskasse. Würde man einem Deutschen sein Auto wegnehmen, wäre das die Höchststrafe. So manch einer würde wohl eher den Fußballverein wechseln oder die Ehefrau. Dachte man allerdings daran, wie häufig Personen noch mit ihrem Auto fuhren, obwohl sie wegen Trunkenheit am Steuer den Führerschein verloren hatten, könnte die Autoversteigerung auch in Deutschland eine wirksame Maßnahme sein.

Gitte war sich sicher, dass Ole Ansgaard heute noch nach ihr sehen würde, und sie wusste nicht, ob sie sich über seine Fürsorge freuen oder sie als Bevormundung empfinden sollte.

Immerhin würde er sie in ihrem derzeitigen Zustand nicht zur Ummeldung ihres Autos schicken.

Aber sie hätte wirklich zu gerne gewusst, warum Ole Ansgaard nicht mehr mit seiner Schwester sprach.

In diesem Moment trat ihr Nachbar Erik auf seine Veranda und streckte sich. *»Good morning, Gitte, how are you?«*

»Nicht so schlecht. Wenn ich auf den Kommissar gehört hätte, würde ich jetzt in einem schrecklich sterilen Zimmer im Krankenhemd blass auf der Bettkante sitzen und jede Menge Untersuchungen über mich ergehen lassen müssen.«

»Jetzt sitzt du ziemlich blass auf deiner Terrasse, stimmt. Ist sicher gemütlicher. Tut der Kopf noch weh?«

»Ein wenig.«

»Brauchst du etwas? Ich fahre Brötchen holen.«

Sie zeigte ihm ihr Brötchen mit Schnittkäse. »Aus der Kühltruhe. Nein, danke schön.«

Eine Viertelstunde später kam er wieder, eine Brötchentüte in der rechten Hand und eine dänische Tageszeitung in der Linken. Die würde er wohl kaum lesen können. Er wedelte damit und fragte Gitte: »Kannst du mir einen Artikel übersetzen? Auf Falster, hier bei uns in der Gegend, ist anscheinend eine junge Frau verschwunden, ich habe es in der Bäckerei mitbekommen. Aber nur sehr rudimentär.«

Gitte nippte an ihrem Kaffee, der ihr heute nicht ganz so gut schmecken wollte, und erwiderte zunächst unbeeindruckt: »Das wird eine Ausreißerin sein, die sich ein paar schöne Tage machen will. Du glaubst doch nicht, dass das etwas mit Joris zu tun hat, oder?«

Verschämt hob er die breiten Schultern. »Sind ein bisschen viele merkwürdige Ereignisse für diesen netten Ort.«

Gitte überflog den Artikel und gab ihm recht. Sie musste sofort an die Worte der Glasbläserin denken: *Es war eine Praktikantin für Juli geplant, aber sie ist nicht erschienen. Hat es sich wohl anders überlegt.*

Ganz aufgeregt erläuterte sie Erik Nyström die Einzelheiten.

»Es handelt sich um eine dänische Frau aus Schleswig, die seit zwei Wochen vermisst wird. Sie wurde zuletzt gesehen, als sie von Puttgarden aus mit der Fähre nach Rødby fuhr. Die Angehörigen berichteten, sie habe in der Nähe ein Praktikum machen wollen. Als sie nach einigen Tagen noch immer nichts von ihr gehört hatten, haben sie sich Sorgen gemacht. Wo die junge Frau ein Praktikum machen wollte, steht hier nicht, aber ich weiß von Ann Brixen, dass sie eine Praktikantin vermisst. Die Glasbläserin ging natürlich davon aus, das Mädchen habe es sich einfach anders überlegt und nur nicht abgesagt. Aber wenn sie jetzt sogar ihre Familie vermisst …«

Erik fragte erstaunt: »Du warst bei dieser Ann Brixen? Hast du den Zettel nicht dem Kommissar gegeben?«

»Natürlich, kurz, nachdem du ihn gefunden hattest. Aber ich habe die Glasbläserin trotzdem besucht. Da war die Polizei schon bei ihr gewesen. Ann Brixen hat keine Ahnung, warum ein toter Grieche ihren Namen auf einem Zettel bei sich trug. Eventuell wäre er noch bei ihr aufgetaucht, wenn man ihn nicht zuvor ermordet hätte.«

Wie Hercule Poirot strich sich Erik über seinen Schnurrbart und meinte: »Die Polizei wird die Zusammenhänge schon herausfinden. Der Kommissar ist nicht schlecht. Er ist ein Profi im Angeln, kennt alle Köder und alle Tricks.«

Er wirkte ziemlich beeindruckt. Zu seinem runden Gesicht wollte diese Miene nicht recht passen, er sah dabei aus wie ein kleiner Junge, der ein Geheimnis ausplauderte.

Das waren sicher ausgezeichnete Fähigkeiten, wenn man einen Fisch angeln wollte, dachte Gitte, aber ihrer Meinung nach fing man einen Mörder anders als einen Barsch.

»Ich gehe heute angeln, bestes Wetter. Soll ich dir einen Fisch für heute Abend mitbringen?«

»Nein, danke. Ich esse wenig Fisch.« Auf gar keinen Fall

wollte sie sich heute auch noch um einen ehemals glücklichen dänischen Fisch kümmern, dem ihr Nachbar mit bloßen Händen den Garaus gemacht hatte. Für solche Männerspiele hatte sie wenig Verständnis. Aber das Thema erinnerte sie daran, dass sie heute noch einkaufen gehen wollte. Es war Samstag, die meisten der derzeitigen Bewohner von Marielyst würden am Strand sein.

Einen langen Spaziergang am Wasser, das hatte Gitte sich für das Wochenende ebenfalls vorgenommen. Mit den nackten Beinen tief in den seichten Wellen am Strand herumplanschen und sich dabei bräunen lassen. Doch zurzeit zweifelte sie, ob sie überhaupt den Einkauf schaffen würde. Sobald sie sich auch nur ein wenig anstrengte, pochte ihr Kopf heftig. Im Schatten wurde ihr schnell kühl, in der prallen Sonne sollte sie nicht sitzen, und ein Buch zu lesen fiel ihr ebenfalls schwer.

Obwohl sie ein paar Telefonate mit der alten Heimat führte, wurde ihr im Laufe des Tages schrecklich langweilig. Sie setzte sich auf die Wiese und beobachtete Hieronymus beim Graszupfen. Eine Schildkröte zu beobachten war meditativ, das wusste jeder, der es mal probiert hatte. Diese unaufgeregten Tiere kümmerten sich nur um sich selbst. Sie wackelten stoisch durchs Gras auf der Suche nach Löwenzahn und ließen sich dabei von kaum einem Hindernis abhalten.

Gitte war ganz in den Anblick vertieft und schreckte auf, als neben ihr eine laute Stimme schimpfte: »Bei der Gartenarbeit, ich glaube, du bist nicht bei Trost!«

Ole Ansgaard stand da in Freizeitkleidung, einer knielangen Hose und einem kurzärmeligen Shirt, und hielt eine dänische Flagge in der Hand. Er hatte bereits Farbe bekommen, und ein Surfbrett hätte gut zu ihm gepasst.

»Ja sicher, erwischt. Den Spaten habe ich unter meinem T-Shirt versteckt. Was willst du mit dem Dannebrog?«

Er schwenkte die Fahne und erwiderte: »Ich wette, du hast noch keinen. Wie willst du dann Dänin werden?«

Da hatte der Kommissar recht. Gitte lachte und bedankte sich.

»Ich werde sie heute auf halbmast hängen, dann weiß jeder, dass es dir nicht gut geht«, sagte Ole Ansgaard mit wichtigem Gesicht.

»Weil ich mal kurz hingefallen bin?«

»Weil du von einem Auto auf den Asphalt geschleudert wurdest. Ich habe auch schon deine Anzeige und die Schmerzensgeldansprüche vorbereitet.« Jetzt sah sie, dass er noch eine Aktentasche bei sich trug.

»Ist das ein besonderer Service der dänischen Polizei?«

»Das ist ein besonderer Service einiger weniger Beamten für Einwanderer, die eventuell nicht so gut für sich sorgen können. Können wir mal aus der Sonne gehen?«

In der nächsten halben Stunde arbeitete sie mit ihm die Unterlagen durch und setzte schließlich ihre Unterschrift darunter. Haften würde der Autofahrer, ein junger Däne aus dem Norden, der hier Urlaub machte. Für den Unfallhergang gab es genug Zeugen, und da Gitte beim Arzt gewesen war, waren ihre Verletzungen schriftlich festgehalten. Sie konnte dem Kommissar wirklich dankbar sein, doch als sie versuchte, etwas in dieser Richtung zu sagen, klang es bemüht und ungeschickt.

Also wechselte sie das Thema, abrupt und ebenfalls ungeschickt: »Was ist mit dem verschwundenen Mädchen? Da gibt es doch bestimmt eine Verbindung zu Joris.«

»Wie kommst du denn darauf?« Sein Tonfall hätte sie vorsichtig machen sollen, lauernd hörte er sich an, was sie zu erzählen hatte.

»Das liegt doch auf der Hand. Dieses Mädchen ist bestimmt die Praktikantin, die bei deiner Schwester in der Glasbläserei vermisst wird. Alles passt wunderbar zusammen. Joris hat nach ihr geforscht und hatte daher den Namen der Glasbläserin auf einem Zettel bei sich. Und damit hat er sich in Gefahr begeben.«

Das Gesicht des Kommissars wurde finster, die Augenbrauen zogen sich zusammen wie die Wolken vor einem Gewitter, und er sagte beherrscht langsam: »Warst du etwa bei Ann und hast dort dumme Fragen gestellt? Ich hatte dich gebeten, dich da rauszuhalten. Das sind polizeiliche Aufgaben. Wenn diese Aktion damals Joris in Gefahr gebracht hat, wie du es soeben schön beschrieben hast, warum sollte das bei dir nicht genauso gut funktionieren?«

»Ich habe mir eine Vase gekauft und nicht wild in der Gegend herumgefragt. Und ich habe es dir schon einmal gesagt: Ich möchte wissen, was mit Joris passiert ist. Deine Schwester ist übrigens eine sympathische Person.«

»Ja, wenn sie etwas verkaufen will.« Abrupt stand er auf und kam ihr plötzlich sehr groß vor. »Ich möchte nicht, dass du in Gefahr gerätst.« Er wandte sich ab, und Gitte fühlte sich schrecklich. »Danke für den Dannebrog«, rief sie ihm noch hinterher, aber er drehte sich nicht mehr um. Sie musste ihn ziemlich verärgert haben.

Konnte die bloße Erwähnung seiner Schwester eine derartige Reaktion rechtfertigen? Familienstreitigkeiten saßen manchmal sehr tief, das wusste Gitte aus ihrem Job bei der Opferhilfe. Die engen Beziehungen in Familien führten oft zu sehr lang anhaltenden Verletzungen.

Sie würde ihren Chef mal interviewen. Der kannte doch alle möglichen Leute im Ort.

Nun erklärte die Sache mit dem verschwundenen Mädchen vielleicht den Zusammenhang zwischen Joris und Ann Brixen, nicht aber die Wikingerrunen auf dem Rücken des Mordopfers. Gitte fiel auf, dass der Kommissar ihr nicht gesagt hatte, um welche Runen es sich handelte. Und sie war auch nicht mehr dazu gekommen, ihn zu fragen. Den Zettel mit ihren Zeichnungen hatte sie in die Tasche einer Jeanshose gesteckt und vergessen. Es wurde Zeit, diese Spur weiterzuverfolgen, und so rief sie Sven Træborg an, den Besitzer des Schou's.

Sven hatte von dem Autounfall gehört, nicht aber davon, dass Gitte das Opfer war. Er war sehr betroffen und bot Hilfe an: »Brauchst du etwas? Soll ich dir eine Kleinigkeit zu essen bringen lassen? Kein Problem. Du musst bei einer Gehirnerschütterung viel liegen.«

Über mangelnde Fürsorge konnte Gitte sich eigentlich nicht beschweren, aber in diesem Fall passte ihr das Angebot gut. Sven wollte seinen Sohn Malthe mit einer kräftigen Fischsuppe vorbeischicken. Die brauchte sie sich dann nur warm zu machen. So kam sie heute doch noch zu einem Fischgericht, hoffentlich roch ihr Nachbar am Abend nicht den verräterischen Duft. Aber Gitte brannte darauf, Malthe nach der »alten Sitte« und nach geheimnisvollen Wikingerritualen zu befragen.

6

Malthe sah seinem Vater ähnlich, er war groß und trug die dichten Haare lang und zu einem Zopf gebunden. Bei ihm waren sie noch dunkelbraun und nur von wenigen grauen Strähnen durchzogen. Die dunklen Augen hatte er ebenfalls von seinem Vater geerbt. Sie funkelten lebhaft, als er ihr von seiner Religion und von alten Legenden erzählte. Gitte lehnte entspannt auf dem kleinen Sofa, Malthe saß in einem Sessel vor ihr und genoss ihr Interesse sichtlich. Begeistert hörte Gitte sich die Erzählung über eine wahrlich wilde Wikingerfrau an.

»Freydis Eriksdóttir war die Tochter von Erik dem Roten, des berühmten Wikingers. Das zeigt schon der Nachname: Eriksdóttir – Eriks Tochter. Sie lebte um 1000 nach Christus zunächst mit ihrem Ehemann in Grönland. Ein Jahr, nachdem sie eine Expedition bis nach Nordamerika begleitet hatte, soll sie selbst eine Fahrt nach Vinland geplant haben, und dazu lud sie zwei Isländer ein, sie mit ihren Schiffen zu begleiten. Vinland oder Weinland, so hatte ein gewisser Leif Eriksson einen Teil Nordamerikas um das Jahr 1000 genannt. Dort angekommen trennte Freydis sich aber von den Männern, und die beiden Isländer bauten eigene Ansiedlungen auf. Freydis besuchte sie später in diesen Siedlungen und erzählte bei der Rückkehr ihrem Ehemann, sie sei dort vergewaltigt worden. Natürlich schrie das nach Rache, und Freydis Ehemann überfiel das Lager der Isländer und tötete alle Männer und viele

Frauen. Fünf Frauen überlebten, die Freydis anschließend höchstpersönlich mit der Streitaxt ermordet haben soll. Nach ihrer Rückkehr nach Grönland wurde sie für diesen Frevel allerdings verstoßen, doch man erzählte sich noch zahlreiche andere wilde Taten von dieser Wikingerin. So soll Freydis sich angeblich bei einer Schlacht das Schwert eines Gefallenen genommen haben. Dann riss sie sich das Hemd auf und schlug sich mit dem bloßen Schwert gegen ihre Brust. Vor Entsetzen sollen die Gegner geflohen sein.«

In mahnendem Tonfall fuhr Malthe fort: »Dennoch darf man nicht denken, die Wikinger wären brutale Piraten und Mörder gewesen. Sie eroberten andere Länder, aber das taten zig andere Völker auch und oft noch brutaler. Du musst bedenken, fast alle Schriften über die Wikinger stammen von ihren Feinden. Und die machten ihre Beobachtungen in erster Linie, während Krieg und Kämpfe herrschten.«

Malthe machte eine Pause und trank seinen Kaffee aus. Draußen zog ein kühler Wind auf.

»Bezeichnend für diese Fehldarstellung ist auch die Darstellung eines Rituals, von dem du vielleicht schon einmal gehört hast, des sogenannten ›Blutadlers‹.«

Gitte verzog das Gesicht. Sie hatte dazu sogar einen Spielfilm gesehen. Es handelte sich um eine besonders brutale Art der Hinrichtung, bei der angeblich dem lebenden Opfer der Rücken in einer Weise aufgeschnitten wurde, dass man anschließend die Rippen wie Adlerschwingen zur Seite klappen konnte.

Sie erwiderte: »Es gibt einen Roman und einen Film, in dem ein wahnsinniger Mörder nach diesem uralten Ritual der Wikinger mordet.«

Malthes Blick war skeptisch. »Aller Wahrscheinlichkeit nach ist dieser ›Blutadler‹ nur auf eine Fehlinterpretation einer Gedichtstrophe zurückzuführen, in der es in etwa heißt, dass ein gewisser Ivar veranlasste, dass der Adler seinem Feind

König Ella den Rücken aufschnitt. Das bedeutete einfach, dass Ivar Ella tötete und somit den Adlern und anderen Vögeln Aas verschaffte. In den Dichtungen der Wikingerzeit gab es häufig Vergleiche mit Tieren, und beim Preisen von Heldentaten wurde darauf angespielt, dass man für eine Schändung der Feinde sorgte, indem man sie den Aasfressern überließ, statt sie zu begraben. Denn anständig bestattet zu werden bedeutete einem Wikinger viel. Er wollte schließlich nach Walhalla gelangen.«

»Was genau ist der Ursprung deines Glaubens, Malthe?«

»Nun, wir Anhänger der alten Sitte betrachten uns als Teil dieser Welt. Wir sind unabhängige denkende Wesen, die aber Demut vor dem großen Ganzen fühlen. Der Ruf des Einzelnen ist abhängig von seinen Taten, und das Leben richtet sich nach den Gesetzmäßigkeiten der Natur. Wir huldigen den Göttern mit bestimmten Zeremonien, aber unsere Religion ist wenig dogmatisch. Der Respekt vor jedem Einzelnen ist wichtig, Gastfreundschaft, Gerechtigkeit und eine Balance zwischen Stolz und Milde.«

Gitte lächelte und sagte: »Das gefällt mir, die Balance zwischen Stolz und Milde.«

Malthe nickte. »Ja, das hat etwas mit Weisheit zu tun.«

»Malthe, kannst du dir vorstellen, warum das Opfer Wikingerrunen auf dem Rücken eingeritzt hatte?«

»Nein. Die meisten Runen repräsentieren Eigenschaften, innere Kräfte oder Schutz. Viele Runen haben noch eine weitere Bedeutung, wenn sie umgekehrt dargestellt sind. Sie wurden in Holz und später in Stein geritzt, aber nicht in die Haut von Lebewesen.«

Gitte erklärte: »Joris war laut seinem Cousin ein Wikingerfan. Er schwärmte für die Nordmänner und für ihre Religion.«

»Vielleicht wusste er, dass er in Gefahr war, und hat sich die Runen bei einem Schutzritual einritzen lassen. Es gibt unter den Wikingeranhängern ziemlich abgedrehte Gestalten.

Dagegen sind wir Anhänger der *Forn Siðr* harmlose Wiesenläufer. Überleg nur, wie viele Leute sich heidnische Tattoos stechen lassen. Das ist doch auch Mode. Es wäre hilfreich zu wissen, welche Runen er eingeritzt hatte.«

Gitte holte nun ihren Zettel hervor und zeigte Malthe die drei Zeichen, die sie erkannt zu haben glaubte.

Malthe betrachtete das Stück Papier mit gerunzelter Stirn. Gitte erklärte: »Man konnte nicht mehr viel erkennen. Ich habe sie so gut wie möglich nachgezeichnet, erhebe aber keinen Anspruch auf Vollständigkeit.«

Er tippte auf den Pfeil. »Das Zeichen kenne ich, es heißt Tiwaz, weil diese Rune dem Gott Tyr zuzuordnen ist. Sie steht für Gerechtigkeit und für die Ordnung in der Welt. Sie soll Kraft geben, für das Gute einzustehen, zu kämpfen, sich vielleicht sogar zu opfern. Ich müsste das allerdings noch mal genauer nachlesen.«

»Na, die Sache mit dem Opfern hat hingehauen, falls er deshalb umgebracht wurde.«

Malthe zuckte die Achseln. »Die anderen habe ich auch schon mal gesehen, aber auswendig kann ich dir nichts dazu sagen. Darf ich den Zettel haben? Ich recherchiere das mal für dich, okay?«

Gitte strahlte ihn an, bis er rot wurde. »Das ist super. Danke!«

»Gitte, du kannst gerne mal zu einer Zeremonie mitkommen. Wir veranstalten in Odense regelmäßig Zusammenkünfte. Erst letzten Monat haben wir ein sehr schönes Mittsommerfest gefeiert.« Malthe stand auf und reichte ihr zum Abschied die Hand.

»Danke für deinen Besuch und natürlich für die Suppe«, sagte Gitte und wusste, dass sie mit nahezu hundertprozentiger Sicherheit nicht zu einem solchen Treffen gehen würde. Religion war ja mit einem Gott schon kompliziert genug, aber gleich mehrere Götter? Nein. Und auf Zeremonien stand

Gitte ohnehin nicht besonders. Sie erinnerte sich an ein Mittsommerfest, das sie mit ihren Eltern in Schweden mitgemacht hatte. Sie waren dort im Urlaub gewesen, und die damals zehnjährige Gitte hatte sich beim traditionellen Tanz um die Mittsommerstange, einen geschmückten Baumstamm, den Arm gebrochen. Einige Jungen hatten sehr wild getanzt und ihr unerwartet einen Stoß in den Rücken versetzt. Ja, Unfälle hatte Gitte schon einige gehabt, und auch der jüngste Vorfall war eigentlich typisch für sie. Zur falschen Zeit am falschen Ort zu sein, das war eine Fehlprogrammierung ihres Schicksals, wie sie mitunter lächelnd behauptete. Vielleicht hatte sie dieses Los von ihrem Vater geerbt, und er war einfach aufgrund eines tragischen Unfalls verschwunden?

Sie konnte kaum glauben, dass der humorvolle, wenn auch mitunter eigenbrötlerische Mads, der sich nie entscheiden konnte, ob er Dänemark oder Deutschland lieber mochte, einen Pakt mit der russischen Mafia eingegangen sein sollte. Ihre Mutter hatte in einer düsteren Stunde gemutmaßt, Mads habe irgendwo eine zweite Familie gegründet und lange Zeit ein Doppelleben geführt. So etwas kannte sie aus dem Fernsehen, und da auch ihr Mann viel unterwegs gewesen war, hätte er so etwas gut verbergen können.

»Und eines Tages, Gitte, hat er sich dann eben für die andere Familie entschieden.«

Nicht gerade ein Kompliment für Gitte als Tochter. Sie hatte sich nie vorstellen wollen, dass ihr Vater sie für andere Kinder verlassen hatte. Für Gitte kam nur ein Unglück oder ein Verbrechen infrage.

Ihr Vater war ein Mensch gewesen, der unzählige Bekannte hatte, aber keinen richtigen Freund. Wirklich nahe hatte er nur die Familie an sich herangelassen, Frau und Tochter, höchstens noch seine Schwester. Stine und Mads hatten ihren ganz eigenen ruppig-liebevollen Ton gepflegt. Doch auch diese drei hatten nie alle dunklen Seiten von Mads mitbekommen, dessen war Gitte sich sicher. Ihr Vater war geschickt darin gewesen, andere mit Humor und klugen Sprüchen auf Distanz zu halten.

An einem hatte Gitte allerdings nie gezweifelt: Egal, wie lange er geschäftlich unterwegs war, wie oft es in der Ehe von Mads und ihrer Mutter Bärbel Reibereien gegeben hatte: Mads hatte seine Frau geliebt und hätte sie nicht einfach so verlassen. Bei Menschen, die in der Nähe von Strand und Meer vermisst wurden, ging die Polizei gerne von einem Badeunfall aus. Das offene Meer konnte so einiges verschlingen, ganze Schiffe waren schon darin verschwunden.

Natürlich wäre das möglich, Mads war gerne mal schwimmen gegangen, allerdings selten im Meer. Er mochte das Salz auf der Haut nicht und hatte es gehasst, wenn er einen Schwall Salzwasser in den Mund bekam. Endlose Spaziergänge im seichten Wasser am Strand hatte er dagegen sehr geliebt, und es war denkbar, dass er dabei unglücklich über einen Felsen gestürzt und mitgerissen worden war. Denkbar, aber eben doch sehr unwahrscheinlich. An der Ostsee in Marielyst passierten wenig Badeunfälle, anders als an der viel wilderen dänischen Nordsee, wo es immer wieder zu tragischen Vorfällen kam.

Während Gitte sich gedanklich treiben ließ, wärmte sie die Fischsuppe auf. Klein geschnittene Lachsfilets und Rotbarschstücke schwammen in einer würzigen Suppe, die mit Crème fraîche und Gemüse verfeinert war. Sie duftete nach Knoblauch und Kräutern. Und war köstlich, wie Gitte kurze Zeit später feststellte. Den Rest des Wochenendes verbrachte sie mit Lesen, Spazierengehen und Telefonaten in die alte Heimat.

Am Montag ging Gitte wie gewohnt zur Arbeit, sie fühlte sich fit genug. In Dänemark gab es keine Verpflichtung zu ärztlichen Krankschreibungen, man meldete sich einfach telefonisch ab. Verlangte der Arbeitgeber dennoch ein Attest, musste er dafür sogar zahlen. Wie viele dieses System ausnutzten, wusste Gitte nicht, aber sie kannte die Dänen als regelkonform, und sie selbst ging lieber arbeiten, als weiterhin zu Hause herumzugrübeln.

Ihr Chef Paul Larstsen hatte bereits durch seinen Freund Sven Træborg von Gittes Unfall gehört. Die beiden Männer hingen anscheinend regelmäßig zusammen in der Sauna herum. Er empfing sie übertrieben sanft, schob ihr sofort den bequemsten Stuhl des ganzen Ladens hin und stellte eine Tasse Kaffee für sie bereit, während er selbst einen sehr kleinen Aquavit trank. »Alkohol bekommst du bei einer Gehirnerschütterung nicht. Skål, Gitte, auf deine Gesundheit. Heute ist bestes Wetter für eine Ballonbestattung. Ich freue mich schon sehr darauf. Um sechzehn Uhr geht es los.« Er trank sein Glas leer und rieb sich freudig die Hände.

»Chef, ich hoffe sehr, dass du die Sache nüchtern angehst.«

Larstsen grinste. »Ich gehe meine Bestattungen immer nüchtern an, ohne jede Gefühlsduselei.«

»Du weißt, dass ich das anders meine. Ich muss immer noch an meinen unglücklichen Vorgänger denken.«

Ein Schatten ging über Larstsens Gesicht, und er klang nun weniger munter. »Gitte Madsen, ich bin doch nicht derjenige, der lenkt und fährt, ich leite die Zeremonie. Und ganz sicher werde ich auf nichts draufsteigen.« Und mit diesen Worten schenkte er sich noch einen kleinen Schluck ein und stellte die Flasche dann weg.

Bei dem Kunden, der sich eine Ballonbestattung für seine Bestattung gewünscht hatte, handelte es sich um einen Sportpiloten, der bis zum 72. Lebensjahr noch regelmäßig mit seinem Segelflugzeug unterwegs gewesen war und auch seinen letzten Flug am liebsten in der Maschine absolviert hätte. Nun war er im Kreise seiner Familie einem Krebsleiden erlegen, und die nahe Verwandtschaft musste trotz teilweise großer Höhenangst in einen Ballon und somit in die Lüfte steigen. Es blieb ihnen nichts anderes übrig, denn erst danach werde das Testament gültig, erzählte Larstsen es seiner Mitarbeiterin.

»Herr Hansen hat seine Beerdigung noch persönlich mit mir geplant, aus dem Krankenbett heraus. Und er hatte einen mörderischen Spaß daran, seine Tochter und den spießigen Sohn in die Lüfte zu schicken. Nie seien sie mit ihm geflogen, dabei hätte er ihnen so gerne die Stadt von oben gezeigt.«

Kein Wunder, dass Larstsen, der sich selbst gerade wieder gut mit seinen Kindern verstand, eine gewisse Vorfreude empfand.

Gitte nutzte seine gute Laune, trank ihren Kaffee und fragte ihn ganz direkt: »Weißt du eigentlich etwas über den Streit zwischen der Glasbläserin Ann Brixen und ihrem Bruder, dem Kommissar? Sie hat mir erzählt, dass er nicht mehr mit ihr redet, und dabei hatte ich ganz stark den Eindruck, dass es von ihm ausgeht.«

Larstsen kratzte sich die Stirn und zupfte an seiner tadellos sitzenden Krawatte. »Oh, das ist ein heikles Thema mit Glatteisgefahr. Darüber gibt es schon zu viele Gerüchte, und ich denke, du fragst besser einen von beiden. Es hatte etwas mit seiner Frau zu tun.«

Gitte war erstaunt.

»Ole Ansgaard ist verheiratet?«, fragte sie und merkte, dass sie eine Spur zu laut sprach. Spontan wäre es ihr lieber gewesen, der Kommissar wäre nicht verheiratet. Über das Warum wollte sie nicht nachdenken.

»Eigentlich schon, aber er lebt allein. Das ist Teil des Konfliktes, fürchte ich.«

Mehr war aus Paul Larstsen nicht herauszubekommen, und Gitte blieb ratlos zurück. Ole Ansgaard lebte also allein. Das passte auch besser zu seinem Auftreten, wie sie fand. Was konnte Ann Brixen schon angestellt haben? Hatte sie mit Glasvasen nach der Schwägerin geworfen? Oder den Bruder bei ihr schlechtgemacht?

Als sie nach einem ansonsten ereignislosen Arbeitstag, der für ihre angeschlagene körperliche Konstitution allerdings sicher gut war, nach Hause radeln wollte, sah sie den jungen Griechen Timon in der Ortsmitte auf der Plattform mit den Liegestühlen herumlungern. Es waren ziemlich viele Plätze besetzt, denn die Sonne wärmte noch gut. Was hatte ihn wohl aus Nykøbing nach Marielyst getrieben? Sein Blick ging suchend zwischen den zahlreichen Sonnenanbetern hin und her, und es war nur eine Frage von Sekunden, dann hatte er Gitte entdeckt. Winkend lief er zu ihr, und sie sah, dass er in der linken Hand einen Karton aus dem Café trug.

»Hallo, Gitte. Ich hatte gehofft, dich hier zu treffen. Dein Nachbar sagte mir, du würdest gleich von der Arbeit kommen. Du arbeitest bei einem Bestatter, oder?«

Sein Blick war voller Neugier, und sie erinnerte sich daran, dass er gerade erst siebzehn Jahre alt war.

»Hallo, Timon. Hattest du Hunger?« Sie deutete auf den Karton und stellte ihr Rad ab.

Sie sahen sich nach einer Sitzgelegenheit um, aber alle Liegen und Bänke waren besetzt. Ihr Kreislauf war noch immer etwas empfindlich, und sie hatte leichte Kopfschmerzen.

Timon hielt sein Päckchen anpreisend hoch und sagte leise: »Das ist eher Betriebsspionage.«

»Betriebsspionage beim Bäcker in Marielyst? Lohnt sich das?«

»Das lohnt sich durchaus. Mein Vater hat gehört, dass die hier im Café ein besonders leckeres Törtchen anbieten. Und das will er in abgewandelter Form im Hotel als Nachtisch anbieten. Hier ist eins drin. Willst du probieren?«

»Nein, wir können es doch nicht angebissen zu deinem Vater bringen, wie sieht denn das aus?«

Timon klappte den Pappdeckel nach oben, und sie sah, dass ein ordentliches Stück bereits abgebrochen war. Auf einem Boden aus Marzipan war eine nussige Masse mit Äpfeln darin gehäuft. Obendrauf lag eine Schicht Baiser. Es sah köstlich aus, und Gitte zog instinktiv den Bauch ein. Eigentlich vermied sie solche appetitlichen Sünden, aber sie gönnte es dem hageren Timon von Herzen. »Gib mir ein ganz kleines Stück, und iss den Rest auf. Ich beteilige mich an der Betriebsspionage und kaufe noch so ein Teilchen.«

Timons Leidenschaft für Marzipan hatte sie ja bereits kennengelernt. Sie brach sich ein kleines Stück ab, was bei der weichen Masse nicht so einfach war und für sehr klebrige Finger sorgte, und steckte es schnell in den Mund. Eine variantenreiche Süße breitete sich auf ihrer Zunge aus. Die Dänen liebten es süß. Hotdog-Soßen, Remoulade, Ketchup – auch solche Lebensmittel schmeckten hier auffallend süßlich, wie Gitte beim Einkaufen immer wieder aufs Neue feststellen musste. Sie selbst liebte scharfe, würzige Soßen.

Als sie aus der ›Bageri‹ zurückkam, leckte Timon sich gerade den letzten Rest des Törtchens von den Fingern. Sie reichte ihm den Karton.

»Danke. Ich werde es meinem Dad sagen. Ich wollte dir etwas erzählen, von Joris. Die Plakate zu seiner Beerdigung finde ich übrigens sehr schön, Gitte. Ich habe sie hängen sehen, gute Idee.« Timon hatte mittlerweile einen Sitzplatz ergattert, mit Blick auf den Weg zum Strand, auf dem sich einige Leute tummelten.

Sie setzte sich neben ihn, streckte die Beine in die Sonne und war gespannt. »Die Idee kam von deinem Vater. Was gibt es Neues?«

»Er hatte eine Freundin.«

»Wusste ich es doch«, entfuhr es ihr.

Er klang ein wenig enttäuscht, als er fragte: »Du wusstest es schon?«

»Nein, ich habe es mir nur gedacht. Er ist mit einem Zettel hier in der Nähe herumgelaufen und hat wohl jemanden gesucht. Woher weißt du es denn?«

»Die Polizei war bei uns. Es gibt eine Verbindung zwischen einem verschwundenen Mädchen und meinem Cousin. Die beiden haben sich in einer Sprachschule kennengelernt. Wahrscheinlich ist er deshalb nicht sofort zu uns nach Nykøbing gekommen. Es hatte vielleicht gar nichts mit meinem Vater zu tun.« Den letzten Satz äußerte er leise.

»Sicher nicht. Warum sollte Joris deinen Vater meiden, wenn der ihm helfen wollte?«

Gitte nahm die Sonnenbrille ab und blickte den Jungen an. Ganz allmählich zogen Wolken auf, morgen sollte der Sommer erst mal wieder eine Pause einlegen.

Timon holte dagegen ein Käppi aus der Jackentasche und setzte es auf. »Ich muss dir da etwas erzählen. Mein Vater hat seinen eigenen Bruder ins Gefängnis gebracht. Das ist gegen jedes Familiengesetz.«

Was sollte sie darauf antworten? Ihrer Meinung nach hing es von dem begangenen Unrecht ab, ob man jemanden verriet oder nicht. Sie hatte von Tante Stine gehört, Timons Vater habe in der Heimat jemanden verprügelt. Vielleicht hatte er erst die Bestrafung selbst in die Hand genommen und ihn dann angezeigt. Sie äußerte vorsichtig: »Vielleicht hatte dein Vater gute Gründe, so zu handeln.«

»Natürlich hatte er die. Es ist nur so: Mir erzählt keiner was, und Joris hat wahrscheinlich auch nie die Wahrheit erfahren. Und dann kann man sich plötzlich nicht mehr leiden, und niemand kann was dafür.«

Gitte staunte einmal mehr über die innere Reife des Jungen.

»Glaubst du, sein Tod hat etwas mit der alten Familienfehde zu tun, direkt oder indirekt?«

Timon starrte auf seine Schuhspitzen und stieß sie gegeneinander. »Das Schlimme ist, Gitte, ich weiß es nicht. Ich glaube eigentlich nicht, dass es etwas mit meinem oder seinem Vater zu tun hat, aber sicher sein kann ich mir auch nicht. Dafür weiß ich zu wenig. Es ist ja nicht so, dass ich meinen

Vater nicht schon danach gefragt hätte. Aber er will nicht darüber reden. Das sei seine Angelegenheit, und sie sei zu alt und zu schwer.«

Der nächste Satz überraschte Gitte, denn es war eine Bitte.

»Könntest du mit mir zu dem Campingplatz fahren, auf dem Joris gesehen worden ist? Ich möchte so gerne wissen, wo Joris sein Zelt hatte. Vielleicht treffen wir auch auf jemanden, der ihn gekannt hat. Nur müssen wir uns beeilen. Je später wir dorthin fahren, desto größer ist die Wahrscheinlichkeit, dass die Leute bereits abgereist sind. Mein Rad steht dort drüben.« Er zeigte auf das Restaurant ›Larsens Plads‹.

Sie war eigentlich zu müde. Aber neugierig war sie eben auch. Es konnte gut sein, dass sie beide beim Befragen der Touristen mehr Erfolg hatten als die Polizei. Der erzählte man nicht immer alles.

Also radelten sie wenig später die paar Kilometer zum Østersøparken-Campingplatz. Er war schön angelegt, mit vielen Bäumen zwischen den Stellplätzen, Hecken und einem Spielplatz. Zahlreiche Freizeitangebote lockten sowie ein Café, in dem es abends Musik gab. Ein Urlaub auf einem Campingplatz käme für Gitte allerdings nie infrage, sie wollte im Urlaub doch nicht schlechter wohnen als sonst. Und ganz sicher würde sie sich die Dusche nicht mit fremden Leuten teilen. Ihre Eltern hatten da zum Glück ganz ähnlich gedacht. Doch es gab Campingfreaks, und als Gitte auf die Preise starrte, war sie überrascht, wie teuer die Stellplätze waren. Fürs Leiden auch noch viel Geld bezahlen, dachte sie, während ihr junger Begleiter begeistert war.

»Das muss total urig sein, hier im Zelt zu schlafen. Ich kann Joris gut verstehen. Bestimmt hätte er mich später mal mitgenommen. So ein Mist. Was lässt der sich auch einfach abstechen?« Zornig kickte Timon gegen einen Tannenzapfen.

»Wie sollen wir vorgehen?«, fragte Gitte ihn und sich selbst. Sie standen vor dem Eingang, wo mit zwei Schranken

Ein- und Ausfahrt kontrolliert wurden. Links davon waren die Rezeption und ein kleiner eingezäunter Teich mit einem Gartenzwerg. Sie hatte diese zweifelhaften Dekoartikel eigentlich für eine alte deutsche Tradition gehalten, besonders beliebt in sogenannten Schrebergartenkolonien. Nun stand hier ein dänischer Zwerg grinsend herum. Gitte steuerte auf die Rezeption zu, die in einem Verkaufsraum untergebracht war. Eis, Backwaren, Postkarten und das dänische Carlsberg-Bier wurden hier beworben. »Wir müssen fragen, in welchem Teil des Platzes Joris sein Zelt stehen hatte«, sagte Gitte zu Timon und betrat forsch den Laden.

Eine dicke Frau mit struppiger Dauerwelle stand mitten im Raum und blickte sie streng an. »Wir sind so gut wie ausgebucht. Oder wollt ihr jemanden besuchen?«

Gitte setzte ein sanftes Gesicht auf und sagte: »Dies ist Timon Papadakis, der Cousin des ermordeten Griechen Joris Papadakis. Der hatte doch bei euch ein Zelt geliehen. Kannst du mir sagen, wo er gezeltet hat? Timon würde die Stelle gerne besuchen, ein paar Blumen ablegen. Das verstehst du sicher.«

Die Frau nickte, obwohl sie gar keine Blumen dabeihatten, zog einen Plan aus einer Ecke und klappte ihn auf. Dann tippte sie mit einem knallrot lackierten Fingernagel auf den nördlichen Teil des Platzes.

»Hier in der Ecke, wir hatten nichts anderes mehr frei, und ihm war es egal. Die Polizei war auch schon dort, aber Blumen haben die sicher nicht dort gelassen. Jetzt steht das Zelt natürlich nicht mehr da.«

»Vielen Dank, die Stelle finden wir. Hat Joris noch etwas gesagt, als er bei Ihnen den Zeltplatz mieten wollte?«

»Ja, hat er. Er wollte, dass ich ihm Bescheid gebe, falls jemand nach ihm fragt. Also, wir sind hier kein Hotel, und ich bin nicht die Concierge des Platzes. Als ob jemand explizit nach einem Griechen fragen würde … Es sei denn, natürlich, er ist ermordet worden. Seitdem kommt jeden Tag jemand und fragt nach ihm.« Sie zuckte mit den molligen Schultern. »Aber jetzt kann ich es ja auch sagen. Ich sollte Geld für meine Auskünfte nehmen.«

»Wer fragt denn außer der Polizei noch nach ihm?«, hakte Gitte nach.

»Gelangweilte Touristen, Presse, was weiß ich.«

Nachdenklich machten sie sich auf den Weg zum Zeltplatz von Joris, zu seinem letzten flüchtigen Zuhause. Auf dem Platz liefen überall Leute herum oder saßen vor ihren Zelten. Auch die Duschräume waren jetzt gegen Abend hoch frequentiert. Viele Menschen kamen vom Strand und wollten sich den Sand vom Körper waschen.

»Wir fragen einfach ein paar Leute in seinem Alter.« Timon guckte sich suchend um.

Da das Zelt von Joris nicht mehr da war, konnten sie nur die ungefähre Position ausmachen. Viele Zelte in bunten Farben standen in der Nähe, und sie wurden neugierig beobachtet.

»Sucht ihr was?«, fragte ein junger Mann mit zahlreichen Tätowierungen auf den Armen. Er trug eine Angel in der Hand.

»Ja. Ich suche irgendjemanden, der Kontakt zu meinem Cousin gehabt hat, zu Joris, dem ermordeten Griechen.« Timon machte einen Schritt nach vorne und blickte den Mann fragend an.

Der junge Mann blieb stehen und sagte: »Ja, wir haben davon gehört, sind aber erst seit gestern da. Es gibt ein paar Leute, die haben von ihm gesprochen. Ihr müsst zu den Wohnwagen da vorne, irgendein dänischer Wagen mit einem Elchaufkleber müsste es sein.«

»Danke schön. Du hast uns sehr geholfen«, erwiderte Gitte und lächelte den Mann an.

Bei den Stellplätzen der Wohnwagen gab es mehrere Autos, die einen Elch auf ihr Auto geklebt hatten. Sie fragten sich durch und liefen gezielt nur zu den dänischen Wohnwagen. Ein paar Holländer pfiffen Gitte hinterher und lachten. »Nach welchen Kriterien sprichst du hier die Leute an?«, meinte einer in einem Gemisch aus Deutsch und Dänisch.

Timon drehte sich um und meinte frech: »Schön müssen sie sein und dänisch!«

Und endlich wusste Gitte, dass sie die Leute gefunden hatten. Es war ein Pärchen, das vor seinem Wohnwagen auf Gartenstühlen saß und Bier trank. Als sie Timon sahen, stießen sie sich an und tuschelten miteinander, den Blick auf Gitte und ihren Begleiter gerichtet.

Gitte sprach sie an. Sie waren etwa Mitte zwanzig und sahen beide schlank und sportlich aus. Überhaupt hatten sie sich im Äußeren angeglichen. Beide trugen die braunen Haare kurz und lockig, bei der Frau waren sie etwas dichter. Sie hatten auch das gleiche grüne T-Shirt mit dem Emblem einer Musikband an. Gitte begrüßte sie freundlich und stellte Timon und sich vor. Und schon die nächsten Worte der Frau bestätigten, dass sie hier richtig waren.

»Ich bin Kati, und das ist mein Freund Björn. Wir haben mit dem toten Griechen zusammen am Lagerfeuer gesessen, letzte Woche. An dem Abend war eine große offene Runde am Strand. Jemand spielte Gitarre, mehrere brachten Bier mit, aber wir kannten uns alle nur flüchtig oder gar nicht. Es war einfach total toll und spontan. Keiner hätte gedacht, dass noch in derselben Nacht ein Mord geschehen würde.« Die junge Frau wirkte noch immer sehr betroffen, und ihr Freund legte den Arm um sie.

Gitte wollte wissen, ob sie mit der Polizei gesprochen hätten. Die Beamten seien doch auf dem Campingplatz gewesen und hätten nach Zeugen gefragt.

»Nein.« Björn schüttelte den Kopf. »Da waren wir schon weg. Wir sind am nächsten Tag nach Kopenhagen gefahren, zu einem Konzert. Wir sind erst seit gestern wieder hier.«

Gitte spürt ein Kribbeln unter der Kopfhaut. Nun war sie dem Kommissar einen Schritt voraus und müsste die beiden eigentlich zu einer offiziellen Aussage überreden. Das würde sie auch noch machen, aber zunächst überwog die eigene Neugier.

»Habt ihr denn mit Joris gesprochen? Was für einen Eindruck machte er auf euch?«

Kati antwortete: »Er sah angespannt aus, ungeduldig, und er hat erzählt, dass er eine Freundin besuchen wolle. Sein Dänisch war nicht so gut, wir haben Englisch gesprochen, und ich hoffe, dass ich alles richtig verstanden habe.«

Bei der Freundin musste es sich um die verschwundene junge Frau handeln. Gitte hatte den Eindruck, allmählich eine echte Spur zu haben. Zumindest bekam sie eine Ahnung von den Absichten, die Joris nach Marielyst geführt hatten. Ein Mordmotiv zeichnete sich allerdings nicht ab, und es gab schon gar keine Erklärung für die Runen auf dem Rücken des Toten.

»Wirkte er so, als hätte er Schmerzen?«

Der langhaarige Junge guckte sie verwirrt an. »Nein, eigentlich nicht. Also ganz bestimmt steckte kein Messer in seinem Bauch. So unbeschwert, wie wir beide uns am Feuer gefühlt haben, schien er aber auch nicht zu sein. Er blickte sich oft um und betrachtete jede einzelne Person am Feuer genau. Ich hatte den Eindruck, er wartete auf jemanden oder fühlte sich beobachtet.«

Gitte fragte sich einmal mehr, wie Joris vom Campingplatz aus noch mitten in der Nacht zu ihrem Haus gelangt war, das doch mehrere Kilometer weit entfernt lag. Sicher nicht zu Fuß. Sie fragte weiter: »Was geschah noch? Ist Joris weggegangen, oder hat er sich mit jemanden unterhalten?«

»Er hat sich mit mehreren unterhalten. Wie gesagt, es war eine lockere Runde. Mal kam jemand, mal ging jemand. Da waren zum Beispiel auch ein paar ältere Holländer, die sich kurz zu uns setzten und dann wieder aufbrachen. Niemand sah wie ein Mörder aus.«

Gitte bezweifelte, dass man einem Menschen solche Abgründe ansah. Eine provozierende Haltung, ja, auch Aggressivität im Affekt, aber ein geplantes Verbrechen? Wohl weniger.

Timon hatte bislang nur zugehört, jetzt fragte er das Paar: »Was hat er getrunken?«

»Ein Bier, denke ich«, sagte Björn.

Seine Freundin schüttelte den Kopf. »Nein, hat er nicht, er trank eine Cola, die er selbst mitgebracht hatte. Die Griechen trinken wohl lieber Wein, oder?«

Timon blickte zu Gitte. »Das passt zu Joris, er trank nie Alkohol. Es hatte mit seinem Vater zu tun, der trank zu viel davon und benahm sich dabei schlecht.«

Kati erzählte weiter: »Er hat die Colaflasche geleert und dann sorgfältig in seine Jacke gesteckt.«

»Trug er sonst noch etwas bei sich?«, wollte Gitte wissen.

»Nein. Allerdings ist er früher gegangen als wir, ich erinnere mich jetzt wieder. Jemand hat ihm gewunken. Eine Person, die auf den Dünen stand.«

»Eine Person stand auf den Dünen?«, wiederholte Gitte erstaunt. Das war doch mal endlich eine konkrete Spur.

»Wie hat sie ausgesehen? War es ein Mann oder eine Frau?«

»Es war ein Kind, glaube ich.«

Timon riss die dunklen Augen auf, und Gitte konnte nur übersetzen, was sie da gehört hatte.

»Ein Kind? Ich dachte, es war mitten in der Nacht, als ihr da am Feuer saßt.«

Kati fasste sich in die kurzen Haare, als müsste sie sich an etwas festhalten. Sie lief rot an, als auch ihr Freund Björn sie erstaunt anguckte.

»Ich habe mich darüber ja auch gewundert, es dann aber wieder vergessen. Wahrscheinlich waren die Eltern dabei, und man hat sie nur nicht gesehen, weil sie ein Stück unterhalb des Deiches standen, was weiß ich. Ich dachte, es sei seine Familie. Und so spät war es auch noch nicht. Mir war das alles total entfallen. Ich hatte etwas zu viel getrunken, und am nächsten Tag sind wir dann ja nach Kopenhagen gefahren. Das war aufregend.«

Gitte war nun ihrerseits aufgeregt. »Das müsst ihr dringend dem ermittelnden Kommissar erzählen. Ist Joris danach noch einmal wiedergekommen?«

»Nein.« Das sagten beide wie aus der Pistole geschossen und beinahe synchron.

Was sollte Gitte nun bloß machen? Wenn sie den Kommissar jetzt gleich anrief, gäbe es eine Menge Ärger wegen ihres erneuten Alleingangs. Aber es war auch zu unsicher, die beiden allein zur Polizei zu schicken. Vielleicht erkannten sie die Brisanz nicht und fuhren einfach mit ihrem Wohnmobil woandershin. Sie fasste einen Entschluss.

»Ich rufe Ole Ansgaard, den ermittelnden Kommissar, an und warte hier bei euch, bis er kommt. Er wird eure Aussage dringend aufnehmen wollen, denn ihr seid vielleicht die Letzten, die Joris lebend gesehen haben, und somit wichtige Zeugen.«

Das Paar nickte nur langsam und nahm sich bei den Händen. Timon starrte von einem zum anderen, er hatte dicke Tränen in den Augen. Der Tod seines Cousins, den man vielleicht hätte verhindern können, wenn er sich nicht von der Gruppe entfernt hätte, ging ihm sehr nahe.

Gitte holte ihr Handy aus der Tasche und straffte sich äußerlich und innerlich. Der Kommissar war sofort am Apparat.

»Hallo, Ole, hier spricht Gitte Madsen. Ich bin gerade mit Timon Papadakis auf dem Østersøparken-Campingplatz und habe zwei wichtige Zeugen gefunden. Du musst herkommen, zum Zeltplatz Nord, da, wo die Wohnwagen stehen.«

»Spricht dort Gitte Madsen? Die Gitte, die eine Gehirnerschütterung hat und sich schonen soll? Nun bringst du also auch noch Minderjährige in Gefahr.«

Sie starrte auf ihr Handy. Der Kommissar hatte einfach aufgelegt, ohne dass sie noch etwas hätte erklären können. Aber sie war sich sicher, dass er in Kürze auf dem Campingplatz auftauchen würde.

Gitte fragte Timon, ob man nicht seinen Eltern Bescheid geben müsse, dass er noch in Marielyst sei. Schließlich sollten sie sich keine Sorgen machen. Timon dankte ihr und holte ein Handy hervor. Er erklärte seinen Eltern, dass er gerade wichtige Zeugen gefunden habe, die Joris an dem Abend noch gesehen hätten, und dass er mit Gitte Madsen, der Bestatterin, unterwegs sei. Er werde in spätestens einer Stunde nach Nykøbing aufbrechen, versprach er, und Gitte war froh, dass sie nicht allein mit einem anscheinend sehr wütenden Ole Ansgaard sein musste.

Das junge Paar wurde nun etwas nervös angesichts der Aussicht, bei der Polizei eine offizielle Zeugenaussage machen zu müssen.

»Glaubst du, wir haben eventuell den Mörder von dem Griechen am Feuer sitzen sehen? Ich könnte von niemandem mehr eine Personenbeschreibung geben.« Das fragte Kati in ähnlichen Worten mehr als zweimal. Währenddessen saß Björn stoisch in seinem Campingstuhl und rauchte eine Zigarette nach der anderen, bis Kati ihm schließlich die Packung wegnahm. »Er raucht sonst nur drei am Tag«, sagte sie kopfschüttelnd und kaute an einem Fingernagel.

Gitte versuchte, sich ein paar gute Erklärungen einfallen zu lassen, aber es gab keine. Sie mischte sich in die Ermittlungen ein, da gab es nichts zu beschönigen. Aber verboten waren solche Gespräche eben auch nicht. Sie hätte Timon doch nicht allein fahren lassen können.

Um halb sechs Uhr kam Ole Ansgaard mit langen Schritten suchend über den Campingplatz gelaufen, bis er die kleine Gruppe entdeckte. Dann tat er etwas, womit Gitte niemals gerechnet hätte. Er gab den beiden dänischen Touristen die

Hand, stellte ein paar Fragen und bat sie höflich, mit zur Polizeibehörde zu kommen. Er werde sie später auch wieder zu ihrem Wohnwagen zurückbringen, versprach er.

Timon begrüßte der Kommissar nur mit einem kurzen Nicken und dem Hinweis, die Sache hier bitte der Polizei zu überlassen. Gitte hingegen ignorierte er zunächst völlig, und sie konnte sich gerade gut vorstellen, wie seine Schwester sich fühlen musste. So waren sie und Timon plötzlich schneller, als sie gedacht hatten, wieder allein auf dem Platz. Der einzige Satz, den Ole Ansgaard schließlich noch an sie richtete, lautete: »Sieh bitte zu, dass du heil nach Hause kommst und dich hinlegst – dein Gesicht ist so weiß wie eine Möwe.«

Gitte erwiderte trotzig: »Du kannst mir später für die Zeugenaussagen danken.«

Smart, fürsorglich und ruppig – der Kommissar war offenbar ein sehr launischer Mensch. Und launische Menschen waren in der Regel mit sich selbst unzufrieden.

Die nächste Überraschung wartete spätabends auf sie, als sie die Kissen hereinholte, die sie auf der Terrasse vergessen hatte. Ein Wagen fuhr sehr langsam und mit knirschenden Rädern die Straße entlang. Doch bevor sie beunruhigt sein konnte, erkannte sie am Steuer Ole Ansgaard. Sie musste wohl recht dumm aus der Wäsche geguckt haben, denn er grinste verhalten durchs offene Fenster und sagte nur: »Paul Larstsen meinte, es lohne sich, auf dich aufzupassen. Er will sich nicht schon wieder einen neuen Mitarbeiter suchen müssen.«

»Muss er nicht, ich habe nicht vor, wieder wegzuziehen«, sagte Gitte und trat näher an das Auto heran.

»Nein, aber du hast offensichtlich vor, dem Täter gefährlich nah auf die Pelle zu rücken.«

»Das ist Unsinn. Der weiß doch schon seit dem Fund der Leiche von mir und meinem Haus.«

»Sicher, aber jetzt weiß er, dass da eine Bestatterin lebt, die sich leider nicht nur um die ihr geschäftlich anvertrauten Leichen kümmert. Was macht der Kopf?«

»Wie geht es deiner Schwester?« Das war eine sehr unkluge Reaktion auf eine höflich gestellte Frage, und sie erwartete eine entsprechende Antwort. Stattdessen schwieg der Kommissar und lachte dann nervös auf. »Das heilt nicht so schnell wie eine Gehirnerschütterung.«

Gitte nickte. »Ich würde gerne mehr über die Wikingerrunen auf Joris' Rücken erfahren. Habt ihr sie entschlüsselt?«

Ole Ansgaard begann einen Trommelwirbel auf dem Lenkrad seines schweren Volvos.

»Nicht hier und nicht jetzt.«

Und damit war er weg.

7

Am Dienstagmorgen zeigte das Wetter den ruppigen Charme eines Apriltags, durchaus frustrierend, wenn gerade Juli war. Erst regnete es in Strömen, und Gitte ging zu Fuß und mit einem großen gelben Regenschirm bewaffnet zur Arbeit. Mit eiskalten Füßen und laufender Nase erschien sie bei Larstsen, der sich gleich wieder berufen fühlte, seine Schnapsflasche aus dem Kühlschrank zu holen.

»Erkältet kann ich dich nicht zu einer Beerdigung mitnehmen. Trink schon.« Aquavit, das Allheilmittel der Dänen. Gegen zehn Uhr kam die Sonne raus, aber es wehte ein stürmischer Wind, und das tückisch gefärbte Licht am Himmel kündigte bereits den nächsten Guss an.

»Heute haben wir eine Beerdigung in Nykøbing. Ich nehme dich mit, damit du siehst, wie das in Dänemark so abläuft.«

Auch nicht viel anders als in Deutschland, wie Gitte wusste. Es handelte sich um die Beerdigung eines Geschäftsmannes, zu der zahlreiche Trauergäste erwartet wurden. Larstsen wollte den Leichnam gleich zur Trauerhalle fahren und aufbahren, damit sich jeder Gast noch verabschieden konnte. Er käme dann aber noch einmal zurück, sagte er, und dann würde er Gitte mitnehmen. Zu diesem Anlass hatte Gitte ihren schwarzen Hosenanzug angezogen und kam sich sehr distinguiert vor. Die blonden Haare hatte sie hochgesteckt, doch ein paar Strähnen hingen heraus und rahmten ihr Gesicht ein.

»Da schaut ja keiner mehr auf die Leiche, wenn du so strahlend schön am Sarg stehst, meine Liebe«, bemerkte Larstsen, als er aus Nykøbing zurück war, und trank zur Abwechslung mal nur einen ganz normalen Kaffee.

Wenig später hängte er ein Schild an die Tür, dass das Geschäft heute Nachmittag wegen einer Beerdigung geschlossen sei und man ihn in dringenden Fällen über sein Handy erreichen könne. Groß, schlank, mit einem altmodischen schwarzen Anzug und weißen Handschuhen sah ihr Chef aus, als sollte er im Film einen typischen Bestatter spielen. Dazu passten das glatt rasierte Gesicht und der sauber gezogene Scheitel sowie eine perfekt sitzende schwarze Fliege mit weißen Punkten. Durfte man sich auf die Beerdigung eines anderen Menschen freuen? Gitte entschied, dass sie es durfte. Sie hatte den Mann nie kennengelernt, und eigentlich war es ihr ohnehin suspekt, wenn Menschen so ein Theater um den Tod machten und sich gleichzeitig als Christen bezeichneten. Müsste man sich als gläubige Person nicht freuen, wenn es ein alter Mensch in eine andere Welt geschafft hatte? Etwas anderes war es natürlich, wenn jemand brutal aus einem jungen Leben gerissen worden war. Die Beerdigung von Joris würde traurig sein, und für Gitte nur deshalb besonders interessant, weil sie auf die Gäste gespannt war.

Die Trauerfeier an diesem Tag fand in der gotischen ›Klosterkirken‹ von Nykøbing statt, einer wunderschönen stattlichen Kirche mitten im Ortskern. Vor dem Haupteingang thronte eine Kastanie mit kurzem Stamm, aber extrem vielen dicken Ästen in alle Richtungen. Der wunderschöne Baum erinnerte Gitte an einen riesigen mehrarmigen Kerzenleuchter. Ein vortrefflicher Schmuck für eine Kirche.

Der Sarg war mittlerweile geschlossen worden und stand vor dem aufwendig gearbeiteten Altar aus der Hochrenaissance. Er stammte aus dem Jahre 1616 und war ein Geschenk der damaligen Königin Sophie, wie ihr Larstsen auf der Herfahrt berichtet hatte. »Du solltest immer ein Gefühl für die Kirche haben, in der du eine Beerdigung begleitest, Gitte«, ermahnte sie ihr Chef. Die Kirche und die umliegenden Gebäude hatten einst zu einem Franziskanerkloster gehört.

Gitte bestaunte beim Eintritt in das Kirchenschiff die Gestaltung des Mittelganges. Dort hingen bis zum Altar abwechselnd alte Segelschiffe und Kronleuchter. Diese Dekoration wusste ihr Chef damit zu erklären, dass es früher in Dänemark und auch im Norden Deutschlands eine fest verankerte Tradition gewesen sei, Schiffe als »Kirchen-Schiffe im Kirchenschiff« aufzuhängen.

»Die Seeleute waren meist fromme Männer, und so kam es auch schon mal vor, dass ein Schiff als Erinnerung an die Errettung aus Seenot aufgehängt wurde«, sagte Larstsen.

Gitte und ihr Chef richteten den Blumenschmuck her. Die Liedtexte und der Ablauf der Messe waren auf Zettel gedruckt, die sie in den Sitzbänken verteilten. Gitte beobachtete, wie die engsten Familienmitglieder sich in der ersten Reihe links platzierten. Dabei fiel ihr eine elegant gekleidete Dame auf, die einen schwarzen Hut mit Netzschleier trug und selbstbewusst nach vorne marschierte. In den Händen trug sie einen Blumenkranz mit Schleife, den ihr Larstsen hilfreich abnahm. Die Dame setzte sich an den äußeren Rand der ersten Reihe, und zwar ebenfalls auf die linke Seite. Sie hätte auch die erste Bank rechts nehmen können, da war noch alles frei. Sofort ging ein Getuschel durch die Reihen, die sich schnell mit Trauergästen füllten.

Fasziniert verfolgte Gitte das weitere Geschehen. Larstsen legte das Gesteck zum Sarg und erntete dafür bitterböse Blicke von der Witwe des Verstorbenen. Weitere Kränze folgten, sie zeigten die Ehrerbietung einer Partei, der Firma und eines Wohltätigkeitsvereins. Doch Gitte interessierte sich mehr für das runde Blumengesteck der Dame. »In ewiger und wahrer Liebe, Maja«, stand auf der weißen Schleife. Ein ähnlicher

Spruch stand auch auf einem noch größeren Kranz, allerdings unterschrieben mit »deine Ehefrau Lotte«.

Hier nahmen offenbar Ehefrau und Geliebte öffentlich Abschied. Die Ehefrau war keine unscheinbare Person. Stolz und ernst mit grauem Haarschopf und einem perfekt sitzenden Kostüm verriet sie eine gewisse Härte, die Gitte unsympathisch fand. Die andere Frau war üppiger, weicher und schluchzte ab und an leise in ein mit Spitzen besetztes Taschentuch, während ihre dunkelbraun gefärbten Haare unter dem Hut sanft wippten. Nun füllten sich auch die vorderen Reihen, dennoch blieb zwischen der Familie und der zweiten Frau mindestens ein Platz frei. Dann allerdings tauchte ein schlaksiger junger Mann auf, der zunächst die Witwe mit einem Kuss auf die Wange begrüßte. Gleich darauf nahm er auch die andere Dame ganz selbstverständlich in den Arm und setzte sich neben sie. Der Sohn des Hauses, der mit beiden Frauen gut konnte?, fragte sich Gitte nun leicht amüsiert.

Die Trauerfeier selbst verlief reibungslos, der Pastor sprach einige Sätze über den Toten und erwähnte, dass die Ehe des Verstorbenen vierundvierzig Jahre gehalten hatte. Nicht unerwähnt ließ er dabei einige Krisen, die das Paar gemeinsam gemeistert habe. Anscheinend hatte sich eine dieser Krisen zum Dauerbrenner entwickelt, vermutete Gitte, deren Blick immer wieder zur ersten Reihe wanderte. Sie stand mit Larstsen zusammen seitlich der Bänke, wo es hinter den Säulen einen Bereich gab, in den auch Eltern mit quengeligen Kindern ausweichen konnten. Dort standen kleine Tische sowie ein Korb mit Spielsachen zur Verfügung. Von hier aus hatten sie alles gut im Blick, ohne selbst aufzufallen.

Beim Auszug aus der Kirche konnte der Bestatter dann glänzen. Einige Männer, wahrscheinlich Nachbarn, zogen ihre weißen Handschuhe an und fassten den Sarg an den sechs seitlichen Griffen, um ihn auf dem darunterliegenden Wagen zum Friedhof und zur Grabstätte zu fahren. Die vermutliche

Geliebte war kaum in der Lage aufzustehen. Sie krümmte sich vor Kummer, und der junge Mann bot ihr den Arm, um sie zu stützen und hinauszugeleiten. Er blieb stets an ihrer Seite.

Nun tönte eine glasklare weibliche Stimme durch den Kirchensaal und sang *Der er et yndigt land*, die dänische Nationalhymne. Was für ein feierlicher Auszug des Sarges aus der Kirche! Die Witwe hob demonstrativ und stolz den Kopf an und schritt voran, doch auch sie kam vor Ergriffenheit ins Straucheln. Larstsen, der sich mittlerweile in der Nähe des Sarges aufhielt und den Transport der vielen Blumenkränze organisierte, konnte glücklicherweise der Witwe beherzt beistehen. Dankbar ergriff die Frau seinen Arm und zog ihn einfach mit sich, während sie hinter dem Sarg herschritt.

Gitte sah ihrem Chef an, wie er seine Rolle genoss. Er war ein Bestatter, der den Angehörigen Beistand gab und das letzte Geleit für den Toten zu seiner persönlichen Angelegenheit machte.

Gitte stellte sich an die relativ schmale Kirchentür und nahm die Briefumschläge mit den Beileidsbekundungen entgegen. Dabei schnappte sie den einen oder anderen Kommentar auf. Man empörte sich über die Geliebte, die jahrelang weiß Gott genug Schande über die arme Lotte gebracht habe. Und man wusste zu berichten, dass sie auch noch einen großen Teil des Vermögens erben würde. »Gerade mal den Pflichtteil wollte er Lotte lassen«, wisperte eine besonders gut informierte Frau in den Sechzigern.

»Sie hat ihm gutgetan, diese Frau, das habe ich gesehen«, bemerkte allerdings ein wesentlich jüngerer Mann mit akkuratem Schnurrbart und überreichte Gitte einen Briefumschlag mit Trauerrand.

»Sie hat ihn ins Grab gebracht!«, tönte eine weitere Stimme.

Da entdeckte Gitte plötzlich Tante Stine in der Trauergemeinde. Diese winkte ihrer Nichte fröhlich zu und sah in ihrem wallenden schwarzem Gewand wie ein Racheengel aus. Die blond gefärbten Haare verstärkten den Eindruck.

»Kind, was siehst du gut aus. Schwarz steht dir vortrefflich, du solltest öfter auf Beerdigungen gehen.« Sie lachte über ihre Bemerkung, ungeachtet der vielen tiefernsten Gesichter um sie herum. Gelacht wurde eigentlich erst nachher beim Beerdigungskaffee.

»Was machst du hier, Tante Stine? Willst du mich bei der Arbeit bewundern?«

»Keineswegs. Ich kannte den guten Hans, er war ein Geschäftspartner meines Mannes.«

Gitte stapelte die Briefumschläge in ihrer Hand und ließ die übrigen Gäste in Richtung Friedhof an sich vorbeiziehen. Sie musste zugeben, dass der Klatsch sie interessierte, obgleich sie sich das als Bestatterin nicht anmerken lassen durfte. »Wir verhalten uns neutral und professionell, auch wenn sich mal einer danebenbenimmt.« Das hatte Larstsen ihr eingetrichtert. Wenn so viel Familie zusammenkam wie bei einer Beerdigung, da konnte es schon mal fürchterlich knallen. Ihr Chef hatte da schon so einiges erlebt.

Dennoch erkundigte sie sich bei ihrer Tante: »Bei diesem Hans hat es zwei trauernde Frauen gegeben, weißt du davon?«

Tante Stine schien bester Laune, sie lachte schon wieder zu laut.

»Unter der Woche hat Hans zu Hause gewohnt, am Wochenende war er bei seiner Freundin. Ein ganz offenes Doppelleben, das musst du erst einmal so souverän durchziehen können.«

»Und keine von ihnen hat ihn rausgeschmissen?« Gitte wunderte sich. Mit Toleranz konnte man das ihrer Meinung nach nicht entschuldigen, mit grober Dummheit schon.

»Warum hätten sie das denn tun sollen? Eine Scheidung hätte beide nur eingeschränkt und dem Geschäft geschadet.

So lebte die eine weiterhin in Saus und Braus, und die andere bekam luxuriöse Wochenenden geboten und einen meist entspannten Hans, der sich Zeit für sie nahm. Ich hätte mich gefreut, wenn sich dein Onkel regelmäßig an den Wochenenden verflüchtigt hätte.«

Tante Stine spannte ihren bunten Schirm auf, der zu ihrem schwarzen Gewand wie ein raffiniert eingesetztes Schmuckstück aussah. »Himmel, was für ein gelungenes Beerdigungswetter.« Trotz Sonnenscheins tröpfelte es ein wenig vom Himmel herunter.

»Und? Wie hat es dir gefallen?« Larstsen stand vor seinem Schreibtisch und hielt einen Trauerumschlag in der Hand, den er sich wiederholt gegen den Oberschenkel schlug. Wenn der Brief von der Trauerfeier stammte, hätte er eigentlich längst bei der Ehefrau in Nykøbing sein müssen.

»Gut, vor allem die Nebenschauplätze haben mich amüsiert. Wer hat die Beerdigung eigentlich mit dir besprochen? Doch wohl die Ehefrau, oder?« Da Larstsen viele Kundengespräche auch bei den Trauernden zu Hause abhielt, kannte Gitte nicht jeden Auftraggeber. Allenfalls namentlich, weil sie die Rechnungen schrieb.

Ihr Chef machte ein gequältes Gesicht und antwortete: »Ja, das war schon die Ehefrau, und an sie wird auch die Rechnung gestellt. Nun hat mir aber die Geliebte des Toten diesen Briefumschlag gegeben, sie will sich unbedingt an den Kosten für die Beerdigung beteiligen. Ich möge diese Summe also von der Gesamtrechnung abziehen und dann erst der Gattin zuschicken.«

Gitte verstand. »Das ist kein Problem, das kann ich machen. Wir rechnen es einfach als Vorauszahlung ab und fertig. Wie viel ist es denn?« Was war einer Geliebten wohl die Beerdigung des Mannes wert? Vor allem, wenn sie mit einer Beteiligung die Ehefrau ärgern konnte? Gitte starrte gebannt auf den Umschlag in Larstsens Händen, den er jetzt auf den Schreibtisch legte.

Er ging in den Arbeitsraum, um sich dort aus dem Kühlschrank seine Flasche Aquavit zu holen. Dort teilte sich die Flasche den Platz mit einigen Cremes und Salben. Gitte liebäugelte schon seit ihrer Ankunft mit einem Fach in diesem Kühlschrank, das sie für Hieronymus zum Überwintern nutzen wollte. Dann müsste sie allerdings das Licht im Kühlschrank zukleben, sonst wurde die Schildkröte zu oft gestört. Nicht, weil man die Cremetuben so häufig brauchte, sondern weil Larstsen ständig seine Flasche Aquavit herausnahm und hineinstellte. Zu Hause neben ihre Lebensmittel wollte sie die Schildkröte nicht packen, zumal so ein Haushaltskühlschrank noch häufiger auf und zu gemacht wurde.

»Keine Ahnung, ich habe ihn noch nicht aufgemacht. Aber die werte Gattin hat es mitbekommen und die richtige Schlussfolgerung gezogen. Sie hat mir strengstens untersagt, dieses Geld für die Beerdigung zu nutzen. Sie könne durchaus allein für den letzten Weg ihres Mannes sorgen.«

Gitte ging das Dilemma pragmatisch an. »Dann machen wir ihr einen Sonderpreis, und sie bekommt davon gar nichts mit. Was muss sie zahlen?«

Larstsen überlegte kurz. »Der Sarg war kein billiges Modell, ich denke, etwa um die 24 000 Kronen.« Larstsen trank erst seinen Aquavit, dann griff er nach dem Umschlag und öffnete ihn vorsichtig. Er machte große Augen. In dem Umschlag waren 15 000 Kronen. »Den heimlichen Sonderpreis können wir vergessen. Es würde ihr sicher auffallen, wenn sie nur noch knapp 9000 Kronen zahlen muss. Was machen wir denn jetzt?«

Gitte lachte. »Du hast Sorgen. Jetzt streiten sich die Angehörigen sogar schon, wer bezahlen darf. Sonst ist es immer umgekehrt. Also, ich sehe das so: Die Geliebte hat zuerst gezahlt, also darf die andere den Rest übernehmen. Basta.«

Larstsen schüttelte langsam den Kopf. »Wenn ich das so durchziehe, wie du vorschlägst, verderbe ich es mir mit einer der einflussreichsten Familien in Nykøbing. Da könnten doch ganz lukrative Todesfälle als Folgeaufträge kommen. Das kann ich nicht machen«, jammerte er.

»Dann rede halt mit der Witwe. Soll doch eine der beiden das Geld spenden.« Gitte strahlte plötzlich, als sie den Vorschlag aussprach, und ergänzte: »Wäre es nicht eine wirklich schöne Geste, für die Beerdigung eines bedauerlichen Mordopfers zu spenden? Ich glaube nicht, dass die Familie Papadakis das Geld so locker sitzen hat wie unsere Damen hier.«

Larstsen war noch nicht recht überzeugt. »Und welcher der beiden Frauen schlage ich den makaberen Spendeneinsatz vor?«

Auch darauf wusste Gitte eine Antwort: »Du sprichst erst mit der Witwe. Sie ist und bleibt deine Auftraggeberin für die Beerdigung.«

Er rief die Ehefrau noch am Abend an, und ihre Antwort war eindeutig, wie er Gitte am nächsten Morgen als Erstes mitteilte: »Was du mit dem Geld dieser Schauspielerin machst, interessiert mich nicht, nur die Beerdigung von meinem Hans zahlt sie nicht. Bezahl davon die Beisetzung des armen Griechen, oder kauf dir eine Packung goldener Sargnägel, es ist mir egal.«

Die Dame war also Schauspielerin. Für die war es doch immer wichtig, mit irgendeiner Mitteilung in die Zeitung zu kommen. Gegen zehn Uhr am Vormittag konnte Gitte bewundern, wie ihr Chef am Telefon eine gehörige Portion Eitelkeit bediente und die Geliebte von Hans tatsächlich so weit besänftigen konnte, dass sie bereit war, ihr Geld für einen besseren Zweck zu spenden. Sobald er mit den Angehörigen von Joris gesprochen habe, werde er die Zeitung informieren, versprach Larstsen.

Nun war Mittwoch, und Gitte war, ein wenig aufgeregt, sehr früh am Morgen aufgestanden. Es war der Tag, an dem Joris beerdigt werden sollte, oder vielmehr das, was von ihm übrig geblieben war. Seine Asche befand sich in einer schlichten Holzurne, auf der ein Eichenblatt eingraviert war. Gitte hatte sie gemeinsam mit Angelos Papadakis ausgesucht und bestellt.

Es würde eine kleine Andacht in der Trauerhalle am Friedhof geben. Der überwiegende Teil der Dänen gehörte der evangelisch-lutherischen Volkskirche an, war also protestantisch geprägt, während die meisten Griechen überwiegend orthodoxe Christen waren. Die Familie Papadakis hatte sich diesbezüglich allerdings ihrer neuen dänischen Heimat angepasst. Durch die Andacht würde eine Pastorin führen, was bei einer orthodoxen Trauerfeier undenkbar gewesen wäre.

Gittes Chef hatte sich um ein großes Foto von Joris gekümmert, und nun stand er mit diesem eingerahmten Bild unterm Arm da und drängte zum Aufbruch. Er wollte eine Stunde früher am Friedhof sein, um den Blumenschmuck zu kontrollieren. Wenn die Beerdigung nicht in einer Kirche stattfand, habe er schon einige struppige Überraschungen erlebt, meinte Larstsen, der als Bestatter für die gesamte Ausstattung der Feier verantwortlich war. Gitte griff ehrfurchtsvoll nach der Urne, und die beiden machten sich auf den Weg nach Nykøbing.

Das Wetter war besser als am Vortag, das Regengebiet hatte sich verzogen, und die Sonne spitzte immer wieder hinter Wölkchen hervor. »Optimales Arbeitswetter«, meinte Larstsen und parkte seinen langen Wagen. Gitte sah das Heck schon an der Mauer hinter ihnen, aber es passierte nichts. Wenn sich das mit den Urnenbeisetzungen durchsetzte, brauchten Bestatter nur noch einen Smart, dachte Gitte.

In der kleinen Trauerhalle platzierten sie den Bilderrahmen auf einer Staffelei. Gitte ärgerte sich, dass sie kein Plakat am

Campingplatz aufgehängt hatte, aber sie hoffte, dass dennoch ein paar Menschen kommen würden, um Abschied von Joris zu nehmen, der in diesem Land sicher gerne länger gelebt hätte. Umso erfreuter war sie, als Björn und Kati, das Pärchen vom Campingplatz, Hand in Hand die Halle betraten. Sie trugen beide eine Jeanshose und ein dunkelblaues Shirt. Wer reiste auch schon mit schwarzen Klamotten zum Strandurlaub?

»Wie schön, dass ihr kommt.« Gitte nahm die beiden kurz in den Arm. »Alles okay?«

Björn antwortete: »Der Kommissar ist total nett gewesen, aber auch sehr pingelig. Wir mussten diesen Griechen genau beschreiben, wie er seine Haare trug, welche Kleidung er anhatte und ob er mit der rechten oder linken Hand agierte. Er wollte genau wissen, wann Joris aufgestanden ist, und auch, ob er Angst hatte, also besonders unruhig wirkte.«

Kati ergänzte: »Er hat uns sogar gefragt, ob er Waffen bei sich trug, ein Taschenmesser oder Ähnliches.«

»Und?«

Beide schüttelten den Kopf.

In diesem Moment erschien eine große Gruppe dunkelhaariger, südländisch aussehender Menschen, die Familie von Joris. Gitte erkannte Angelos Papadakis und wurde von Timon, der neben seinem Vater stand, mit einem freundlichen Winken begrüßt. Doch die anderen Familienmitglieder hatte sie noch nie gesehen. Eine sehr schöne junge Frau hatte einen schwarzen Schleier über ihre üppigen dunklen Haare gelegt. Sie blickte so traurig drein, dass Gitte kaum hinsehen mochte. Vermutlich war es die Schwester von Joris.

Herr Papadakis kam nun mit einem Mann auf sie zu, der ihm ähnlich sah. Er reichte Larstsen die Hand und sagte: »Ich möchte mich ganz herzlich für die Spende bedanken, die du möglich gemacht hast. Nun können wir alle Gäste noch zu einem Imbiss ins Hotel einladen. Das bedeutet uns viel. Auch mein Bruder hier, Adam Papadakis, dankt dir herzlich.«

Larstsen schüttelte ihnen die Hände, zeigte dann aber auf Gitte. »Meine Assistentin hatte die Idee, und ich brauchte nur noch die Spenderin zu überzeugen.«

Auch Gitte musste nun Hände schütteln. Die Hand von Adam Papadakis, dem Onkel von Joris aus Deutschland, hielt sie etwas länger fest und sagte zu ihm: »Wir haben telefoniert. Ich bin die Frau, vor dessen Terrassentür Joris tot zusammengebrochen ist. Es tut mir so leid.«

Adam Papadakis nickte ihr freundlich zu, aber ihm schien gerade nicht nach Reden zumute, obwohl Gitte deutsch mit ihm sprach. Doch so schnell wollte sie nicht aufgeben. Ungeachtet der Situation fuhr sie fort: »Herr Papadakis, Sie haben mir erzählt, dass Joris dänische Freunde aus Schleswig gefunden hatte. Wissen Sie, ob ein Mädchen darunter war? Oder ist vielleicht sogar eine Beziehung daraus entstanden? Wir vermuten nämlich, dass Joris in Marielyst eine junge Frau gesucht hat.«

Adam Papadakis blickte sie aus tiefdunklen Augen an und antwortete: »Ich weiß mittlerweile, dass Joris sehr verliebt gewesen ist. Das jedoch sollte auf keinen Fall ein Grund sein, jemanden zu töten.« Und dann wandte er sich ab und suchte sich einen Platz neben seinem Bruder Angelos. In diesem Moment kam Ole Ansgaard durch die Tür herein und sah sich suchend um. Nun war Gitte froh, dass er sie nicht im Gespräch mit einem Angehörigen erwischt hatte. Mit einem, wie sie hoffte, andächtigen Gesicht nahm sie im Hintergrund Aufstellung.

Nach und nach tröpfelten noch einige Besucher ein. Gitte entdeckte Julia und Michael Heilmann mit ihren beiden Kindern und lächelte den beiden grüßend zu.

Ole Ansgaard gesellte sich zu Gitte und raunte ihr nach einer knappen Begrüßung zu: »Bei mir hättest du Stallwache im Geschäft bekommen. Ich hätte dich nicht zum Spionieren hierhergelassen. Lass bitte die Finger von den Gästen. So wie du ausschaust, erzählen sie dir nämlich alles.« Sie schenkte ihm ein betont strahlendes Lächeln, erwiderte aber nichts.

Eigentlich konnte der Mörder nicht so blöd sein, sich hier unter die wenigen Gäste zu mischen. Vielleicht hielt er sich irgendwo auf dem Friedhof versteckt? Sollte sie ein Unwohlsein vortäuschen und die Andacht eher verlassen? Doch Ole Ansgaard stand noch immer neben ihr, also ließ sie solche Alleingänge lieber sein.

Kurz vor Beginn der Trauerfeier schlüpften noch drei weitere Personen durch die Tür. Gitte hielt den Atem an, als sie Ann Brixen und Karl, den Maler, erkannte. Die Dritte war die junge Assistentin der Glasbläserin. Alle drei setzten sich in die hinteren Reihen. Da solche Trauerhallen nun einmal keine großen Säle waren, befand sich Ann Brixen recht nahe bei ihrem Bruder. So nahe, dass Gitte die Gesichter der beiden betrachten und eine eindeutige Ähnlichkeit feststellen konnte. Auch wenn beide gerade recht unterschiedlich dreinblickten: Ann Brixen machte ein sanftes Gesicht, während sich das des Kommissars verschloss wie eine Auster. Seine Kiefergelenke traten deutlich hervor. Mit dem Auftauchen seiner Schwester hatte er offenbar nicht gerechnet.

Gitte aber auch nicht. Hatte die Glasbläserin vielleicht doch nicht die ganze Wahrheit gesagt? Oder fühlte sie sich berufen, Joris auf seinem letzten Weg das Geleit zu geben, nachdem er einen Zettel mit ihrem Namen bei sich getragen hatte? Letzteres fand Gitte wahrscheinlicher. Was der Maler hier wollte, konnte sie nicht einschätzen, aber als Begleiter von Ann Brixen machte er sich gut. Seine wunderschönen blauen Augen blickten sich aufmerksam im Raum um, in ihnen lag eine Spur von Trauer und Ernst, die dem Mann in der dunklen Jeanshose und dem schwarzen Hemd überraschend gut stand. Er hatte die Haare ordentlich zurückgekämmt, und an seiner rechten Hand prangte ein großer Siegelring. Die Glasbläserin trug ein braunes Leinenkleid, das bis zu den Knöcheln ging und nur durch eine Kette mit einem orangefarbenen Stein erhellt wurde. Hätte Gitte raten müssen, hätte sie zuverlässig auf eine Künstlerexistenz getippt.

Die Pastorin hatte sich schlecht vorbereitet. Sie sprach über junge Menschen ganz allgemein, ohne auf Joris näher einzugehen. Sie erwähnte allenfalls seine große Familie, die aus Griechenland gekommen war, und seine Liebe zum Land Dänemark, weshalb er nun hier beigesetzt werde. »Und wenn ich zuvor noch fünf Minuten lang die Schwester von Joris interviewt hätte, aber ein paar mehr Details aus seinem Leben wären mir eingefallen«, flüsterte Gitte dem Kommissar zu. Er nickte zustimmend.

Zum Schluss wurde sie überrascht. Die Pastorin sprach ein Gebet speziell für das junge Mädchen, das hier in der Gegend auf der Insel Falster vermisst wurde. Sie wünsche sich, dass nicht noch ein Verbrechen dieses schöne Urlaubsgebiet getroffen habe und sie wohlbehalten wieder auftauchen würde.

Als die kleine Gruppe später zu der Stelle wanderte, wo die Urne im Boden versenkt werden sollte, konnte Gitte abgesehen von den Friedhofsbesuchern, die neugierig vom Grab eines Angehörigen aufblickten, keine besonders auffälligen Gäste erkennen. Außerhalb des Areals lungerten ein paar Jugendliche herum, aber Gitte war sich fast sicher, dass sie bei jeder anderen Beerdigung ebenfalls dort gestanden hätten. Nur zwei junge Leute, die nicht zur Familie gehörten, waren noch unter den Trauergästen, aber die hatte sich nach der Andacht bereits der Kommissar geschnappt. Er sprach so weit abseits mit ihnen, dass Gitte leider kein Wort des Gesprächs mitbekam. Eventuell waren sie Freunde aus Schleswig. Gitte hätte zu gerne erfahren, was sie über das verschwundene Mädchen wussten.

Gitte und Larstsen hatten als Bestatter nun nicht mehr viel zu tun. Gitte hatte am Morgen noch schnell ein Kondolenzbuch aufgetrieben und selbst die ersten Sätze hineingeschrieben. Sie ermutigte nun jeden Gast, ein paar Zeilen zu hinterlassen, unabhängig davon, wie gut sie den Toten gekannt hatten.

Als die Trauergäste sich zu einem Imbiss in das Hotel begaben, in dem Angelos Papadakis arbeitete, sammelte Gitte das Kondolenzbuch ein. Sie wollte es der Familie übergeben, aber vorab kurz hineinschauen, ob sich tatsächlich Freunde aus Schleswig verewigt hatten. Die meisten Gäste hatten ein paar Zeilen hinterlassen mit Stichwörtern wie »eine gute Reise« oder »in liebevoller Erinnerung«, doch bei einem Satz, groß und mit geschwungenen Buchstaben geschrieben, gingen ihr die Augen über. Sie hielt nach Ole Ansgaard Ausschau, um ihm den Text zu zeigen, konnte den Kommissar aber nirgends sehen. Alle waren im Aufbruch.

Schnell machte sie ein Foto von dem ungewöhnlichen Text: »Wir sehen uns in Walhalla!« Keine Unterschrift und kein Hinweis, wer der Urheber der Zeile gewesen war.

»Himmel, Gitte, ich habe es nicht gesehen. Ich habe überhaupt nicht darauf geachtet, ob jemand etwas ins Buch geschrieben hat und wer das tat. Es lag es ja auch eine Zeit lang ohne jede Beobachtung in der Trauerhalle herum, während die Gäste zum Grab gegangen sind. Ich habe den Kranz getragen, und du musstest ja unbedingt auf dem Friedhof herumschnüffeln.« Larstsen hob in einer hilflosen Geste die Hand.

Sie waren wieder im Geschäft in Marielyst angekommen, natürlich ohne das Kondolenzbuch. Das gehörte der Familie.

Gitte bedrängte ihn weiter: »Aber du glaubst auch, dass dieser Satz etwas zu bedeuten hat, oder? Das hat doch bestimmt jemand geschrieben, der von den Runen auf dem Rücken des Toten wusste.«

»Von den Runen wusste zu diesem Zeitpunkt schon jeder, Gitte. Es kann, muss aber nicht von Bedeutung sein. Was ist mit den Freunden aus Schleswig? Die kannten Joris. Ja, selbst sein Cousin Timon könnte den Satz geschrieben haben.«

»Sicher nicht. Timon hätte mit seinem Namen unterschrieben. Das hätte jeder getan, der nichts zu verbergen hat. Ich werde dem Kommissar davon berichten. Was verschwindet der auch einfach, ohne Auf Wiedersehen zu sagen.« Der Kommissar war nach der Grablegung tatsächlich nicht mehr aufgetaucht. Zuletzt hatte Gitte ihn gesehen, als er mit den beiden jungen Leuten sprach.

Larstsen machte ein belehrendes Gesicht, hob den Zeigefinger und äußerte: »Man verabschiedet sich von den Angehörigen, nicht aber vom Bestatter, der bleibt stets im Hintergrund. Eine Position, die dir offenbar noch schwerfällt.«

Dazu sagte sie nichts, sondern wählte die Nummer der Polizeistation. Doch man teilte ihr mit, dass der Kommissar dienstlich unterwegs sei. Nun würde eine warme Spur bald kalt sein, dachte sie verärgert.

In diesem Moment klingelte ihr Handy. Da sie bereits Feierabend hatte, ging sie dran. Es war Tante Stine. »Hej, Gitte, ich muss es kurz machen, sitze beim Friseur. Du musst heute Abend zum Essen kommen. Es gibt Neuigkeiten und dazu meinen berühmten Spinatkuchen. Wenn du willst, kannst du einen Salat mitbringen. Halb sieben?«

Gitte willigte ein und freute sich. Stines Spinatkuchen, das bedeutete Blätterteig, Crème fraîche plus Sahne und jede Menge Gratinkäse. Wunderbar, aber dann konnte etwas Bewegung vor dem Essen nicht schaden. Zu Hause angekommen, entschloss sie sich daher zu einem Spaziergang mit Hieronymus. Da ihr Begleiter kein agiler Terrier war, musste sie ihn dazu auf den Arm nehmen. Wie das Mädchen Momo lief sie also mit dem gut zwei Kilogramm schweren Tier durch die Straßen zu den Dünen, um dort im Grünen einen schönen Platz für Hieronymus zu finden und sich selbst die Beine zu vertreten.

Man konnte hier entweder auf dem angelegten Weg entlanglaufen oder auch näher am Wasser mitten durch das grüne Dünengras gehen. Nach etwa zwei Kilometern strammem

Marsch setzte sie sich ins Grüne und ließ Hieronymus unter Beobachtung die Gegend erkunden. Die Sonne schien warm auf sie herunter, auch wenn ein frischer Wind vom Meer herwehte. Es dauerte nicht lange, und sie bekam Besuch.

Zwei Mädchen mit einem kleinen Hund schlichen neugierig näher, trauten sich aber nicht so recht. Eines stieß das andere an, Gitte verstand deutsche Worte. Während der Hund immer enger um Gitte herumschnüffelte, folgten ihm die beiden vorsichtig. Schließlich blickten die Mädchen auf die Schildkröte und fragten: »Was ist denn das?«

»Das ist Hieronymus, eine mediterrane Landschildkröte.«

»Hast du die hier gefunden?«

»Nein, die habe ich aus Deutschland mitgebracht.«

Hieronymus lief auf seinen dicken plumpen Beinen zu dem Fuß eines der Mädchen, er interessierte sich offenbar sehr für die rot lackierten Nägel. Vorsichtig biss er sie in den großen Zeh, und das Mädchen rief laut: »Uiiih, die beißt ja!«

Gitte lächelte und drehte Hieronymus in eine andere Richtung. »Sie probiert nur, ob dein Zeh eine leckere Beere ist. Macht ihr hier Urlaub?«

Beide nickten, und der kleine Terrier beschnupperte die Schildkröte so gründlich, dass es Hieronymus zu viel wurde und er sich in seinen Panzer zurückzog.

Im Hintergrund tauchte ein Paar auf, vermutlich die Eltern. Auch sie kamen näher, um zu sehen, mit wem ihre Mädchen da so eifrig beschäftigt waren.

»Louise, Nele, ihr sollt nicht einfach fremde Leute ansprechen.« Die Mutter wirkte abgehetzt, sie nickte Gitte grüßend zu. Der Vater stand müde lächelnd dabei, anscheinend völlig unbesorgt.

»Hej«, sagte Gitte, »sie wollten nur meine Schildkröte kennenlernen. Nichts passiert.«

Die deutsche Frau schob sich eine dünne Haarsträhne zur Seite und lächelte entschuldigend. »Ein Junge tot, ein Mädchen verschwunden, da macht man sich als Mutter schon Sorgen, nicht wahr?«

»Ich glaube nicht, dass hier jemand wahllos Opfer aussucht. Um Ihre Kinder brauchen Sie sich nicht mehr zu sorgen als sonst auch, denke ich.« Gitte griff nach Hieronymus, der sich gerade zügig aus ihrem Blickfeld entfernen wollte.

»Kann sein. Wir haben gehört, dass der junge Grieche mit Drogen gehandelt haben soll.« Die blonde Urlauberin nickte nun und guckte ihren Mann beifallheischend an. Der sagte zögernd: »Na ja, so richtig weiß man das nicht, Agnes.«

»Drogen?«, fragte Gitte erstaunt. »Davon habe ich noch nichts gehört. Wer erzählt denn so etwas?«

»Irgendwer im Feriencenter hat das erzählt, der kam vom Campingplatz. Die Polizei hat ja auch das Zelt von dem Griechen untersucht, und ständig kommen Leute und fragen nach dem Toten. Die sind bestimmt alle hinter den Drogen her.« Die Frau fasste nun ihre Töchter an der Hand und gab die Leine ihrem Mann. Der Hund sprang an dem Mann hoch, und er nahm den Terrier auf den Arm. Sein Lächeln galt nun ganz dem Hund.

Auf dem Weg zurück nach Hause, mit der Schildkröte im Arm, überlegte Gitte, ob die deutsche Touristin eine Tratschtante mit wenig Reflexionsvermögen war oder ob an der Geschichte etwas Wahres dran sein könnte. Sie wollte sich Joris nicht als profanen Drogendealer vorstellen, der das Land nur für seine Zwecke benutzen wollte. Das passte nicht zu dem Bild, das sie sich von dem Griechen gemacht hatte. Und es passte auch nicht zu seiner Liebe zu den Wikingern, fand sie.

Vielleicht hatte man ihm in Deutschland so ein Zeugs in den Rucksack geschmuggelt, ohne dass er davon gewusst hatte? Ein unschuldiger Kurier, sozusagen. Davon hatte Gitte schon mal gehört, allerdings passierten solche Geschichten immer in Bangkok oder ähnlichen Gegenden. Unschuldigen Touristen wurden vor einem Flug Drogen in kleinen Mengen in die Taschen gesteckt und anschließend bei der Landung und nach den Kontrollen wieder entwendet. Das konnte unglücklich ausgehen, denn auf Drogenbesitz standen in solchen Ländern harte Strafen.

Als Gitte ihren Garten betrat, winkte Erik ihr zu. Er saß mit einer kurzen Hose auf seiner Veranda und trank ein Bier. Gitte wurde inzwischen kalt, trotz der langen Hose und des langarmigen Sweatshirts. Die Sonne beschien nur noch einzelne Teile des Gartens, und die Temperatur war heute den ganzen Tag nicht über zwanzig Grad gekommen. Allerdings galt das hier als warm genug, um den Tag draußen zu verbringen. Soweit sie wusste, war Erik heute viel mit dem Rad unterwegs gewesen. Ob der Schwede bei seinen Unternehmungen seine Frau vermisste oder das Alleinsein genoss, wusste Gitte nicht zu sagen.

»Gibt es Neuigkeiten, Gitte? Heute war doch die Beerdigung von Joris.«

Gitte trat zu ihm, lehnte sich auf die Holzbrüstung der Veranda und erzählte ihm ein paar Einzelheiten. Sie schloss ihren Bericht mit dem Hinweis auf das Kondolenzbuch. »›Wir treffen uns in Walhalla‹, hat jemand dort auf die letzte Seite geschrieben. Was hältst du davon?«

Erik drehte sein Glas zwischen den großen Händen und meinte: »Hm, das ist genauso schwammig wie die Sache mit dem Zettel. Es könnte eine Bedeutung haben, muss es aber nicht. Meine Frau hat mich angerufen. Der Mord hat sie zu einem neuen Bild inspiriert.«

»Spannend. Wie sieht es aus?«

»Es ist noch nicht fertig, aber ich kann nicht viel darauf erkennen: Nur Wasser und so ein Wikingerschiff mit Flügeln sowie ein Kreuz, das an einer Kette baumelt. Warte mal, ich habe ein Foto davon auf meinem Handy.« Er hielt ihr sein Handy hin, auf dem eine Leinwand mit dunklen Blautönen zu sehen war, bizarr, etwas verschwommen, aber auf den ersten

Blick anmutig gemalt. Ein stolzes Wikingerschiff ragte aus dem Wasser, vorne war ein mächtiger Drachenkopf zu sehen.

Gitte tippte auf das Foto und fragte ihn: »Kennt deine Frau sich damit aus, mit den Wikingern?«

»Quatsch, die Informationen holt sie sich aus dem Internet. Mir wäre es lieber, sie würde mal einen Strand malen und einen heimeligen Sonnenuntergang. Hier ist wieder nur düsteres tiefes Wasser zu sehen. Und dann dieser furchtbare Drachenkopf.« Er schüttelte gequält den Kopf.

»Erik, da habe ich etwas für dich. Neben der Glasbläserei gibt es einen Landschaftsmaler. Den schau dir doch bitte mal an.«

Erik trank sein Bier aus und stellte das Glas mit einem vernehmlichen Knall auf den Tisch zurück. Seine Augen strahlten. »Hat er etwas mit Joris zu tun?«

Sie zuckte die Achseln. »Er war auf der Beerdigung und scheint mit der Glasbläserin Ann Brixen befreundet zu sein. Wie weit diese Freundschaft inklusive des Mietverhältnisses geht, würde ich gerne wissen. Vielleicht gefallen dir ja seine Bilder.«

Mit einem Blick auf Eriks Armbanduhr stieß sie einen Fluch aus und stürmte los, hielt aber gleich wieder inne. Dann drehte sie sich zu Erik um und fragte spontan: »Hast du Lust mitzukommen? Ich muss noch nach Nykøbing, zu meiner Tante. Es gibt Spinatkuchen. Für den lässt du jeden Aal liegen, das schwöre ich dir.«

Erik erhob sich umständlich aus seinem Gartenstuhl und freute sich: »Bei einer echten Dänin zum Essen! Super!«

Während Gitte sich umzog, bereitete sie ihre Tante beim Umziehen telefonisch auf den neuen Besucher vor. Tante Stine war flexibel genug, um sich jederzeit auf andere Nationalitäten und fremde Leuten einzustellen. Solche Überraschungen fasste sie eher als Herausforderung auf.

Als Gitte rückwärts aus der Einfahrt fuhr, die hier aus einer platt gefahrenen Wiese bestand, stellte sie fest: »Ich bin also keine echte Dänin.«

Erik schnallte sich an. Sein Kopf reichte bis knapp unter das Autodach, den Sitz hatte er wegen seiner langen Beine weit nach hinten geschoben. »Du bist eine Halbdänin, aber deshalb kannst du ja vielleicht trotzdem gut kochen, Gitte.« Gitte schwieg und dachte bei sich, dass die westfälische Küche durchaus neben dänischen Gerichten bestehen konnte. Auch, was die Kalorien anging. So eine Schweinshaxe mit deftigem Kartoffelpüree und sämigem Sauerkraut hatte einen ordentlichen Nährwert.

Tante Stine trug heute Abend ein braunes Gewand mit afrikanischem Muster, und über ihrem mächtigen Busen prangte ein buntes Mandala. Für einen Moment verschwand Gitte in diesem Kleid, dann wurde sie wieder losgelassen, und Tante Stine drückte die Pranke des Schweden. Ihr Englisch war gut genug, um den Abend zu bewältigen, und nun scheuchte sie die beiden Gäste zum Esstisch. »Du bist spät dran, meine Liebe. Setzt euch.«

In der Mitte des Tisches lockte ein riesiger, grünlich schimmernder Kuchen mit knusprigem Teig. Dazu gab es eine große Schüssel Caesar Salad und verschiedene Soßen. Gitte lief das Wasser im Munde zusammen, während Erik sich mit andächtiger Miene gegenüber von Tante Stine niederließ. Dann nestelte er gebückt an einem Beutel herum, der Gitte während der Fahrt gar nicht aufgefallen war, und überreichte der Dame des Hauses eine Flasche Wein. »Aus meiner nordischen Heimat«, sagte er stolz. »Schwedisches Weingut.«

Gitte prustete los vor Lachen. »Du willst mir doch nicht erzählen, dass ihr in Schweden Wein anbaut! Das ist ja so, als würde ich in der Wüste Schneemänner aufstellen.«

Erik ließ sich nicht beirren, er zeigte auf das Etikett der Flasche: »Weingut Rudhesheim, Schweden« stand dort.

»Ein Freund meines Vaters hat allen Weinlehren zum Trotz ein Weingut auf der Schäreninsel Tynningö aufgebaut und bewirtschaftet es bereits seit Jahrzehnten. Er düngt mit Algen und Eierschalen und stapelt Steine um die Reben, damit sie warm gehalten werden, denn die Steine speichern die Sonne. Dies hier ist ein Müller-Thurgau, eine robuste Rebsorte also, doch der Freund baut sogar Chardonnay an. Er hat Anfang der Achtziger mit den ersten Reben begonnen und damit einigen Schweden den weiteren Alkoholgenuss gesichert. Zu der Zeit waren die Weinpreise bei uns im Land so hoch, dass man zur Askese gezwungen wurde. Doch dann hatte Erik Rudhe diese mutige Idee, und wir bekamen in Schweden unseren eigenen Wein«, triumphierte der andere Erik.

Gitte blieb skeptisch. »Und den kann man trinken?«

Tante Stine stellte die Flasche zur Seite, sie war offenbar nicht gewillt, den Tropfen sofort zu probieren. »Du bist sehr unhöflich, Gitte. Ich werde mir diese Rarität jedenfalls schmecken lassen. Vielen lieben Dank. Solch einen innovativen Mann wie Ihren Weinbauern würde ich zu gerne mal kennenlernen.«

»Oh, da müssten Sie aber eine Reise antreten, denn der Gute ist mittlerweile bestimmt schon an die neunzig Jahre alt. Übrigens, das Essen sieht fantastisch aus, und es riecht so gut, dass ich gleich die Beherrschung verlieren werde.«

Tante Stine griff nach einer anderen Weinflasche und goss ihnen Weißwein ein. »Der ist aus Deutschland, ein besonders guter Grauburgunder aus dem Südwesten. Meine Schwägerin hat mich auf die deutschen Weißweine gebracht. Wer hätte gedacht, dass ich von dieser Frau mal eine gute Idee bekommen würde?«

Gitte hörte gar nicht hin, sondern rief erschrocken: »Ich habe den Salat vergessen, ich sollte doch einen mitbringen! Es tut mir leid.«

»Wir haben genug zu essen, Gitte, kein Problem.«

Sie aßen, und Gitte stimmte in die Komplimente des Schweden ein. Der Blätterteig zerfiel zart auf der Zunge, und die Spinatmasse war ein cremiges, würziges Geschmackserlebnis.

»Ich habe dieses Rezept perfektioniert, denn meine beiden Töchter haben lange Zeit nur vegetarisch gegessen, was ich den rohen Jagdsitten meines Mannes zuschreibe. Ich musste also andere leckere Gerichte kreieren, wenn ich sie herlocken wollte.«

»Wo leben Ihre Töchter?«, fragte Erik, bevor er sich eine weitere gut gefüllte Gabel schmecken ließ.

»Beide wohnen in Kopenhagen, die eine ist sogar verheiratet. Ich hoffe, sie machen mich noch zur Großmutter, bevor ich sabbernd und dement in einem Pflegeheim sitze.«

»Diesen Teil des Alters kann man auch ganz auslassen, Tantchen. Mach weiter deine Kreuzworträtsel und deine geselligen Abende, das beugt einer Demenz vor.«

Tante Stine hob den Zeigefinger der rechten Hand. Er sah sehr wuchtig aus, denn ihn zierte ein großer Siegelring. »Derzeit beschäftige ich meine grauen Zellen mit einer Spurensuche. Der Fall des ermordeten jungen Griechen hat es mir angetan.«

Gitte horchte auf und erinnerte sich an den Grund der Einladung. »Du hast Neuigkeiten für uns. Erzähl.«

Tante Stine griff nach ihrem Weinglas und ließ das Getränk ein wenig schaukeln. »Nykøbing ist ja kein kleines Dorf wie Marielyst, aber der Friseursalon ›Chère Madame‹ befindet sich im Einzugsgebiet des Hotels ›Lilesund‹.«

Gitte erklärte dem Schweden: »Das ist das kleine Hotel, in dem die Angehörigen von Joris arbeiten.«

»So ein Friseursalon ist eine ernst zu nehmende Nachrichtenbörse. Hotelgäste, das Personal und die umliegenden Bewohner gehen zu ›Chère Madame‹, zumindest die Damen.«

»Also bist du auch dort hingegangen?« Gitte starrte nun auf die neue Frisur ihrer Tante, deren Haar für ihren Geschmack zu stark in die Höhe toupiert war. In den Sechzigerjahren hatte Grace Kelly solch eine Frisur im Cabrio spazieren gefahren. Nur erinnerte Tante Stine ansonsten in keiner Weise an Grace Kelly.

»Ja, die waren sogar billiger als mein bisheriger Friseursalon, aber ich ahne schon, dass der Look nicht zu meinem Typ passt. Egal. Also, die Familie Papadakis soll angeblich gewusst haben, dass Joris noch ein paar Tage in Marielyst bleiben wollte. Sie haben deshalb sogar mit ihm telefoniert.«

Gitte protestierte. »Timon hat es sicher nicht gewusst. Der wäre sofort zu ihm gefahren, da bin ich mir sicher.«

Stine trank einen Schluck Weißwein und behielt das Glas weiter in der Hand. »Möglich, aber seine Eltern wussten es wohl. Warum also hat Angelos Papadakis so überrascht getan?«

Erik aß noch an seiner zweiten Portion und hatte bislang nur zugehört. Jetzt mischte er sich ein. »Eventuell aus Angst vor Verdächtigungen. Die Angehörigen werden doch als Erste befragt.«

»Jedenfalls ist er jetzt richtig verdächtig«, sagte Gitte und blickte zu ihrer Tante, die ein vielsagendes Gesicht machte.

»Mir gefällt es gar nicht, dass sich dieser geniale Koch zum Verdächtigen macht, aber es gibt noch mehr zu berichten. Angeblich lief gegen Joris in seiner alten Heimat ein Strafverfahren, deshalb hat er sich überhaupt erst in die Obhut seiner Onkel begeben.«

»Wie der Vater, so der Sohn«, entfuhr es Gitte spontan. »Was war der Grund für das Strafverfahren?«

Tante Stine seufzte. »Das wusste keiner. Wegen Mord sicher nicht, sonst hätte man ihn bestimmt ausgeliefert.«

»Drogen?« Gitte erzählte von dem Gerücht, das sie kurz zuvor von den deutschen Urlaubern gehört hatte. Der Kommissar wusste mit Sicherheit mehr darüber. Sie würde ihn einfach darauf ansprechen und seine Reaktion testen, nahm sie sich in diesem Moment vor. Allmählich bekam der junge Grieche mehr Profil, eventuell war er weniger hilflos gewesen, als sie anfangs gedacht hatte. Aber wie passte das verschwundene Mädchen aus Schleswig dazu?

Gitte diskutierte mit Erik noch eine Zeit lang darüber, was der junge Grieche alles an möglichen Straftaten auf dem Kerbholz gehabt haben könnte, während Tante Stine den Nachtisch servierte, einen Apfelkuchen, bei dem die Apfelmasse abwechselnd mit Schichten aus gezuckertem Paniermehl gebacken wird. Dazu reichte sie fette Schlagsahne. Gitte beglückwünschte sich einmal mehr, dass sie nicht zu ihrer Tante gezogen war – sie wäre in kurzer Zeit kugelrund geworden.

Tante Stine ließ sich den Kuchen mit einer großen Portion Sahne schmecken und hatte bereits das zweite Glas Wein geleert. Ihre vollen Wangen glühten, als sie abrupt das Thema wechselte: »Erik, was machen Sie denn so, wenn Sie sich nicht in unserem Land die Beine vertreten?«

»Ich arbeite bei der Stadt, im Bauamt. Es ist ein ruhiger Job. Vorher war ich selbstständig, in der Immobilienbranche, aber der Stress war nichts mehr für mich. Am Wochenende gehe ich gerne mit einem Freund angeln. Mit meiner Frau liebe ich es, durch den Wald zu spazieren. Seitdem ich einen Herzinfarkt hatte, haben wir das beide neu für uns entdeckt.«

»Seine Frau malt, Tante Stine.«

»Eine Künstlerin, wie schön. Warum ist sie nicht mitgekommen? Malen kann man doch überall.«

Erik schüttelte vehement den Kopf. »Das dürfen Sie aber nicht meiner Frau erzählen. Sie braucht ihren Arbeitsbereich, den Computer, ihre Musikanlage und die Kaffeemaschine. Wenn dann unser Kater neben ihr liegt und sie anhimmelt, kommt die Inspiration, sagt sie. Sie hat viele Auftragsarbeiten und manchmal Zeitdruck, da sie Buchcover entwirft. Für Fantasy- und Horrorgeschichten. So haben wir uns auch kennengelernt. Ich bin damals mit Freunden in so einen absolut blödsinnigen Film gegangen. Den Schluss wollte ich gar nicht mehr sehen, und darum bin ich raus und habe mich ins Foyer des Kinos gesetzt, um dort auf meine Freunde zu warten. Kate saß auch dort und wartete auf die Spätvorstellung ebendieses absolut blödsinnigen Films.« Erik grinste schief.

Gitte fragte: »Und dann hast du sie davon überzeugt, lieber mit dir einen trinken zu gehen, statt sich den Film anzuschauen?«

Erik schwieg zunächst, und Tante Stine lachte schon im Voraus.

»Ich bin mit ihr ein zweites Mal in diesen absolut blödsinnigen Film gegangen. Ich wäre ihr an diesem Abend sogar in einen Wald mit Werwölfen gefolgt. Es war Liebe auf den ersten Blick.« Gitte lachte mit, doch bei sich dachte sie daran, dass Joris seiner Freundin vielleicht auch einfach nach Marielyst gefolgt war, egal, was ihn dort erwartete. Er war jung, aber erwachsen. Warum sollte er seinem Onkel nicht Bescheid gegeben haben, dass er ein paar Tage später nach Nykøbing kommen würde? Und dass der Onkel dies im ersten Schock nach der Ermordung von Joris geleugnet hatte, konnte Gitte ebenfalls gut verstehen. Es wurde Zeit für ein Gespräch mit dem launischen Kommissar.

Doch zum Abschluss des schönen Abends hatte auch sie noch eine Liebesgeschichte für Erik auf Lager. Gitte erzählte ihm, woher sein schöner Urlaubsort den Namen erhalten hatte: »Das Ostseebad Marielyst wurde 1906 auf einem Bauernhof gegründet, von einem Kopenhagener Rechtsanwalt namens Frederic Graae. Es ist der Hof, in dem sich heute die Hochschule für Senioren befindet. Damals wurde er mit Äckern und Vieh bewirtschaftet, und dort nahm alles seinen Anfang. Dieser Hof gehörte einem Hans Jørgensen und seiner Ehefrau Marie. Nach einer großen Sturmflut im Jahre 1872 wurde der Hof restauriert, und Hans Jørgensen benannte den Hof fortan nach der Freude seiner Frau, die Lust der Marie – Marielyst.

Und nun ist der Ort schon seit über hundert Jahren die Lust vieler Urlauber. Dabei hat man die Idee eines Ostseebades in dieser Gegend damals als Schwachsinn abgetan.«

Erik strahlte. »Das erzähle ich meiner Frau, eventuell kommt sie doch mal mit. Geschichten liebt sie.«

8

Am nächsten Morgen schüttete es wie aus Gießkannen, und Gitte ließ ihre Schildkröte lieber im Haus. Doch als sie sich auf den Weg ins Geschäft machen wollte, zu Fuß und mit dem größten Regenschirm, den sie besaß, hörte es auf, und die Sonne brach durch. Es war zu spät, sich noch in ein anderes Outfit zu werfen, und sie musste schon bald die Ärmel ihrer Jacke hochschieben, so warm brannte die Sonne auf ihre Haut.

Vor der Tür des Ladens wartete zu ihrer Überraschung Malthe, Svens Sohn. Er hatte im Gegensatz zu ihr offenbar den Wetterbericht gelesen, denn er trug eine Dreiviertelhose und ein leichtes Hemd. Er freute sich sichtlich, als sie auf ihn zukam. Larstsen war offenbar wohl noch nicht da, denn die Eingangstür war verschlossen. Das war seltsam, ihr Chef öffnete sonst immer vor ihr das Geschäft. Sie begrüßte Malthe mit einem Handschlag und schloss auf. »Wolltest du zu mir?«

»Ja. Ich stehe hier schon zehn Minuten lang, und ich kann dir sagen, man wird sehr mitleidig angeschaut, wenn man vor dem Geschäft eines Bestatters wartet.« Er lachte. »Einen schrägen Job machst du hier.«

»Kann ich dir etwas anbieten, einen Kaffee?« Sie hängte ihre Jacke auf und drehte sich zu ihm um.

»Nein, ich muss gleich weiter. Ich habe auch noch einen Job, Gitte.«

Ihr fiel ein, dass sie ihn beim letzten Besuch gar nicht nach solchen Dingen gefragt hatte. »Wo arbeitest du, Malthe? Ich dachte, du bist im Geschäft deines Vaters.«

Malthe lächelte sie weiter an. »Nur zur Aushilfe. Ich arbeite für eine Firma, die alternative Energien anbietet, Solartechnik und so.«

Gitte schaltete die Kaffeemaschine an und fragte weiter, ahnte aber bereits, dass er solo war. »Bist du verheiratet? Kinder?«

»Ich bin geschieden und habe keine Kinder. Leider.« Für einen kurzen Moment blieb es still zwischen ihnen, dann sagte Malthe: »Ich habe ein wenig zu den Runen recherchiert und überlegt, welche infrage kommen. Ich könnte dich nun beeindrucken und Folgende aufzählen: Tiwaz, Hagalaz und Algiz, aber die Begriffe helfen dir nicht weiter. Eines steht jedenfalls fest: Die Runen stehen für eine neue Herausforderung, für neue Erkenntnisse, für Zerstörung beziehungsweise Neuaufbau und für Schutz und Abwehr. Ich will mal vorsichtig interpretieren: Wenn ich in ein schweres Gefecht mit unsicherem Ausgang ziehen müsste, würde ich mir diese Runen zur Unterstützung wünschen.«

Gitte versuchte, das Gesagte zu deuten. Schutz einzuholen, das kam ihr sinnvoll vor. Ein Neuanfang war der Besuch in Dänemark bestimmt, und ebenso eine Herausforderung. War das schon alles? Oder hatte der junge Grieche in größeren Schwierigkeiten gesteckt?

»Ich habe dir einen Ausdruck gemacht, dann kannst du die einzelnen Runen und ihre Bedeutung genauer nachlesen.« Malthe überreichte ihr ein paar Zettel. »Ich muss los«, sagte er noch und blieb dennoch irgendwie erwartungsvoll vor ihr stehen.

»Malthe, ich danke dir sehr. Das kann ich gar nicht wiedergutmachen. Vielleicht brauchst du ja mal eine deutsche Übersetzung, dann melde dich bei mir.« Sie lachte verlegen, war ihm aber wirklich sehr dankbar.

»Du könntest mal mit mir ausgehen.«

»Ach so, ja klar, warum nicht.« Dabei war ihr das »Warum nicht« ziemlich klar, aber sie konnte ihm kaum sagen, dass es ihr lieber gewesen wäre, Malthe wäre verheiratet, glücklich verheiratet.

»Heute Abend gibt es ein kleines Konzert hier im Ort, du kannst ja mal vorbeischauen. Ich bin auch da, als Gitarrist.« Malthe spielte ein paar Takte Luftgitarre, und bevor Gitte ehrfürchtig eine Erwiderung fand, war er schon aus der Tür. Zu einem Konzert zu gehen, darauf hatte sie Lust, aber nicht wegen Malthe, sondern weil es mal eine Abwechslung war. Außerdem mochte sie die lockere Atmosphäre.

Als Nächstes rief sie bei Tante Stine an und bedankte sich herzlich für das gute Essen, auch im Namen von Erik. Als sie nach wenigen Sätzen wieder auflegte, blickte sie wiederholt zur Uhr.

Wo blieb nur Larstsen? Allmählich machte sie sich Sorgen um ihren Chef. Er ging nicht an sein Telefon, weder mobil noch zu Hause, und als es Mittag wurde und sie von ihm noch immer nichts gehört oder gesehen hatte, schloss sie den Laden ab und nutzte die Mittagspause, um ihr Auto zu holen.

Larstsen wohnte etwa drei Kilometer weiter weg in Væggerløse. Es war kein Problem, diese Strecke mit dem Fahrrad zurückzulegen, aber ihre Pause konnte sie nicht unbegrenzt ausdehnen. Und wer weiß? Vielleicht brauchte ihr Chef Hilfe, und sie musste ihn irgendwo hinfahren.

Larstsens Haus lag in einer ruhigen Gegend, aber im Grunde genommen gab es in dieser Stadt ohnehin nur ruhige Wohngebiete. Es war klein, aber gemütlich und machte mit den roten Klinkersteinen, den weißen Fenstern und der frisch gemähten Wiese einen sehr ordentlichen Eindruck. Nichts anderes hatte sie von ihrem Chef erwartet. Gitte konnte zwar nirgends sein schwarzes Auto erkennen, dennoch ging sie zu der schmalen roten Haustür und klingelte. Kein Laut drang aus dem Haus. Sie betrat den Garten und blickte durch die Fenster. Auch im Inneren herrschte Ordnung, gepaart mit einer gewissen Behaglichkeit. Es gab einen schwarzen Kaminofen, viele Bücherregale und einen dicken weißen Teppich, der auf hellen Holzdielen lag. Ein geöffneter Laptop stand auf einem antik aussehenden Schreibtisch. Keine Spur von Paul Larstsen. Er lag jedenfalls nicht bewusstlos auf dem Teppich, kam bei ihrem Klopfen aber auch nicht zur Scheibe gerannt.

Larstsen war also mit seinem Auto weggefahren, und zwar nicht zur Arbeit nach Marielyst. Eventuell war es ihm nicht gut gegangen, und er war beim Arzt? Doch wenn er noch fahren konnte, hätte er seiner Mitarbeiterin schließlich auch telefonisch Bescheid geben können.

Wieder zurück im Laden, lenkte sie sich mit Arbeit ab. So war ihr die triste Dekoration im Ladenfenster schon von Beginn an ein Dorn im Auge gewesen. Gegen halb vier am Nachmittag bekam sie den Anruf einer Frau, deren Mutter gestorben war. Sie bat darum, den Leichnam abzuholen. Gitte musste ihr erklären, dass der Wagen leider unterwegs sei, und sie bitten, noch ein wenig zu warten. Paul Larstsen werde sich so bald wie möglich melden. Nur mühsam konnte sie die Anruferin dazu überreden, sich zu gedulden. Es würde peinlich werden, wenn ihr Chef nicht bald auftauchte.

Um halb fünf Uhr wollte sie endlich den Laden schließen und kaute nachdenklich an einem Fingernagel. Was sollte sie mit der verstorbenen Frau machen, die noch immer zu Hause in ihrem Bett lag und auf Abholung wartete? Genauer gesagt, die Angehörigen warteten wohl ungeduldig, der alten Dame war es sicher egal. Wenn sie jetzt nach Feierabend absagte, wäre die Familie zu Recht verärgert. Welchen Bestatter sollten sie um eine solche Zeit noch anrufen?

Just in diesem Moment parkte der schwarze Leichenwagen

am Straßenrand, und ihr Chef stieg aus. Um Jahre gealtert, dachte Gitte erschrocken, als Larstsen mit langsamen Schritten auf die Tür zuging. Er, der sonst so schwungvoll war, schien auf einmal bleischwere Glieder zu haben. Er schob die Ladentür auf, als handele es sich um eine mächtige Tresortür, und betrat den Laden. Seine Haare waren zerzaust, der übliche Seitenscheitel ließ sich nur mehr erahnen. Schwerfällig ließ er sich auf dem Besucherstuhl nieder und brachte ein müdes Lächeln für Gitte zustande: »Schön, dass du noch da bist.«

Sie nickte nur und eilte zum Kühlschrank, um ihm seinen Aquavit zu bringen. Zügig schenkte sie ein Glas voll und reichte es dem Chef. Er blickte so dankbar drein, dass ihr warm ums Herz wurde. Gleich würde er reden, das wusste sie. Allerdings brannte auch ihr noch die Angelegenheit mit der Leiche der alten Frau auf den Nägeln. Als Larstsen den dritten Aquavit getrunken hatte, entschied Gitte, dass sie heute ausnahmsweise den Leichenwagen fahren würde.

»Gitte, wusstest du, dass Freude und Kummer so nah beieinanderliegen können, dass man gar nicht mehr reagieren kann?«

Sie blickte ihn mitleidig an. Es musste etwas Schlimmes passiert sein. Jetzt fielen ihr auch seine dunklen Augenringe und die fahle Gesichtshaut auf.

Und dann erzählte Paul Larstsen, dass er letzte Nacht gegen vier Uhr morgens von seiner schwangeren Tochter aus Kopenhagen angerufen worden war. Sie war gestürzt, als sie nachts zur Toilette musste. Ihr Mann befand sich auf Montage in Schweden und war nicht erreichbar, und sie hatte große Angst, nun das Baby zu verlieren.

Larstsen hob die Hände. »Ich habe ihr befohlen, sofort den Krankenwagen und den Notarzt zu rufen. Du kannst unmöglich auf mich warten, habe ich ihr gesagt. Das wollte sie nämlich. Sie war so voller Angst, sie konnte gar keinen klaren

Gedanken mehr fassen. Kurz vor Kopenhagen bin ich in den Berufsverkehr gekommen, es dauerte ewig, bis ich endlich im Krankenhaus ankam. Es war die Hölle, Gitte.«

Er tat ihr so leid. Sie erinnerte sich, wie sehr Larstsen sich auf das Enkelkind gefreut hatte. Hoffentlich war die Sache gut ausgegangen!

»Im Krankenhaus erzählte man mir, dass Lea gerade operiert wurde, sie hatte einen gefährlichen Milzriss. Ich habe also im Wartebereich gesessen und vor mich hin gestarrt. Ich glaube, ich habe auch gebetet, aber wofür genau, weiß ich gar nicht mehr. Schließlich kamen zwei sehr junge Ärzte aus der Tür, ein Mann und eine Frau, und sie sagte zu ihrem Kollegen: ›Ich glaube, das Kind ist nicht zu retten.‹«

Larstsen hob den Kopf und blickte sie an. »Ich hätte die beiden erwürgen können. Mich haben sie überhaupt nicht gesehen, dabei bin ich doch der Großvater. Sollte der Großvater sein! Gitte, ich habe dort gesessen und geweint. Noch nie habe ich mich meiner Tochter so nahe gefühlt und war gleichzeitig so allein.«

»Wie furchtbar. Es tut mir so leid.« Angesichts dieser niederschmetternden Neuigkeiten halfen ihr all ihre Schulungen und beruflichen Erfahrungen nicht mehr. Doch Larstsens Miene wurde wieder lebendiger.

»Und dann kam zwei Stunden später endlich die behandelnde Ärztin aus dem OP und teilte mir mit, dass ich mitkommen dürfte. Meiner Tochter ginge es besser, sie sei noch etwas benommen von der Operation, aber sie und das Kind seien wohlauf. Als ich dann ein Bild meines Enkels auf dem Ultraschall sehen durfte, wurde alles zu viel. Ich kippte plötzlich einfach um. Da war nur noch Rauschen in meinem Kopf.« Ihr Chef schüttelte immer noch verwundert den Kopf und lächelte zart.

»Ich bin schnell wieder zu mir gekommen, und dann habe ich doch tatsächlich schon wieder geheult. Zur Beobachtung sollte ich erst mal ein paar Stunden dort bleiben und etwas essen. Meine Jacke mit dem Handy lag im Auto, und ich konnte mich einfach nicht von Lea wegbewegen. Es tut mir leid, dass ich dich so im Ungewissen gelassen habe.«

»Hauptsache, es geht allen wieder gut. Wir müssen allerdings heute noch eine Leiche abholen.« Gitte erzählte Larstsen von dem Telefonat. »Ist es in Ordnung, wenn ich mich ans Steuer setze?«

Also fuhren Gitte und ihr Chef wenig später nach Gedesby. Der kleine Ort lag nur wenige Kilometer von Marielyst entfernt in Richtung der Hafenstadt Gedser. Sie fuhren den Bøtøvej entlang und sahen immer wieder kleine Trupps von Menschen, die vom Strand kamen. Plötzlich legte Larstsen ihr die Hand auf den rechten Arm und fragte: »Macht es dir etwas aus, wenn wir noch einen Abstecher nach Gedser machen, bevor wir die Leiche holen? Ich möchte ganz kurz in die Kirche dort.« Den Gefallen tat Gitte ihm gern. In Gedser befand sich der südlichste Punkt von Dänemark, sie war mit ihrem Vater einmal dort gewesen. Erst fuhr man eine Zeit lang parallel zur Küste, die hier rau und felsig war, und dann ging es noch mal dreihundert Meter einen Fußweg entlang. Dort zierte dann der sogenannte Südstein, ein Granitstein, der in der letzten Eiszeit seinen Weg nach Südfalster gefunden hatte, den südlichsten Punkt des Landes.

Die Kirche war aus gelben Backsteinen erbaut, und Gitte bewunderte das tief gezogene Dach und den viereckigen Kirchturm. Im Inneren kam man sich vor wie in einem Schiffsbauch, alles schien gewölbt zu sein. Larstsen zündete eine Kerze an und hielt eine kurze Andacht, während Gitte eine Freskomalerei betrachtete.

»Es gibt da so eine Legende«, sagte Larstsen, als er dann wieder zu ihr trat. »Danach heißt es, Gedser würde von einer Sturmflut mitgerissen, sobald der Ort eine eigene Kirche bekäme. Also hat der damalige Bauherr sie nie fertiggestellt.

Irgendwo fehlt ein Stein, aber niemand weiß, wo sich die unfertige Stelle befindet. Auf diese Weise kann sie nicht vollendet werden, und die Sturmflut bleibt aus. Das geht nun schon seit über hundert Jahren gut.« Er grinste, und langsam bekam er auch wieder mehr Farbe ins Gesicht.

Nach dem Zwischenstopp in Gedser erreichten sie schließlich ein altes Backsteinhaus mit zugezogenen Gardinen und einem hohen Zaun um das gesamte Grundstück. Es erinnerte entfernt an eine Festung. So ein Anblick hätte besser zu einer deutschen Siedlung gepasst, denn ein solches Verbarrikadieren war unüblich für die Dänen. Eine Frau Mitte vierzig öffnete ihnen. Sie hatte ein herbes, fast androgynes Gesicht mit strenger Miene und trug keine Schminke, aber immerhin eine eindeutig weibliche Föhnfrisur.

»Ich dachte schon, ich werde sie gar nicht mehr los.« Das war ihr einziger Kommentar, während sie den Bestattern den Weg durch einen schmalen Flur in ein kleines Wohnzimmer zeigte. Dort lag eine tote Frau zusammengesunken auf dem Sofa, die Fenster waren weit geöffnet.

»Mein Beileid«, sagte Larstsen und bedeutete Gitte, dass sie nun den schlichten Transportsarg holen würden.

»Lass mal. Es wurde höchste Zeit. Siebenundachtzig Jahre und weder taub noch dement, aber immer schon böse. Mir reichte es schon lange. Mein Bruder hat bereits vor einem Jahrzehnt das Weite gesucht, aber zur Trauerfeier – und er betonte das Wort Feier – will er gerne kommen.« Sie gab einen unverständlichen Ton der Empörung von sich.

Gitte und Larstsen grinsten sich an, als sie zum Auto gingen, um den leichten Plastiksarg zu holen. Zurück im Wohnzimmer, teilte Larstsen der Dame dann mit: »Du musst morgen in meinen Laden kommen, damit wir alles Weitere besprechen können. Welches Sargmodell, die Todesanzeige, was soll sie anziehen …« Larstsen hielt inne, als er das Gesicht der Auftraggeberin sah. Sie machte große Augen und schien tatsächlich loslachen zu wollen.

»Damit das klar ist, ihr müsst meine Mutter nicht aufbahren oder präsentieren. Die meisten werden nur kommen, um zu sehen, ob der Sarg auch wirklich dicht ist. Sie hatte längst keine Freunde mehr. Da gibt es nur noch Opfer ihrer Bösartigkeit.«

Als ihr Chef schwieg, sagte Gitte auch nichts, sondern besah sich die angeblich so böse Frau. Sie war schlank, besaß ein sehr gepflegtes Äußeres mit feinen Händen und einem dezent geschminkten Gesicht. Die grauen Haare schimmerten bläulich und waren sorgfältig gelegt. Das Gesicht war alt, der faltige Mund leicht geöffnet, die Augen geschlossen. Die Totenstarre hatte bereits eingesetzt, sodass das Gesicht weniger schlaff erschien. Morgen hätten sie ihre liebe Mühe gehabt, den Leichnam in den Sarg zu legen. Dann wäre der Körper noch starrer, als es jetzt bereits der Fall war. Zum Glück handelte es sich um eine leichtgewichtige Frau, sonst hätte Gitte den Sarg nicht tragen können, und man hätte einen Nachbarn bemühen müssen. Das endgültige Einsargen würde dann nach dem Abklingen der Totenstarre stattfinden. Sie arbeiteten schweigend und verstauten die Tote im Auto.

Danach überreichte Larstsen der Tochter seine Karte, sie nahm sie mit spitzem Gesicht entgegen.

»Leider wollte meine Mutter unbedingt als Ganzes in die Erde, sodass ich wohl einen Sarg brauchen werde. Solch ein letzter Wunsch ist sogar mir heilig. Aber macht bitte keinen Schnickschnack mehr mit der Leiche. Sie kann so bleiben, wie sie ist. Meine Mutter war in jeder Lebenslage stets gut gekleidet, selbst wenn sie wegen einer Nierenkolik ins Krankenhaus musste. Alles Weitere besprechen wir dann morgen. Danke, dass ihr noch gekommen seid, ich hätte sie sonst in den Garten schieben müssen.«

Ob das ein Scherz gewesen war oder nicht, blieb offen, die Frau schloss ohne weitere Worte die Tür.

»Kennst du die Familie?«, fragte Gitte ihren Chef, der vor sich hin grinste.

»Ich kannte ihren Mann flüchtig. Er ist vor fünfzehn Jahren mit einer Zirkusartistin durchgebrannt und lebt seitdem in Spanien.«

Gitte machte ein erstauntes Gesicht. »Wenn er überhaupt noch lebt. Er muss doch auch schon sehr alt sein, so viel Artistik findet da bestimmt nicht mehr statt.«

»Nein, nein«, sagte Larstsen, »ich meine den Mann der Tochter. Den Ehemann der Toten habe ich nie kennengelernt. Aber die Tochter lebt direkt neben ihrer Mutter. Ihr Ehemann hatte es damals so eilig, der hat nicht einmal Ansprüche wegen des gemeinsamen Hauses gestellt. Jetzt hat die Dame zwei Häuser, aber keinen Mann mehr.«

»Sie hat doch einen Bruder, hat sie erzählt. Und er möchte die Beerdigung der Mutter mit ihr feiern. Also mir war nicht nach Feiern zumute, als ich meine Ma verloren habe. Was ist eigentlich mit deiner Frau, Chef?« Gitte setzte sich ins Auto und wartete, dass auch Larstsen einstieg.

»Sie hatte eine Lungenkrankheit und ist verstorben. Sie hat aber auch geraucht wie ein Schornstein in Sibirien. Das ist schon sechs Jahre her, aber ich vermisse sie immer noch. Ich gehe seitdem nur noch mit Frauen aus, die nicht rauchen, aber gegen meine Svenja kommt trotzdem keine an.«

Das war das Dilemma bei Verstorbenen, dachte Gitte, sie mutierten nach dem Tod zum perfekten Partner. Pech für ihren Vater. Da er nur verschwunden war, hatte ihn statt der Lobeshymnen der geballte Zorn der zurückgelassenen Ehefrau getroffen. Gitte fand es sehr traurig, dass ihre Mutter die Wahrheit nie erfahren würde. Sie selbst wollte diese Ungewissheit nicht bis zum eigenen Tod aushalten.

Spontan fragte sie Larstsen: »Kanntest du eigentlich meinen Vater Mads?«

»Wie kommst du denn jetzt darauf?«

»Du bist doch schon zig Jahre im Geschäft und lebst mitten in Marielyst. Du bist mit dem Ort verbunden, genau wie Sven oder die Glasbläserin.«

»Meine Güte, wie lange ist das her, dass dein Vater verschwunden ist? Zwanzig Jahre?«

»Achtzehn Jahre, aber an eine Artistin aus Spanien, die sich einen verheirateten Mann geschnappt hat, hast du dich ja auch erinnert. Das mysteriöse Verschwinden eines Mannes in einem Ort wie Marielyst ist doch wirklich spektakulär.« Sie bemerkte gar nicht, dass sie ein sehr flottes Fahrtempo vorgelegt hatte, und ihr Chef hielt sich nun demonstrativ fest. Er antwortete ihr: »Natürlich erinnere ich mich an den Fall, es stand ja auch groß in der Zeitung. Aber ich weiß keine Einzelheiten. Ehrlich gesagt habe ich damals gedacht, dieser Mann wäre in krumme Geschäfte verwickelt gewesen und hätte Fersengeld geben müssen.«

Gitte fiel etwas ein. »Du und der Sven vom Schou's, ihr seid doch schon sehr lange befreundet. Habt ihr damals denn nicht darüber geredet? Sven kannte meinen Vater gut.«

»Kann sein, daran erinnere ich mich wirklich nicht mehr. Wie gesagt, ich dachte, der Mann sei abgehauen.«

»Und Sven glaubt, dass Mads Opfer der Russenmafia geworden ist. Das musst du doch mitbekommen haben.«

Dazu schwieg ihr Chef. Zum ersten Mal kam Gitte der Gedanke, dass er ihr vielleicht etwas vorenthielt. Möglicherweise hatte er die deutsch-dänische Auswanderin auch nur deswegen angestellt, weil er Mads gut gekannt hatte? Für heute würde sie ihren Chef in Ruhe lassen, er hatte einen harten Tag gehabt. Als sie zur Seite blickte, sah sie, dass sein Kopf auf die Brust gesunken war und sein Mund leicht offen stand. Er schlief.

Mittlerweile war es kurz nach sechs Uhr. Sie wollte noch zum Konzert, musste sich aber vorher frische und wärmere Sachen anziehen. Allmählich sehnte sie den Feierabend herbei. Larstsen wachte auf, als sie den Wagen parkte. Nachdem sie die Leiche kühl gelagert hatten, sagte Larstsen: »Gitte, ich danke dir. Komm morgen erst um elf Uhr, und geh heute unter die Leute. Du kannst dann ausschlafen.« Sie strahlte ihn an und wünschte ihm eine erholsame gute Nacht.

Das Konzert sollte draußen auf dem großen, mit Holzdielen ausgelegten Platz stattfinden, direkt am Aussichtsturm. Die Abende waren hier immer etwas kühl, aber es war trocken, und nur die leichteren Zweige der Tannen im Garten bewegten sich behäbig. Gitte zog sich eine Jeanshose, eine langarmige Bluse und eine Lederjacke an und überlegte kurz, bei ihrem Nachbarn Erik zu klopfen. Doch dann fuhr sie doch allein mit ihrem Fahrrad die wenigen Meter ins Dorf. Sie wollte den Schweden nicht ständig in seiner Ruhe stören und als Gesellschafter missbrauchen. Als sie ihr Fahrrad an der Touristikinformation abstellte, fühlte sie sich für einen Moment lang beobachtet. Zwar entdeckte sie niemanden, der sie musterte, aber es waren eine Menge Leute unterwegs, die meisten strebten zur Freiluftbühne. Am Bøtøvej gab es sogar ein Konzerthaus, in dem vor allen in den Wintermonaten Veranstaltungen stattfanden, aber nun waren die Bierstände draußen aufgebaut, und es gab vor dem Restaurant ›Larsens Plads‹ einen kleinen Imbiss.

Gitte hoffte sehr, ein paar Leute zu treffen. Gerade spielte eine dänische Band bekannte Pop- und Rockstücke. Und tatsächlich stand dort Malthe auf der Bühne und zupfte an seiner E-Gitarre. Seine langen Haare trug er offen, das bunte Künstlerhemd hatte er lässig an den Ärmeln aufgekrempelt und am Hals offen gelassen. Er würde den anwesenden Damen heute Abend gefallen.

Malthe nickte ihr freudig zu. Offenbar hielt er ständig Ausschau nach bekannten Gesichtern, denn er hatte sie sogleich erspäht. Viele Kinder sprangen fröhlich umher und bettelten ihre Eltern um Eis oder Cola an.

Als Erste traf sie Julia und ihren Mann Michael. Sie standen Arm in Arm etwa fünfzehn Meter von der Bühne entfernt, tranken Bier und lächelten entspannt. Beide wippten im Takt der Musik. Die Kinder der Heilmanns sah Gitte nicht.

»Hej, Gitte.« Julia hatte sie entdeckt und winkte sie zu sich. Sie begrüßten sich, und Michael fragte, ob er ihr ein Bier holen könne. »Gerne, danke. Wie war es im Knuthenborg-Park? Hat noch alles geklappt?«

Julia strahlte sie an: »Ja, endlich waren wir mal bei bestem Wetter dort. Wir sind ganz oft ausgestiegen und konnten den Tieren nahe sein. Es war allerdings auch brechend voll, da hatte der smarte Kommissar schon recht. Der hatte vielleicht die Ruhe weg, kam erst nach halb neun und amüsierte sich über meine Picknickkörbe. Ich sei doch in Dänemark und nicht an der Front, meinte er.« Julia lachte aber freundlich, als sie über Ole Ansgaard berichtete.

Gitte antwortete: »Die Dänen lieben Picknicks, vermutlich war er hungrig und neidisch. Wenn du ihn als Personenschutz zum Mitfahren eingeladen hättest, wäre er sofort in euer Auto gesprungen.«

»Und hätte es gar nicht mehr untersuchen lassen. So weit kommt es noch, der hätte mit seinem Lächeln nur meinen Mann eifersüchtig gemacht. Ah, da kommt dein Bier. Skål, Gitte. Was für ein schöner Abend. Michael, hast du Charlotte und Hans gesehen?«

»Skål, Gitte. Ja, habe ich. Sie kaufen sich gerade ein Eis und haben einen neuen Freund gefunden, einen gewissen Niko aus Köln.«

Gitte musste grinsen. Ob Niko – falls es sich dabei um den munteren Jungen handelte, dessen eigenwilliges Naturell sie schon öfter bewundert hatte – wohl der richtige Umgang für Julias Kinder war?

Julia sprach Gitte an: »Die Beerdigung habt ihr schön vorbereitet, Gitte. Und es waren ja auch einige Leute da. Gibt es

Neuigkeiten über den Mord an dem armen Jungen? Ich habe gehört, dass eine junge Frau verschwunden ist.«

»Ja, ich weiß. Ich gehe davon aus, dass sie der Grund war, warum Joris ein paar Tage in Marielyst bleiben wollte.«

»Irgendwie ist dieser Urlaub ein bisschen eingetrübt durch die ganzen Vorfälle, finde ich. Dabei ist das Wetter sogar passabel. Heute Mittag waren wir wieder am Strand. Wenn man windgeschützt lag, war es warm genug. Hattest du einen harten Arbeitstag? Du siehst müde aus, Gitte. Wir können etwas zusammen essen.«

Gitte fühlte sich nach diesem langen und ereignisreichen Tag tatsächlich müde, aber nicht so sehr, dass sie auf ein bisschen Geselligkeit und Vergnügen verzichten wollte. Sie lächelte Julia an und nickte. In diesem Moment packte sie jemand an der Schulter, und sie hätte beinahe ihr Bier vergossen. Als sie sich umdrehte, blickte sie in das Gesicht von Ole Ansgaard.

»Wenn ihr nichts dagegen habt, würde ich die Dame gerne auf einen Imbiss einladen. Sie ist ja noch immer eine wichtige Zeugin in einem der brutalsten Verbrechen von Marielyst.«

Julia und Michael grüßten freundlich, wollten aber offensichtlich nicht über den Kopf von Gitte entscheiden und schwiegen. Die Band machte gerade Pause, und Gitte sah Malthe von der Bühne springen und in ihre Richtung gehen. Sie sagte daher nur: »Also, Hunger hätte ich schon.« Der Kommissar nickte siegessicher und zeigte auf einen Pizzastand.

Doch nun hatte Malthe die kleine Gruppe erreicht und sagte freudig: »Toll, dass du gekommen bist, Gitte. Hej, Ole. Kommst du weiter mit deiner Ermittlung? Ich würde Gitte gerne zu einem Imbiss entführen, wenn es ihr recht ist.«

Es wurde Zeit, dass irgendeiner sie rettete, dachte Gitte und blickte hilflos lächelnd von einem zum anderen.

Ole Ansgaard lächelte nun nicht mehr, sondern griff nach Gittes Hand. »Das muss warten, ich brauche Gitte Madsen für eine Aussage und werde dafür sorgen, dass sie auch etwas zu essen bekommt. Sie ist ja ganz blass um die Nase.«

Was sollte sie tun? Sie ließ sich mitziehen, während sie Malthe einen freundlichen Blick zuwarf, begleitet von einem Achselzucken.

Beim Pizzastand angekommen, fragte sie den Kommissar: »Sagt dir der Begriff Amtsmissbrauch etwas?«

»Klingt sehr deutsch und unentspannt. Möchtest du dein Pizzastück mit Thunfisch, Krabben oder Champignons?« Sie blickte auf die Tafel und sagte: »Mit Schinken, bitte.«

Mit ihren Papptellern bewaffnet suchten sie sich einen Platz auf einer der Bänke. Gitte erzählte zwischen mehreren Bissen von dem Kondolenzbuch und dem Eintrag, der ihr aufgefallen war. »Wir treffen uns in Walhalla.«

»Ich kann die Angehörigen ja mal fragen, von wem der Spruch sein könnte, aber ich glaube nicht, dass das eine Spur ist. Die Leidenschaft für das Wikingertum und die eingeritzten Runen auf dem Rücken des Opfers waren ein offenes Geheimnis in Bezug auf den Mord.« Ole Ansgaard biss in seine mit Thunfisch belegte Pizza und kaute genussvoll.

»Bist du eigentlich im Dienst?«, fragte Gitte mit Blick auf das Bier, das neben ihm stand.

»Nein, nur wenn etwas passiert. Dann bin ich immer im Dienst. Und da dieser Malthe mit dir essen gehen wollte, fühlte ich mich dienstlich berufen, dich zu retten.«

»Malthe ist ein sehr netter Kerl. Hast du dich mit ihm mal über die Runen unterhalten?«

Ole Ansgaard wollte gerade erneut zubeißen, da hielt er inne und guckte sie mit offenem Mund an.

Dann sagte er: »Ich verstehe. Malthe war dein Experte für die Recherche. Mit seiner Naturburschen-Nummer zieht er reihenweise die Frauen an. Ich weiß nicht genau, ob die Wikinger früher Vielweiberei betrieben haben, aber Malthe scheint das zu glauben.«

Gitte lachte und dachte, dass jetzt ein guter Zeitpunkt wäre, mal nach der Frau des Kommissars zu fragen, aber sie traute sich dann doch nicht. So schnell, wie der Kommissar bei privaten Angelegenheiten wütend geworden war, wollte sie nichts riskieren. Er wirkte gerade erstaunlich vergnügt, dabei hatte sie nicht den Eindruck, dass er der Lösung des Falles besonders nahe gekommen war. In der Presse gab es jedenfalls nichts Neues zu lesen. Der Mordfall lag nun schon zehn Tage zurück und hatte an Neuigkeitswert verloren.

Stattdessen fragte sie: »Kannst du mir sagen, weshalb Joris in seiner Heimat strafrechtlich verfolgt wurde? Und erzählst du mir endlich, was ihr über die Runen herausgefunden habt? Dann erkläre ich dir Malthes Theorie.«

Der Kommissar wischte sich die Hände und den Mund ab und erwiderte: »Malthes Theorie kenne ich bereits. Er hat sich bei uns gemeldet und nach besseren Aufnahmen vom Rücken des Toten gefragt.« Der Kommissar verdrehte die Augen. »Als ob wir für Wikipedia arbeiten würden. Aber gut, da du sowieso nicht lockerlässt – gegen Joris lief in Griechenland eine Anzeige wegen Körperverletzung. Es gab irgendeine Schlägerei, und das Opfer hat ihn angezeigt. Ich denke nicht, dass es mit unserem Fall zu tun hat.«

»Ein bisschen wie der Vater«, überlegte Gitte und schob nun ebenfalls den Rest ihrer Pizza in den Mund. »Ich dachte schon, er hätte mit Drogen gehandelt. Eine Touristin hat so merkwürdige Andeutungen gemacht. Ermittelt ihr wirklich in diese Richtung?«

»Um Himmels willen, lauf bitte nicht in der Gegend herum und befrage Leute nach Drogengeschäften. Ich verspreche dir, dass wir bei Joris ganz sicher nicht in diese Richtung denken oder gar ermitteln. Aber bei deinem Glück scheuchst du noch ganz andere Straftäter auf. Wie kommt diese Touristin darauf?«

Gitte musste nun lauter reden, da die Band ein paar Tonproben machte. »Irgendein Typ vom Campingplatz hat davon gesprochen.«

Ole Ansgaard winkte ab. »Ich kann mir gut vorstellen, dass es auf dem Campingplatz Drogen zu kaufen gibt, aber sicher nicht von einem jungen Griechen. Wir wissen mittlerweile, dass Joris wegen eines Mädchens in Marielyst einen Zwischenstopp einlegen wollte. Die Frage ist nun, war sie bei seiner Ankunft schon verschwunden, und hat er sich bei der Suche nach ihr in Gefahr gebracht? Oder ist sie erst nach seinem Tod verschwunden, weil sie eine Zeugin ist?«

»Glaubst du, die Frau lebt noch?«

»Für wie hoch hältst du die Wahrscheinlichkeit, dass wir in diesem beschaulichen Ort gleich zwei Morde haben?«

»Ihr habt auf jeden Fall einen Mörder, und der kann auch zweimal zuschlagen. Mörder machen so etwas.«

»Du hast doch in Deutschland auch bei der Polizei gearbeitet, in der Opferhilfe, richtig? Hattest du viel zu tun?«

Gitte lehnte sich zurück und trank einen Schluck von ihrem Bier. Die Band spielte gerade ein Lied von Phil Collins, und sie tat das gar nicht mal schlecht. Der Sänger der Band war gut. Ob der Gitarrist gut war, konnte Gitte nicht erkennen. Es klang jedenfalls alles recht harmonisch. Naturbursche und Gitarrist – ganz bestimmt hatte Malthe einige Verehrerinnen.

»In Münster gab es wenig Morde, aber nicht wenige Verbrechen«, erzählte sie. »Diebstahl, Einbruch, Vergewaltigung, häusliche Gewalt. Gemessen an anderen großen Städten ist Münster dennoch eine friedliche Stadt. Und auch wenn sich längst nicht alle Opfer bei uns gemeldet haben, hatte ich immer gut zu tun. Wenn bei einer alten, allein lebenden Frau eingebrochen wird, dann ist es mit dem sicheren Gefühl erst einmal vorbei. Ein Fremder hat in ihren Sachen gestöbert, alles angefasst und sich überall Zugang verschafft. Das traumatisiert so eine Frau ganz erheblich, sie hat ständig Angst.«

»Und was machst du dann mit so einer Frau? Wie hilfst du ihr?«

»Jetzt gar nicht mehr, jetzt bestatte ich nur noch. Aber früher habe ich die Opfer begleitet, zu Ämtern, zur Polizei oder auch vor Gericht. Meine alte Dienststelle gibt finanzielle Unterstützung bei tatbedingten Notlagen, gewährt Rechtsschutz und bietet vor allem psychischen Beistand an.« Gitte dachte an ihre Kollegen, die sie mit ihrem Weggang doch sehr überrascht hatte. Aber bereut hatte sie diese Entscheidung noch nicht. Und die Trennung von Tim? Mit ihm war sie immerhin vier Jahre zusammen gewesen. Nein, auch das nicht. Es war so, als hätten die Grundsteine ihres Lebens in Münster in Marielyst keine Bedeutung mehr. Sie erschrak. Ob ihr Vater vielleicht die gleiche Erfahrung gemacht hatte? Ein neues Leben in Dänemark ohne seine Frau und seine Tochter in Deutschland? Sie entschied, dass der Vergleich hinkte. Sie hatten alle drei auch schon in Dänemark zusammengelebt, und eine Familie ließ sich kaum mit einem Lebensabschnittsgefährten vergleichen.

Sie schrak auf, als Ole Ansgaard sie leicht am Arm berührte. »Gitte Madsen, wo bist du mit den Gedanken? Du starrst schon seit Minuten auf deine anscheinend unglaublich spannenden Schuhspitzen.«

»Ich habe gerade an meinen Vater gedacht. Du hast nicht zufällig schon vor etwa zwanzig Jahren bei der Polizei gearbeitet? Als talentierter Praktikant, oder so?«

»Vor zwanzig Jahren war ich erst sechzehn Jahre alt, auch wenn ich möglicherweise älter ausschaue. Und damals war ich ein talentierter Schüler.«

Er schien ein bisschen in seiner Eitelkeit verletzt. Auch Männer wollten nicht älter geschätzt werden, als sie waren. Sie sah ihn offen an und fragte: »Kannst du an alte Akten kommen? Es geht um einen Fall eines Mannes, der vor achtzehn Jahren hier in Marielyst verschwunden ist.«

»Ich weiß. Dein Vater. Ich habe mir die Akten bereits rausgesucht.«

Erstaunt und wohl auch mit offenem Mund starrte sie ihn an. »Wieso denn? Gibt es etwas Neues?«

»Natürlich gab es etwas Neues. Die Tochter dieses verschwundenen Dänen ist plötzlich aufgetaucht und hatte gleich am ersten Abend eine Leiche vor der Terrassentür liegen. Ich bin doch nicht Polizist geworden, um freundlich gegrüßt zu werden. Ich ermittle immer in verschiedene Richtungen.«

»Ja, glaubst du denn, der tote Joris hat etwas mit dem Verschwinden meines Vaters zu tun?«

»Mittlerweile denke ich das nicht mehr, aber ich habe es in Betracht gezogen, ja.«

Gitte beugte sich unbewusst ein Stück zu ihm hin. »Was steht in den Akten über meinen Vater?«

Ole Ansgaard verdrehte in gespielter Entrüstung die Augen. »So eine Akte ist keine öffentliche Einrichtung. Was weißt du denn bislang vom Verschwinden deines Vaters?«

Gitte dachte an die Zeit zurück. Sie war fast sechzehn gewesen, als ihr Vater im Frühsommer für ein Projekt nach Dänemark reisen musste. »Er wollte ein großes Anwesen mit Pool und drei Badezimmern verkaufen. Am Morgen des 11. Juni meldete er sich und erzählte, dass es ein paar Probleme mit den Kunden gebe und er statt am nächsten Tag erst zwei Tage später nach Hause käme. Abends wollte er im Schou's essen, so hat er es meiner Mutter noch erzählt. Normalerweise rief er nach solchen Terminen dann noch mal an und sagte Gute Nacht. Zumindest, wenn es nicht zu spät geworden war. Doch zur Verwunderung meiner Mutter meldete er sich auch am nächsten Morgen nicht.«

Gitte starrte in die Ferne, ohne die Bühne vor sich wahrzunehmen. Sie sah ihr Elternhaus vor sich und das besorgte Gesicht der Mutter, als Gitte von der Schule nach Hause kam. Als der Vater sich auch am Abend nicht meldete, rief die

Mutter bei Tante Stine an. Es war das erste Mal, dass die beiden Schwägerinnen ihre persönlichen Animositäten vergaßen und gemeinsam überlegten, was wohl mit Mads passiert sein könnte.

Tante Stine hatte als Erstes alle Krankenhäuser durchtelefoniert und war dann selbst nach Marielyst gefahren, wo ihr Bruder im Hotel ›Nørrevang‹ gewohnt hatte. Sein Zimmer fand die Tante so vor, als wollte Mads dort noch eine weitere Nacht verbringen. Doch von ihm selbst fehlte jede Spur, zuletzt gesehen worden war er im Restaurant Schou's.

Schon seltsam, dass Tante Stine so überrascht getan hatte, als Gitte ihr von Sven Træborgs Verdacht, Mads könnte mit der Russenmafia aneinandergeraten sein, erzählt hatte. Das musste der Besitzer des Schou's ihr doch damals schon berichtet haben. Oder es war ihm erst später bewusst geworden, als feststand, dass Mads verschwunden war?

Gitte schüttelte die alten Erinnerungen ab und sagte: »Soweit ich weiß, war Sven Træborg der Letzte hier im Ort, der meinen Vater gesehen hat. Und er hat ihn mit ein paar zwielichtigen Typen beim Essen beobachtet. Habt ihr da mal nachgeforscht?«

Ole Ansgaard blickte sie aus verdammt blauen Augen an und sagte erst einmal nichts. Ihr wurde es schon peinlich, als er schließlich doch noch etwas sagte: »Dein Vater wurde laut der alten Unterlagen zuletzt am Østersøparken-Campingplatz gesehen, wo er sich am frühen Morgen des 12. Juni ein belegtes Brötchen gekauft hat.«

Gitte konnte es nicht verhindern, dass ihr eine kleine Träne die Wange herabrollte. Sie wusste selbst nicht, warum, der Verlust lag doch schon so lange zurück. Aber diese Nachricht erschütterte sie zutiefst. Dann hätte er morgens ja noch seine Familie in Deutschland anrufen können.

»Wann genau?«

»Es war sehr früh, sieben Uhr etwa.«

Gut, so früh hätte ihr Vater wohl nicht angerufen, selbst wenn Gitte zur Schule musste. Ihre Mutter brauchte morgens eine gewisse Zeit, bis sie Anrufe entgegennahm, und das hatte Mads natürlich gewusst. Doch warum war er selbst so früh unterwegs gewesen? Laut sagte sie: »Mein Vater war kein Frühaufsteher, und er hat damals im Hotel gewohnt. Wenn er also um diese Uhrzeit am Campingplatz gesehen worden ist, muss er einen Termin mit jemandem gehabt haben. Die Polizei hat doch hoffentlich alle Camper befragt, oder? Steht etwas davon in den Akten?«

Ole Ansgaard atmete tief ein und machte ein Gesicht, als wäre es nun besonders nett von ihm, mit ihr zu reden. Dazu passte die geduldig sanfte Stimme. »Gitte Madsen, dein Vater war ein erwachsener Mann. Was glaubst du, wie viel Zeit vergangen war, bis man wirklich von einem unerklärten Verschwinden ausgehen konnte? Es bestand kein Grund, ein Verbrechen zu vermuten. Die Polizei konnte erst viel später aktiv werden, und wie du weißt, herrscht auf einem Campingplatz ein ständiges Kommen und Gehen. Wenn dein Vater damals so früh morgens jemanden treffen wollte, dann wahrscheinlich, weil dieser Jemand nicht länger bleiben wollte.«

»Ihr habt also gar nichts herausgefunden?« Ihre Stimme klang resigniert. Schon bei Joris war es ja unglaublich schwierig, etwas über die letzten Stunden seines Lebens zu erfahren. Das Verschwinden ihres Vaters lag einfach zu lange zurück.

»Wahrscheinlich glaubst du, dass mein Vater sich abgesetzt hat, weil er seines alten Lebens überdrüssig war.«

Der Kommissar schüttelte den Kopf. »Nein, keineswegs. Wie könnte man eine solche Tochter verlassen?«

Gitte wusste nicht, ob er sich lustig machte. Außerdem wurde sie abgelenkt, da Julia auf sie zugeeilt kam. »Gitte, wir können Hans und Charlotte nirgends finden!«

Julias Gesicht zeigte hektische rote Flecken, und ihre Haare sahen aus, als wäre sie in einen Sturm geraten. Gitte blieb ruhig, der Kommissar horchte auf, und sein Lächeln verschwand. Doch auch er mahnte Julia zur Ruhe. »In dem Trubel hier kann man sich schon einmal einen Wolf suchen. Aber wirklich verschwinden tut hier kein Kind. Kinder lassen sich schnell ablenken und entfernen sich weiter, als sie sollten. Wir helfen dir suchen.« Ole Ansgaard blickte Gitte fragend an, und sie nickte sofort. »Natürlich.«

Da Gitte wusste, dass die beiden Kinder sich in der Gesellschaft von Niko befunden hatten, bestand wohl höchstens die Gefahr, dass die drei irgendeinen Blödsinn veranstalteten.

Julia blickte sich immer wieder suchend um, während sie erzählte: »Jemand hat drei Kinder zum Strand runtergehen sehen. Himmel, es ist doch schon dunkel!«

Der Kommissar legte Julia eine Hand auf die Schulter. »So schnell ertrinkt an diesem Strand keiner. Wir gehen jetzt hin und sehen nach. Ich habe als Kind auch schon mal im Dunklen den Strand abgesucht.«

Gitte fragte amüsiert: »Wonach hast du denn gesucht? Nachts sieht man doch kaum eine Muschel.«

»Nach Meerjungfrauen. Abends, im Schutz der Dunkelheit, kommen sie an den Strand.« Er sagte das so, als handele es um eine allseits bekannte Tatsache, und selbst Julia musste grinsen. Im Eilschritt liefen sie die Holzplanken zum Strand hinunter.

Julia war sichtlich beruhigt, als sie sah, wie viele Menschen hier waren und romantische Blicke auf das Meer warfen. Nahe am Wasser entdeckten sie eine kleine Gruppe, unter der sich auch ein paar Kinder befanden. Beim Näherkommen sahen sie, dass inmitten der Menschenansammlung ein Mann am Boden hockte. Der Lichtstrahl eines Handys beleuchtete den Boden. Was gab es dort bloß zu sehen?, fragte sich Gitte und befürchtete schon, es könnte sich doch um einen Unfall handeln. Doch dann sah sie zu ihrem Erstaunen, dass der Mann etwas in den Sand malte. Ein Ausruf von Julia ertönte, und gleichzeitig bemerkte Gitte, dass der Kommissar sich abrupt abwandte und zwei Schritte zur Seite machte.

Als Ersten sah sie Niko, der gebannt auf die Hände des malenden Mannes blickte. Neben ihm standen Charlotte und Hans. Im Lichtschein des Handys erkannte Gitte den Maler Karl.

Hans machte einen schuldbewussten Schritt auf seine Mutter zu, die ihren Kindern Vorwürfe machte. Julias Stimme klang ein wenig schrill, aber man hörte auch ihre grenzenlose Erleichterung.

»Aber guck doch mal, was Karl dort malt. Bitte lass uns bleiben, bis es fertig ist«, bettelte Hans, während Charlotte gar nicht erst auf ihre Mutter achtete, sondern so nah an das Sandbild herantrat, dass Karl aufschaute und freundlich in die Runde grüßte. »Entschuldigung, ich habe die Kinder mit meinen Geschichten zu sehr gelockt.«

Eine andere, spöttische Stimme meldete sich zu Wort: »Pass auf, was du sagst, Karl, sonst wirst du noch wegen Aufruhr und Strandbeschädigung verhaftet.«

Es war Ann Brixen, die mit einer engen Jeanshose und einer langen Strickjacke bekleidet hinter dem Maler stand und das leuchtende Handy hielt. Dabei schaute die Glasbläserin allerdings herausfordernd zu ihrem Bruder, dem Kommissar. Ole Ansgaard bemühte sich um einen gleichgültigen Gesichtsausdruck, aber seine Kiefermuskeln traten deutlich hervor. Er nickte Julia zu. »Na, zum Glück hast du deine Kinder wiedergefunden, sei nicht zu streng mit ihnen.« Dann drehte er sich um und marschierte in die Richtung zurück, aus der sie gekommen waren.

Gitte fand es recht unhöflich, dass er sie alle so einfach stehen ließ. Neugierig warf sie einen Blick auf das Bild. Es zeigte eine Meerjungfrau und einen Delfin, gut erkennbar und schön gemacht. Irgendwie fühlte sie sich trotz seines rüpelhaften Benehmens gedrängt, den Kommissar in Schutz zu nehmen.

»Ihre Mutter hat sich Sorgen um die Kinder gemacht, als sie plötzlich nicht mehr zu finden waren, und Kommissar Ansgaard um Hilfe gebeten«, sagte sie zu Ann Brixen.

Die Glasbläserin stieß ihre Fußspitze in den Sand. »Der Mann hat ein unmögliches Benehmen.« Aber der Blick, den sie Ole Ansgaard hinterherwarf, war traurig.

Gitte legte Julia zum Abschied kurz die Hand auf die Schulter und lief dem Kommissar nach. Kein leichtes Unterfangen, mit seinen langen Beinen eilte er die Holzplanken entlang.

Endlich hatte sie ihn eingeholt. »Kann ich dich etwas fragen?«

»Nein, das ist privat.«

»Wer ist dieser Karl?«

»Ein Maler, der vor einiger Zeit hier aufgetaucht ist. Er wollte sein Leben ändern, seinem Arbeitgeber entfliehen oder sonst wem und wohnt nun bei meiner Schwester zur Miete. Bei fremden Menschen ist sie, was deren Konflikte im Leben angeht, deutlich toleranter.«

Gitte wagte sich weit vor, als sie äußerte: »Eventuell hat dieser Karl bessere Gründe genannt.«

Ansgaard blieb kurz stehen. »Eventuell ist er für meine Schwester attraktiver.«

Hässlich war dieser Karl ganz sicher nicht, dachte Gitte und musterte dabei den Kommissar, sein Kinn mit dem Grübchen in der Mitte, den schön geschwungenen Mund und die blauen Augen. Sie wusste dennoch, wen sie dem Aussehen nach vorziehen würde. Unter Geschwistern war das Aussehen wahrscheinlich ziemlich egal. Als er neben ihr stehen blieb, fragte sie ihn unverblümt: »Welche Gründe hast du denn, dass du deine Schwester meidest wie ein krankes Tier?«

Er setzte sich wieder in Bewegung. »Darüber möchte ich jetzt nicht reden.«

Immerhin grenzte er diese Unwilligkeit zeitlich ein. Es bestand Hoffnung, dass Gitte mit hartnäckiger Neugier und bei besserer Gelegenheit herausfand, was hinter dem Streit steckte. Ole Ansgaard setzte nach: »Seit ich dich kenne, treffe ich meine Schwester andauernd. Man könnte fast meinen, du hättest deine Totengräberhände dabei im Spiel.«

»So gut kenne ich deine Schwester nicht, dass ich wegen dir Verabredungen mit ihr arrangiere. Ihr wohnt halt in einem sehr kleinen Ort, da trifft man sich beim Einkaufen und auch bei Konzertbesuchen. Es gibt übrigens gute Mediatoren, die bei einer Streitschlichtung helfen können.«

Sie waren wieder bei der Plattform angekommen, wo die Band gerade eine weitere Pause eingelegt hatte. Ole sagte: »Ich möchte jetzt noch ein Bier trinken, du auch?«

Gitte wollte sehr gerne, aber sie bestand darauf, dass dieses Mal sie bezahlte. Am Getränkestand streifte ihr Blick den von Malthe, der auf der Bühne stand und mit zwei jungen Frauen sprach. Er winkte ihr zu, und Gitte hob entschuldigend die beiden Biere in ihren Händen.

Ole Ansgaard trank sein Bier, ohne ihr zuzuprosten. Dafür war er anscheinend zu sehr in seine Gedanken vertieft, die er nun laut kundtat: »Gitte, eine Mediation unseres Streites würde keinen Sinn ergeben, aus einem ganz einfachen Grund: Ich möchte den Streit nicht beilegen. Das glaube ich jedenfalls.«

»Himmel, mit einer derartigen Sturheit machst du jedem westfälischen Landei Konkurrenz. Allerdings ist ein echter Westfale guten Argumenten gegenüber aufgeschlossen. Wie geht es jetzt weiter?«

Der Kommissar antwortete: »Ich denke, die Band spielt noch ein paar Stücke, und dann gibt es ein kleines Feuerwerk.«

Auf dieses Ablenkungsmanöver reagierte Gitte nicht, sondern brachte stattdessen die Sprache wieder auf den Fall: »Wie heißt eigentlich das verschwundene Mädchen? Sie kam aus Schleswig, stimmt's?«

»Ja, Joris und sie haben sich in einer Sprachschule kennengelernt. Sie heißt Karen Milasen. Und das ist auch schon alles, was du an internen Ermittlungsergebnissen erfahren wirst.«

Auch diese Abfuhr ignorierte Gitte, sie fragte erstaunt: »Der Name klingt eindeutig dänisch. Hat sie in der Sprachschule vielleicht einen Deutschkurs besucht? Und hast du eine Idee, was mit ihr passiert sein könnte?«

»Nun, sie ist entweder unfreiwillig verschwunden, dann dürfte sie entführt oder tot sein. Oder sie hat große Angst und versteckt sich irgendwo, weil sie etwas über den Mord weiß, vielleicht sogar Zeugin ist. Die dritte Variante schließe ich eher aus: Das Mädchen hatte keine Lust auf Eltern, Praktikum und einen melancholischen griechischen Freund und hat sich abgesetzt.«

»Sind deine Schwester und der Maler ein Paar?«

»Gitte Madsen, wenn du nicht augenblicklich mit der Fragerei aufhörst, liefere ich dich unserem Wikingerhelden Malthe aus. Der schaut ohnehin ständig herüber, obgleich er genug Frauen an der Bühne stehen hat.«

9

Am nächsten Morgen schlief Gitte bis halb neun und wurde nicht vom Wecker, sondern von einigen Kindern geweckt, die lachend auf dem Weg an ihrem Haus vorbeiliefen. Das Wetter sah vom Bett aus betrachtet zuversichtlich sonnig aus. Gitte hoffte, dass es sich nicht nur um einen verirrten Sonnenstrahl aus einer Wolkendecke handelte, und zog an den Vorhängen hinter ihrem Bett. Tatsächlich, strahlend blauer Himmel. Sie freute sich auf ein Frühstück auf der Veranda und beeilte sich mit der Morgentoilette.

Das angenehme Gefühl hielt so lange an, bis sie die Terrassentür öffnete und mit dem Kopf gegen etwas Weiches stieß. Sie stieß einen spitzen Schrei aus. Von der Sonne geblendet, konnte sie nicht sofort erkennen, wogegen sie da gelaufen war.

Hellbraunes Fell hing vor der Tür herab, und zwei lange Ohren zeigten traurig nach unten. Es war ein totes Kaninchen, mit dem jemand böswillig ihre Tür zum Garten geschmückt hatte. Ein paar Blutflecken auf den Holzplanken ihrer Terrasse vervollständigten die makabere Szenerie.

Eine Weile lang stand sie einfach nur da und starrte auf das tote Tier, dann riss sie sich los und griff nach ihrem Handy. Sie rief die Polizeistation an. Auf ihren Wunsch hin wurde Ole Ansgaard ans Telefon geholt, der sich erstaunlich munter meldete: »Na, was hast du heute herausgefunden?«

»Dass mich jemand nicht leiden kann.« Sie erzählte dem Kommissar von dem Kadaver und fügte hinzu: »Möchtet ihr das Tier abhängen? Ich will dieses Mal nichts anfassen und keine Spuren zerstören.«

Gitte hatte gerade ihre erste Tasse Kaffee ausgetrunken. Ihr Brötchen mit *jordbærsyltetøj*, der leckeren dänischen Erdbeermarmelade, lag noch zur Hälfte auf dem Teller, da fuhr Ole Ansgaard bereits vor. Ein Mann mit einem Koffer begleitete ihn und machte sich ohne viele Worte an dem Kaninchen zu schaffen. Der Beamte fotografierte die Tür und untersuchte den Knoten und alles andere genauestens.

Gitte bot beiden Männern einen Kaffee an, doch nur der Kommissar setzte sich mit einer Tasse zu ihr.

»Du weißt, was das bedeutet, oder?«

Gitte nickte. »Ich nehme an, jemand will mich warnen.«

Ole Ansgaard blickte auf seine Armbanduhr. »Warum bist du noch nicht bei der Arbeit? Bist du krank?«

»Ich darf heute später anfangen, weil ich gestern recht lange gearbeitet habe. Wenn ich heute früh zur Arbeit gegangen wäre, hätte ich das Ding sicher erst am Nachmittag bemerkt. Morgens gehe ich immer zur Haustür hinaus.«

Der Kommissar gab eine Art Grummeln von sich und starrte abwechselnd in seine Kaffeetasse und auf das tote Tier, das bereits eingetütet war. Man wollte die Todesursache feststellen, vielleicht gab sie Hinweise auf den Täter.

Das mehrmalige Klingeln einer Fahrradschelle kündigte einen Besucher an. Erik, ihr Nachbar, kam den Weg entlang, er trug einen blauen Bademantel und hatte sich ein Handtuch um den Hals gelegt, das auch den nassen Kopf zur Hälfte bedeckte. Offenbar war er so früh schon im Meer gewesen. Gitte bewunderte dieses kühne Unternehmen.

Erik hielt vor ihrer Veranda und blickte auf den Beamten, der Gittes Tür gerade auf Fingerabdrücke untersuchte. »Ist wieder etwas passiert? Geht es dir gut, Gitte?« Dann sah er das tote Kaninchen in der Tüte und ergänzte klug: »Oh, das ist sicher keine Einladung zu einem Wildgericht, oder?«

Der Kommissar hielt sich nicht mit langen Erklärungen auf: »Hast du heute Morgen jemanden gesehen?«

Erik schüttelte den Kopf, es tat ihm sichtlich leid, nicht die ganze Nacht Wache schiebend auf seiner Veranda verbracht zu haben. »Sorry, heute Morgen war ich ein bisschen später dran. Aber gestern Abend habe ich noch lange draußen gesessen, schon wegen der guten Musik, die von dem Konzert herüberschallte. Ich war am Ende so durchgefroren, dass ich auch eine glaubhafte Leiche abgegeben hätte.« Er lachte. »Da war niemand hier, garantiert nicht.«

Ole Ansgaard dankte ihm mit einem Kopfnicken und wandte sich wieder an Gitte: »Ich frage mich, warum du gerade jetzt ein totes Kaninchen bekommst. Hast du gestern irgendwo herumgeschnüffelt? Warst du bei meiner Schwester und hast Fragen gestellt?«

Gitte ärgerte sich über den unhöflichen Tonfall des Kommissars und schüttelte den Kopf. »Ich habe den ganzen Tag gearbeitet und war dann auf dem Konzert, wo du mich ja kaum von der Leine gelassen hast.«

Der Kommissar runzelte die Stirn, erwiderte aber nichts.

Der Beamte der Spurensicherung, der trotz seiner jungen Jahre einen stattlichen Bauch vor sich herschob, teilte seinem Chef mit, dass er fertig sei und das Tier nun ins Labor bringen wolle. Ole Ansgaard machte keine Anstalten, seinen Platz in der Sonne zu verlassen, er sagte nur: »Ich begleite Gitte Madsen noch zu ihrer Arbeit, fahr ruhig vor.«

Erik stand noch immer bei seinem Fahrrad und rieb sich den Hinterkopf, während Gitte in die Runde grinste. »Der will mich doch jetzt wohl nicht unter Polizeischutz stellen?« Und an den Kommissar gewandt erklärte sie: »Wenn mir jemand etwas hätte antun wollen, hätte er doch nicht erst ein armes Kaninchen massakriert.«

Der Kommissar winkte ab. »Ich wollte mir lediglich die Beine vertreten und die Sonne genießen, ich muss nämlich gleich zu einer Sondersitzung nach Nykøbing, bei der ich mindestens drei Stunden still sitzen muss. Aber an deiner Stelle würde ich eine solche Warnung durchaus ernst nehmen. Halte dich in nächster Zeit am besten mal zurück mit den öffentlichen Auftritten. Du vertraust den Leuten viel zu schnell. Nehmen wir mal das deutsche Ehepaar, dessen Auto angeblich geknackt wurde. Wie heißen die noch? Julia und Michael Heilmann, genau. Wusstest du, dass sie beide bereits als ziemlich gewaltbereit aufgefallen sind? 2011 haben sie tätlich gegen einen Atommüll-Transport protestiert, und Michael Heilmann ist wegen aggressiver Gegenwehr sogar kurzzeitig festgenommen worden.«

»Das klingt eher nach bürgerlichem Einsatz für eine gute Sache, oder?«

»Das zeigt eine gewisse Bereitschaft zur Gewalt.« Ole Ansgaard verschränkte demonstrativ die muskulösen Arme vor der Brust und setzte ein Gesicht auf, das Gitte an einen klassischen deutschen Beamten erinnerte. Sie musste lachen.

»Die Teilnahme an einer solchen Aktion macht sie doch nicht gleich zu Verbrechern. In welche Richtung ermittelt ihr eigentlich? Was ist mit der Familie von Joris? Ich finde Herrn Papadakis aus Nykøbing allmählich auch suspekt. Wieso hat der Mann nicht gleich erzählt, dass er von dem Aufenthalt seines Neffen in Marielyst wusste?«

Erik, der Schwede, nickte, hatte aber sicher kaum ein Wort Dänisch verstanden.

Ole Ansgaard starrte Gitte und ihn abwechselnd an und haute dann mit der rechten Hand fest auf den Tisch. Seine Stimme dagegen war gefährlich leise, und er wechselte nun wieder ins Englische. »Könnt ihr beiden mir mal sagen, woher ihr das wisst? Meine Informationen lauten: Angelos Papadakis hat seinen Neffen erst ein, zwei Tage später erwartet und war total überrascht, dass er sich bereits in Marielyst herumtrieb.«

Gitte grinste ihn an: »Dann lässt du dir die Haare nicht im richtigen Friseursalon in Nykøbing schneiden. Dort erzählt man es ganz anders. Angeblich hat Joris durchaus Bescheid gegeben, dass er erst noch in Marielyst bleiben wollte.«

»So etwas erzählt man sich im Friseursalon? Dass Joris seine Verwandtschaft informiert hat?« Gitte nickte und schwieg, und Erik schnappte sich sein Rad. »Ich gehe mal los und ziehe mir etwas an.«

Der Kommissar griff nach der Kaffeekanne und goss sich eine weitere Tasse ein. »Du bist erst seit knapp zwei Wochen in Dänemark, und Erik ist ein Tourist aus Schweden, aber ihr habt anscheinend Informanten in Nykøbing sitzen, oder noch schlimmer, ihr lauft dort herum und befragt wahllos die Leute um das Hotel herum. Da brauche ich mich über tote Kaninchen an deiner Tür ja nicht zu wundern. Das ist ein sehr gefährliches Spiel, als Nichtpolizist auf eigene Faust zu ermitteln. Vor allem, wenn man diese Informationen vor der Polizei verheimlicht. Ich sage dir etwas: Ich persönlich bin der Meinung, dass das verschwundene Mädchen genau aus diesen Gründen in großer Gefahr ist. Sie wusste zu viel.«

»Gibt es denn gar keine Spur von ihr?«

»Wir zeigen überall ihr Foto herum, aber in einem Urlaubsort herrscht eine große Fluktuation. Vielleicht gäbe es wunderbare Zeugen, die aber schon lange abgereist und daher nicht mehr auffindbar sind. Außerdem wollen viele Touristen in ihrem Urlaub keinen Kontakt zur Polizei. Die Zeit ist wertvoll, da braucht man keine Probleme.«

In Gitte reifte ein Entschluss. Für diese verwegene Idee musste sie, und zwar unbedingt allein, ein, zwei Telefonate führen und außerdem ein paar Euro in die Hand nehmen. Und es war wichtig, dass sie niemandem davon erzählte. Leider musste sie sich nun bis zu ihrer Mittagspause gedulden.

Sie und der Kommissar gingen um kurz nach zehn Uhr gemeinsam in den Ort. Der Höflichkeit halber schob Gitte ihr Rad. Trotz seiner langen Beine schlenderte ihr Begleiter heute so langsam durch die Straßen, als suchte er nach einem Picknickplatz. Er blickte rechts und links, wies sie auf einen Grünfinken hin und hatte offenbar sehr viel Zeit. Genug offenbar für ein Gespräch, fand Gitte und fragte ihn: »Erzählst du mir jetzt von dem Streit zwischen dir und deiner Schwester? Entschuldige meine Neugier, aber ihr macht beide einen recht umgänglichen Eindruck, und ich wundere mich sehr, dass ihr euch so in den Haaren liegt.« Beim Spaziergang erzählte sich manches leichter, das wusste Gitte, und sie hoffte sehr, dass Ole Ansgaard nicht wieder wütend wurde.

Zu ihrer Überraschung lachte er leise auf. »Na gut, die Geschichte ist kompliziert, aber schnell erzählt. Es gibt drei Akteure, und keiner von ihnen spielt eine Heldenrolle. Meine Frau hat mich damals betrogen. Keine sonderlich kreative Leistung, der Klassiker in jedem schlechten Bühnenstück. Ich Hornochse ahnte nichts, Ann dagegen schon. Sie stellte Anita zur Rede und machte ihr Vorwürfe.«

Wahrscheinlich, ohne es recht zu bemerken, war der Kommissar stehen geblieben, jetzt legte er eine Hand auf ihren Sattel und ballte sie zur Faust. Der ganze Mann zeigte plötzlich eine enorme Anspannung, und es dauerte eine Weile, bis er weitererzählte.

»Ich weiß bis heute nicht, worüber die beiden Frauen geredet und wie schlimm sie sich gestritten haben. Ann schwört, sie habe meiner Frau nicht gedroht oder dergleichen. Sie habe ihr nur ins Gewissen geredet. Aber Anita ist direkt nach dem Gespräch in ihr Auto gestiegen und davongefahren. Sie muss sehr erregt gewesen sein.«

Ole Ansgaard blickte Gitte an und setzte sich wieder in Bewegung. »Anita wird sich gedacht haben, dass ich nun von ihrem Verhältnis erfahre. Da ist es doch klar, dass sie in einem

Zustand war, in dem sie nicht Auto fahren sollte, oder? Ann hätte sie niemals wegfahren lassen dürfen. Schon auf der ersten Kreuzung ist Anita in den Gegenverkehr geraten, sie hatte keine Chance. Schweres Schädel-Hirn-Trauma, Verletzungen an der Wirbelsäule. Meine Frau ist seitdem schwer geschädigt, vor allem seelisch, aber das kann sie nicht mehr äußern. Sie lebt in einem Heim in Nykøbing.«

Als wollte er vor etwas wegrennen, wurde er nun immer schneller. Gitte mit ihrem Rad blieb zurück.

Sie dachte nach. Das, was sie gehört hatte, war eine unglückliche Verkettung von Dingen gewesen, die mit einem furchtbaren Unglück geendet hatten. Aber sie konnte keine Schuld bei Ann Brixen feststellen. Dass Oles Schwester mit ihrer Schwägerin über den Seitensprung gesprochen hatte, fand Gitte nachvollziehbar. Ann hatte doch nicht vorhersehen können, dass Anita daraufhin einen Autounfall bauen würde. Ständig setzten sich Tausende von Menschen mit unpassenden Gemütszuständen in ihr Auto. Meist ging es gut.

Sie hatte Ole eingeholt und sagte vorsichtig: »Ole, das ist ein schreckliches Unglück, das da passiert ist. Aber was genau wirfst du deiner Schwester vor?«

»Ich weiß nicht. Oder doch.« Er fuhr mit der Hand durch die Luft.

»Ich werfe ihr vor, dass sie Anita nicht aufgehalten hat. Und dass sie mit ihr überhaupt darüber geredet hat. Mit mir hätte meine Schwester sprechen müssen. Ach was, sie hätte sich einfach raushalten sollen.«

Gitte ließ ihn reden und hoffte, dass ihm selbst auffiel, wie ungerecht er war. Erst als sie beim Geschäft von Larstsen angekommen waren, gab sie zu bedenken: »Alles hat doch damit begonnen, dass deine Frau ein Unrecht beging. Du kannst deiner Schwester nicht vorwerfen, dass sie euch helfen wollte. Deine Frau hätte diesen Unfall vielleicht auch ohne das

Gespräch mit Ann verursacht, solche Dinge passieren eben. Wäre deine Frau nicht verunglückt, dann wärst du eventuell sogar froh gewesen, dass deine Schwester sich eingemischt hat. Ole, du musst das voneinander trennen.«

»Was soll ich?«

»Deine Frau ist nicht verunglückt, weil deine Schwester mit ihr ein durchaus nachvollziehbares Gespräch geführt hat, sondern weil sie beim Autofahren nicht aufgepasst hat.«

Er brummte etwas, gab ihrem Fahrradsattel einen Klaps und sagte: »Geh arbeiten, Gitte Madsen.«

Betroffen, aber mit einem guten Gefühl betrat Gitte den Laden. Es war ein klärendes Gespräch gewesen. Als Larstsen gegen Mittag kurz nach Hause fuhr, um etwas zu essen, setzte Gitte sich an den Rechner und forschte nach einer Detektei in Lübeck und Umgebung. Sie fand mehrere und entschied nach dem Internetauftritt. Eine Detektei machte gezielt Werbung mit ihrer Aufklärungsquote bei kleineren Delikten. Kurz entschlossen wählte sie die aufgeführte Nummer und hatte gleich darauf eine weibliche Stimme am Telefon.

Gitte erklärte der Dame, worum es ging: »Eine Freundin von mir ist verschwunden, das letzte Mal wurde sie in Marielyst an der dänischen Ostsee gesehen. Hier befinde ich mich auch gerade. Nun hat meine Freundin kurz vor Reiseantritt eine Sprachschule besucht, bei Ihnen in Lübeck. Ich kann hier aus beruflichen Gründen nicht weg und möchte daher Ihre Detektei beauftragen, an dieser Sprachschule Erkundigungen einzuholen. Wann und mit wem hatte sie dort Kontakt, und wusste jemand etwas über die Pläne meiner Freundin hier in Marielyst.«

Die Hälfte des Textes hätte Gitte sich sparen können, denn sie wurde sehr freundlich an den zuständigen Mitarbeiter weiterverbunden. Mit lässiger Stimme meldete sich nicht etwa Philip Marlowe, sondern ein gewisser Kevin Dunkel. »Wie soll ich Ihnen helfen?«, fragte er mit einem zuversichtlichen Grundton in der Stimme.

Gitte erklärte von Neuem, dass jemand sich für sie nach einer gewissen Karen Milasen bei einer bestimmten Sprachschule in Lübeck erkundigen sollte. Nein, ein Foto habe sie leider nicht. Aber sie wäre begeistert, wenn die Detektei eines herbeischaffen könne. Dann gelinge so eine Nachforschung ja viel besser.

»Das regeln wir sehr gerne. Was genau möchten Sie herausfinden?«

»Sie soll sich mit einem jungen Griechen angefreundet haben, die beiden haben sich wahrscheinlich an der Sprachschule kennengelernt. Diese Verbindung, wenn sie denn bestand, interessiert mich sehr. Außerdem möchte ich wissen, warum sie nach Marielyst gereist ist. Ich weiß, dass sie dort ein Praktikum absolvieren wollte, aber sie ist nie an ihrem Praktikumsplatz angekommen. Gab es eventuell noch andere Dinge, die sie hier erledigen wollte? Ich möchte einfach alles wissen, was Sie in kürzester Zeit über Karen Milasen und über einen Griechen namens Joris Papadakis herausfinden können.«

Am anderen Ende hörte sie Papier rascheln, sicher machte sich der Angestellte der Detektei ein paar Notizen. Dann meldete er sich mit einer Zusammenfassung: »Damit ich Sie richtig verstanden habe: Wir suchen die Sprachschule auf, fragen nach einer Karen Milasen, und insbesondere nach ihren Plänen für den Ort Marielyst und nach ihrer Beziehung zu einem Griechen. Sollen wir noch zusätzlich private Erkundigungen über die junge Frau einziehen, oder beschränkt sich die Suche auf die Sprachschule?«

Gitte überlegte kurz, sie hatte keine Ahnung, was so ein Auftrag kostete. Daher erwiderte sie in sachlichem Ton: »Was haben Sie denn in meinem Fall für einen Stundenlohn?«

Die andere Stimme klang jovial. »Das klingt nicht nach einem gefährlichen oder anstrengenden Auftrag. Wir können einen Stundenlohn von 65 Euro vereinbaren sowie einen festen Satz von 35 Euro für Auftragsübernahme und Aufwand.«

Gitte überlegte schnell, wie viel Zeit man wohl brauchte, um sich in der Schule umzuhören. Am liebsten wäre sie ja selbst gefahren, aber sie hatte einen Job. Sie fragte vorsichtig: »Kommen Sie mit zwei bis drei Stunden hin?«

Herr Dunkel räusperte sich nun, und seine Stimme wurde ein wenig verbindlicher. »Hören Sie, es ist immer am besten, Sie sagen uns die Wahrheit. Wenn es sich hier also um eine Frau handelt, die Ihnen den Freund ausgespannt hat, dann können Sie uns das ruhig sagen. Je genauer wir wissen, worum es geht, desto effizienter arbeiten unsere Antennen.«

Auf die Idee, dass ihr Gesprächsteilnehmer sie für eine eifersüchtige Frau halten könnte, die einer möglichen Nebenbuhlerin nachspionieren wollte, wäre sie nie gekommen. Aber wahrscheinlich ging es bei den meisten Aufträgen einer Detektei um genau solche Fälle. Misstrauische Ehefrauen, betrogene Ehemänner, Chefs, die einer Krankschreibung nicht vertrauten, und Ähnliches.

Ein wenig streng teilte sie Kevin Dunkel daher mit: »Genau genommen geht es hier in Marielyst sogar um Mord. Der junge Grieche, von dem ich sprach, lag tot vor meiner Terrassentür, und die junge Frau namens Karen Milasen muss irgendwie in den Fall verwickelt sein. Sie ist tatsächlich verschwunden. Und falls Sie mit Ihren Fragen auffallen, wäre es schön, wenn ich als Auftraggeberin anonym bleiben könnte. Die Polizei hier in Dänemark ist bereits wenig amused über meine Alleingänge. Doch ich möchte wissen, warum dieser junge Mann tot vor meiner Terrassentür lag, und ich vermute, dass es mit dem Kontakt der beiden zueinander zusammenhängt.«

Bildete sie sich etwas ein, oder klang seine Stimme nun deutlich interessierter, ja fast freudig? »Entschuldigung, ich wollte Ihnen nicht zu nahe treten. Das klingt ja plötzlich nach einem spannenden und komplexen Fall. Ich verspreche Ihnen, dass ich mich persönlich darum kümmern werde. Heute schaffe ich es nicht mehr, aber morgen früh gehe ich gleich zu der Schule. Ich muss mich mal informieren, also eventuell melde ich mich erst übermorgen bei Ihnen.«

Sie tauschten noch einige Details aus, und das beklommene Gefühl, das Gitte beim Kontaktieren einer Detektei verspürt hatte, schwand zunehmend. Ja, sie kam sich sogar verwegen vor und hätte gerne jemandem davon erzählt. Als wollte ihr das Schicksal diesen Wunsch erfüllen, bekam Gitte am Nachmittag eine SMS von der Bäckerin Sofie, die sie bei Tante Stine kennengelernt hatte.

Hast du Zeit? Würde heute Abend kurz vorbeikommen. War mit Liam im Hotel.

Entweder wollte Sofie darüber berichten, dass ihr ein intensiverer Kontakt zu dem Mann gelungen war, den sie umschwärmte. Oder sie hatte Neuigkeiten aus dem Hotel, in dem Angelos Papadakis und seine Familie arbeiteten. Gitte wollte nach der Arbeit ein paar Leckereien für sich und Sofie einkaufen und schrieb zurück, dass sie ein bisschen Hunger mitbringen solle.

Die Dänen aßen im Allgemeinen recht früh zu Abend, gerne schon um sechs Uhr. Gitte hatte sich da in Münster ganz andere Zeiten angewöhnt. Nicht selten war sie mit Kollegen noch abends um neun eine Kleinigkeit essen gegangen. Deutsche Restaurants hatten ihre Küchen auch noch länger geöffnet, vor allem an den Wochenenden. Diese Flexibilität gab es in ihrer Wahlheimat nur in Großstädten wie Kopenhagen. Hier saß man allerdings um neun Uhr abends meist schon allein im Restaurant. Daher rechnete Gitte mit dem Besuch von Sofie gegen sechs Uhr.

Sie nahm also auf dem Weg nach Hause den kleinen Umweg zum Lebensmittelladen und kaufte Käse am Stück, etwas Schinken, Tomaten, Gurken, Zwiebeln und ein paar Knabbereien ein. Am Bäckerstand entschied sie sich für ein Baguette.

Bewaffnet mit zwei Tüten rechts und links am Fahrrad fuhr sie ein kurzes Stück den Bøtøvej entlang und bog dann in eine Nebenstraße ein. Und dort entdeckte sie Niko, mit einem großen Mann an seiner Seite. Die beiden betraten soeben ein Grundstück, auf dem in der Mitte ein flaches Holzhaus stand. Hier wohnte der Racker also. Sie winkte ihm zu. Immerhin hatte der Junge kürzlich Freundschaft mit ihr geschlossen. Niko drehte sich um und rannte ihr die paar Meter entgegen. Der Mann kam langsam hinterher und lächelte sie fast unverschämt offen an.

»Hej, Niko, hier wohnst du also. Hej, ich kenne Ihren Sohn vom Strand.«

»Hej, nett, Sie kennenzulernen«, sagte der Vater und musterte sie mit ungewöhnlich grünen Augen von oben bis unten. Sein Lächeln war Gitte etwas zu intensiv, man hätte meinen können, er wollte vor seinem Sohn mit ihr flirten. Unter ihren Kollegen in Münster hatte es auch so einen Typ Mann gegeben, nett und harmlos, aber immer einen Schritt zu direkt, zu freundlich.

»Gitte interessiert sich für den toten Griechen«, sagte Niko jetzt zu seinem Vater. »Sie spricht nämlich Dänisch und Deutsch und kann den Fall aufklären.«

»Oh, arbeiten Sie für die Polizei?« Sie verneinte und lachte betont harmlos. »Jeder interessiert sich doch ein bisschen dafür, was genau passiert ist, oder? Ich lebe hier und möchte nicht, dass ein Mörder frei herumläuft. Niko hat mir erzählt, Sie hätten den jungen Griechen am Bøtøcenter gesehen.«

»Meine Frau ist sich sicher, dass er es gewesen ist, und sie hat ein gutes Gespür für Menschen.«

Das wagte Gitte stark zu bezweifeln. Immerhin hatte sie die Dame beobachtet, als sie so aufgebracht darüber war, dass ihre Kinder ohne ihr Wissen ein Eis aßen. Sie wagte eine weitere Frage. »Haben Sie mitbekommen, was er dort gewollt hat?«

»Er hat die Leute angebettelt, habe ich dir doch schon gesagt.« Niko verdrehte die Augen.

Nikos Vater streckte ihr jetzt erst einmal die Hand hin. »Ich bin Frank. Ja, der Mann hat einige Leute befragt und dabei einen Zettel vorgezeigt. Er bekam auch Antwort. Jemand hat ihm einen Weg erklärt. Der junge Grieche war mit einem Fahrrad dort und ist daraufhin weggefahren.« Mit einem entschuldigenden Lächeln, weil er Leute so genau beobachtet hatte, fügte Frank hinzu: »Wir saßen auf einer Bank und haben Eis gegessen, da schaut man schon mal in der Gegend rum.«

Joris hatte also ein Fahrrad besessen. Damit konnte man in der Umgebung von Marielyst durchaus längere Strecken bewältigen und dennoch abends auf dem Campingplatz am Lagerfeuer sitzen, dachte Gitte. Joris hatte sich innerhalb weniger Stunden erstaunlich gut organisiert. Er war per Anhalter gekommen, hatte sich zügig einen Platz zum Campen und ein Zelt beschafft und durch ein Fahrrad für eine gewisse Mobilität gesorgt. Sie empfand zum ersten Mal nicht nur Mitleid mit dem jungen Mann, sondern auch Respekt.

Bei der Ankunft zu Hause winkte ihr Erik von seiner Veranda aus zu. Er trug eine kurze Hose und ein T-Shirt und hielt ein grünes Gymnastikband in den Händen, mit dem er merkwürdige Übungen veranstaltete. Gitte sah, dass es nicht nur gutes Essen war, was den Schweden so massig wirken ließ. Offenbar trainierte er regelmäßig.

»Ich habe den ganzen Tag aufgepasst, Gitte. Heute hängt dir keiner mehr ein totes Vieh an die Tür.« Gitte lachte. Wenn allerdings heute Nacht jemand käme, um ihr etwas an die Tür zu hängen, könnte das auch Erik kaum verhindern. Dafür bräuchte sie einen Hund. Leider war Hieronymus diesbezüglich völlig unbrauchbar. Er konnte keinen Laut geben und sie nicht verteidigen. Sie betrachtete ihre Schildkröte, die sie heute sicherheitshalber im Haus gelassen hatte aus Sorge, dass jemand ihrem Tier noch etwas antat. Wer Kaninchen tötete, um sie als Drohgebärde an fremde Türen zu hängen, der wurde bei einer Schildkröte sicher nicht plötzlich sensibel.

»Danke, Erik, in deiner Nähe fühle ich mich gleich besser. Ich mag mir gar nicht vorstellen, dass du nächsten Samstag nicht mehr da bist.« Und das stimmte. Gitte hatte überhaupt keine Lust auf neue Nachbarn. Doch irgendwann war ein Urlaub eben vorbei.

»Ich reise erst ab, wenn wir den Fall Joris gelöst haben. Meine Frau, das morbide Weib, ist total fasziniert, dass man uns hier tote Tiere an die Tür hängt. Das wäre ein bisschen wie in ihren Büchern. Sie sagte übrigens, und da ist sie sich ganz sicher, dass Joris eine Mission erfüllen wollte. Und diese Mission würde uns zum Täter führen.« Er nickte wichtig und ergänzte: »Pass mal auf, Gitte, nächstes Mal kommt sie noch mit, wenn hier so viel los ist.« Man konnte Erik ansehen, dass ihn das freuen würde.

Gitte winkte ihm zu und verschwand schnell in ihre Küche. Sie wollte für Sofies Besuch noch einen Käsesalat und einen Tomatensalat vorbereiten, das Baguette warm machen und den Tisch draußen decken. Dabei dachte sie über Eriks Worte nach. Die gute Vorbereitung von Joris, die Runen auf dem Rücken und das Mädchen, all das könnte tatsächlich mit einem festen Plan zusammenhängen. Und Gitte glaubte nicht, dass es dabei um ein Drogendelikt gegangen war. Hoffentlich brachte die Recherche in der Sprachschule neue Erkenntnisse.

Da Gitte die kalten Abende hier kannte, legte sie über jeden Stuhl eine Decke. Hieronymus gönnte sie noch ein paar Grashalme in der Abendsonne. Während sie hantierte und Erik draußen saß, würde nichts geschehen. Mit schlechtem Gewissen stellte sie fest, dass ihr Rasen gemäht werden musste, Hieronymus war im hohen Gras fast nicht mehr zu sehen.

Um Viertel nach sechs Uhr kam Sofie mit einem alten VW angefahren. Aus ihrem Radio lief laut der Song *Highway to hell.* Gut gelaunt stieg sie aus dem Wagen, winkte und blieb erst einmal vor Hieronymus' Auslauf stehen. Entzückt rief sie aus: »Ist die süß! Schau nur die dicken runzeligen Beine an und das Maul, so zahnlos und ernst. Ich liebe Schildkröten. Du musst mir unbedingt mehr über die Haltung erzählen. Ich will auch eine haben.« Gitte strahlte, dass ihr Haustier mindestens so gut ankam wie ein niedlicher Welpe.

Auch ihr kleines Häuschen gefiel der neuen Freundin gut. »In einer Feriensiedlung bekommst du immer wieder neue Nachbarn, nicht wahr? Wenn du mal Streit hast, brauchst du das nur auszusitzen.«

»Ja, aber wenn ich mich an jemanden gewöhnt habe, wie jetzt an Erik, ist es superdoof, wenn er mich einfach hier sitzen lässt.«

Sofie lachte und sah zum Haus von Erik herüber. »Du klingst ja wie ein verlassenes Eheweib. Er ist also nett, dein Schwede.«

»Mein Schwede gehört zu einer überaus interessanten Ehefrau, die Malerin ist und am liebsten Buchcover für Horrorgeschichten entwirft. Sie reist nur sehr ungern, deshalb ist er alleine hier. Erik ist absolut zuverlässig und passt auf, weil sich bei mir auf der Veranda doch immer die Leichen tummeln.« Gitte erzählte Sofie von dem toten Kaninchen, was die Bäckerin sehr beeindruckte. »Hast du denn jetzt keine Angst?«

»Ein wenig schon«, gab Gitte zu. »Aber solange es bei einer Warnung bleibt … Ich habe heute eine Detektei in Lübeck beauftragt, Erkundigungen über die verschwundene Frau und über Joris einzuholen. Die beiden haben sich an einer Sprachschule kennengelernt. Hoffentlich bekommt das der Täter nicht mit, und der Kommissar sollte ebenfalls nichts davon erfahren.«

»Du traust dir was zu, Gitte. Ich war übrigens mit Liam, der sich wirklich als ganz besonders schwerer Fall herausstellt, im Hotel, um die Brötchenlieferung zu besprechen. Statt sich zu freuen, dass seine überaus gut gelaunte Chefin ihn begleitet, meinte er nur, so etwas sei Verschwendung von Ressourcen, in der Bäckerei gäbe es doch immer etwas zu tun. Der Kerl kommt überhaupt nicht auf die Idee, dass ich ihn mögen könnte. Aber ihm sind dann doch die Augen herausgefallen, als ich in meinem schönsten Sommerkleid zum Dienst erschien. Er fing tatsächlich an zu stottern, und seine wunderschönen braunen Augen wurden so dunkel wie Kohlestücke. Auf dem Rückweg zum Auto bin ich dann schlimm gestolpert.« Sofie zwinkerte Gitte munter zu und lächelte leise, während sie sich noch eine Portion von dem Käsesalat nahm.

Gitte betrachtete die junge Bäckerin in ihrem langärmeligen bunten Kleid, das die gebräunten langen Beine und ihre schlanke Figur wunderbar zur Geltung brachte. Sofies blonde Haare standen lockig in alle Richtungen ab. »Und dann?«, fragte Gitte.

»Hat er mich ganz galant und sehr souverän aufgefangen. Ich glaube, als ich mich so nett an ihn gelehnt und mein entzückendes Lächeln gezeigt habe, war er doch berührt und kam mal auf andere Gedanken. Er sprach danach jedenfalls nicht mehr von Brötchen, Kuchen oder der Kundschaft.«

Sofie steckte sich eine Gabel voll Salat in den Mund und biss kräftig von einem Stück Baguette ab. Genießerisch lächelte sie, weil es ihr schmeckte oder in Erinnerung an Liam, das war Gitte nicht ganz klar. Sie freute sich für Sofie.

Aber sie war doch neugierig, ob Sofie Wort gehalten und sich unter den Angestellten umgehört hatte. Nervös scharrte sie unter dem Tisch mit den Füßen und konnte schließlich doch nicht anders, als direkt zu fragen: »Habt ihr denn im Hotel etwas herausgefunden?«

»Ja klar, bloß wegen einer harmlosen Liebesgeschichte, die noch nicht einmal richtig begonnen hat, bin ich doch nicht hergekommen. Das Beste kommt zum Schluss. Die Polizei hat im Hotel und unter den Angestellten wegen Joris ermittelt, und einer der Hotelmitarbeiter hat ein Gespräch belauscht, ich glaube, zwischen dem Kommissar und Angelos, dem Onkel von Joris. Ich weiß jetzt, warum der Vater von Joris im Gefängnis sitzt und sein Bruder weit ab von der Heimat bei uns im kühlen Norden lebt.«

Gitte beugte sich gespannt ein Stück vor, um auch ja kein Wort zu verpassen.

»Joris' Vater hat bei einem heftigen Streit und in betrunkenem Zustand seine Frau erwürgt, die Mutter von Joris. Sein Bruder Angelos kam dazu, und es kam zu einer weiteren Prügelei, bei der Angelos seinen Bruder außer Gefecht setzte und die Polizei rief. Er war der Hauptzeuge des Verbrechens und hat nicht eine Sekunde gezögert, seinen Bruder ans Messer zu liefern und ungeschminkt gegen ihn auszusagen.«

»Richtig so! Aber ich habe gehört, Joris' Mutter ist an einer schweren Krankheit gestorben.«

»Das ist wohl die Version, die man außerhalb der Familie gerne erzählt. Klingt ja auch besser als: ›Mein Bruder hat seine eigene Frau zu Tode gewürgt.‹«

Gitte fragte sich, wie Joris diese Tragödie verkraftet hatte. War er nach Dänemark gekommen, um an seinem Onkel Rache zu üben? Oder war er auf dessen Seite, nachdem sein Vater ein so großes Unrecht begangen hatte? Laut Timon kannten die Jungen nicht die ganze Wahrheit. Aber Joris hatte als Erwachsener bestimmt in Erfahrung gebracht, warum sein Vater im Gefängnis saß. Auch in einem griechischen Ort wurde geredet. Gitte konnte sich gut vorstellen, dass die Familienehre in Griechenland eine große Rolle spielte und man solche Dinge lieber unter sich regelte. Sicher musste Angelos sich mit seiner Anzeige und der Zeugenaussage eine Menge Kritik gefallen lassen. Auf der anderen Seite war Totschlag kein Kavaliersdelikt. Ausgerechnet jetzt fiel Gitte dieser dumme Spruch ein, den die Alten gerne benutzen, um Vorurteile zu untermauern: Der Apfel fällt nicht weit vom Stamm. Hatte Joris die Aggressivität seines Vaters geerbt und sich in

Dänemark mit den falschen Leuten angelegt? Vielleicht trug ja Joris Schuld am Verschwinden dieser jungen Dänin, und jemand anders hatte sich gewehrt? Bislang war Gitte immer davon ausgegangen, dass Joris die junge Frau gesucht hatte, weil sie seine Freundin war. Aber er konnte sie auch gefunden und für ihr Verschwinden gesorgt haben. Immer mehr war Gitte davon überzeugt, dass Joris sich die Runen willentlich und mit kriegerischer Absicht hatte einritzen lassen. Welche Mission hatte ihn nur dazu getrieben?

Laut fragte sie: »Hast du auch etwas über die vermisste Frau erfahren? Ich finde es sehr verdächtig, dass der Kommissar mir gegenüber in einigen Dingen recht offen ist, aber überhaupt nichts zu dem Mädchen sagt oder sagen kann. Karen Milasen heißt sie.«

Sofie schüttelte entschuldigend den Kopf. »Leider nicht. Ich habe auch die andere Information nur bekommen, weil ich dem Lehrling Geld gegeben habe. Keine Sorge, der Racker war billig. Stell dir mal vor, Gitte, dein Vater hat deine Mutter umgebracht, und du kannst ihn nicht hassen, weil er dein Vater ist. Lieben willst du ihn aber eigentlich auch nicht. Das muss dich doch zerreißen. Kein Wunder, dass Joris nur wegwollte von zu Hause. Und ich finde, diese ganze Wikingerleidenschaft passt gut dazu. Den Wikingern waren die Familie und die Ehre heilig. Man stand füreinander ein, war loyal zu den Freunden und unerbittlich zu den Feinden. So stelle ich es mir jedenfalls vor.«

Plötzlich machte Sofie ein betroffenes Gesicht: »Tut mir leid, Gitte, mir fällt gerade ein, dass du auch nicht immer Glück gehabt hast. Das Verschwinden deines Vaters muss eine schreckliche Erfahrung gewesen sein. Bis heute nicht zu wissen, was passiert ist. Diese junge Frau, die vermisst wird – das reißt doch bestimmt alte Wunden auf.«

»Alte Wunden werden allein dadurch aufgerissen, dass ich mich für Marielyst entschieden habe. Aber es hat auch etwas Gutes an sich, ich fühle mich hier wohl und stelle mir manchmal vor, dass ich ihm näher bin. Mads hat diese Gegend geliebt. Allein schon der Name dieses schönen Ortes, Marielyst – die Lust der Marie. Klingt sehr intim, nicht war?«

Sofie nickte: »Ein schöner Name für einen heiteren Urlaubsort. Hoffentlich bekommt er nicht als Zweitnamen ›das Unglück des Joris‹. Ich kenne Marielyst nur, weil der Badestrand hier so oft preisgekrönt wurde. Deshalb war ich schon des Öfteren an Wochenenden mit Freunden hier, aber den Ortskern kenne ich kaum. Shoppen kann man bei uns in Nykøbing deutlich besser.«

Sie saßen noch bis halb neun draußen, jede in eine Decke gewickelt und dennoch frierend, während Erik sich in kurzer Hose draußen ein paar Würstchen grillte und immer mal zu ihnen herüberlächelte. Sofie musste wegen der Arbeit früh aufstehen und verabschiedete sich schließlich mit einem herzlichen Dankeschön für das gute Essen. Gitte umarmte die viel größere Sofie kurz – sie musste sich dafür recken – und wünschte ihr einen guten Heimweg.

Erik war längst im Haus verschwunden, und so allein in der Dunkelheit fühlte Gitte sich schon deutlich weniger mutig. Jedes Geräusch klang bedrohlich laut. Immer wenn Schritte auf dem Schotterweg vor ihrem Haus zu hören waren, rechnete sie damit, dass ein unheimlicher Besucher ihre Veranda betrat. Das tote Kaninchen vom Morgen erschien ihr plötzlich nicht mehr wie eine Warnung, sondern wie eine Prophezeiung. Es war halb zehn, als tatsächlich jemand laut schnaufend über ihre Wiese kam. Starr vor Schreck blieb sie auf ihrem Sofa sitzen und traute sich nicht einmal, das Buch, in dem sie las, aus der Hand zu legen.

Vergeblich hielt sie Ausschau nach ihrem Telefon. Aber sie hatte ohnehin keine Nummer von Erik, warum auch. Sie brauchte ja bloß rüberzulaufen, wenn sie ihn sprechen wollte. Doch nun? Sie konnte nur hoffen, das Erik zufällig gerade aus dem Fenster sah oder bei ausgeschaltetem Fernseher ebenfalls aufmerksam nach draußen lauschte.

Langsam legte sie das Buch zur Seite und suchte mit den Augen erneut den Raum nach ihrem Handy ab. Nichts. Es lag wahrscheinlich in der Küche. Also stand sie leise auf und ging so geduckt durchs Zimmer, als rechnete sie jeden Moment mit einem Schuss durchs Fenster.

In der Küche nahm Gitte nicht nur das Handy zur Hand, sondern ergriff zu ihrer Verteidigung auch ein großes Messer. Dann lauschte sie und hörte tatsächlich Schritte auf dem Holzboden der Veranda. Mit zitternden Fingern wählte sie die Handynummer des Kommissars, während sie langsam und lauschend zur Couch ging. Und dann fiel ihr vor Schreck das Telefon polternd auf den Boden, denn vor ihrer Terrassentür vernahm sie die Erkennungsmelodie der britischen Serie *Sherlock Holmes.* Sie erkannte sie sofort.

»Gitte«, hörte sie es draußen rufen, »Gitte, ich bin es, Ole Ansgaard.« Tatsächlich, da stand der Kommissar gebeugt vor ihrer Tür und hielt sich am Rahmen fest. Im ersten Moment glaubte sie, er sei verletzt. Sie öffnete schnell und roch sofort, in welchem Zustand er war. Ihr später Besucher hatte eine anständige Bierfahne.

»Was ist denn mit dir los? Sieht so eine vernünftige Bewachung aus?« Schnell schob sie das Messer unter eine Zeitschrift. Ole Ansgaard nahm es nicht zur Kenntnis.

Er stolperte über die Stufe und stand schließlich im Wohnzimmer. »Nein, du siehst hier den Versuch einer sinnvollen Verarbeitung von familiären Tragödien. Darf ich mich setzen? Mir ist etwas übel.«

Sie konnte nicht anders, die Erleichterung nach dem kurzen Augenblick der Angst war zu groß, und sie lachte laut auf.

»Hast du dich mit deiner Schwester vertragen?«

»Nein.« Er schüttelte unsicher den Kopf. »Nein, aber ich möchte es versuchen. Und das kann ich nur, wenn ich mich in einen Zustand völliger Gelassenheit gebracht habe. Nun ist es so weit. Kannst du mich hinfahren?«

Sie sah ihn erschrocken an. »Jetzt? Das ist nicht dein Ernst. Du kannst dich doch nicht in diesem Zustand bei deiner Schwester entschuldigen. Sie schmeißt dich raus, und zwar zu Recht.«

»Nüchtern kann ich es aber auch nicht, hab's versucht. Außerdem wollte ich mich nicht entschuldigen, sondern ihr vergeben.«

Gitte war erstaunt, dass ihr Gespräch vom Vormittag eine solche Wirkung auf Ole Ansgaard gehabt hatte. Aber bei der Umsetzung seiner Entschlüsse benötigte der Kommissar offenbar ebenso viel Hilfe.

»Fährst du mich jetzt?«, drängelte er tatsächlich weiter. »Meine Schwester wird das verstehen. Wir trinken einen Aquavit zusammen, und alles ist gut.« Er starrte sie bittend an, die blauen Augen wirkten ein wenig feucht, und seine Haare hatte er sich mehr als einmal ordentlich durchgerauft.

»Wo hast du denn dein Auto stehen?«

»An der Polizeistation. Ich war mit einem Freund im Schou's essen, danach wollte ich zu Ann fahren, aber es ging nur eins von beiden: entweder Mut antrinken oder Auto fahren.«

»Warum ich? Warum hast du nicht deinen Freund gefragt?«

Ole Ansgaard guckte sie an, als wäre sie selbst betrunken. »Dann hätte ich mein Gesicht verloren. Ich dachte, du verstehst das.«

Sie nickte und erwiderte: »Was ich gut verstehen werde, ist, wenn deine Schwester dich hinauswirft. Du hast jahrelang kein Wort mit ihr gewechselt, und dann tauchst du abends spät bei ihr auf und bist weder nüchtern noch alleine. Was glaubst du, wie sich deine Schwester da fühlt? Ich mache dir einen Vorschlag: Ich fahre dich jetzt nach Hause. Dort trinkst du einen starken Kaffee, und dann rufst du sie an. Frage sie nach einem zwanglosen Treffen, lade sie zum Essen ein, oder so.«

Erwartungsvoll blickte sie ihn an, ahnte aber, dass er in seinem Zustand etwas länger brauchen würde, um die Vorteile dieses Handelns zu erkennen. Schließlich ging ein Strahlen über sein Gesicht, er nickte und sagte: »Gute Idee, so machen wir es.«

Ole Ansgaard wohnte in Gedesby, nur wenige Kilometer von Marielyst entfernt und am Rande der Fährenstadt Gedser. Das Haus, vor dem sie ihn zwanzig Minuten später absetzte, war blau gestrichen und hatte weiße Fensterläden. Es erinnerte Gitte an ein schwedisches Häuschen aus dem Film *Pippi Langstrumpf*. Der Rasen im Garten zeigte im Gegensatz zu ihrem eine akkurat geschnittene Länge. Es gab eine schöne naturbelassene Holzbank und viele Tannenbäume, und die Terrasse war von einem niedlichen weißen Gartenzaun umgeben.

»Den Rest schaffst du alleine, denke ich, oder?« Gitte schaltete den Motor aus, machte aber keine Anstalten auszusteigen. Der derangierte Kommissar hatte die Hand schon am Türgriff, drehte sich dann aber noch mal um und gab ihr überraschend einen sanften Kuss auf den Mund. Dann stieg er aus und ging zur Haustür, noch etwas unsicher, aber viel weniger schwankend als zuvor. An der Haustür brauchte er einen kleinen Moment, bis er aufgeschlossen hatte, doch nach einem kurzen Winken war er in seinem blauen Haus verschwunden.

Betrunkene Männer wurden mitunter sentimental, das hatte ihre Mutter oft zum Besten gegeben. Daher war Gitte sich sicher, dass der Kuss ein Dankeschön für ihre Hilfe war. Erst jetzt wurde ihr bewusst, was die Tragödie für Ole Ansgaard beziehungstechnisch bedeutete. Seine Frau war nicht mehr so wie früher, sie war ein Pflegefall. Sie hatte ihn betrogen, und Ole hätte durchaus das moralische Recht, sie zu verlassen. Doch wenn er es in dieser Situation tat, würde jeder sagen, er sei mit der Behinderung nicht zurechtgekommen. Sie lebte in einem Heim, das sprach dafür, dass sie nicht nur körperlich beeinträchtigt, sondern auch geistig verwirrt war. Hielt er einer solchen Frau wirklich immer noch die Treue? Sie wusste nicht einmal, ob er sie regelmäßig besuchte.

In Gitte reifte ein Entschluss. Morgen würde sie noch einmal zur Glasbläserei fahren und Ann Brixen entweder direkt nach ihrer Schwägerin fragen oder sie geschickt aushorchen. Doch würde die Glasbläserin einer fremden Frau solche Dinge erzählen, auch wenn sie wusste, dass Gitte einen guten Kontakt zu ihrem Bruder hatte? Würde der Streit heute Abend überhaupt ein gutes Ende finden? Gitte ahnte, dass Ann Brixen genauso dickköpfig sein konnte wie ihr Bruder.

Auf einmal fiel ihr etwas ein. Ein Detail, eine Aussage von Ann Brixen, die nicht passte. Gitte startete den Motor und fuhr zügig durch die Dunkelheit nach Hause. Sie hoffte sehr, dass Erik noch wach war, denn sie musste ihre Überlegungen mit jemandem besprechen. Tante Stine würde ihr eher gute Ratschläge geben, als zuzuhören, und außerdem ging die alte Dame meist früh zu Bett.

Es war bereits weit nach zehn Uhr, als sie bei Erik klopfte. Er saß im Wohnzimmer, sie konnte von draußen den Fernseher hören, es lief ein englischer Film. »Erik, kann ich kurz reinkommen?«

Sie sah durch das Fenster, wie der schwere Mann sich überraschend schnell aus dem Sofa erhob und zur Tür eilte, die nicht abgeschlossen war. »Gitte, ist wieder etwas passiert?«

Sie betrat das Zimmer, in dem es ganz leicht nach Zimt roch. Sehr angenehm. Dann strich sie sich die blonden Haare aus dem Gesicht und blickte ihn mit wichtiger Miene an: »Ja. Ann Brixen hat gelogen. Wahrscheinlich wollte sie ihrem Bruder eins auswischen, und dann kam sie aus der Nummer nicht mehr raus. Aber alles andere ergibt keinen Sinn. Ich werde morgen zu ihr fahren, und ich möchte, dass du mich begleitest, so als Wachhund.«

Sein »Okay« klang sehr amerikanisch, aber seine Miene drückte Unverständnis aus. Er fragte sie, ob sie ein Bier wolle.

»Ja, gerne. Ich habe gerade unseren angetrunkenen Kommissar nach Hause gebracht, er will sich mit seiner Schwester heute noch vertragen. Ich fürchte nur, wenn er erfährt, dass sie gelogen hat, und zwar in einem wichtigen Detail, dann gibt es neuen Ärger. Danke.«

Gitte nahm die Dose Tuborg entgegen und ließ den Öffner zischen. In großen Schlucken trank sie das dänische Bier und merkte erst jetzt, wie durstig sie war. Das Treffen mit Sofie kam ihr weit weg vor, dabei lag es noch keine zwei Stunden zurück. Zu viel war in der Zwischenzeit auf sie eingestürmt.

Erik strich sich über den Schnurrbart und sagte zögernd: »Sorry, Gitte, ich hinke hinterher und verstehe nicht alles. Kannst du noch mal von vorne anfangen und langsamer erzählen?«

Sie lachte aufgekratzt. »Also: Ein deutscher Junge namens Niko und sein Vater, sie wohnen hier in der Nähe, haben Joris am Tag seiner Ankunft am Bøtøcenter gesehen. Dort hat Joris den Zettel herumgezeigt, den du auf meiner Wiese gefunden hast.«

»Auf dem ›Ann Brixen‹ stand.«

»Richtig, der Name der Glasbläserin. Dann haben sie beobachtet, wie Joris auf sein Fahrrad gestiegen und in Richtung Zentrum davongeradelt ist. Was meinst du, wohin er wollte?«

Erik strahlte, er hatte den Faden gefunden. »Joris fragt nach dem Namen, bekommt eine Erklärung und fährt los, direkt zur Glasbläserei.«

»So denke ich mir das auch. Er suchte seine Freundin. Es hätte doch gar keinen Sinn gehabt, erst nachts dort aufzutauchen. Es sei denn, er plante einen Überfall.«

»Und Ann Brixen hat behauptet, in den letzten Tagen sei kein junger Grieche bei ihr gewesen?« Erik runzelte die Stirn und fragte weiter: »Warum soll sie das getan haben?«

Gitte hob die Schultern. »Ich weiß nur, dass der Kommissar und seine Schwester Ann schon seit Jahren nicht mehr miteinander gesprochen haben. Zu ihrer Befragung hat er Kollegen geschickt. Vielleicht wollte sie ihn ärgern? Oder sie hatte ein eigenes Interesse daran, dass die Ermittlungen in eine andere Richtung gehen.«

10

Zusammen mit Erik radelte Gitte am nächsten Morgen nach dem Frühstück zur Glasbläserei. Sie fuhren am Kreisverkehr vorbei, rollten eine Weile die Hauptstraße entlang und bogen dann nach rechts auf die schmale Straße zur Mühle ab. Der Himmel war heute wolkenverhangen, und es war kühl, aber zumindest war kein Regen angesagt.

Bei achtzehn Grad war es ohne Sonne recht kühl auf dem Rad. Während Erik nur eine kurze Hose und ein dünnes langärmliges Shirt trug, war Gitte in eine Jeanshose, ein Sweatshirt und eine Windjacke gehüllt, doch auch nach knapp vier Kilometern Radfahren war ihr nicht besonders warm. Sie stellten ihre Räder unweit der alten Windmühle ab und sahen sich erst einmal draußen um. Wie vermutet war der kleine Laden am Samstagvormittag gut besucht. Erik und Gitte schlenderten zum Nachbarhaus und lugten durch die vordere Scheibe, konnten aber außer ein paar Staffeleien und Regalen voller Farben nichts erkennen. Als Erik das Schild »Landschaftsmaler Karl« sah, sagte er: »Sorry, dem sollte ich doch einen Besuch abstatten, dazu bin ich noch nicht gekommen.«

»Ich glaube, dieser Karl und Ann Brixen haben eine Beziehung. Er ist ein interessanter Mann, ich würde gerne sehen, was er so malt. Ich könnte ihn mir als Surrealisten vorstellen. Landschaftsmalerei klingt schon sehr brav, oder?«

»Na, wenn du meine Frau siehst, denkst du sicher nicht

an harmlose Bilder. Sie lebt ihre Vorlieben auch optisch aus. Schwarz geschminkte Augen, schwarze Haare, und meistens trägt sie kontrastreiches Rot zu Schwarz. Es gibt eine deutsche Schauspielerin, die ihr ähnlichsieht, Hannelore Elsner heißt sie.« Erik nickte, um seinen Worten Nachdruck zu verleihen.

»Hannelore Elsner ist eine überaus aparte Frau, du kannst dich glücklich schätzen. Wie alt ist deine Frau?«

»Sie ist 55.«

»Habt ihr eigentlich Kinder?« Gitte fiel auf, dass sie über einige Dinge noch nie gesprochen hatten.

»Aber ja, zwei Jungen. Die beiden vergöttern ihre Mutter. Ist das da drüben dieser Karl?« Erik zeigte unauffällig zur alten Windmühle, aus der ein Mann heraustrat. Mit leichten und dynamischen Schritten kam er zu ihnen herüber. Seine längeren Haare, die von grauen Strähnen durchzogen waren, wurden ihm vom Wind ins Gesicht geweht. In der Hand hielt er einen Topf mit Farbe. Mit einer lässigen Bewegung strich er die Haare zur Seite und lächelte Gitte an.

»Wartet ihr auf mich? Zurzeit gibt es bei mir keine Besichtigung. Erst nächste Woche wieder.«

»Auch nicht, wenn man etwas kaufen möchte?«, fragte Erik auf Englisch und trat einen Schritt näher. Er überragte den Maler um einen ganzen Kopf.

»Kein Mensch kauft ein Bild, ohne es gesehen zu haben.« Karls Englisch war tadellos, sein Lächeln ebenfalls. Seine blauen Augen sahen immer wieder forschend zu Gitte. Sie sagte schnell: »Wir wollten eigentlich zum Laden, aber es ist noch so voll dort.«

»Jetzt nicht mehr.« Karl wies auf die Tür der Glasbläserei, aus der gerade eine Gruppe von Menschen herauskam. Dann drehte er sich um und verschwand durch eine Seitentür. Erik blickte ihm nach und meinte: »Der wollte uns loswerden.«

Sie betraten den Verkaufsraum. Die Assistentin von Ann Brixen packte gerade noch zwei Teile für eine recht teuer gekleidete Kundin ein, ansonsten war der Laden nun leer. Zum Glück, dachte Gitte und grüßte freundlich. Ann Brixen grinste ihr zu. »Du bist doch die Bestatterin, die immer mit meinem Bruder herumhängt, oder?«

»Bestatterin ja, ständige Begleiterin nein. Wie geht es dir?«

»Dank dir sind mein Bruder und ich uns wieder ein gutes Stück nähergekommen. Jetzt muss er sich bloß noch betrinken, um mit mir reden zu können.« Dabei lachte sie fröhlich, und Gitte ahnte, wie sehr sie die Kontaktaufnahme ihres Bruders gefreut haben musste. Sie erwiderte: »Er hat sich also gestern noch gemeldet, ja?«

»Ja.« Sie blickte zu Erik. »Was kann ich für euch tun?« Erik sah Gitte an, und sie sagte zögernd. »Ann, seitdem der junge Grieche tot vor meiner Tür gelegen hat, versuche ich herauszufinden, was passiert ist. Und es gibt da eine Ungereimtheit, die du vielleicht aus dem Weg räumen kannst. Ich bin mir nämlich ziemlich sicher, dass Joris am Tage seiner Ankunft hier bei dir gewesen ist. Er suchte seine Freundin, das Mädchen, das bei dir als Praktikantin angeheuert hat. Er hat beim Bøtøcenter gezielt nach dir gefragt und wahrscheinlich eine Wegbeschreibung erhalten. Dann ist er …«

Ann hatte schon bei der Hälfte von Gittes Erklärungen beide Hände abwehrend in die Höhe gehalten, jetzt unterbrach sie Gitte: »Ich habe diesen Joris wirklich nie gesehen, ich war an dem Tag krank, mit einem kurzen, aber heftigen Magen-Darm-Infekt. Ich habe nicht gelogen. Er hat mit meiner deutschen Assistentin gesprochen. Als mein Bruder seine Schergen geschickt hat, war wiederum Pia, meine Assistentin, nicht da, und so blieb es dabei, dass keiner einen jungen Griechen namens Joris gesehen oder gesprochen hat. Mein Fehler war, ich hätte den Beamten sagen müssen, dass meine Mitarbeiterin eventuell mehr weiß. Aber ich war sauer, dass Ole nicht einmal aus dienstlichen Gründen den Weg zu mir gefunden hat.«

Gitte konnte es sich nicht verkneifen zu sagen: »Als ich hier war und nachgefragt habe, war deine Assistentin aber im Raum.« Ann Brixen zuckte die Achseln und meinte: »Da habe ich dir gesagt, du sollst das Polizeispielen lassen. Und das meinte ich auch so. Also schön.« Die Glasbläserin wechselte ins Deutsche: »Pia, komm doch bitte mal rüber, und erzähl uns von dem ausländischen Jungen, der hier war.«

Pia war Deutsche, wie Gitte schon beim ersten Besuch gehört hatte. Sie verließ ihren Platz am Ofen und zog die hochgeschobenen Ärmel nach unten, als sei ihr plötzlich kalt geworden. »Der junge Mann fragte nach Karen, Karen Milasen«, sagte sie. »Er wusste, dass sie hier ein Praktikum machen sollte. Als ich ihm sagte, wir würden sie zwar erwarten, sie sei aber noch nicht aufgetaucht, wurde er sehr aufgeregt. Er beschrieb sie ziemlich genau und fragte mehrfach nach. Ich habe ihm schließlich gesagt, dass ich Karen in der Sprachschule in Schleswig schon einmal gesehen hätte und sie ganz sicher noch nicht hier gewesen sei.«

Pia stockte kurz und fuhr dann fort: »Ich hatte den Eindruck, dass er ihr nachstellte, und dachte, dass Karen vielleicht wegen ihm nicht gekommen ist. Doch dann sah er so traurig aus und sagte, er mache sich große Sorgen. Wir haben englisch gesprochen, ich hoffe, ich habe alles richtig verstanden. Mein Dänisch ist trotz der Sprachschule sehr schlecht, und im Englischen bin ich auch keine Leuchte.«

»Joris hat auch kaum Dänisch gekonnt«, erwiderte Gitte, als wäre das jetzt wichtig. »Und dann ist er wieder abgefahren?«

Pia nickte. »Das vermute ich. Ich habe nicht weiter auf ihn geachtet, da ich Kundschaft hatte.«

Gitte bedankte sich bei ihr und wandte sich dann noch einmal an Ann Brixen: »Ich habe noch eine andere, sehr persönliche Frage. Entschuldige bitte meine Neugier, aber ich wüsste gern, welche genauen Schäden Oles Frau bei ihrem Autounfall davongetragen hat?«

Ann Brixen guckte sie eine Weile aus dunkelbraunen Augen abschätzend an, dann sagte sie nüchtern: »Schweres Schädel-Hirn-Trauma, Wirbelsäulenschäden. Sie sitzt im Rollstuhl, kann aber mühsam aufstehen. Sie ist stark verlangsamt und kann sich nicht mehr alleine versorgen. Sie vergisst eine Menge und lebt mittlerweile viel in ihrer eigenen Welt. Es ist schwer, mit ihr zu kommunizieren, aber nicht unmöglich. Sie hat gute und schlechte Tage. Auch wenn mein Bruder mich lange Zeit nicht sehen wollte, durfte ich Anita immer besuchen. Sie hat sich meistens gefreut.«

Ann behielt Gitte weiterhin im Blick, als wartete sie auf eine bestimmte Reaktion, aber Gitte nickte nur schweigend. Was sollte sie auch dazu sagen? Es war eine furchtbare Tragödie.

Ann gab einen ungeduldigen Ton von sich und sagte: »Wenn du mich fragst, sollte mein Bruder sich endlich eine Freundin zulegen und die Märtyrerrolle an den Nagel hängen. Das Leben ist zu kurz für langes Leiden.«

»Es muss furchtbar für ihn sein. Erst wird er betrogen …«

»Das werden andere auch«, warf Ann ein.

Gitte nickte und fuhr fort: »Und dann hat seine Frau einen schweren Unfall, und er kann nicht einmal mehr mit ihr darüber reden.«

»Kann er schon, aber er will es nicht. Mein Bruder hatte es bestimmt nicht leicht. Doch es ist nicht fair, wenn er mich zum Sündenbock macht.«

Ann lächelte schief. »Weißt du, ich würde jederzeit wieder mit meiner Schwägerin über das Fremdgehen sprechen, da kann ich nicht aus meiner Haut, aber diesmal würde ich ihr vorher die Autoreifen zerstechen.«

»Danke für deine Offenheit. Du hast mir sehr geholfen.« Gitte überlegte einen Moment, fügte dann aber hinzu: »Du solltest deinem Bruder unbedingt von Joris' Besuch erzählen.«

»Mache ich. Ich hoffe, er hat noch Restalkohol im Blut.«

»Volltreffer«, sagte Gitte, als sie kurz darauf bei ihren Fahrrädern standen. »Joris war hier.«

Erik stimmte zu: »Du hattest den richtigen Riecher. Fragt sich nur, was er danach alles getrieben hat, um jemanden so zu reizen, dass er ihn umgebracht hat.«

Gitte schob ihr Rad von der Wiese auf den Weg und blieb abrupt stehen. »Eventuell hat er zu intensiv nach seiner Freundin gesucht? Oder er stellte dieser Karen tatsächlich nach, wie die Assistentin von Ann kurz vermutet hatte. Und sie hat sich mit einem Messer gewehrt und ist aus Angst vor einer Strafe untergetaucht. Wir gehen immer davon aus, dass Joris das unschuldige Opfer war. Dabei sitzt sein Vater wegen einer Gewalttat im Gefängnis, und Joris selbst hatte in seiner Heimat eine Anzeige wegen Körperverletzung am Hals. Sich Runen auf den Rücken ritzen zu lassen scheint mir auch nicht gerade ein normales Verhalten zu sein. Wenn wir nur wüssten, mit wem Joris sich nach dem Treffen am Lagerfeuer verabredet hatte. Das junge Paar vom Campingplatz will ein Kind gesehen haben, das Joris an jenem Abend zugewunken hat.«

Erik stieg auf das alte Rad, das zu seinem Ferienhaus gehörte und für den großen Schweden viel zu klein und bestimmt auch sehr unbequem war. Doch er beklagte sich nicht. Dann meinte er: »Da wäre ich mir nicht so sicher. Hast du nicht erzählt, die Frau saß am Feuer und hat eine Person am Deich stehen sehen, im Dunkeln? Eine kleine Frau könnte aus dieser Perspektive ohne Weiteres wie ein Kind ausgesehen haben. Glaubst du, dass die Freundin von Joris noch lebt?«

Gitte radelte neben ihm her, was recht gut ging, solange keine Autos vorbeikamen. »Ich hoffe es, aber es klingt nicht sehr wahrscheinlich. Sie war offenbar schon verschwunden, ehe Joris hier auftauchte.« Dabei dachte Gitte an die Detektei, die sie beauftragt hatte. Wenn sie Glück hatte, fanden die schon heute etwas heraus; Gitte hatte recherchiert, dass in der Sprachschule auch samstags Kurse stattfanden.

Im Ort angekommen, bog Erik zum Supermarkt ab, und Gitte fuhr nach Hause. Sie kochte sich einen Kaffee und setzte sich an den Küchentisch. Dann nahm sie ein Blatt Papier und schrieb auf, was Joris seit seinem Eintreffen in Marielyst gemacht hatte. Sie notierte die Stationen, an denen er gesehen worden war. Der erste Punkt war die Autofahrt mit Julia und Michael Heilmann. Sie hatten Joris am Campingplatz abgesetzt, wo er sich ein Zelt geliehen und aufgebaut hatte. Irgendwie hatte er sich dann ein Fahrrad organisiert und war zum Bøtøcenter gefahren. Wie sie inzwischen wusste, musste er von dort nach Væggerløse zur Glasbläserei geradelt sein, um zu erfahren, dass Karen dort nicht aufgetaucht war. Gitte nahm an, dass sein Handykontakt zu Karen zu dem Zeitpunkt schon abgebrochen war, denn sonst hätte er sich nicht so durchfragen müssen. Nach seinem erfolglosen Besuch in der Werkstatt waren noch ein paar Stunden vergangen, über die Gitte nichts wusste. Später war er wieder auf dem Campingplatz angekommen und am Lagerfeuer gesehen worden.

Gitte dachte daran, wie ängstlich und unsicher Joris auf der Fähre gewesen war. Er hatte einen so empfindlichen Eindruck gemacht. Doch kaum an Land, hatte sich der junge Mann erstaunlich schnell organisiert. Irgendjemand musste ihm die Runen auf den Rücken gezeichnet haben. Sein Mörder? Sie waren nicht besonders tief gewesen, es wäre durchaus möglich, dass er sie auf eigenen Wunsch hatte einritzen lassen. Vielleicht als Zeichen dafür, dass er eine Mission erfüllen wollte? Karen finden, um sie zu retten? Oder Karen finden, um ihr zu schaden? Am Lagerfeuer verlor sich die Spur des jungen Griechen, bis er schließlich tot auf ihrer Terrasse lag. Warum es ausgerechnet ihr Haus gewesen war, konnte sich Gitte nicht erklären. Weil sie beim Bestatter angestellt war? Welcher Mörder machte nach seiner Tat solche bizarren Scherze? Sie wollte sich lieber nicht vorstellen, dass der Mörder von Joris sie gut genug kannte, um sie in seinen Plan einzubauen.

Merkwürdig, dass sich an demselben Campingplatz auch die Spur ihres Vaters verloren hatte. Mads war seitdem nicht wieder aufgetaucht. Ihr Vater wäre heute 62 Jahre alt. Er wäre noch nicht einmal in Rente. Und das Einzige, was sie über die Zeit vor seinem Verschwinden wusste, war ein Hinweis auf gefährliche Geschäfte mit einigen Russen. Oder waren es normale Geschäfte gewesen, aber mit dubiosen und gefährlichen Russen? Das hatte ihr Sven Træborg natürlich nicht sagen können.

Aber es musste doch jemanden geben, der über die Geschäfte ihres Vaters Bescheid wusste! Was war aus dem Haus geworden, das er damals verkaufen wollte? Sobald der Mord an Joris sie nicht mehr so beschäftigte, würde sie nach diesem Haus forschen. Und alte Leute aus Marielyst befragen. Und Ole Ansgaard ausquetschen. Ja, sie würde einfach Akteneinsicht verlangen.

Sie schreckte jäh aus ihren rebellischen Gedanken, als das Handy auf dem Tisch vibrierte und schließlich laut brummte. Es war eine unbekannte Handynummer. Sie meldete sich und hörte gleich darauf die förmliche Stimme von Kevin Dunkel. Er hielt sich nicht mit langen Worten auf: »Frau Madsen, Sie hätten uns sagen müssen, dass Karen Milasen eine Angestellte der Sprachschule war. Das hätte mir Zeit erspart.«

Gitte tat ihre Überraschung kund. »Was? Sie war dort angestellt? Das wusste ich nicht. Ich dachte wirklich, sie wäre dort Schülerin und hätte Joris beim Unterricht kennengelernt.«

»Nein, sie ist dort Dozentin. Karen Milasen ist Dänin und unterrichtet Dänisch für Ausländer.«

Gitte rechnete im Kopf zusammen, wie lange so ein Sprachstudium dauerte, bis man unterrichten durfte, und fragte erstaunt: »Wie alt ist Frau Milasen denn? Haben Sie mehr über sie erfahren können?«

»Natürlich.« Das klang jetzt etwas blasiert, aber vielversprechend. Kevin Dunkel erzählte auch gleich weiter: »Frau Milasen ist vierundzwanzig Jahre alt und erst seit einem halben Jahr an der Schule beschäftigt. Wie an allen Schulen sieht man es auch hier nicht gerne, wenn eine Dozentin etwas mit einem Schüler anfängt, aber es führt zum Glück nicht zur Kündigung. Verstanden hat es allerdings niemand so richtig, denn der griechische Schüler war ein paar Jahre jünger als sie. Weniger Verständnis hat die Chefin von Karen allerdings dafür, dass sie für zwei Monate unbezahlten Urlaub genommen hat, um ein Praktikum in Dänemark machen. Es ist nicht sicher, dass Frau Milasen ihren Job überhaupt noch hat, falls sie wieder auftaucht. Die Geschäftsleitung ist von den Eskapaden dieser jungen Dame nicht sonderlich begeistert, und hier macht sich auch keiner große Sorgen um sie. Es passt ins Bild, dass Karen einfach mal so verschwindet.«

Gitte dachte pragmatisch und fragte mehr sich selbst als den Detektiv: »Warum sollte eine junge Frau, die gleich nach dem Studium eine Stelle ergattert hat, diese leichtfertig aufs Spiel setzen, um dann als Handlangerin bei einer Glasbläserin anzufangen? Das macht doch überhaupt keinen Sinn.«

Der Detektiv ergriff wieder das Wort. »Dazu kann ich Ihnen nichts sagen, noch nicht. Aber zur Biografie der Frau vermag ich noch einige Daten beizusteuern. Ihre Eltern hatten gemeinsam eine kleine Firma, ein Logistikunternehmen. Doch der Vater hat in einer Nacht-und-Nebel-Aktion Kapital aus der Firma gezogen und ist still und heimlich verschwunden. Er hat Steuern hinterzogen und Kunden betrogen. Und auch seine Frau hat er betrogen. Es gab noch eine andere Frau, eine Deutsche. In Schleswig erwartet den Mann ein Prozess, aber er hat keine Spuren hinterlassen. Wenn man nicht gefunden werden will, ist die Welt groß. Karen war bei seinem Verschwinden etwa dreizehn Jahre alt, und plötzlich war zu Hause für nichts mehr Geld da. Die Firma war insolvent, die

Mutter bekam Depressionen und konnte kaum noch für ihr Kind sorgen. Nach zahlreichen Klinikaufenthalten hat sie sich vor vier Jahren das Leben genommen. Vor diesem Hintergrund kann ich eine gewisse Sprunghaftigkeit bei der Tochter gut verstehen. Allerdings muss man dazu sagen, dass Karen sich wacker durchgekämpft hat, sie hat sich ihr Studium selbst finanziert. Viel zu erben gab es ja nicht mehr. Diese Informationen verdanke ich übrigens einer gut informierten alten Nachbarin der Familie.«

Gitte atmete tief ein. Da hatten sie doch die Verbindung beziehungsweise die Erklärung, warum die Dozentin sich mit dem Schüler so gut vertragen hatte: weil sie ein ähnliches Schicksal hatten. Auch Joris' Vater hatte die Familie zerstört. Indirekt hatte auch Karens Vater die Mutter auf dem Gewissen. Er hatte sie mit dem ganzen Schlamassel sitzen lassen, sie war mit all dem nicht fertiggeworden und hatte sich schließlich umgebracht. Altersunterschied, Stellung und eine andere Nationalität, das alles konnte schnell in den Hintergrund treten, wenn man sich verstanden und getröstet fühlte. Blieb nur die Frage, was die beiden in Marielyst wollten und ob sie einen bestimmten Plan ausgeheckt hatten. Für ein paar romantische Tage am Strand würde man wohl nicht einen neuen Job aufs Spiel setzen. Hatte Joris wirklich Rache an seinem Onkel nehmen wollen?

»Sind Sie noch dran?« Das war Kevin Dunkel, Gitte hatte offenbar zu lange stumm vor dem Hörer gesessen.

Er fuhr fort: »Ich habe noch zwei Informationen für Sie, keine Ahnung, ob die wichtig sind. Ein Kollege von Karen hat mir das erzählt. Ein Mann, der ihr recht zugetan war, wenn Sie meine Meinung wissen möchten.«

»Ja? Ich höre zu.«

»Karen Milasen hat nicht nur Sprachen studiert, sondern auch Skandinavistik.«

»Das ist hoch spannend«, sagte Gitte und dachte an Joris'

Begeisterung für Wikinger und an die eingeritzten Runen. Lernte man bei diesem Studium auch etwas über die Wikinger? Sicherlich.

»Und das Zweite: Vor zwei Jahren, kurz vor dem Tod der Mutter, meldete sich ganz überraschend eine Halbschwester von Karen, aus der ersten Ehe des Vaters. Von der hatte laut Karen selbst die Mutter nichts gewusst.«

»Haben Sie eine Adresse oder Kontaktdaten?«

»Ich bin noch dran«, meinte Kevin Dunkel und klang nun genauso, wie man es von Philip Marlowe erwartet hätte.

Gegen Nachmittag ließ sich die Sonne sehen, und es war warm genug, um sich auf die Terrasse zu legen. Windgeschützt wurde es sogar recht heiß, und Gitte zog sich ein Bikinioberteil sowie einen kurzen Rock an. Genüsslich machte sie es sich bequem, legte ihr T-Shirt und eine Decke griffbereit, falls die Wolken wieder überhandnehmen würden, und schlief prompt ein. Wach wurde sie schließlich durch anhaltendes Fahrradgeklingel. Malthe stand auf ihrer Wiese, direkt vor dem Auslauf für Hieronymus. Er klingelte und guckte dabei auf die Schildkröte, die sich unbeirrt weiter über den Klee hermachte. Seine Begrüßungsfrage war ungeschickt, wie Gitte fand.

»Hej, habe ich dich wach gemacht?«

»Ich nehme an, es lag in deiner Absicht. Oder warum klingelst du sonst so penetrant in der Nähe einer schlafenden Frau, die auch noch halb nackt ist?« Gitte lugte zu ihrem T-Shirt, das sie nun sehr gerne übergezogen hätte, da sie ihre Taille weniger als wespengleich denn als hummelähnlich empfand und nicht allzu lange den Bauch einziehen konnte.

»Du siehst fantastisch aus, Gitte. Ich bin noch mal wegen des Griechen gekommen. Ich glaube, ich bin da auf etwas gestoßen.«

Da sich das nach einem interessanten und eventuell längeren Gespräch anhörte, schlüpfte Gitte in ihr T-Shirt und fragte Malthe, ob er etwas zu trinken haben wolle.

»Sehr gerne ein Bier, wenn du hast.«

Ein dänischer Haushalt ohne ein Bier war ein geplünderter Ort oder das Haus eines Alkoholkranken. Die Dänen liebten ihr Feierabendbier beinahe noch mehr als ein deutscher Fußballfan. Und es gab eine reiche Auswahl an Biersorten.

Sie holte ihm eine Dose Tuborg aus dem Kühlschrank und nahm sich selbst ein Wasser. Es fehlte noch, dass sie bereits nachmittags Alkohol trank.

»War ein tolles Konzert, Malthe, ihr habt echt gut gespielt«, sagte Gitte und meinte es auch so.

»Danke, nur schade, dass man nicht an dich herankam, Gitte. Der Kommissar hat dich ja total abgeschirmt. Brauchst du Personenschutz?«

Sie hob leicht die Schultern an. »Wer weiß. Mein Haus ist offenbar der ideale Ablageort für Leichen. Gab es bei den Wikingern eigentlich Rituale mit toten Tieren?«

»Ja, sicher. Man hat den Göttern zu Ehren Tiere geopfert. Das Blut wurde in Schalen aufgefangen, und man bespritzte damit die Götterstatuen und die Gläubigen. Das Fleisch wurde dann gemeinsam zubereitet und verspeist. Alle Gäste brachten zu solch einem Blutopfer Lebensmittel mit und feierten ein Fest. Ich war mal bei so einem Ritual dabei, dabei wurden zwei Ferkel ausgeblutet. War natürlich illegal, denn diese Art des Schlachtens ist verboten. Aber worauf willst du hinaus?«

Gitte erzählte ihm von dem toten Kaninchen vor ihrer Tür, und Malthe machte große Augen. »Da hat es aber jemand auf dich abgesehen. Ich denke, das ist eine Warnung.«

»Was wolltest du mir erzählen, Malthe?«

Malthe trank von seinem Bier, atmete tief ein und senkte die Stimme. »Ich habe dir ja gesagt, dass es unter den Odinanhängern ein paar wirklich schräge Vögel gibt, harmlos, aber schräg. Gestern Abend war ich zu einem interessanten Treffen eingeladen. Wir wollten ein bisschen abhängen, ein Bierchen trinken und uns austauschen. Es waren ein paar Bekannte aus dem Norden dabei, die gerade Urlaub auf dem Campingplatz machen. Ja, und einer von ihnen hat erzählt, sein Bruder, der einen kleinen Tattooladen in Aalborg besitzt und auch so ein Wikinger-Freak ist, sei vor zwei Wochen in Marielyst gewesen. Da sollte er einem jungen Mann ein paar Runen auf dem Rücken einritzen. Er wollte es erst nicht machen, aber das Geld stimmte, und letztendlich habe ihn dieser Ausländer mit seinem Mut und seiner Tapferkeit beeindruckt.«

Gitte wurde es ganz warm vor Aufregung, obwohl sich gerade eine dicke Wolke vor die Sonne geschoben hatte. »Joris hat das also tatsächlich selbst in Auftrag gegeben. Irgendwie habe ich mir so etwas schon gedacht. Diese Verabredung am Lagerfeuer, als jemand ihm zugewunken hat – könnte es das gewesen sein? Allerdings sagte eine Zeugin, dass es ein Kind war, zu dem Joris gelaufen sei.«

Malthe nickte und trank sein Bier aus, dann schüttelte er die Dose, ob noch ein Rest darin war, und stellte sie beinahe enttäuscht ab. Gitte wollte erst weiter zuhören, bevor sie ihm ein neues anbot.

»Schon möglich, das war wahrscheinlich der Neffe von meinem Bekannten. Er ist fünfzehn, aber recht klein für sein Alter. Sie haben die Arbeit dann im Wohnwagen durchgeführt, und Joris musste dem Tätowierer versprechen, nicht zu schreien, sonst käme der in Teufels Küche. Joris hatte ganz genaue Vorstellungen, welche Runen es sein sollten, aber leider hat er dem Tätowierer nicht erzählt, worum es ging. Das sei persönlich, er müsse jemanden retten.«

»Das hat er gesagt?«

»Das soll er gesagt haben. Es ist ja jetzt schon dreimal weitererzählt worden, da muss man vorsichtig sein.«

Gitte stand auf und holte Malthe noch ein Bier. Dann sagte sie, immer noch fasziniert von den Neuigkeiten: »Das muss die Polizei erfahren. Hast du etwas dagegen, wenn ich Ole Ansgaard dazuhole?«

»Aber ganz sicher habe ich das. Als mein Bekannter hörte, dass dieser junge Mann ein Mordopfer geworden ist, und zwar noch in derselben Nacht, hat er sofort prophezeit, dass sein Bruder keine Aussage machen wird. Und so ist es auch. Ich habe eben noch mal nachgefragt. Du bekommst keinen Namen von mir, und der Herr Kommissar schon gar nicht.« Malthe machte mit einem Zischen die zweite Dose auf und verlieh seinen Worten damit Nachdruck. Er ergänzte: »Ich gebe dir aber recht, dass es für die Ermittlungen von Bedeutung ist, und daher erzähle ich es dir. Aber mir wäre es lieb, wenn mein Name dabei nicht genannt wird. Auch wenn der Herr Kommissar mich ohnehin gleich in Verdacht haben wird. Die Odinanhänger sind in seinen Augen die größten Narren, und ich bin ihr Häuptling.« Er grinste sie schelmisch an.

Zu stören schien ihn dieser Ruf nicht. Gitte vermutete, dass Malthe und der Kommissar einander nicht ganz grün waren. Dazu passten die Bemerkungen, die Ole Ansgaard des Öfteren über Malthe fallen ließ.

Sie sprachen noch eine kleine Weile über die jüngsten Vorkommnisse in Marielyst, dann verabschiedete Malthe sich, weil er zur Bandprobe musste.

Gitte sollte nicht lange allein bleiben. Von ihrer Terrasse aus beobachtete sie eine schlanke Frau, die die Straße entlangmarschierte, anders konnte man den schnellen, zackigen Gang kaum beschreiben. Gitte erkannte Julia und rief ihr zu: »Hej, Julia, wo willst du denn so schnell hin?«

Julia sagte erst einmal nichts und winkte ihr auch nicht, sondern lenkte ihren Schritt sofort zur Terrasse. Wie ein Feldmarschall marschierte sie über die Wiese, und ihrem Gesicht sah man die Erregung an. Sie hatte zwei rote Flecken auf den Wangen und schien ein paar Tränen vergossen zu haben.

»Hej, Gitte. Ich hatte so gehofft, dass du draußen sitzt. Ich musste raus, ein paar Schritte laufen, weil ich mich dermaßen mit meinem Mann gestritten habe. Das hatten wir noch nie im Urlaub.« Dann flossen erneut ein paar Tränen, die Julia schnell wegwischte.

»Willst du ein Bier oder einen Schnaps? Den Kirsberry-Likör habe ich leider nicht da.«

»Egal, ich nehme ein Bier. Danke.« Gittes Vorrat an Bierdosen ging merklich zur Neige. Sie stellte auch noch ein paar Kekse auf den Tisch, denn Süßes beruhigte die Nerven. Außerdem setzte sie einen starken Kaffee auf.

Als sie wieder zu Julia auf die Terrasse trat, begann ihre Bekannte sofort zu schimpfen. »Der spinnt jetzt total, der Michael. Er ist gleich ausgeflippt, nur weil ich mal einen zwar unbequemen, aber höchst vernünftigen Vorschlag mache. Ich habe ihm vorgeschlagen, dass wir drei Tage eher abreisen, damit wir das Auto noch repariert bekommen. Wir müssen ja am kommenden Montag sofort wieder in die Arbeit. Da wäre das doch sinnvoll.« Julia sah Gitte an, ob sie ihr recht gab.

Gitte nickte vorsichtig, gab aber zu bedenken: »Drei Tage Urlaub opfern ist aber auch nicht leicht. Reicht denn nicht auch einer? Ihr könntet doch von hier aus schon einen Termin bei der Werkstatt ausmachen.«

»Ja, meinst du denn, die bekommen das ganze Schließsystem des Wagens an einem Samstagvormittag repariert? Ich möchte mein Auto auf keinen Fall unabgeschlossen mitten in Dortmund herumstehen lassen. Da könnte ich auch gleich den Schlüssel an den Scheibenwischer hängen.« Noch immer sehr erbost trank Julia von ihrem Bier und stellte die Dose laut auf den Tisch. »Michael findet das alles gar nicht schlimm. Noch besser, er meint, wir sollen uns hier eine Werkstatt suchen. Nur kostet das hier sehr viel mehr.«

Gitte fragte vorsichtig: »Habt ihr euch wirklich darüber so schlimm gestritten?«

»Ach, da kam eins zum anderen. Ich hatte die Wäsche gewaschen, die Hütte aufgeräumt und mal den ganzen Sand weggesaugt, und die drei restlichen Familienmitglieder haben derweil im Garten Fußball gespielt. Das kommt mir dann immer so ungerecht vor, dabei hilft Michael ansonsten schon mit im Haushalt. Aber im Urlaub sind ihm Ordnung und Wäsche immer herzlich egal und mir eben nicht. Tut mir leid, dass ich dich damit belaste. Geht gleich wieder.« Sie trank von ihrem Bier und setzte hinzu: »Das tut gut. Lieben Dank. Vielleicht habt ihr alle recht, und ich sollte die restlichen Tage genießen. Soll er doch das blöde Auto in eine dänische Werkstatt bringen. Viel schlimmer ist es, dass wir bald abfahren und nicht erfahren werden, wie sich die Geschichte von Joris aufklärt.«

»Wenn sie sich überhaupt aufklärt. Aber es kommen immer mehr Details an den Tag, so allmählich habe ich eine ganz gute Vorstellung von dem, was Joris an seinem ersten Tag in Marielyst gemacht hat. Ich weiß nur immer noch nicht, warum.« Gitte teilte ihre Erkenntnisse mit Julia und ließ auch das tote Kaninchen nicht aus.

»Und? Hast du jetzt keine Angst, dass dieser Jemand wiederkommt? Du recherchierst ja noch immer weiter.«

»Ich glaube nicht, dass man mir etwas antut. Dafür gab es schon genug Gelegenheiten.«

»Vielleicht will er auch nur angeben. ›Schau her, Gitte, ich kann dir vor die Tür legen, was ich will, du kannst es nicht verhindern. Ich beobachte dich.‹ Eventuell fühlt er sich mit dir verbunden, warum auch immer.«

Gitte überlegte kurz und sagte: »Das hört sich gruselig an, Julia, und es klingt eindeutig nach einem Psychopathen.« Dann wechselte sie das Thema und fragte: »Hattest du denn nach dem Konzert noch einen schönen Abend? Du warst ja ganz schön besorgt über das Verschwinden deiner Kinder. Verständlicherweise.«

»Ja, war alles okay, es sind halt Kinder, die machen, was ihnen gerade so einfällt. Der Maler hatte ihnen erzählt, nachts würden manchmal die Meerjungfrauen aus dem Wasser kommen und an Land gehen. Das käme aber nur superselten vor, und man müsste viel Glück haben, um eine zu sehen. Vor Tagesanbruch müssen sie zurück ins Wasser. Wenn man aber versuchte, eine Meerjungfrau festzuhalten, dann nähme sie einen mit ins Meer, und man wäre für immer verschwunden. Hans, unser Großer, meint nun, die junge Frau, die hier vermisst wird, ist vielleicht ins Meer gezogen worden.« Gitte dachte bei sich, dass Karen Milasen sicher ganz andere Sorgen gehabt hatte, als sich auf die Suche nach Meerjungfrauen zu machen.

Julias Stimmung war deutlich besser geworden, jetzt meinte sie neckend: »Du hattest ja auch einige Verehrer vorgestern Abend. Oder war die Essenseinladung des Kommissars rein dienstlich? Der junge Musiker war richtig enttäuscht, dass du ihm vor der Nase weggeschnappt wurdest. Warst du in Deutschland eigentlich liiert, oder wartet da noch jemand auf dich?«

Gitte antwortete: »Ja und nein. Ich hatte einen Freund, und wir wohnten auch zusammen, aber ich habe ihn ganz bewusst in Deutschland zurückgelassen. Es stimmte nicht mehr zwischen uns. Das heißt, für mich stimmte es nicht mehr. Für meinen Freund kam die Trennung aus heiterem Himmel. Er hatte nicht einmal mitbekommen, dass ich nicht mehr zufrieden war.« Sie lachte auf. »Er hielt es für eine kurzfristige geistige Verwirrung, entstanden aus der Trauer um meine kürzlich verstorbene Mutter. So eine Frechheit. Wir sind leider nicht ganz friedlich auseinandergegangen. Mich würde es nicht wundern, wenn er täglich mit meiner Rückkehr rechnet, weil ich mir den Neustart viel zu leicht vorgestellt habe. Er hat mir prophezeit, dass ich meinem Job und den Freunden in Münster schnell hinterherjammern werde.«

Gitte hatte bislang nur zu einer ihrer Freundinnen in Münster Kontakt gehabt, von ihr hatte sie auch erfahren, dass Tim noch immer wütend war, auf Gitte schimpfte und zwischendurch immer wieder großspurig verkündete, Gitte werde bald zu ihm zurückkommen.

»Tja, sieht nicht so aus, finde ich.« Julia lächelte sie an.

»Dummerweise habe ich mich bisher vor allem mit Urlaubern angefreundet, und die sind bald wieder weg. Euch und auch meinen Nachbarn werde ich vermissen.«

»Wir sind im Herbst schon wieder da, wenngleich nur für eine Woche. Uns wirst du nicht mehr los.« Beide Frauen lachten leise, als nun auf dem Weg ein drahtiger Mann auf einem Rennrad überraschend langsam angeradelt kam. Er suchte etwas oder jemanden, das konnte man sofort sehen. Sein Blick war bislang noch nicht auf Julia und Gitte gefallen, sonst hätte Michael seine Frau sofort erkannt.

»Mein Mann sucht mich, wie süß. Hoffentlich tut er das nicht, weil die Waschmaschine ausgelaufen ist«, lachte Julia, sichtlich erleichtert, dass der Streit sich wohl dem Ende zuneigte. Nun wendete Michael sein Fahrrad und blickte direkt in Gittes Garten. Grüßend hob er den Arm, schien aber unsicher, ob er näher kommen sollte. Schließlich legte er sein Rad auf die Wiese und trottete mit einem etwas trotzigen Gesichtsausdruck heran. »Hier bist du also.« Und zu Gitte gewandt: »Sie ist einfach weggelaufen, das macht sie sonst nicht.«

»Hat aber gutgetan, mein Lieber. Ein Bier, die Abendsonne, Gittes aufmunternde Worte. Also, lass das Auto hier reparieren, und wir genießen die nächsten Tage einfach billig bei Wasser und Brot.«

Michael strahlte, warf ihr eine Kusshand zu und drehte sich um. »Ich will die Kinder nicht so lange alleine lassen. Sie hängen gerade die Wäsche auf. Bis später.«

Gitte guckte ihm nach. Wie einfach man Streitereien aus dem Weg schaffen konnte, wenn beide bereit waren, ein Stück weit nachzugeben und sich auf das Wesentliche zu besinnen. Doch außer dem Gefühl der Verbundenheit mit Julia und

Michael schwang da noch etwas anderes mit, ein Gefühl von Wehmut. Mittlerweile war Gitte klar geworden, dass sie ein paar gute Jahre an ihren Ex-Freund verschwendet hatte. Nun war sie allein. Ohne Geschwister und ohne Eltern hatte man ohnehin schlechte Bedingungen, aber dann auch noch die Freunde und den Partner zu verlassen, das grenzte an Selbstüberschätzung.

Zum ersten Mal seit ihrer Übersiedlung nach Dänemark wurde Gitte ihre Lebenssituation so richtig bewusst. Als Julia sich dann mit einer Umarmung von ihr verabschiedete, wären ihr bald die Tränen gekommen.

Gitte sah hinab auf ihre Schildkröte, die jetzt sehr träge in der Ecke des Freilaufs verharrte. Ohne die Sonnenstrahlen war es ihr zu kühl. Gitte wurde abwechselnd heiß und kalt, und sie musste mehrmals tief durchatmen. Eine unbestimmte Angst hatte sie erfasst, ganz überraschend aus dem Hinterhalt. Sie fühlte sich beobachtet und wünschte sich, Erik käme aus seinem Haus. Ob er überhaupt da war, wusste sie natürlich nicht, aber jetzt gerade hätte sie ihn gebraucht, um die Einsamkeit zu vertreiben.

Zum Glück hielt dieser Zustand nicht lange an, Gitte gelang es, ihre Gedanken in eine andere Richtung zu zwingen. Sie hatte Tante Stine. Ihre Freunde und Kollegen in Münster konnte sie jederzeit besuchen, und hier in Marielyst kannte sie auch schon ein paar nette Leute. Sie fühlte sich doch eigentlich sehr wohl in diesem Land. Und beim nächsten Gedanken konnte sie schon wieder lächeln. Der Kommissar hatte sie auf den Mund geküsst.

Gleich darauf verzog sie das Gesicht. Das würde sicher nicht so schnell noch einmal passieren, schon gar nicht, wenn der smarte Polizist erfuhr, dass sie eine Privatdetektei beauftragt hatte und wieder neue Insiderinformationen besaß. Das erinnerte Gitte daran, dass sie Ole Ansgaard anrufen musste. Er musste erfahren, dass Joris sich die Runen freiwillig hatte einritzen lassen. Die kleine Panikattacke verschwand, was blieb, war das Gefühl beobachtet zu werden.

Gitte ging ins Haus und zog sich wärmere Sachen an. Dann griff sie zu ihrem Handy. Dieses Mal rief sie nicht die Polizeistation an, sondern wählte gleich die Handynummer des Kommissars.

Er meldete sich überraschend gut gelaunt. »Hej, Gitte, bevor du mich mit schlechten Nachrichten behelligst, lass dich von mir zum Essen einladen. Als Dankeschön für deinen Einsatz gestern Abend. Gut, dass du mich davon abgehalten hast, zu Ann zu fahren. Ich habe kurze Zeit später nämlich eine Menge Zeugs ausgekotzt. Das muss an deinem Fahrstil gelegen haben, das passiert mir sonst nie. Aber ich lade dich trotzdem ein. Was hältst du davon?«

Gitte war sich nicht sicher, ob Ole Ansgaard nicht schon wieder getrunken hatte, und erwiderte vorsichtig: »Wie ist es denn gelaufen mit deiner Schwester? Sprecht ihr wieder miteinander?«

»Sie ist ein Mädchen und lässt mich noch zappeln. Aber ich darf ihrem Maler bei irgendeiner behördlichen Angelegenheit beistehen und bin am Montagnachmittag dort. Eventuell macht sie mir einen Kaffee. Anns Kaffee ist noch besser als ihre Glaskunst. Sie mahlt ihn ganz frisch mit der Hand. Glasbläserinnen haben ganz schön viel Kraft in den Armen.«

Dann überlegte er einen Moment und fragte dann, auf einmal nüchtern und etwas misstrauisch: »Warum hast du eigentlich angerufen?«

»Das könnte ich dir beim Essen erzählen. Es befindet sich jedenfalls nichts Totes auf meiner Terrasse.«

»Gut, ich bin in einer halben Stunde bei dir.«

Gitte legte auf und zog sich erneut um. Ein bisschen schicker, etwas mehr Ausschnitt und dezente Schminke auf Augen und Wangen. Sie war in zehn Minuten fertig. Dann fiel ihr ein, dass der arme Hieronymus noch immer draußen in seinem jetzt kalten Auslauf festsaß. Sie eilte in den Garten, nahm die Schildkröte auf den Arm und prallte beim Aufstehen gegen einen männlichen Körper.

Vor Schreck hätte sie beinahe die Schildkröte fallen lassen. Schnell blickte sie auf und sah jemandem ins Gesicht, den sie ganz sicher nicht hier erwartet hätte.

»Tim!« Vor ihr stand ihr Ex-Freund aus Münster. Er trug ein dunkles Sweatshirt mit Kordeln vor der Brust und überragte sie um einen Kopf. Seine braunen Haare waren sehr viel kürzer geschnitten als früher, und sein markantes Gesicht zeigte einen etwas trotzigen Ausdruck. Vorsichtig streckte er die rechte Hand aus, vielleicht, um ihre Wange zu streicheln. Angesichts ihrer Miene zog er sie aber wieder zurück.

»Gitte, freust du dich denn gar nicht?«

»Ich muss Hieronymus reinbringen.« Sie brauchte Zeit zum Nachdenken. Niemals hätte sie damit gerechnet, dass Tim hier auftauchen würde.

Sie war sicher, dass er gekommen war, um sie zur Rückkehr zu bewegen. Seine Abschiedsworte in Münster klangen ihr noch in den Ohren: »Das ist pure Selbstüberschätzung, Gitte. Du willst mich anscheinend für irgendetwas bestrafen.«

So ein Blödsinn. Wenn überhaupt, dann hatte sie sich selbst belohnen wollen, mit einem neuen Anfang in schöner Umgebung. Sie hatte weiß Gott keine Lust auf eine Auseinandersetzung mit Tim, aber er verstand offenbar nicht, dass ihre Beziehung zu Ende war.

Tim war ihr derweil einfach ins Haus gefolgt und stand nun im Wohnzimmer. »Gitte, ich habe mich umgehört. Du bist in einen Mordfall verwickelt und wirst bedroht. Bitte komm mit nach Hause. Das hier« – er deutete auf die Einrichtung des Hauses – »taugt doch höchstens als Urlaubsdomizil.«

Sie drehte sich zu ihm um. »Wie lange bist du schon in Marielyst?«

»Ein paar Tage. Ich wollte sehen, was das für ein Ort ist, den du dir für dein weiteres Leben ausgesucht hast. Gitte, ich mache mir Sorgen.«

»Du hast mich beobachtet.« Sie wusste, dass Tim kein Wort Dänisch sprach, er konnte seine Informationen nur aus dem Internet haben oder aus Gesprächen mit deutschen Touristen. Sie war sich sicher, dass er sie ausspioniert hatte, und jetzt wusste sie auch, warum sie mehrfach das Gefühl gehabt hatte, beobachtet zu werden. Gut zu wissen, dass es nicht der Mörder von Joris war, der sie im Visier hatte. Draußen hörte sie ein Auto vorfahren.

»Ich habe jetzt keine Zeit, ich bin verabredet«, sagte sie. »Fahre nach Münster zurück, und akzeptiere die Dinge, wie sie sind.« Gitte wollte sich zur Veranda wenden, da fasste Tim sie kraftvoll an beide Arme und hielt sie fest.

»Gitte, lass mich hier nicht so stehen. Ich kann mich ändern. Ich weiß, ich habe dich zu wenig umsorgt und …«

»Lass mich los, Tim, du tust mir weh!«

Und dann ging alles so schnell, dass Gitte nur noch Arme und Gesichter sah. Tim bekam plötzlich einen Schlag in die Seite und wurde am Hals gepackt. Er war von der Wucht des Angriffs überrascht, fing sich aber schnell. Tim war sportlich, er versetzte seinem Gegner einen kräftigen Ellenbogenstoß in die Rippen. Der andere Mann stöhnte auf und ließ kurz in seinem Griff nach. Sofort bekam er von Tim noch einen Kinnhaken verpasst und stürzte gegen einen Tisch, auf dem polternd eine Vase umfiel. Wasser tropfte auf den Boden.

Gitte hatte sich in den Küchenbereich zurückgezogen, sie fürchtete nun um ihre Möbel, die ja zum Teil ihrem Vermieter gehörten. Um die beiden kämpfenden Männer machte sie sich ebenfalls Sorgen, denn es war Ole Ansgaard, der da so wütend auf Tim losgegangen war. Vom Garten aus musste es für ihn wie ein Überfall ausgesehen haben, als Tim Gitte mit beiden Händen festhielt.

»Verdammt, was wollen Sie von mir?« In seiner Aufregung sprach Tim deutsch.

Ole Ansgaard zog nun seine Dienstmarke hervor und hielt sich mit der anderen Hand die Rippen. Anscheinend hatte ihn Tim derbe erwischt. Der Kommissar wandte sich zunächst an Gitte. »Hat der Kerl dir etwas getan?«

Sie schüttelte den Kopf und erklärte: »Das ist Tim Hoffmann aus Münster, mein Ex-Freund. Er kam überraschend vorbei, und wir hatten einen kleinen Disput. Lass ihn einfach laufen, ich habe ihm alles gesagt.«

Doch Tim machte keine Anstalten zu gehen, sondern witterte einen Verbündeten. Auf Englisch sagte er: »Machen Sie ihr klar, dass es besser für sie ist, diesen Ort zu verlassen. Sie müssen doch wissen, dass sie bedroht wird. Was können Sie hier mit Ihrer kleinen Polizeistation schon an Schutz leisten?«

Gitte fragte sich, woher Tim von einer Bedrohung wusste. Er konnte ja nur das tote Kaninchen vor ihrer Tür meinen, aber dieser Vorgang hatte niemals in der Zeitung gestanden. Nie hätte sie gedacht, dass Tim sie so besessen zurückhaben wollte, und sie fragte sich, was er dafür alles zu unternehmen bereit war. Ahnungsvoll wandte sie sich an ihn: »Wo hast du dein Auto stehen, Tim? Weit weg?«

Verwirrt runzelte er die Stirn. »Nein, hier in der nächsten Seitenstraße.«

An Ole gewandt erklärte Gitte weiter in englischer Sprache: »Ich bin mir fast sicher, dass du in seinem Auto Kaninchenhaare finden wirst.« Und zu Tim sagte sie: »Du hast mir das tote Tier vor die Tür gehängt, damit ich Angst bekomme und wieder nach Münster zurückkehre. Und als es nicht funktioniert hat, wolltest du mich heute persönlich einfangen, ja?«

Tim starrte sie wütend an, doch dann wandelte sich sein Gesichtsausdruck, und er lächelte sie mit seinen braunen Augen fast schüchtern an. »Gitte, ich liebe dich, ich möchte doch nur, dass alles wieder so wird wie früher. Bitte komm mit.«

»Ich möchte auf keinen Fall, dass alles wieder so wird wie früher. Ich mag meinen Job und mein Leben hier, ob mit oder ohne Leichen.« Demonstrativ verschränkte sie die Arme vor der Brust und lehnte sich an den Tisch, von dem leider immer noch das Wasser tropfte. Daher holte sie schnell ein Handtuch aus dem Bad und nahm dann ihre lässige Haltung wieder ein.

Der Kommissar wurde nun dienstlich und zückte ein kleines Notizbuch: »Ich muss Ihre Daten aufnehmen, Herr Hoffmann, gut möglich, dass Sie mit einer Anzeige rechnen müssen.«

»Mir ist ziemlich egal, was Sie hier für Anzeigen schreiben. Die Adresse kann Ihnen ja Gitte geben. Sie erinnert sich hoffentlich noch daran.« Er machte einen Schritt auf Gitte zu und fragte: »Dein letztes Wort? Wenn ich jetzt gehe, ist es für immer.«

Sie nickte nur und war sehr erleichtert, als Tim tatsächlich durch die offene Verandatür nach draußen trat und über die Wiese verschwand. Er tat ihr ein bisschen leid, immerhin hatten sie auch schöne Zeiten gehabt. Dass er so ein schlechter Verlierer war, hatte sie nicht gewusst. Gitte ging zu Ole und nahm ihm den Block aus der Hand, um Tims Adresse in Deutschland und seine sonstigen Daten aufzuschreiben. »Von mir aus kannst du auf eine Anzeige verzichten.«

Der Kommissar verzog das Gesicht. »Ja, das ist ein selten schöner Liebesbeweis, jemandem Angst einzujagen, damit er in die weit geöffneten Arme zurückrennt.«

»Hat nicht funktioniert, Schwamm drüber. Wo gehen wir hin?«

Er zuckte zusammen, als er sich aufrichtete. »Eigentlich wollte ich mit dir einen netten Abendspaziergang zum Schou's machen, aber es wird eine wenig elegante Darbietung werden. Ich glaube, der Kerl hat mir eine Rippe gebrochen. Als Mörder von Joris können wir ihn nicht überführen, oder?«

Sie lachte. »Welches Motiv sollte er haben? Zur Abschreckung wäre das ein bisschen zu makaber gewesen, und Eifersucht scheidet wohl auch aus.«

»Ich werde ihn überprüfen lassen. Von mir aus können wir los.«

Ole Ansgaard hielt sich tapfer, aber Gitte konnte merken, dass ihm seine Rippen zunehmend Schmerzen bereiteten. Im Schou's angekommen, ließ er sich sehr langsam auf einem Stuhl nieder. Sven begrüßte sie herzlich und spendierte die erste Runde Bier.

Fröhlich wandte er sich an den Kommissar: »Du wirst hier allmählich Stammgast. An zwei Abenden hintereinander speist du bei mir im Restaurant. Ist dein Herd kaputt?«

»Nein, ich kann nur gerade schlecht alleine sein.«

Während sie auf das Essen warteten, erzählte Gitte Ole von den neuen Erkenntnissen.

Ole Ansgaard trank nur ein Bier und bestellte sich dann Cola. Gitte schilderte ihm auch, was sie von Malthe erfahren hatte, und als sie ihren Informanten nicht nennen wollte, fragte er natürlich nach. Doch Gitte schwieg, während Ole überlegend grinste.

»Richte Malthe aus, diese Geheimniskrämerei hat bei einem Mordfall nichts zu suchen.«

»Er hat es von jemandem erfahren, der sich ganz sicher nicht mit der Polizei treffen wird«, erklärte Gitte.

Ole winkte ab. »Ich dachte mir schon, dass unser Grieche selbst den Wikinger spielen wollte und jemanden beauftragt hat. Die Runen sind vor seinem Tod eingeritzt worden, das hat unser Gerichtsmediziner leicht feststellen können. Es wäre allerdings gut zu erfahren, ob Joris dazu irgendetwas erzählt hat. War er nervös? Was hatte er bei sich? Hat er erzählt, wo er hinwollte? Das alles sind Informationen, die dein Malthe sicher nicht erfragt hat. Da fehlt ihm das Know-how.«

»Er ist nicht mein Malthe, und es gab angeblich nichts Auffälliges mehr zu berichten. Du kannst Malthe ja in Beugehaft nehmen.«

»Das ist ein ganz hervorragender Gedanke.« Er widmete sich nun der Essensbestellung und wählte für sich ein Steak mit Pfeffersauce, Bohnen und dicken Fritten aus. Gitte entschied sich für ein Nudelgericht mit Pilzen. Als Vorspeise nahmen beide einen Caesar Salad mit Croutons, der bereits zehn Minuten später aus der Küche gebracht wurde. Genussvoll suchte der Kommissar sich die roten Kirschtomaten heraus und schob sie auf eine Seite, um sie als Erstes zu essen. »Ich liebe Tomaten mit Parmesandressing, das restliche Grünzeug könnten sie meinetwegen weglassen.«

»Dann wäre es kein Caesar Salad mehr, sondern Tomatensalat. Der stand übrigens auch auf der Karte.«

»Ja, aber der ist mit Zwiebeln und Balsamicodressing. Das ist doch eine komplett andere Variante.«

Gitte nickte nur und überlegte, wie sie ihren Begleiter geschickt nach Karen Milasen ausfragen konnte. Natürlich würde sie ihm ihre neuen Erkenntnisse nicht mitteilen. Was eine Detektei herausgefunden hatte, wusste ein Kommissar bestimmt schon lange. Schließlich erkundigte sie ohne Umschweife: »Wisst ihr etwas Neues über das verschwundene Mädchen?«

»Wieso interessierst du dich so für diese Karen Milasen? Das hast du mich schon einmal gefragt.«

»Ich denke, sie ist der Schlüssel zu den Ereignissen. Joris hat sie doch offenkundig gesucht.«

Jetzt kniff Ole die Augen zusammen und sagte: »Wie du meiner Schwester ja so schön aus der Nase gezogen hast, war unser Grieche an jenem verhängnisvollen Tag doch in der Glasbläserei. Sie hat es mir erzählt und dabei die Schuld so geschickt auf ihre Mitarbeiterin gelenkt, dass man keiner von beiden böse sein konnte. Karen Milasen hätte kurz vor Joris' Ankunft bei Ann antreten sollen, aber sie ist nicht aufgetaucht.

Und ein junges Mädchen ist sie eigentlich auch nicht mehr. Karen Milasen ist eine junge Frau von vierundzwanzig Jahren und somit ein Stück weit älter als Joris. Ich denke, sie hat sich einfach umentschieden, ihrem Freund den Laufpass gegeben und macht jetzt irgendwo einen entspannten Urlaub.«

Jetzt hätte Gitte überrascht tun müssen, doch sie verpasste ihren Einsatz und nickte zwischen zwei Gabeln Salat nur beiläufig. Leider.

Ole Ansgaard ließ sein Besteck sinken und blickte sie forschend an. »Das wusstest du alles schon.«

»Ich finde vierundzwanzig Jahre nicht besonders alt. Das sind zehn Jahre weniger, als ich auf dem Buckel habe. Du glaubst doch nicht, dass Joris und Karen damit ein Problem hatten. Bist du so spießig?«

»Liebe Gitte, ich weiß nicht, wie du immer an solche Informationen kommst, aber ich möchte dich nun bitten, mir alles zu erzählen, was du weißt. Du willst doch auch, dass dieser Fall aufgeklärt wird, oder? Und deshalb sollte die Polizei besser alle verfügbaren Informationen bekommen.«

Gitte tunkte ein Stück Brot in den letzten Rest ihres Dressings und steckte es in den Mund. Kauend dachte sie nach und gab dem Kommissar recht. Also erzählte sie ihm von der Detektei und dem Telefonat mit Kevin Dunkel. Der Gesichtsausdruck ihres Gegenübers wandelte sich im Lauf ihres Berichtes ständig, von Belustigung über Empörung bis hin zur Bewunderung. Letzteres galt allerdings nicht ihr, sondern der Detektei und ihrem Mitarbeiter.

»Dass Karen ihren Job riskiert hat, um nach Marielyst oder sonst wohin zu reisen, wusste ich nicht«, gab Ole zu. »Das zeigt, dass ihr diese Angelegenheit sehr ernst war. Und von einer Halbschwester ist uns auch nichts bekannt. Karen wurde von einer Tante als vermisst gemeldet.« Ole zückte ein kleines Notizbuch und kritzelte ein paar Worte hinein. Diese Sache würde er am Montag im Dienst sicher weiterverfolgen.

Die nächsten Worte bestätigten Gittes Vermutung. »Vielleicht weiß ja diese Halbschwester, was Karen in Marielyst wollte.«

In dem Moment räumte der südländisch aussehende Kellner die Teller ab. Hinter ihm kam Sven mit einem Bier in der Hand an ihren Tisch und setzte sich zu ihnen. »Euer Essen kommt gleich. Gitte, ich habe mit Rhandi noch lange über deinen Vater nachgedacht, und ihr ist etwas eingefallen. Sie hat sich an eine Frau erinnert, die für deinen Vater eine gewisse Zeit die Büroarbeit erledigt hat. Mads hatte ja eine Geschäftsadresse und ein kleines Büro in Væggerløse, und das wurde von dieser Dame betreut. Sie heißt Maggy Petersen, ich habe dir Name und Adresse aufgeschrieben.« Sven reichte Gitte einen kleinen gelben Zettel, sie nahm ihn begierig entgegen. Endlich jemand, der ihr etwas über ihren Vater und vor allem über seine Arbeit erzählen konnte. Gitte wurde vor Aufregung ganz heiß. Gleich morgen würde sie dort anrufen.

Ole Ansgaard runzelte die Stirn. »Ein Kriminalfall reicht dir wohl nicht?«

»Aha, du gehst also auch davon aus, dass das Verschwinden meines Vaters ein Kriminalfall ist?«

»Ich gehe davon aus, dass er ein Geheimnis birgt, und so etwas kann denjenigen, der nachforscht, leicht in Gefahr bringen. Mitunter wollen Menschen nämlich gar nicht gefunden werden.«

»Dann hätte er nicht Vater werden dürfen«, sagte Gitte und meinte das auch so.

Sie blieben bis kurz vor zehn Uhr im Restaurant, zum Schluss waren sie schon eine ganze Weile lang die einzigen Gäste. Dann traten sie hinaus, überquerten fünf Minuten später den Bøtøvej und schlenderten die wenigen Gassen zu Gittes Wohnung entlang. Die vielen kleinen beleuchteten Ferienhäuser sahen gemütlich aus, und es roch nach Meer, Tannennadeln und feuchtem Gras. Tief atmete Gitte die angenehme Luft ein.

Ole spazierte tief in Gedanken versunken neben ihr her

und kickte ab und an ein Steinchen zur Seite, allerdings eher unbeholfen als sportlich. Wegen seiner schmerzenden Rippen kamen sie nur langsam voran.

Bei Erik brannte ebenfalls Licht, und man konnte seine Silhouette durch das Fenster sehen. Als der Schwede Geräusche bei der Nachbarin hörte, kam er sofort auf die Terrasse und freute sich sichtlich, sie zu sehen. »*Skal vi drikke en øl?*«, lud er die beiden auf Dänisch zu einem Bier ein, doch bei diesem ersten dänischen Satz blieb es. Der Rest der Unterhaltung wurde wieder auf Englisch geführt, und Gitte bewunderte einmal mehr, wie selbstverständlich die Skandinavier diese Sprache beherrschten.

Einer der Gründe war wohl, dass in Ländern mit so wenigen Einwohnern kaum ein Film synchronisiert wurde. Die meisten Filme im Fernsehen liefen im Originalton mit Untertiteln in der Landessprache, und so hörten schon die Kinder früh viel Englisch oder auch Deutsch.

Erik verteilte eine Runde Tuborg-Bier und fragte, während er sich hinsetzte: »Ole, warum bist du eigentlich zur Polizei gegangen?«

Der Kommissar setzte eine bedeutsame Miene auf. »Das wollte ich schon sehr früh in meinem Leben. Ich wurde als kleiner Junge häufig von meiner Schwester und ihren Freundinnen geärgert. Damals besaß ich ein Baumhaus in unserem Garten. Als meine Eltern mal unterwegs waren und ich in meinem Baumhaus saß und an einem Stock schnitzte, hat meine Schwester heimlich die Leiter abgehängt. Es ging so schnell, dass ich nichts machen konnte. Ich saß fest, denn es war recht hoch. Und kalt war es irgendwann auch. Ann hat mit ihrer Freundin ein Eis nach dem anderen gegessen, Fernsehen geguckt und über mich gelacht. Ich habe weitergeschnitzt und mir nichts anmerken lassen, aber ich war so wütend, dass ich am nächsten Tag nach der Schule zur Polizeistation gegangen bin und Ann angezeigt habe.«

Er blickte Gitte an und ergänzte: »Nun weißt du es, wir hatten immer schon unsere Probleme miteinander. Ich habe sie wegen Freiheitsberaubung angezeigt.« Ole nickte wichtig, und Erik und Gitte lachten. »Die Männer dort waren sehr nett, sie haben mir ein Schreiben mitgegeben, in dem sie meine Schwester darauf hinwiesen, dass man niemanden in Baumhäuser einsperren sollte, denn von dort könne man herunterfallen und sich verletzen. Ich habe sogar einen Stempel auf das Schreiben bekommen. Von da an wollte ich zur Polizei gehen und andere Kinder retten.«

Gitte nutzte die Gesprächigkeit des Kommissars aus und fragte ihn: »Ist Ann eigentlich mit dem Landschaftsmaler zusammen?«

»Mit Karl? Nein. Ich glaube nicht.« Doch er schaute in die Runde, als hätte er nur noch nie darüber nachgedacht. Wie auch. Er hatte ja schon lange keinen Kontakt mehr zu Ann gehabt.

Erik beobachtete den Kommissar plötzlich aufmerksam, trank von seinem Bier und sah wieder zu ihm hin. »Sag mal, hast du irgendetwas? Du bewegst dich so komisch.«

Gitte grinste und erzählte: »Ole hat sich mit meinem Ex-Freund angelegt. Heldenhaft wollte er mich retten, ohne zu wissen, dass er es mit einem sportlichen Mann zu tun bekam, der einige Karatekurse absolviert hat.«

Eriks Gesicht wurde ernst. »Bist du angegriffen worden, Gitte? Ich habe heute am frühen Abend ein Nickerchen gemacht und nichts mitbekommen.«

Ole erzählte ihm, was sich zugetragen hatte, und ließ es sich nicht nehmen zu erwähnen, dass er den Ex-Freund auch empfindlich getroffen hatte. Erik maulte: »Mann, bei euch ist immer was los, und ich kriege davon nur ganz nebenbei etwas mit. Ein verschwundener Vater, eine Leiche vor der Tür und ein liebeskranker Ex-Freund. Gitte, meine Frau wird dich lieben.«

Ole stöhnte. »Das wird aber keine Dauereinrichtung mit diesen Kriminalfällen, nur dass ihr das wisst. Lass deine Frau mal weiter in Schweden ihre düsteren Bilder malen.« Dann sagte er mit bemüht tapferer Miene: »Ich werde nun nach Hause fahren und meinen Körper in Heparinsalbe baden. Ich habe das Gefühl, dass ich gegen einen Lkw anatmen muss. Ein paar Ibuprofentabletten sollte ich noch haben.«

»Vielleicht sollten wir noch ins Krankenhaus fahren. Stell dir vor, es ist wirklich eine Rippe gebrochen, und sie sticht über Nacht deine Lunge durch.« Gitte blickte ihn besorgt an. Sie hatte das mal bei einem Polizisten erlebt, der bei einem Fußballspiel im Preußen-Stadion in Münster in eine Schlägerei geraten war. Hechelnd und in kürzester Zeit schweißgebadet hatte der Mann auf dem Boden gelegen und kaum noch ein Wort herausgebracht.

»Warum sollte die Rippe das plötzlich tun? Ich lege mich vorsichtig hin, und gut ist es. Ich hatte schon einmal eine gebrochene Rippe. Da wird eh nichts gemacht. Das muss von alleine heilen.«

Erik guckte den Kommissar an und sagte beinahe enttäuscht: »Ich hatte noch nie eine gebrochene Rippe. Was treibst du denn so in diesem beschaulichen Örtchen?«

»Ich bin im Boxverein. Ich hätte diesen Kerl fertigmachen können, aber gerade deshalb muss ich sehr vorsichtig sein und darf meine Fäuste nicht als Waffe einsetzen.« Er blickte wichtig in die Runde. Gitte grinste. »Lach nicht«, rügte er. »Jeder Däne, der etwas auf sich hält, ist Mitglied in einem Verein. Wir sind ein geselliges Volk.« Mühsam erhob er sich und verabschiedete sich: »Hej, hej. Euch einen gemütlichen Sonntag.«

11

Der gemütliche Teil des Sonntags dauerte bei Gitte bis etwa halb zehn Uhr morgens an, dann klingelte ihr Handy. Es war Larstsen, der sie fragte, ob sie ihn nach Nykøbing begleiten könne. Ein alter Mann war verstorben und musste abgeholt werden. »Für die Familie kam der Tod überraschend, und sie sind völlig überfordert. Ich dachte, es wäre gut, wenn du mitkommst.«

Gitte setzte Hieronymus in die fahle Sonne und wartete, dass ihr Chef sie abholte. Eine Viertelstunde später fuhr Larstsens großer schwarzer Wagen vor. Gitte hatte sich dunkle Sachen angezogen, und gemeinsam machten sie sich auf den Weg. Sie fuhren nach Væggerløse und dann in Richtung Nykøbing. Vereinzelt waren ein paar Fahrradfahrer unterwegs, aber nur wenig Autos. Sie kamen vorbei an Schafherden, alten kleinen Höfen und einem Aldi, der, anders als in Deutschland, auch heute am Sonntag geöffnet hatte.

»Wie geht es deiner Tochter?«, fragte Gitte. Larstsen sah wieder besser aus, ausgeschlafen und weniger besorgt als die letzten Tage.

»Gut«, sagte er. »Sie kann das Krankenhaus bald verlassen, geht aber noch nicht arbeiten. Sie muss sich nun lange schonen, um das Baby nicht zu gefährden. Die Mutterschutzfrist tritt ja erst vier Wochen vor dem Geburtstermin ein, aber bis dahin haben wir noch viel Zeit. Ich freue mich schon so darauf.« Er strahlte, während er auf die Straße blickte.

Gitte blickte überraschend auf, als sie an einem Hotel namens ›Lilesund‹ vorbeifuhren. Das weiße Haus strahlte mit seiner relativ kleinen überdachten Eingangstür und den hellblauen Fensterbänken einen ganz eigenen Charme aus. Vor dem Eingang standen ein paar Tische und zwei kleine Nadelbäume im Topf auf dem Schotterkies. Das Hotel war nicht sehr groß, besaß aber ein Restaurant. Als sie dann nur zwei Straßen weiter vor dem Haus mit dem Todesfall hielten, fragte Gitte ihren Chef ganz spontan: »Gehst du nachher mit mir noch ins ›Lilesund-Hotel‹, einen Kaffee trinken? Ich hatte heute Morgen nur schnell einen Toast, den ich im Stehen gegessen habe. Und das ›Lilesund‹ ist das Hotel, in dem das Ehepaar Papadakis arbeitet. Wir könnten also ein bisschen spionieren gehen.«

Ihr Chef konnte ihr den Wunsch kaum abschlagen, immerhin hatte sie wegen ihm ihr Frühstück verkürzt. Er nickte und klingelte an der großen Haustür. Es war ein majestätisches Haus mit zwei Wohnungen, umgeben von einem großen gepflegten Anwesen. Hier würde es sicherlich einen der besseren Särge geben. Gut fürs Geschäft, dachte Gitte und zuckte zusammen, als die Tür schwungvoll aufgerissen wurde. Ein fülliger Mann mit Halbglatze stand auf der Schwelle und begrüßte sie erleichtert.

»Gut, dass ihr da seid. Es ist ganz furchtbar. Meine Schwiegermutter krallte sich an ihm fest und will es nicht wahrhaben. Der Arzt hat ihr nun eine Beruhigungsspritze gegeben. Kommt rein, oder noch besser, bringt gleich den Sarg mit rein.« Der Mann lief in dem Flur hin und her und öffnete ihnen schließlich die Wohnzimmertür. Die Familie, seine Ehefrau, die Witwe und zwei Teenager saßen um einen Mahagonitisch herum. Alle guckten starr auf das Bestatterteam, abgesehen von der Witwe, einer kleinen zierlichen Frau mit einem dunkelblauen Seidenbademantel und Lederpantoffeln. Sie starrte auf den Transportsarg und rief: »Nun nimmt man ihn mir endgültig weg! Ich kann das nicht aushalten.« Doch ihr Blick war glasig, ihre Bewegungen langsam, das Beruhigungsmittel zeigte Wirkung.

Larstsen blickte sich um, und der Schwiegersohn, der sich als Paul Johannsen vorstellte, zeigte auf einen schmalen Flur, der vom Wohnzimmer zu den Schlafzimmern führte. Er sagte: »Dort entlang, er liegt in seinem Bett. Mein Schwiegervater ist sanft eingeschlafen.«

Larstsen bat Gitte: »Bleib du bitte hier, ich mache das zusammen mit Herrn Johannsen, wenn es recht ist.«

Der nickte nur und übernahm die Arbeit von Gitte.

Gitte sah, dass die alte Dame am liebsten aufgestanden wäre, aber die Hand ihrer Tochter lag mit eisernem Griff auf dem zerbrechlichen Arm der Mutter. Sie setzte sich dazu und nahm nun die rechte Hand der Witwe in ihre Hand. »Dein Verlust tut mir sehr leid. Wie lange wart ihr verheiratet?«

»Siebenundvierzig Jahre.« Die dünne Stimme klang stolz, und die Frau blickte sie nun aus wasserblauen Augen an.

»Das ist eine wirklich lange Zeit. Es sind viele Erinnerungen, die du mit dir trägst, nicht wahr?«

Die alte Frau nickte unter Tränen, beruhigte sich aber sichtlich.

Gitte sah, dass auch die beiden etwa fünfzehn und siebzehn Jahre alten Enkelinnen geweint hatten. Die Tochter machte dagegen einen gefassten Eindruck. Eine musste eben die Nerven bewahren, denn traurig sah sie ebenfalls aus.

»Magst du mir erzählen, wo ihr euch kennengelernt habt?« Gitte wusste, dass schöne Erinnerungen beruhigen konnten.

Die Tochter schaute sie dankbar an und erhob sich, um den Männern zu folgen. Die Witwe erzählte derweil aus einer anderen Zeit, als man abends zu Tanzfesten ging und vom Tanzpartner nach Hause gebracht wurde. Als ihr Mann bei den Eltern um die Hand der Tochter anhielt, hatte diese beim Lauschen an der Tür vor lauter Glück einen Schrei ausgestoßen, der sie verriet. Das sei dann sehr peinlich gewesen, erzählte die alte Frau und lächelte tatsächlich kurz.

Gitte war völlig überrascht, als Larstsen neben ihr stand und zum Aufbruch mahnte. Sie nahm die beiden Hände der Witwe in die ihren und bedankte sich herzlich für das Vertrauen. Sie wünschte ihr viel Kraft und riet ihr, sie vor allem aus diesen wertvollen Erinnerungen zu schöpfen.

»Das hast du prima gemacht, Gitte. Sie hat nicht einmal mitbekommen, dass wir den Sarg mit ihrem Mann direkt durchs Wohnzimmer getragen haben. Du hast dir ein dickes Eis im ›Lilesund‹ verdient. Wir können uns draußen hinsetzen, in der Sonne ist es warm.«

Die Sonne zeigte sich nur leider recht sporadisch, und Gitte fror die meiste Zeit. Bedient wurden sie heute von Frau Papadakis, die sie beide flüchtig von der Beerdigung kannten. Sie war eine kleine drahtige Frau mit kräftigen grau-schwarzen Locken und einem aristokratischen Gesicht. Das verdankte sie vor allem ihrer wunderschönen Nase. Frau Papadakis stutzte kurz, als sie die beiden auf der Terrasse sitzen sah, dann wusste sie, wen sie vor sich hatte.

»Hallo. Du hast meinen Neffen beerdigt, nicht wahr? Was kann ich für euch tun?«

Sie bestellten beide einen Eisbecher und einen Kaffee dazu. Gitte wusste noch nicht genau, wie sie das Gespräch beginnen sollte, doch am Ende tat sie es wieder in ihrer direkten Art. Als die Eisbecher serviert wurden, sagte sie zu Frau Papadakis: »Entschuldige, darf ich dir ein paar Fragen stellen? Ich versuche noch immer, die Hintergründe des Mordes an Joris zu klären. Und ich habe erfahren, dass Joris eine Freundin in Marielyst besuchen wollte. Dieses Mädchen ist aber verschwunden. Ich hatte einige Male mit deinem Sohn Timon Kontakt, er ist ein sehr tiefgründiger Junge. Hast du eine Ahnung, was Joris mit seiner Freundin in Marielyst wollte? Er hat sich die Runen auf dem Rücken auf eigenen Wunsch hin einritzen lassen, er hatte also bestimmt einen konkreten Plan. Was könnte mit Karen passiert sein?«

Frau Papadakis hatte Gitte ruhig zugehört, das Tablett, auf dem sie die Eisbecher gebracht hatte, hielt sie dabei vor ihre Brust gedrückt. Doch bei der letzten Frage runzelte sie die Stirn. »Karen? Wer ist Karen?«

»So heißt die Freundin von Joris. Sie haben sich auf der Sprachschule in Lübeck, in Deutschland, kennengelernt, aber sie ist Dänin.«

Die Frau schüttelte den Kopf, die Stirn noch immer in Falten gelegt. »So hieß seine Freundin nicht. Ich kann mich gerade nicht an den Namen erinnern, er war kurz, aber es war nicht Karen.«

Während Larstsen sein Eis löffelte, als ginge ihn das ganze Gespräch gar nichts an, war Gitte wie vor den Kopf geschlagen. Sie dachte an die Detektei, die sie beauftragt hatte. Kevin Dunkel hatte doch erzählt, dass die Dozentin und der Schüler Joris ein Paar gewesen waren. Wer log denn jetzt? Ihr fiel das Gerücht aus dem Friseursalon ein, wonach die Familie Papadakis gewusst haben sollte, dass Joris in Marielyst angekommen war. Sie fragte weiter.

»Du hast gewusst, dass Joris noch ein paar Tage in Marielyst bleiben wollte, oder? Dein Mann hat der Polizei gegenüber ausgesagt, er habe nicht gewusst, dass sein Neffe bereits in Dänemark war.«

»Ja, ich hatte es ihm nicht gleich erzählt, weil er es falsch verstanden hätte. Joris wollte seine Freundin treffen und hatte auch noch etwas zu erledigen, was, wollte er mir nicht sagen. Er war ein zuverlässiger Junge, ganz anders als sein Vater.« Ein verbitterter Zug tauchte in ihrem Gesicht auf und ließ sie plötzlich um Jahre älter aussehen.

Gitte überlegte. Es wäre denkbar, dass Joris mit Karen etwas erledigen wollte, aber dennoch eine andere Frau zur Freundin hatte. Der Begriff »Freundin« war schließlich nicht immer das

Synonym für Partnerin. Und außerdem konnten Beziehungen gerade in diesem Alter schnell wechseln. Auf dem Campingplatz war Joris immer nur allein gesehen worden, und er hatte bei der Glasbläserin gezielt nach Karen Milasen gefragt.

Entschlossen nahm sie einen Bierdeckel und schrieb ihre Handynummer auf. »Wenn dir noch etwas einfällt, rufe mich bitte an. Oder natürlich den Kommissar«, setzte sie nach einem strafenden Blick von Larstsen hinzu.

Als Frau Papadakis im Inneren des Hotels verschwunden war, sagte sie mit einem sehr ernsthaften Gesichtsausdruck: »Der Fall wird immer komplizierter, je mehr ich herausfinde. Aber eines spüre ich ganz sicher: Das Geheimnis um Joris, den toten Griechen in Marielyst, wird sich bald lüften.«

»Du kannst ja richtig pathetisch werden, meine Liebe. Eventuell hatte Joris zwei Freundinnen, eine hier in Dänemark und eine bei seinem anderen Onkel in Deutschland?« Genussvoll kratzte Larstsen den letzten Rest Eis aus seiner Dessertschale und trank dann seinen Kaffee aus. »Wenn du noch etwas von deinem Sonntag haben möchtest, sollten wir aufbrechen. Hartgesottene Dänen halten das Wetter heute für strandtauglich.«

Gitte guckte zum bewölkten Himmel, der nur ab und zu die warmen Sonnenstrahlen durchließ, und erwiderte: »Das Wetter ist gerade mal terrassentauglich, aber nur in einer windgeschützten Ecke und mit einer Decke in Reichweite.«

Auf der Rückfahrt brannte sie darauf, die Telefonnummer auszuprobieren, die ihr Sven Træborg am Abend zuvor gegeben hatte. Es war um die Mittagszeit, als Larstsen sie zu Hause absetzte und wissen wollte: »Willst du morgen später zur Arbeit kommen oder früher gehen?«

»Ich bin pünktlich da, und wir schauen mal, was so los ist«, versprach sie ihm. Dann wendete der schwere schwarze Wagen, und Larstsen verschwand mit dem Knirschen des Schotters unter seinen Reifen aus ihrem Blickfeld.

Der Zettel befand sich noch immer in ihrer Jeanshose vom Vortag. Gitte strich das kleine Papier glatt, setzte sich aufrecht hin und wählte die Nummer. Sie musste es lange klingeln lassen, und als sie gerade auflegen wollte, rief eine laute Stimme ins Telefon: »Maggy Petersen, sprich laut und deutlich, sonst höre ich es nicht.«

»Hier spricht Gitte Madsen. Entschuldige die Störung. Ich möchte eine Auskunft haben.«

Am anderen Ende der Leitung blieb es still. Lediglich ein leises Atmen war zu hören. Also wiederholte Gitte etwas lauter. »Hier spricht Gitte Madsen, können Sie mich verstehen?« Gitte wechselte nun in das förmliche und im Dänischen sehr selten benutzte »Sie«. Manche Leute empfanden es sogar als Beleidigung, wenn man sie mit dem förmlichen »Sie« ansprach, denn das klang, als würde man ihr Alter betonen. Aber Gitte war etwas verunsichert. Die alte Dame hatte sehr streng geklungen.

»Ich verstehe dich sehr gut, und wenn die Tochter von Mads mich noch einmal mit Sie anredet, dann wird das hier kein freundliches Gespräch.«

»Du weißt, wer ich bin?«

»Vielleicht gibt es auf der Welt noch mehrere Menschen mit dem Namen Gitte Madsen, aber die hätten sicher nicht meine Telefonnummer. Von wo aus rufst du an?«

Gitte hielt das Handy ein Stück vom Ohr entfernt, die Dame sprach sehr laut.

»Ich wohne seit einigen Wochen in Marielyst und würde gerne mit dir über meinen Vater sprechen. Sven Træborg hat mir deine Nummer gegeben.«

Eine Zeit lang blieb es still, dann sagte Maggy Petersen: »Sven ist ein Idiot. Warum ruft er mich nicht an und erzählt mir selbst, dass Mads' Tochter hier ist? Du kannst zu mir kommen. In einer Stunde? Ich wohne am Thorsvej 7.«

»Ja, gerne. Bis gleich.«

Als Gitte auflegte, hatte sie schweißnasse Hände vor Anspannung. Würde sie ihrem Vater nun ein Stück näher kommen? Seine Sekretärin wusste doch bestimmt eine Menge über die Geschäfte ihres Vaters zu berichten.

Bis die Stunde endlich um war, lief Gitte im Haus herum wie ein Tiger im Käfig. Warum war ihre Mutter damals nicht sofort nach Marielyst gereist? Hatte sie so viel Angst gehabt, er könnte sie mit einer anderen Frau betrogen haben? Bärbel Franke, ihre Mutter, hatte bei der Eheschließung ihren eigenen Namen behalten, aber die gemeinsame Tochter trug den Namen des Vaters. Wörtlich übersetzt hieß Madsen »Mads' Sohn«. Nach alter dänischer Tradition hätte Gitte eigentlich Madsdóttir heißen sollen, was »Mads' Tochter« bedeutete, aber diese Art der Namensgebung war zum Zeitpunkt ihrer Geburt in Dänemark nicht mehr üblich gewesen. Erst seit einigen Jahren konnten dänische Eltern frei wählen, ob sie der alten Tradition wieder folgen wollten. Daher hieß Gitte genauso wie ihr Vater, Madsen.

Bärbel Franke war in eine Art Lähmung verfallen, nachdem ihr Mann sich nicht mehr gemeldet hatte und die Schwester von Mads sowie die Polizei von einem unerklärlichen Verschwinden ausgingen. Diese Lähmung hatte Gitte all die Jahre mitgetragen. Heute wusste sie, dass sie schon viel eher nach ihrem Vater hätte forschen müssen. Spätestens dann, als sie volljährig wurde. Doch leider war der Drang erst mit dem Tod ihrer Mutter groß genug geworden. Und nun würde sie einer alten Frau aus der Vergangenheit ihres Vaters begegnen und vielleicht endlich mehr über sein Schicksal erfahren.

Endlich war es so weit, sie parkte ihren alten Kombi vor einem schlichten Einfamilienhaus. Die Klingel an der Tür zeigte, dass es hier zwei Wohnungen gab, und sie schellte bei Maggy Petersen. Der Türöffner brummte, sie konnte die Eingangstür aufdrücken. Sofort öffnete sich rechts die erste Tür im Hausflur, und eine schmale ältere Frau blickte durch den

Spalt. Riesige Brillengläser beäugten Gitte, als wäre sie eine seltene Spezies.

»Gitte Madsen, tatsächlich. Komm herein.«

Maggy Petersen machte die Tür nun weit auf und reichte ihr mit einem überraschend kräftigen Griff die Hand. Dann führte sie sie in ein kleines Wohnzimmer mit hellen Möbeln und einem dick gewebten Teppich in Blautönen. Gitte hatte selten ein so schönes Teil gesehen, der Teppich verlieh dem ganzen Raum Würde und Behaglichkeit. »Lass dich anschauen. Du siehst ihm ähnlich, Augen, Mund, das Grübchen am Kinn. Dein Vater war ein gut aussehender Mann, nur leider sehr blauäugig.«

Das musste sie sprichwörtlich meinen, denn Gitte hatte die braunen Augen ihres Vaters geerbt. Sie musterte die zierliche ältere Dame. Maggy war kleiner als Gitte und schmaler. Ihre roten Haare trug sie zu einem lockeren Knoten aufgesteckt, das Gesicht zeigte ein faltiges, aber gepflegtes Äußeres. Sie trug einen dezenten Lippenstift und große Ohrringe, Gitte schätzte sie auf weit über siebzig.

»Ich bin schwerhörig, aber wenn du mich beim Reden anguckst, geht es deutlich besser. Setz dich. Möchtest du einen Kaffee oder einen Tee? Ich selbst trinke Tee. Und mein Tee ist sehr gut.«

»Ja gerne, dann nehme ich auch einen Tee.« Den trank Gitte sonst nur, wenn sie sich krank fühlte. Aber nach Maggys Vorrede wollte sie keinen Kaffee verlangen. Gitte setzte sich auf ein braunes Ledersofa, und Maggy verschwand in der Küche. Das Hilfsangebot von Gitte lehnte sie ab. Mit einem Tablett in den Händen tauchte sie wieder auf und deckte ein altes Geschirr mit Goldrand auf.

»Sven hat mir gesagt, du warst die Sekretärin meines Vaters?«

»Nun fall mal nicht gleich mit der Tür ins Haus. Erst möchte ich wissen, was dich hergetrieben hat. Wenn du nun nach

Marielyst gezogen bist, was ist dann mit deiner Mutter? Ist sie auch hier?«

Also erzählte Gitte in der nächsten halben Stunde von sich, vom Tod ihrer Mutter und ihrem neuen, aber aufregenden Leben in Dänemark. Das Gesicht der älteren Dame zeigte teilweise blankes Entsetzen und große Sorgenfalten. Bei einem Bestatter zu arbeiten hielt sie für bloßen Unfug.

»In deinem Alter solltest du nicht vom Tod umgeben sein. Du bekommst sonst noch eine düstere Aura, mein Kind. Nach dem, was du erzählst, hast du sie sogar schon.«

Gitte lachte nur und schloss ihren Bericht mit dem Hinweis, dass sie mit dem Kommissar zusammen Hinweise über den Mord an dem jungen Griechen sammele. Sie sprach laut und deutlich, und die alte Dame verstand offenbar alles.

Jetzt stellte sie mit einem kräftigen Ruck die Teetasse zurück und sagte streng: »Du machst ja die gleichen Fehler wie dein Vater. Mads kümmerte sich auch oft genug um Dinge, die ihn nichts angingen.«

»In was für Geschäfte war er kurz vor seinem Verschwinden eigentlich verwickelt?«

Maggy Petersen verdrehte die Augen, was bei ihren großen Brillengläsern gespenstisch wirkte. »Das habe ich alles damals schon der Polizei gesagt. Dein Vater war im Immobiliengeschäft tätig, nicht im Drogenhandel. Es gab meines Wissens keine krummen Geschäfte oder dubiose Kunden, außer … ach, das ist alles so lange her. Ich habe damals den Schreibkram für deinen Vater gemacht, Anrufe entgegengenommen und oft auch seine Besichtigungstermine organisiert. Ihr wart nach Deutschland gezogen, dein Vater lebte meistens bei euch und arbeitete auch von dort. Da brauchte er einen Außenposten.«

»Und das warst du.«

»Das war ich. Natürlich hatten wir auch mal schwierige Kunden.« Maggy starrte in ihre leere Tasse.

Gitte hätte ihr am liebsten zehn Fragen auf einmal gestellt. Sie ahnte, dass die Frau mehr wusste. Aber sie hielt sich zurück. Schweigen brachte Leute eher zum Reden.

»Es gab Leute, die wollten unbedingt ein Häuschen an Dänemarks Küste erwerben, ohne dass sie dazu befugt waren.«

Gitte wusste, was sie meinte. Wenn man kein Däne war oder nicht schon mindestens fünf Jahre einen festen Wohnsitz in Dänemark hatte und dort arbeitete, besaß man keine Berechtigung, ein Haus dort zu kaufen. Bestimmt hätten sonst bereits in den Achtzigerjahren zahlreiche Deutsche und Schweden lauter nette Ferienhäuser an der Küste erworben.

Maggy fuhr fort: »Diese Leute ließen sich allerhand einfallen und spannten deinen Vater dafür ein. Sie gründeten entweder eine Scheinfirma mit Sitz in Dänemark oder kauften ihr Häuschen über dänische Strohmänner. Das war allerdings immer ein wenig riskant, denn das Haus gehörte dann laut Besitzurkunde dem dänischen Strohmann.«

»Und mein Vater hat dabei mitgemacht?«

Die alte Dame seufzte und schenkte Tee nach. Dann reichte sie Gitte eine Platte mit Haferkeksen und bestand darauf, dass ihre Besucherin zugriff. Während Gitte ihren Keks knabberte, fuhr sie fort: »Dein Vater wurde dabei selbst ab und zu übers Ohr gehauen, und er ahnte, dass es bei einigen Geschäften nicht mit rechten Dingen zuging. Doch das kam nicht so häufig vor. Bis eines Tages dieser Mann auftauchte. Er stammte aus Sankt Petersburg und hatte einen kranken Sohn, mit irgendeiner Atemwegserkrankung, dem es an der dänischen Küste und in der Seeluft immer gut ging. Dieser Russe hatte ein einnehmendes Wesen, er war höflich, galant, gut aussehend, aber auch eiskalt und herrisch. Jedenfalls hatte er es sich in den Kopf gesetzt, ein großes Anwesen auf Falster zu kaufen.«

Gitte hing an Maggys Lippen. Die ältere Frau sprach laut, aber nicht so unangenehm schreiend wie am Telefon. Mit ihrer letzten Bemerkung bestätigte sie die Beobachtungen von Sven Træborg. Allerdings hatte Sven von mehreren Russen gesprochen, mit denen Mads zum Essen bei ihm gewesen war.

»Und dann gab es da noch eine nette Familie aus Kopenhagen, die ein Haus in Marielyst kaufen wollte, und zwar in der Nähe des Tagetesvej. Das war ein schönes kleines Objekt für eine sympathische dänische Familie. Ich erzähle dir das, weil diese beiden Kunden Mads' letzte Geschäftsbeziehungen waren, bevor er verschwand. Nun kann man natürlich rätseln, ob sein Verschwinden überhaupt etwas mit seiner beruflichen Tätigkeit zu tun hatte.«

Gitte nickte und sagte: »Meine Mutter hatte zeit ihres Lebens die Sorge, Mads könnte sich mit einer anderen Frau abgesetzt und ein neues Leben in Dänemark oder Schweden begonnen haben.«

Maggy Petersen schnaubte entrüstet. »Nonsens. Mads liebte seine Frau über alles. Für sie ist er nach Deutschland gezogen. Und er konnte es nach einem Geschäftsabschluss nie abwarten, zu seiner Familie zurückzukehren. Er hatte allerdings eine merkwürdige Eigenart, die er im Berufsleben pflegte.«

Maggy schwieg und hing offensichtlich ihren Erinnerungen nach. Gitte trank die zweite Tasse des sehr leckeren Tees aus und beugte sich gespannt vor. »Ja?«, fragte sie.

»Mads gab sich immer als alleinstehender Mann aus.«

Gitte blickte sie überrascht an. Ihre erste Reaktion war Enttäuschung. Warum hatte Mads, ihr Vater, seine Familie verleugnet? Um den Weg frei zu haben für andere Offerten?

Maggy sah ihren Gesichtsausdruck und deutete ihn richtig. »Nein, nein, Kind, Mads hat nicht geflirtet oder seine Freiheiten ausgenutzt. Er wollte nur sein Privatleben aus allen beruflichen Belangen heraushalten. Als der russische Kunde auftauchte, hat er mir speziell aufgetragen, bei jeglicher Nachfrage zu behaupten, mein Chef sei ein Einzelgänger und mache Immobiliengeschäfte in verschiedenen Ländern.«

»Himmel, er war doch kein Drogenhändler, der annehmen musste, jemand könnte seine Familie bedrohen?«

Maggy zuckte die Achseln und machte einen spitzen Mund, sagte aber: »Natürlich nicht, aber man weiß ja nie. Ich denke, er tat es aus Vorsicht, auch wenn ich es immer für übertrieben hielt.«

»Es gibt doch bestimmt Unterlagen über diesen russischen Kunden. Und über die dänische Familie. Kannst du mir die Namen der letzten Kunden von Mads geben?«

»Nein.«

»Warum nicht?« Gitte merkte, dass sie ein wenig unfreundlich klang, zu fordernd, und so lächelte sie Maggy herzlich an. »Bitte!«

»Ich kann es wirklich nicht, Gitte. Nach dem Verschwinden deines Vaters habe ich der Polizei alle Unterlagen mitgegeben. Als klar war, dass Mads nicht mehr auftauchen würde, habe ich ihnen gesagt, sie könnten sie behalten. Deine Mutter wollte sie offenbar auch nicht haben. Sie hat die meisten Angelegenheiten hier vor Ort von Mads' Schwester erledigen lassen.«

»Meine Mutter wollte Dänemark nach Mads' Verschwinden nicht mehr besuchen. Sie gab dem Land die Schuld.«

»Dem Land? Es sind immer die Menschen in dem Land, die für Verbrechen verantwortlich sind. Dein Vater ist ja nicht etwa von einem Vulkan verschlungen worden oder in ein Erdbeben geraten.« Maggy blickte sie aus ihren großen Brillengläsern tadelnd an.

»Jetzt bin ich jedenfalls hier und will herausfinden, was passiert ist. Kannst du dich denn gar nicht an den Namen des Russen erinnern? Oder an die Adresse von dem Anwesen, um das es damals ging?«

»So spontan nicht, nein, tut mir leid. Die haben sich mehrere Häuser angeschaut, eines stand in Sakskøbing.«

Sakskøbing, die lächelnde Stadt, dachte Gitte. Wahrzeichen

der Stadt war nämlich ein 33 Meter hoher lächelnder Wasserturm. Obwohl sie noch nie dort gewesen war, wusste Gitte, dass es entlang des Sakskøbing Fjord eine Menge privater Villen gab. Sakskøbing befand sich nicht auf Falster, sondern auf der Nachbarinsel Lolland und war mit dem Auto in etwa fünfzig Minuten zu erreichen. Gitte nahm sich vor, dem Städtchen bald einen Besuch abzustatten. Eventuell fiel Maggy ja noch mehr ein. Natürlich konnte sie nicht einfach durch die Straßen wandern und nach russischen Hausbesitzern fragen. Wer weiß, ob dieser ominöse Russe überhaupt noch ein Haus in Dänemark besaß. Mittlerweile müsste sein kränkelnder Sohn auch längst erwachsen sein und lebte vielleicht lieber auf den Kanaren.

Gitte wurde zum ersten Mal wirklich zornig auf ihre Mutter, die sich damals in keiner Weise um Nachforschungen bemüht hatte. Seltsamerweise hatten sie alle hingenommen, dass Mads spurlos verschwunden war. Tante Stine, Mutter, die Freunde in Marielyst und sie selbst. Aber sie war damals auch erst sechzehn Jahre alt gewesen.

Gitte wurde jäh aus ihren Gedanken gerissen, als Maggy ihr eine merkwürdige Frage stellte. »Gitte, war es nicht vielleicht deine Mutter, die sich trennen wollte?«

»Wie meinst du das?«

»Nun, wenn deine Mutter gesagt hätte: ›Mads, bleib in Dänemark, es hat keinen Sinn mehr mit uns‹, dann hätte er sich möglicherweise abgesetzt und wäre in die Wälder Schwedens ausgewandert. Ich glaube, ohne seine Familie hätte er auf seine Geschäfte keine Krone mehr gegeben und alles hingeschmissen. Mads war so ein Typ, der wäre zum Einsiedler geworden.« Sie blickte jedoch plötzlich zweifelnd drein und ergänzte: »Aber zu dir, seiner Tochter, hätte er Kontakt gehalten, also passt das auch nicht wirklich.«

»So war es auch nicht. Meine Mutter hat ihn geliebt und sehr vermisst. Sie hatte danach keine andere ernsthafte Beziehung mehr. Es muss ein Verbrechen geschehen sein. Du glaubst das doch auch, oder?« Gitte fragte sich, wie sie an die alten Unterlagen gelangen könnte. Als Tochter von Mads hatte sie doch sicher ein Anrecht darauf? Sie würde sich in den nächsten Wochen darum kümmern.

Eine halbe Stunde später verabschiedete sie sich von Maggy Petersen, die es sich nicht nehmen ließ, ihr einen Teil der Kekse einzupacken. »Guck mich kleinen Vogel an. Wie soll ich die alle essen? Jetzt ist die Packung angebrochen. Doch du musst mir eines versprechen, Gitte Madsen: Wenn du etwas herausfindest, sag mir Bescheid. Mads war ein guter Chef. Ich wollte danach für niemanden mehr arbeiten und bin in Rente gegangen.«

Auf dem Rückweg bog Gitte zum Einkaufscenter Coop ab, das sich direkt am Ortseingang befand, kurz hinter dem Kreisverkehr. Coop war eines der größten Lebensmittelunternehmen in Dänemark, das wusste Gitte von Larstsen. Ihr Chef hatte ihr schon in den ersten Tagen gesagt, wo es die besten Gemüsesorten und leckere Fertiggerichte gab. Der Parkplatz war mäßig besucht, und sie parkte nahe am Eingang. Man durfte sich da keinen besonders riesigen Supermarkt vorstellen, dafür war der Ort zu klein, aber der Laden war gut sortiert.

Beim Reingehen sah sie zu ihrem Erschrecken Tim an der Kasse stehen. Er kaufte ein ganzes Arsenal an Bierdosen und guckte stumpf auf seine Schuhspitzen, ohne Gitte wahrzunehmen.

Ihr Ex-Freund tat ihr ein wenig leid, er folgte offenbar einer typisch männlichen Bewältigungsstrategie und wollte sich betrinken. Bestimmt hatte er zum Wochenende keine Fähre bekommen und musste nun bis Montag in Marielyst bleiben. Oder hatte er doch noch nicht aufgegeben und plante die nächste Attacke?

Gitte hielt das für unwahrscheinlich, Tim war kein Psychopath. Aber sie ließ sich sehr viel Zeit beim Einkaufen. Falls Tim sein erstes Bier bereits in aller Ruhe auf dem Parkplatz zu sich nahm, wollte sie ihm auf keinen Fall begegnen. Merkwürdig, dass Männer immer trinken mussten, wenn sie in ein Gefühlschaos gerieten. Der Kommissar hatte sich ganz ähnlich verhalten, ehe er sich mit seiner Schwester versöhnte.

Gitte warf Kekse, Schokolade, und Lakritze in den Einkaufswagen und musste schließlich über sich selbst lachen. Was den Herren der Alkohol bedeutete, war für sie der Süßkram. Also kamen noch Obst, Joghurt und Salat hinzu. Für den Abend nahm sie sich eingefrorenen Kartoffelbrei mit Speck mit. Ein Gourmet hätte wohl über beides die Nase gerümpft und lieber frisch gekochte Kartoffeln gestampft, aber wenn sie allein aß, beging Gitte diesen Frevel gerne. Mit dem dänischen Standardimbiss, Røde Pølse, der roten Wurst, konnte Gitte sich nicht anfreunden. Sie hatte jedes Mal das Gefühl, dass ihr Hunger von den schmalen Würstchen, ob als Hotdog gereicht oder pur, eher größer statt kleiner wurde. Für die Figur waren die Dinger fatal, aber die meisten Dänen liebten sie.

Beim Weiterschlendern fielen ihr die zahlreichen Schilder an den Regalen auf: *Tilbud* – Sonderangebot. Gefühlt war jedes zweite Produkt gerade im Sonderangebot, ob das jeweilige Produkte auch wirklich billiger war, blieb zweifelhaft. Oftmals wurde auch damit gelockt, dass man beim Kauf von zwei Paketen sparte. Gitte packte noch Bierdosen und Wasserflaschen ein, um für ihre zahlreichen Besucher einen Vorrat zu haben.

Als sie voll bepackt zu ihrem Auto schlich, war von Tim nichts mehr zu sehen. Erleichtert verstaute sie die Einkäufe und erschrak zutiefst, als ihr jemand unvermittelt an die Schulter tippte. Beim Aufrichten schlug sie sich vor Schreck den Kopf an der Heckklappe an und fluchte.

»Entschuldigung, das tut mir leid. Ich wollte dich nicht erschrecken.« Mit großen braunen Augen und verschwitzten Locken stand Timon vor ihr. Gitte rieb sich den Hinterkopf, lächelte den Jungen aber an. »Timon, was machst du denn hier in Marielyst? Bist du wieder auf Spurensuche?«

»Nein. Oder ja, ein wenig. Ich war bei der Glasbläserei. Wie ich gehört habe, ist Joris doch dort gewesen. Aber ich habe dort auch ein Geschenk für meine Mutter gekauft, eine kleine bunte Vase, sie hat übermorgen Geburtstag. Jetzt wollte ich mir hier noch eine Cola besorgen, bevor ich zurückradele.« Für die Cola hatte er einen kleinen Umweg in Kauf genommen, denn die Glasbläserei befand sich vom Supermarkt aus gesehen in Richtung Nykøbing.

»Wie schön. Da wird sich deine Mutter freuen. Hast du noch etwas über Joris erfahren?«

Er schüttelte den Kopf und erzählte: »Da war aber ein deutsches Mädchen in der Glasbläserei, sehr hübsch, und sie hat gesagt, Joris habe mir ähnlichgesehen.« Die Bemerkung schien ihm gefallen zu haben.

Gitte wunderte sich. Erst wollte da oben bei der alten Mühle keiner was von Joris gewusst haben, und plötzlich stellten sie familiäre Ähnlichkeiten fest. Aber wahrscheinlich hatte diese Pia nur nett sein wollen. Timon konnte mit seinen dunklen Augen auch gar zu traurig gucken, und dieser Blick war ihr selbst ja auch bei Joris ans Herz gegangen.

Jetzt blickte Timon gerade wie ein Hundewelpe, als er beteuerte: »Ich habe wirklich nicht gewusst, dass Joris schon früher nach Dänemark gekommen ist, und mein Dad auch nicht. Joris hatte einen guten Draht zu meiner Ma, ihr hat er davon erzählt. Er hat gesagt, er habe seiner Freundin etwas versprochen, und das Versprechen müsse er nun einlösen. Danach käme er zu uns.« Dann schwang Timon sich mit einem freundlichen »Hey, hey« auf sein Fahrrad und fuhr davon.

Gitte war sich sicher, dass Joris beim Einlösen seines Versprechens zu Tode gekommen war. Sie brannte darauf, mehr von Kevin Dunkel aus der Detektei zu erfahren.

Zu Hause angekommen, packte Gitte ihre Einkäufe aus und dachte dabei zurück an ihren ersten Einkauf bei der Ankunft in Marielyst.

Die Zeit raste. Nun neigte sich schon ihr dritter Sonntag in Marielyst dem Ende zu. Viel war geschehen in den zwei Wochen, und viel hatte sie herausgefunden. In ein paar Tagen würden manche der Menschen, die sie hier kennengelernt hatte, wieder nach Hause fahren, ihr Urlaub war vorbei. Es war ein merkwürdiges Gefühl zurückzubleiben. Zum Glück blieben ihr Larstsen, Tante Stine und Malthe, die hier lebten. Und Ole Ansgaard, der launische Kommissar. Wie würde die Geschichte mit seiner Frau wohl weitergehen? Würde Ole sich irgendwann auf eine Beziehung einlassen? Ihr hatte es gut gefallen, als er sie spontan auf den Mund geküsst hatte. Die Erinnerung daran war überraschend prickelnd. Doch das Scheitern von Gittes letzter Beziehung war noch zu frisch, und außerdem war Ole nicht ganz frei. Nein, das war ihr alles zu kompliziert. Sie war froh, als Tante Stine anrief.

»Hej, Gitte, ich habe ja schon tagelang nichts mehr von dir gehört. Geht es dir gut? Hast du deinen Dannebrog schon gehisst? Ich habe morgen Geburtstag.«

Gitte erschrak und konnte dies nicht verbergen. »Hej, Tante Stine, oje, das hätte ich dieses Jahr echt vergessen. Aber ich werde die Fahne gleich wehen lassen. Wird eh Zeit, dass ich sie mal benutze. Ole Ansgaard hat sie mir geschenkt.«

»Vergiss den Geburtstag, deshalb rufe ich nämlich an. Ich werde morgen für zwei Tage nach Kopenhagen fahren, dort treffe ich mich mit einer Freundin im Scandic Hotel und lasse mich feiern. Das Hotel ist vielleicht ein bisschen zu modern für meinen Geschmack, liegt aber ausgezeichnet.«

»Wie schön. Dann macht es euch mal richtig gemütlich.

Hier hat sich auch noch etwas aufgeklärt. Das tote Kaninchen, das vor meiner Terrassentür hing, kam von Tim.«

In dem Moment, als der Satz heraus war, fiel Gitte ein, dass ihre Tante noch nichts von dem Vorfall wusste.

»Wollte Tim bei dir grillen, oder ist er jetzt durchgedreht? Ich dachte, ihr habt euch getrennt.«

Also erzählte Gitte ihrer Tante die ganze Geschichte und schloss mit den Worten: »Ich denke, dass Tim es nun endgültig begriffen hat, und hoffe sehr, er ist auf dem Rückweg.«

Tante Stine schwieg ein paar Sekunden, und Gitte rechnete schon mit einer gewaltigen Schimpftirade. Doch die blieb aus. »Ich will dir mal etwas sagen, Gitte. Wenn dein Onkel nur halb so gut ausgesehen hätte wie Tim, hätte er sich durchaus mehr Fehler erlauben dürfen. Aber wenn eine Frau nicht mehr will und man nicht mal verheiratet ist, sollte ein Mann mit Anstand und Würde zurücktreten. Tote Tiere vor der Tür! Kein Wunder, dass du dabei gleich an den Mörder von Joris denkst. Du musst dich ziemlich gefürchtet haben.«

»Es geht, ich war nicht alleine. Erik passt auf, der Kommissar auch, und ich hatte einen netten Besuch von Sofie. Vielleicht gibt es in der Bäckerei ja doch bald eine Liebesgeschichte.«

Tante Stine lachte leise. »Ja, sie hat es mir erzählt, als ich bei ihr Kuchen gekauft habe. Sie hat so eine neue Kreation mit Himbeeren, Biskuit und Marzipan. Das erinnert mich daran, dass ich heute besser nichts mehr essen sollte. Wir werden im Hotel genug schlemmen.«

Gitte berichtete der Tante schließlich noch von der Detektei, die sie beauftragt hatte, woraufhin Tante Stine besorgt erwiderte: »Gitte, so was ist doch bestimmt teuer. Lass dich bloß nicht von dem Kommissar erwischen! Sag der Detektei, sie sollen die Rechnung an mich schicken. Und sämtliche Informationen auch.«

Gitte schnaubte empört ins Telefon. »Die Informationen

kannst du gerne haben, die Rechnung natürlich nicht. Ich wünsche dir schöne Tage in Kopenhagen, Tantchen.«

Nach dem Telefonat ging Gitte nach draußen und hisste ihren Dannebrog. Es wurde Zeit, mal etwas typisch Dänisches zu tun. Sie setzte Hieronymus davor und machte ein Foto für Tante Stine, das würde sie ihr morgen aufs Handy schicken. Für Gitte, die so lange in Deutschland gelebt hatte, war es ein merkwürdig nationaler Akt, eine eigene Fahne aufzuhängen. So üblich und harmlos das in Dänemark auch war, leider gab es mittlerweile auch hier eine nicht unerhebliche Zahl an Menschen mit rechter Gesinnung. Unlängst war Königin Margarethe auf die zunehmend besorgten Stimmen im Volk eingegangen und hatte die Dänen aufgefordert, ruhig über ihre dänischen Werte zu sprechen. Die Dänen sollten es wagen, Anforderungen an die Menschen zu stellen, die ein Teil der dänischen Gesellschaft werden wollten. Man musste hoffen, dass die zuvor flüchtlingsfreundliche Gesinnung der Dänen vor lauter Besorgnis nicht in eine feindliche umschlug, dachte Gitte.

Es war halb fünf Uhr, und Gitte fand, dass sie eigentlich viel zu selten zum Strand ging. Sie zog sich einen Pullover über, krempelte die Jeanshose hoch und marschierte in Flipflops an den Strand, um sich noch ein wenig das Meerwasser um die Füße spülen zu lassen. Sie war erstaunt, dass doch ein paar Hartgesottene in Badesachen im schönen weißen Sand lagen. Zwei Frauen waren sogar im Wasser. Sie standen bis zum Po in der Ostsee und sprangen immer wieder hoch, wahrscheinlich, um sich warm zu halten. Der Wind war böig, und es gab eine Menge Wolken, sodass die Temperaturen ständig zwischen vierundzwanzig und gefühlten achtzehn Grad schwankten.

Gitte lief durch den feinen Sand, und nach kurzer Zeit wurde ihr warm. Sie blickte immer wieder auf die ruhige Ostsee hinaus, auf der in der Ferne ein Segelschiff zu sehen war. Diese endlose Weite konnte schon so manche Sehnsucht wecken.

Man konnte sich leicht vorstellen, dass Menschen kühne Pläne schmiedeten, wenn sie den Sand unter ihren Füßen fühlten und vor sich diese enorme Freiheit sahen.

Als Gitte beim Laufen über einen der seltenen Steine stolperte und sich den Zeh aufschrammte, fiel ihr ein, dass es höflich wäre, Ole nach seinem Befinden zu fragen. So eine gebrochene oder angeknackste Rippe konnte sehr schmerzhaft sein, und Gitte fühlte sich mitschuldig. Sie wanderte wieder zurück und setzte sich weiter nach oben an eine windgeschützte Stelle am Deich. Hier roch es fantastisch nach nassem Sand, Meerwasser und würzigen Pflanzen. Sie holte ihr Handy heraus und wählte Oles Nummer. Erst nach längerem Klingeln hörte sie seine Stimme: »Gitte Madsen. Ich hoffe, dir geht es besser als mir. Alles in Ordnung?«

»Hey Ole. Ich wollte genau dasselbe fragen. Wie geht es dir? Was macht deine Rippe? Bei mir ist alles friedlich, keine besonderen Vorkommnisse. Auf meiner Terrassentür krabbelt allenfalls mal eine Fliege herum. Gerade sitze ich am Deich, blicke auf die ruhige Ostsee und genieße die Farben.«

»Ja, mit Farben bin ich gerade auch gesegnet, blau, grün, rot, mein Oberkörper sieht aus wie eine alte Staffelei.«

Sie musste lachen. »Warst du beim Arzt?«

»Nein, ich war bei meinem Trainer. Der kennt sich mit solchen Verletzungen aus und hat mich bandagiert. Dabei hat er mein Ego verletzt. Er habe mich nicht trainiert, damit ich mich von dem stümperhaften Angriff eines Deutschen niederstrecken lasse, meinte er böse.«

»Du Armer. Ich habe Tim beim Einkaufen gesehen. Sein Ego scheint auch verletzt, er hat sich eine ganze Batterie an Bierdosen gekauft.«

Ole schnaufte und sagte: »Ich sollte den Typen eigentlich wegen Wilderei und Hausfriedensbruch drankriegen. Eventuell kann ich ihn ja morgen wenigstens in eine Ausnüchterungszelle stecken.«

»Nicht zu vergessen schwere Körperverletzung«, schlug Gitte vor.

»Dafür müsste er mir schon eine Kugel durch den Körper jagen. Die Blöße werde ich mir nicht geben. Mein Trainer hat recht, ein bisschen mehr Körperspannung, und ich würde hier nicht japsend auf dem Sofa liegen.«

Dass sein Kopf trotz der Schmerzen gut arbeitete, merkte Gitte bei seiner nächsten Frage. »Hast du diese Sekretärin deines Vaters schon erreicht? Und erzähl mir nicht, du hättest es nicht bereits versucht.«

Also berichtete Gitte dem Kommissar von ihrem Besuch bei Maggy Petersen und fragte ihn auch gleich, ob sie als Angehörige die Unterlagen von der Polizei zurückfordern könne.

»Im Prinzip müsste das gehen. Du musst dich ausweisen, einen Antrag stellen, und die Unterlagen müssen natürlich noch vorhanden sein. Ich weiß nur nicht, ob es eine gute Idee ist, nach einem Russen zu suchen, den die Sekretärin als eiskalt und herrisch beschrieben hat. Soweit ich weiß, hatte Sven sogar ganz erhebliche Ressentiments gegen die russischen Begleiter deines Vaters.«

Gitte wusste, dass er so reden musste. Sie erwiderte freundlich: »Aber es ist eine gute Spur. Eventuell werde ich die Detektei damit beauftragen. Das wäre doch ein guter Ansatz.«

»Das klingt nach einer teuren Angelegenheit. Wenn es mir besser geht, werde ich versuchen, dich davon abzuhalten.«

»Gehst du morgen arbeiten?«

»Ich kann meinen Job auf Schreibtischarbeit reduzieren, dann wird es schon gehen. Bei der Gelegenheit kann ich dir auch gleich eine Anzeige schreiben, weil du dein Auto noch nicht umgemeldet hast. Stattdessen schmeißt du dein Geld einer zwielichtigen Detektei in Deutschland in den Rachen.«

»Das Wissen der Detektei nutzt du aber gerne. Ich kümmere mich in zwei Wochen darum.« Gegen den Preis für die Ummeldung des Autos war die Detektei ein echtes Schnäppchen. Im Schnitt musste man den Preis, den ein Auto wert war, nämlich noch einmal bezahlen, um es in Dänemark anzumelden. Denn die Registrierungsabgabe betrug für ein Auto, das weniger als 79 000 Kronen gekostet hatte, 105 Prozent des Verkaufswertes. Das wusste Gitte nur zu gut. Bei teuren Autos lag sie entsprechend höher. Da konnte man schon auf die Idee kommen, seinem Auto mindestens eine Beule beizubringen, damit es weniger wert wurde und die Anmeldung nicht so teuer war.

Am anderen Ende der Leitung herrschte Schweigen, und sie hörte ein kleines Stöhnen, als ob Ole seine Position veränderte. Schließlich sagte er: »Beim Thema Auto fällt mir ein, dass ich dir die Todesursache des Kaninchens mitteilen kann. Es ist überfahren worden. Ich vermute, dein Freund hat es entweder am Straßenrand gefunden oder aus Versehen überfahren, und dann erst kam ihm der Gedanke, es dir an die Tür zu hängen. Falls es dich tröstet, das arme Tier ist also nicht wegen dir verendet.«

Gitte beruhigte diese Information tatsächlich. Es war also ein spontaner und blödsinniger Einfall von Tim gewesen. Hätte er so etwas geplant und deshalb eigens einem Kaninchen aufgelauert, hätte die Sache tatsächlich ein bisschen psychopathisch gewirkt.

12

Am Montagmorgen wachte sie nicht durch ihren Wecker auf, sondern durch ein anhaltendes Plätschern vor ihrer Schlafzimmertür, das stark nach Dauerregen klang. Missmutig stand sie auf und machte sich für die Arbeit fertig.

Im Laden traf sie ihren Chef Larstsen überraschend munter an. Er hatte einen Kaffee und einen Aquavit vor sich und betonte: »Bei dem Wetter muss man sich von innen wärmen, das hilft gegen schlechte Laune und kalte Füße.«

Gitte grinste und widmete sich diversem Schreibkram. Sie stellte sich auf einen langweiligen Arbeitstag ein. Endlos lief der Regen die großen Schaufenster entlang, und wer nicht rausmusste, der blieb in seiner Hütte und las ein Buch oder erledigte Ferienpost. Heute schien wirklich keine Änderung in Sicht. Gegen Mittag telefonierte Larstsen, und Gitte hörte merkwürdige Gesprächsfetzen mit.

»Wie bitte? Das ist doch gefährlich. Wie groß, sagst du? … Ja, theoretisch geht das, ja. Aber wer fängt es ein? … Was? Es hat schon jemanden angegriffen! Schlimm? Ach so. Doch, doch, wir machen es, keine Frage. Das wird Gitte gefallen. Bis gleich, wir holen dich ab.«

Gittes Neugier war geweckt, erwartungsvoll sah sie von ihrer Arbeit auf. Larstsen rieb sich die Hände und fragte bedächtig: »Gitte, kennst du den Krokodilzoo in Eskildstrup?«

»Nein, nie gehört. Wo soll das sein?« Für einen Moment

lang rechnete Gitte damit, dass sie ein tödlich verletztes Opfer aus dem Zoo holen mussten. Aber das fröhliche Gesicht ihres Chefs wäre in diesem Fall reichlich unpassend gewesen.

»Der Krokodilzoo ist eine Attraktion hier auf Falster. Er besitzt alle möglichen Krokodilsarten der Welt und einige andere Reptilien. Europas größtes Krokodil soll dort leben. Nach Eskildstrup fahren wir etwa eine halbe Stunde, es liegt noch hinter Nykøbing. Natürlich könnte man gut einen Bestatter in Nykøbing beauftragen, aber Ole meinte, es wäre eine schöne Abwechslung für uns.«

»Und was genau sollen wir im Krokodilzoo machen? Gab es einen Toten?«

Larstsen grinste schief. »Noch nicht. Aber ein Krokodil ist abgehauen!«

Gitte blickte ihn erstaunt an. Sie überlegte kurz, was ein Bestatter mit einem entflohenen Krokodil zu schaffen hatte, aber ihr kam keine nachvollziehbare Idee. »Wir führen ein Bestattungsunternehmen, keine Tierauffangstation.«

»Nein, aber wir haben wunderbare große und längliche Transportboxen.« Larstsen stemmte die Hände in die Hüften und blickte seine Assistentin triumphierend an. »Dieses Krokodil ist zu einem Tümpel geflohen, der einen Kilometer weit vom Zoogelände entfernt liegt, und dort soll es nun eingefangen werden. Unglücklicherweise befinden sich die großen Transportboxen für die Tiere alle in einem gut gesicherten Raum, und der ist zurzeit nicht zugänglich, der Schlüssel ist abgebrochen. Ein Schlüsseldienst ist beauftragt, aber noch nicht tätig geworden. Die Idee mit unseren großen Särgen hatte Ole. Wir sollen ihn abholen.«

Wenige Minuten später standen sie vor der Polizeistation, und Gitte ging hinein, um Ole zu holen. Der Kommissar war nicht allein, sein etwas unbeholfener Kollege, den Gitte bereits kennengelernt hatte, begleitete ihn. Sie hatte noch immer keine Ahnung, wie er hieß. »Wie willst du denn ein Krokodil einfangen, du kannst dich doch mit der kaputten Rippe nicht einmal bücken«, sagte Gitte, als sie den Kommissar begrüßte.

»Was glaubst du, wer mir heute Morgen die Schuhe angezogen hat? Ich bin nur ein wenig eingeschränkt. Und wenn es das Letzte ist, was ich heute mache – so einen Einsatz bekomme ich in den nächsten fünfzig Jahren nicht mehr geboten.«

Sein fülliger Kollege grinste und meinte wissend: »Er hat sich mit Schmerzmitteln vollgestopft, fahren sollte er heute nicht mehr. Ich bin übrigens Peter Jensen.« Bei seiner Vorstellung zog der Beamte den Bauch ein.

Sie stiegen allesamt zu Larstsen in den Transporter, und er fuhr los. Der Regen hatte zwar nachgelassen, rieselte aber immer noch sehr gleichmäßig auf die Scheiben. Der Krokodilzoo lag außerhalb der Stadt Eskilstrup, und das Erste, was Gitte bei ihrer Ankunft auffiel, waren die riesengroßen Galapagosschildkröten direkt am Eingang. Sie befanden sich in einem geräumigen Freigehege und sahen aus wie Relikte aus einer längst vergangenen Zeit. Wunderschön. Sie konnte sich von dem Anblick kaum losreißen. Ein Mann in grüner Kleidung kam eilig auf sie zu und begrüßte sie erfreut: »Hej, ich bin Jan. Es ist ein etwas ungewöhnlicher Einsatz, danke, dass ihr so schnell gekommen seid. Das Krokodil ist bereits gestellt. Meine Mitarbeiter halten es so gut es geht in Schach.«

Larstsen fragte: »Es hat jemanden angegriffen?«

»Ja, normal, oder? Es fühlte sich in die Enge getrieben, hatte Angst. Es ist aber keiner zu Schaden gekommen, mein Kollege hatte stabile Stiefel an.« Jan guckte auf die leichten Leinenschuhe von Gitte, bunt gemustert, aber nicht für eine Jagd auf Krokodile geeignet. »Du schaust besser aus sicherer Entfernung zu.«

Was war denn bei einem frei herumlaufenden Krokodil ein sicherer Abstand? Neugierig fragte sie: »Wie groß ist denn das Tier?«

Jan stieg in den Wagen, eine große Schlinge mit einem Stab

daran hatte er nach hinten neben den Sarg gelegt. »Es ist ein Nilkrokodil, etwa ein Meter dreißig lang, ein junges Tier.«

»Unsere Transportsärge sind über zwei Meter vierzig«, stellte Gitte fest. Sie war ein bisschen aufgeregt, selbst wenn ihr nur der Job einer Zuschauerin zugeteilt worden war. Die Aussicht, ein echtes Krokodil in freier Wildbahn zu sehen, gefiel ihr. Sie fuhren nicht lange, und die letzten Meter mussten sie laufen, sonst hätte sich der Wagen in dem feuchten Gelände festgefahren. Trotz der Regenjacken waren sie alle innerhalb kürzester Zeit durchnässt, vor allem Larstsen, der in seiner eleganten Bestatterkleidung und schwarzen Lackschuhen über eine nasse Wiese lief. Es schien ihm nichts auszumachen. Er und der Beamte trugen den Sarg, während der Zoomitarbeiter, der sich als Jan vorgestellt hatte, mit seinem Tierfangstab in der Hand voranging.

Sie gelangten zu einem kleinen Tümpel, nicht größer als ein ehemaliger Bombenkrater. Vier Männer hatten sich darum verteilt und ließen das Tier nicht aus den Augen. Das Krokodil schwamm im seichten Wasser. Die kernige Haut besaß die Farbe von trockenem grünlichen Schlamm, und das lange Maul mit den überstehenden Zähnen schien zu grinsen. Aber die tückischen kleinen Augen verhießen nichts Gutes. Im Tümpel war nicht viel Wasser, sodass das Tier gut zu sehen war. Bei diesen relativ kühlen Temperaturen sollte es recht träge sein.

Einer der Männer hatte sich eine Menge Seile über die Schulter gehängt, zwei andere Männer hielten einen ähnlichen Stab in der Hand wie Jan. Gitte trat ein wenig näher heran, und Ole baute sich zwischen zwei Männern auf, um den Kreis um das Tier zu verstärken. Wie er schnelle Sprünge machen wollte, war Gitte schleierhaft. Er würde mit seiner defekten Rippe wohl eher im Tümpel landen. Und so viel besser als ihre Leinenschuhe waren seine leichten Ledersneaker auch nicht. Paul Larstsen und der Beamte warteten mit dem Sarg in passender Entfernung.

Einer der Männer schlug nun mit einem Stock leicht auf den Rücken des Tieres und versuchte so, es in Richtung der Schlingen zu treiben. Doch das Krokodil drehte sich blitzschnell zu ihm um und schnappte nach dem Stock. Der Mann sprang erschrocken zurück.

»Ihr müsst alle gleichzeitig treiben, und nicht so zaghaft«, rief Jan seinen Kollegen zu.

Jan und ein anderer, sehr schlaksiger Mann stellten sich nebeneinander bereit, und die anderen trieben das Tier so, dass es nur noch in eine Richtung ausweichen konnte. Das tat es auch, aber so schnell, dass es zwischen den beiden Männern zu entkommen versuchte. Gitte sah die Echse bereits auf sich zukommen. Hier im freien Feld würde es schwierig werden, das Krokodil einzufangen, dann half nur noch ein Gewehr.

Jan wandte sich um und warf ihm seine Schlinge vor das Maul, den Stab fest zwischen beiden Händen. Mit einem Ruck wurde das Tier zurückgehalten, drehte sich aber bereits zum Angriff um. Jetzt war es richtig wütend. Rasch eilte einer der Männer zur Hilfe und warf dem Tier einen Sack über den Kopf, damit es nichts mehr sehen konnte. Ein anderer sprang von hinten auf das Krokodil und wickelte ihm ein grobes Seil um das Maul. In kürzester Zeit war das Tier zu einem Paket verschnürt und konnte in den Sarg gelegt werden. Dabei diente der Transportsarg in erster Linie dem Schutz des Reptils, weil sonst die Gefahr zu groß war, dass es zappelte und sich selbst verletzte.

Die Männer lachten und schlugen einander auf die Schulter. Das war noch mal glimpflich ausgegangen. Ole erhielt ebenfalls einen freundschaftlichen Schlag auf die Schulter, der ihn vor Schmerz in die Knie sinken ließ. Jan sah ihn überrascht an und fragte ahnungsvoll: »Oh, hast du schon einen anderen Kampf hinter dir?«

»Ja, mit einem Deutschen. Meine Rippen wurden in Mitleidenschaft gezogen, mein Stolz leider auch.«

Gitte war beeindruckt von diesem Abenteuer und fragte: »Dürfen wir zuschauen, wenn das Krokodil wieder in sein Gehege kommt? Wie ist ihm überhaupt die Flucht gelungen? War etwa das Gehege nicht in Ordnung?«

»Gott bewahre, nein. Das wäre der Super-GAU«, erwiderte Jan. »Dieses Krokodil war wegen einer kleinen Verletzung auf der Quarantänestation, und dort hat jemand die Tür aufgelassen beziehungsweise den Riegel nicht ordentlich geschlossen. Wir haben es erst nach einer Weile gemerkt und können froh sein, dass dieser nahe Tümpel unserem Bewohner so gut gefallen hat, sonst hätten wir uns wohl einen Wolf gesucht. Klar könnt ihr mitkommen, aber unser Kerlchen hier kommt erst mal zurück auf die Krankenstation, damit wir ihn noch beobachten können. Eine Freikarte habt ihr euch eh alle verdient. Wir haben übrigens an einigen Tagen auch nachts geöffnet. Das ist ein besonderes Erlebnis, denn dann sind unsere meisten Tiere aktiver. Wir haben vierundzwanzig Arten an Krokodilen und sogar einige Schlangen.« Jan blickte stolz in die Runde.

In Larstsens Kombi fuhren sie zum Zoogelände zurück. Gitte hatte sich die Anlage viel größer vorgestellt. Die Gehege und Glasvitrinen standen dicht an dicht, teilweise ging man wie durch eine Grotte und konnte darin die Terrarien bestaunen. Meist sahen sie nur leblos verharrende Echsen in allen Größen und Formen.

Bei einem kleinen Exemplar musste Gitte lachen. »Seht mal, der hier muss zum Zahnarzt.« Bei dem Tier saßen die beiden Zahnreihen nicht übereinander, sondern die untere lief schräg an der oberen vorbei, sodass es schief zu lachen schien. Anscheinend konnte das Krokodil aber trotzdem genug Nahrung zu sich nehmen.

»Wir haben seit Neuestem echte Albinokrokodile, und wir besitzen das größte Krokodil Europas. Das macht uns zu einem der führenden Reptilienzoos.« Jan zeigte seinen Besuchern stolz einen sehr imposanten Vertreter seiner Art. »Das ist Sobeck. Er lebt seit dem Herbst 2015 bei uns und lockt eine Menge Leute an, genau wie Medusa, unsere gewaltige Netzpython. Sie ist sechs Meter lang und wiegt um die hundert Kilogramm. Kommt mit.« Kurz darauf starrte Gitte auf eine gewaltige Schlange, deren Leib dicker war als ihr eigener Unterschenkel.

Ole mahnte nun zur Rückfahrt, er musste wieder zur Polizeistation. Das entlaufene Krokodil war mittlerweile untergebracht worden, und Gitte und Larstsen bekamen ihren Sarg zurück.

Auf dem Rückweg saß Gitte hinten neben Ole, während Peter Jensen, der Polizist, auf dem Beifahrersitz Platz genommen hatte und sich mit Larstsen über Fußball unterhielt.

Ole fragte sie: »Hast du gestern noch etwas von deiner dubiosen Detektei gehört?«

»Das ist keine dubiose Detektei.«

»Doch, Detekteien sind immer dubios. Sie mischen sich in die Polizeiarbeit ein und nutzen Methoden, die wir nicht anwenden dürfen. Nur deshalb wissen sie manchmal mehr.«

»Dann verstehe ich nicht, wieso ihr sie nicht für euch arbeiten lasst. Nein, Herr Dunkel hat sich noch nicht bei mir gemeldet. Hast du mal den Freund deiner Schwester unter die Lupe genommen? Diesen Landschaftsmaler?«

»Ich weiß gar nicht, ob er ihr Freund ist, aber ich muss dort heute Nachmittag noch hin. Was ich dienstlich über irgendwelche Leute recherchiere, darf ich dir sowieso nicht sagen. So etwas wie Datenschutz sollte es doch sicher auch in Deutschland geben, oder?« Er schüttelte in gespielter Entrüstung den Kopf.

Den Rest der Fahrt hing jeder seinen Gedanken nach. Nur der pummelige Peter Jensen konnte das nicht. Er erzählte in einer Tour von irgendwelchen Spielen aus der Vergangenheit und warum jener oder dieser Fußballverein erfolgreicher war. Bei der Ankunft in Marielyst meinte der fröhliche Beamte auf dem Vordersitz dann, dass sie die letzten Meter gut laufen könnten, und schlug vor, dass Larstsen einfach zu seinem Geschäft fuhr.

Gitte bemerkte, dass Ole stark schwitzte, und fragte ihn: »Geht es dir nicht gut?«

Er grinste schief. »Meine Schmerzmittel lassen langsam nach, aber mit ein paar Tabletten geht es schon wieder.«

»Du brauchst vielleicht ein Sofa und Ruhe«, fand Gitte und bat Larstsen, doch erst zur Polizeistation zu fahren.

Als sie in den Strandvej einbogen, sahen sie, dass sich vor der Wache eine kleine Menschenmenge versammelt hatte, die mit übergezogenen Kapuzen oder regennassen Haaren etwas beobachteten. Während Larstsen am Straßenrand parkte, entdeckten sie, was da so interessant war: Ein betrunkener Mann schimpfte auf dem Bürgersteig laut vor sich hin, dann baute er sich auf und pinkelte direkt an die Mauer der Polizeiwache.

Peter Jensen reagierte als Erster. »Ja, spinnt der denn total? Den packe ich mir, Chef.« Mit diesen Worten öffnete er die Beifahrertür und sprang aus dem Auto.

Mit einem kleinen Sicherheitsabstand blieb der Polizist neben dem Mann stehen, der unbeholfen weiterpinkelte. Als er fertig war, sich zu den Zuschauern umdrehte und den Reißverschluss seiner nassen Hose hochzog, packte ihn der Beamte am Arm. »So, mein Lieber, das war's aber fürs Erste. Du kommst jetzt mit mir.«

Ole Ansgaard war nun ebenfalls ausgestiegen, und Peter Jensen fragte: »Chef, was sollen wir mit ihm machen?«

Ole guckte sich den Störenfried an, dessen Hose viel zu groß für den mageren Körper war. Ein fleckiger Anorak und das unrasierte Gesicht verstärkten den ungepflegten Eindruck. Jeder sah, dass er bemitleidenswert, aber nicht gefährlich war.

»Wir bringen ihn in die Ausnüchterungszelle oder in die Psychiatrie, je nachdem, wie es ihm geht.«

»Wie es mir geht?«, mischte sich der Mann ein. »Wie denn wohl, wenn die Polizei nicht hilft? Zigmal habe ich meinen Vater schon angezeigt. Immer wieder nähert er sich meiner Mutter, bedroht sie und bricht in ihre Wohnung ein. Den müsst ihr wegsperren. Ich schwöre, ich bringe ihn sonst um.«

»Wir werden dir zuhören«, versprach Ole Ansgaard, »aber drinnen in der Wache.« Gemeinsam mit Peter Jensen führte er den verzweifelten Mann in die Polizeistation, und Larstsen fuhr durch den immer noch anhaltenden Regen zurück zum Bestattungsinstitut.

Im Büro grübelte Gitte noch über die traurige Szene nach. Das Geschehen hatte etwas in ihr wachgerufen, doch sie bekam den Gedanken nicht recht zu fassen. Als Larstsen sie um halb drei Uhr nach Hause schickte, fragte sie zwar: »Was soll ich bei dem scheußlichen Wetter zu Hause?«, war aber dennoch froh über den frühen Feierabend.

Larstsen lachte. »Ein gutes Buch lesen, Füße hochlegen und einen warmen Kaffee genießen. Dein Leben besteht ja nur noch aus Action!« Dabei schenkte er sich selbst einen Kaffee ein und beugte sich zufrieden über einen Prospekt mit neuen Sargmodellen.

Gitte schlenderte unter einem großen Regenschirm nach Hause. Ungeordnete Gedanken schossen ihr durch den Kopf. Über den armen Menschen, der sich nicht anders zu helfen gewusst hatte, als an die Wand der Polizeistation zu pinkeln. Über Joris, dessen Vater wahrscheinlich auch ein Familientyrann gewesen war. Über ihren Vater, der geliebt worden war, aber spurlos verschwand. Und dann kam ihr noch Karens Vater in den Sinn, der seine Familie aus eigenem Antrieb verlassen hatte und verschwunden war. Und plötzlich blieb sie abrupt stehen, weil ihr auf einmal eine Idee gekommen war. Konnte das vielleicht ein Teil der Lösung sein?

Eine halbe Stunde später befand sich Gitte auf dem Weg nach Væggerløse, zur Glasbläserei. Joris hatte es dort hingezogen, und Gitte nun auch zum wiederholten Male. Sie wollte noch einmal mit Oles Schwester sprechen.

Gitte hatte sich sehr gewundert, als sie von dem Detektiv erfuhr, dass Karen eine gute Stelle gekündigt hatte, um in Marielyst ein Praktikum zu machen. Nun fragte sie sich, ob das nicht als eine Art Tarnung gedacht war, weil die junge Frau jemanden ausspionieren wollte. Vielleicht war auch Karen, genau wie Gitte, auf der Suche nach ihrem verschwundenen Vater? Und möglicherweise spielte der Landschaftsmaler Karl dabei eine gewisse Rolle?

Gitte wunderte sich, dass gerade ihr diese Idee nicht schon früher gekommen war. Aber ehe sie nun dem Kommissar ihre noch wenig gefestigten Überlegungen mitteilen wollte, hielt sie es für geschickter, mehr über diesen Karl in Erfahrung zu bringen. Oles Schwester war ihr sympathisch, und Gitte hielt sie für einen Menschen, mit dem sie offen reden konnte. Sie parkte ihr Auto gegenüber der alten Mühle und lief zügig durch den Nieselregen zum Eingang der Glasbläserei. Innen war es behaglich warm, die beiden Frauen arbeiteten am brennenden Ofen an einem neuen Objekt – offenbar hoch konzentriert, denn Pia schreckte regelrecht auf, als Gitte, die Türklinke noch in der Hand, laut grüßte: »Hej.«

Ann Brixen lachte Gitte an. »Hej. Was treibt dich bei einem solchen Wetter hierher? Brauchst du ein Geschenk für meinen Bruder?«

»Nein, wie kommst du darauf?«

»Er hat morgen Geburtstag. Wenn du hier recherchieren willst, dann lass dich besser nicht erwischen. Er kommt heute her.«

Gitte erschrak. Natürlich, Ole hatte ihr doch erzählt, dass er den Landschaftsmaler heute noch besuchen wollte.

»Bis dahin bin ich hoffentlich wieder weg. Ich habe eine

Vermutung, warum Karen Milasen bei dir ein Praktikum machen wollte. Ich glaube, sie hat nach ihrem Vater gesucht.«

»Und ihn offenbar woanders gefunden. Schließlich ist sie nicht aufgetaucht.«

»Warum sie verschwunden ist, weiß ich nicht, aber ich habe deinen Freund Karl in Verdacht, ihr Vater zu sein. Zumindest glaube ich, dass Karen es vermutet hat.« Gitte erzählte Ann kurz, was Kevin Dunkel über die Vergangenheit von Karen herausgefunden hatte, und schloss ihren Bericht mit der Frage: »Was weißt du eigentlich über diesen Karl?«

Ann und Pia hatten während ihres Gesprächs weitergearbeitet, und es entstand eine feine Vase, durchzogen von gelben Farbfäden, hauchzart und filigran. Gitte bewunderte die routinierten Handgriffe der Künstlerin. Pia, die den Stab hielt und ihn immer in die richtige Richtung drehte, verstand vermutlich nicht viel von der dänischen Konversation; sie schaute freundlich drein, war aber auf die Glasarbeit konzentriert und hob nur ab und zu den Kopf.

Ann schaute von der Vase zu Gitte und wieder zurück und atmete tief durch. Dann stellte sie eine Gegenfrage: »Möchtest du das wissen, oder versucht mein Bruder herauszufinden, ob Karl mein Liebhaber ist?«

»Ich glaube, Ole hat sich darüber noch gar keine Gedanken gemacht. Aber ich schon«, gestand Gitte lächelnd.

Ann grinste zurück und hob die Schultern. »Er ist ein charmanter Mann, aber ich bin mir noch nicht sicher, wie weit wir in unserer Freundschaft gehen werden. Er wohnt schon ein paar Jahre hier, aber erst neulich bin ich zum ersten Mal mit ihm ausgegangen. Ich weiß nur, dass er von seiner Frau getrennt und nach einer widerlichen Erbschaftsangelegenheit auch noch mit seinen Geschwistern zerstritten ist. Er hat seinen Job gekündigt, niemandem gesagt, wohin er geht, und lebt jetzt von dem, was er an Bildern und Postkarten verkauft.«

»Ach ja? Er lässt doch kaum jemanden in sein Atelier.«

»Er hat einen gut gehenden Internethandel.«

Gitte fluchte innerlich, dass sie nie daran gedacht hatte, nach Karl zu googeln. Da hätte sie die Bilder auf dem Präsentierteller vorgefunden. Jetzt nickte sie nur und erwiderte: »Vielleicht hat Karen ihren Vater über die Bilder gefunden?«

Ann stellte das Glasobjekt vorsichtig zur Seite und trat einen Schritt auf Gitte zu. »Glaubst du etwa, Karl hat etwas mit dem Verschwinden von Karen zu schaffen? Und warum sollte sich ein Vater vor seiner Tochter verstecken?«

»Keine Ahnung, aber kann man es ausschließen? Hat Karl denn Kinder?«

»Er hat jedenfalls keine erwähnt. Es kann doch auch sein, dass Karen eine neue Spur gefunden hat und deshalb abgetaucht ist. Wir machen Schluss für heute, Pia.« Letzteres sagte sie auf Deutsch, und Pia nickte.

Dann fragte Ann, immer noch auf Deutsch: »Gitte, könntest du Pia zu Hause absetzen? Es ist nur ein kleiner Umweg. Ihr Fahrrad hat einen Platten, und bei dem Wetter macht das Schieben keinen Spaß. Ich werde lieber mal schon zu Karl rübergehen und dort auf meinen Bruder warten. Es ist besser, die beiden Männer treffen nicht alleine aufeinander, sonst quetscht Ole Karl aus, bis von ihm nichts mehr übrig ist. Allerdings werde ich selbst mal ein bisschen nachfragen.«

Gitte nickte dankbar, sie hatte nichts dagegen, Pia mitzunehmen. Das Fahrrad ließ die Assistentin stehen, sie sagte, sie werde morgen früh zu Fuß kommen, denn das Wetter sollte sich über Nacht bessern. Mit dem nötigen Flickzeug bekäme sie das Rad schnell wieder flott.

Im Auto nutzte Gitte die Gelegenheit zu einem Gespräch mit dem jungen Mädchen.

»Du hast Karen Milasen an der Sprachschule in Lübeck kennengelernt, richtig? War sie deine Lehrerin?«

»Ja, jeder, der Dänisch lernte, kannte Karen.«

»Aber Joris hast du nicht getroffen?«

»Nein.«

In diesem Moment klingelte Gittes Handy, und sie nahm das Gespräch mit der Freisprechanlage an. Zu ihrer Überraschung meldete sich Frau Papadakis. Sie sprach sehr klar und langsam, als sie bemerkte, dass Gitte im Auto telefonierte, und sagte: »Mir ist der Name der Freundin von Joris wieder eingefallen. Ich dachte, es interessiert dich. Sie hieß Pia, und ich glaube, sie ist Deutsche.«

Gitte wurde es von einer Sekunde zur anderen heiß, sie blickte zu Pia, und Pia blickte zurück. Beide wussten, was diese Nachricht bedeutete, dafür reichten auch die geringen Dänischkenntnisse der Deutschen. Zu Gittes Überraschung reagierte die Jüngere deutlich schneller und beendete das Telefonat, indem sie auf den roten Hörer der Freisprechvorrichtung drückte.

Im nächsten Moment griff Pia in ihre Tasche und hatte blitzschnell ein aufgeklapptes Taschenmesser in der Hand. Sie drückte Gitte die Klinge so fest in die Seite, dass Gitte das Messer wie einen Stachel durch das dünne Sweatshirt spüren konnte.

Gittes Gedanken schlugen Purzelbäume. Wer hätte gedacht, dass Frau Papadakis nun ganz unwillentlich für einen weiteren Mord verantwortlich sein würde, fiel ihr als Erstes ein. Beinahe musste sie nervös grinsen, diese Familie Papadakis brachte wirklich nur Pech. Albernerweise schoss ihr eine Zeile aus einem Lied von Udo Jürgens durch den Kopf: »*Griechischer Wein ist so wie das Blut der Erde …*«

Dann sah sie kurz zu Pia hinüber. Lauter Fragen gingen ihr durch den Kopf. Hatte Pia etwa auch Joris umgebracht? Und Karen? Oder hatten Pia und Karen den Mord gemeinsam geplant und ausgeführt? Aber mit welchem Motiv? Und welche von ihnen war denn nun die aktuelle Freundin von Joris? Die letzte Frage beantwortete sie selbst so schnell, wie sie ihr eingefallen war. Karen war es. Natürlich! Pia hatte Joris an die andere, ältere Frau verloren, Joris hatte seiner Tante davon nur noch nicht berichtet.

An der Schule hatten sie es gewusst, aber zu dem Zeitpunkt arbeitete Pia schon in Marielyst bei der Glasbläserin. Wie demütigend musste es für sie gewesen sein, als Joris endlich in Dänemark aufgetaucht war und dann nach Karen fragte.

Die spitze Klinge an ihrer Seite wurde drängender, doch anstatt Forderungen zu stellen oder Drohungen auszustoßen, brach die junge Frau neben ihr in Tränen aus. »Alles ist schiefgelaufen!«

Gitte wusste nicht, was von ihr erwartet wurde. Sollte sie anhalten oder weiterfahren? Sie befanden sich auf der Hauptstraße nach Nykøbing. Weit konnte Pias Wohnung nicht mehr entfernt sein. Der Regen plätscherte noch immer gleichmäßig gegen die Scheiben, und die Scheibenwischer bewegten sich monoton und quälend wie in einem Film noir.

»Was ist schiefgelaufen, Pia?«, fragte sie.

Doch Pia schüttelte nur den Kopf und befahl: »Dreh bei der nächsten Gelegenheit um. Und hör mir zu, Gitte. Ich will dir nichts tun. Aber ich brauche einen kleinen Vorsprung. Ich habe schon alles in die Wege geleitet. Also tu bitte, bitte, was ich dir sage. Fahr zurück zur Mühle.«

»Der Kommissar Ole Ansgaard wird dort sein«, gab Gitte zu bedenken und biss sich auf die Lippe. Wollte sie jetzt ihrer Entführerin auch noch Tipps geben?

Pia schüttelte den Kopf. »Er kommt erst gegen fünf Uhr. Wir brauchen nicht lange.«

Gitte überlegte, dass sie Pia beim Aussteigen bestimmt leicht überwältigen konnte, und wendete den schweren Wagen auf der großen Straße, als gerade kein anderes Auto kam. Zügig fuhr sie zurück und parkte wenige Minuten später am Straßenrand, ein Stück von der Mühle entfernt.

»Gib mir den Autoschlüssel«, befahl Pia zunächst und steckte ihn in die Hosentasche. Dann fuhr sie fort: »Jetzt mach den Gurt los, und zieh dir ganz langsam dein Shirt über den Kopf. Stopp, das genügt!«

Gitte befand sich in einer unbequemen Lage, denn sie hielt die Arme über den Kopf gestreckt, und das Shirt über dem Gesicht engte sie ein. Leider war die Spitze des Messers nun unangenehm an ihrem Bauchnabel zu spüren. Gleichzeitig fühlte sie, wie Pia ihr mit einer Hand ein Seil um die Arme schlang, zwar nur locker, aber Gitte würde sich nun kaum schnell befreien können. Dann wies Pia sie an, die Fahrertür zu öffnen und auszusteigen, rutschte ihr aber über den Fahrersitz hinterher, sodass das Messer immer nah an Gittes Körper war.

Durch den Stoff des Pullovers konnte Gitte nur hell und dunkel unterscheiden. Und Pia warnte sie vor einer falschen Bewegung: »Du weißt, dass ein unbeholfener Stoß mit dem Messer schon Verheerendes anrichten kann, nicht wahr? Glaub mir, ich habe nicht mehr viel zu verlieren.«

Gitte hatte nur ganz kurz an Gegenwehr gedacht. Ja, vom Fernsehsessel aus alles besser zu wissen, das war leicht. Da rief man den Opfern im Krimi schon mal fröhlich zu: »Dreh dich doch weg, oder tritt ihm zwischen die Beine!« Aber dabei vergaß man eines: Angst. Die Angst machte einen langsam und wenig kreativ. Man kann nur an das Messer denken und was damit geschehen konnte.

Paradoxerweise schenkte Gitte aber der Versicherung der jungen Frau, sie wolle ihr nichts antun, tatsächlich Glauben. Pia brauchte Zeit zum Untertauchen.

So schnell, wie Gitte mit dem Stoff über dem Gesicht laufen konnte, näherten sie sich der alten Mühle. Ein wunderbares Versteck, fand Gitte. Durch diese dicken Mauern würde man nicht viel hören. Pia zog ihr nun den Pullover samt Seil über den Kopf, sodass der Stoff nur noch ihre Arme zusammenhielt, und jetzt sah Gitte auch, warum. Sie befanden sich hinter einer alten Tür, und dort ging es eine Treppe hinab, offenbar in einen Keller. Unter anderen Bedingungen hätte Gitte das Erforschen dieser uralten Gänge vermutlich genossen.

Nachdem sie die etwa fünfzehn Steinstufen hinabgestiegen waren, ging es durch einen engen kühlen Gang weiter. Vor einer schmalen Holztür, die Gitte übersehen hätte, blieb Pia stehen, holte einen Schlüssel hervor und öffnete die Tür. Schwaches Licht kam von einer nackten Glühbirne an der feuchten Decke.

Gitte schrie leise auf. So wollte sie nicht enden! Vor ihr lag auf mehreren Decken eine Person mit strähnigen langen Haaren und einer erschreckend blassen Gesichtsfarbe. »Ist sie tot?«

»Nein. Es wird ihr bald wieder besser gehen. Ich wollte … Ich wusste nicht … Ich musste das tun. Setz dich bitte auf den Stuhl.« Jetzt erst bemerkte Gitte die Einrichtung des Raumes. Dort standen ein Eimer für die Notdurft und eine Wanne mit Wasser, es gab auch mehrere Wasserflaschen, eine Packung mit Müsli und einen Korb mit Obst. Gitte setzte sich und zog ihren Pullover wieder richtig an. Pia reichte ihr einen Kabelbinder, mit dem sie sich selbst einen Arm an den Stuhl fesseln sollte. »Mach es mir nicht zu schwer, alles andere wird unangenehm«, sagte Pia. Den anderen Arm band Pia fest. Vom Boden, wo die Decken lagen, kam ein leises Stöhnen.

»Was hast du mit ihr gemacht?«

»Ich habe ihr Medikamente gegeben, dann ist es leichter. Ich wollte schon viel eher weg sein, aber es ist so einiges schiefgegangen. Morgen holt man euch hier raus.« Pia machte sich an ihrer Tasche, einem bunten Stoffbeutel, zu schaffen und holte eine Wasserflasche heraus. »Trink das.« Gitte blickte auf die Flasche und auf die schlafende Karen und entschied: »Sicher nicht.«

Pia setzte ihr die geöffnete Flasche an den Mund und bog ihren Kopf nach hinten. Gitte zerrte an ihren Fesseln, was außer Schmerzen nichts einbrachte, und bewegte den Kopf hin und her, bis Pia ihr das rechte Handgelenk umdrehte. Sie drehte so lange, bis Gitte trank, Schluck für Schluck.

»Es ist ein Benzodiazepin und hilft dir, bis morgen durchzuhalten.«

Gitte starrte zu Karen hinüber. »Das, was du mit ihr gemacht hast, sieht aber wenig hilfreich aus. Hast du auch Joris umgebracht? Warum?«

Pia wich zurück, ihre Augen waren weit aufgerissen. »Nein, so war das nicht. Es war ein Unfall. Die beiden haben miteinander gekämpft. Keiner wollte, dass jemand stirbt. Keiner.«

Gitte vergaß für einen Moment lang ihre unbequeme Lage und fragte neugierig weiter: »Wer hat denn gekämpft?«

»Na, Karl und Joris. Schluss jetzt.«

Gitte ließ sich nicht beirren. »Wer hat bei mir im Garten nach dem Zettel von Joris gesucht? Dem Zettel mit dem Namen der Glasbläserin darauf?«

»Das war ich. Joris hatte ihn mir beim ersten Besuch gezeigt und ihn dann in seine Hosentasche gestopft. Es war sein Wegweiser zu Karens Praktikumsstelle. Als in der Zeitung nichts von einer Verbindung zur Glasbläserei stand, hatte ich gehofft, dass sie den Zettel bei der Leiche nicht gefunden haben, weil er ihn gar nicht mehr bei sich hatte.«

»Und warum wurde das Auto der deutschen Familie aufgebrochen?«

Pia lächelte müde. »Leider ist die dänische Polizei nicht sehr gründlich. Ich hatte im Auto ein paar Cannabiskrümmel verstreut und gehofft, dass man sie findet. Der Tod sollte aussehen wie ein misslungenes Drogengeschäft.« Dann war es vermutlich Pia gewesen, die irgendwie dieses Gerücht um Drogengeschäfte in Umlauf gebracht hatte, dachte Gitte. Nur war darauf niemand so recht angesprungen.

Auf einmal sagte das Mädchen scharf: »Schluss jetzt! Ich habe keine Zeit mehr.« Sie fuhr sich mit einer Hand über die Augen, als müsste sie Tränen wegwischen. Gitte nahm noch deutlich wahr, wie Pia sich kurz nach Karen umschaute und schließlich durch die schmale Holztür verschwand und von außen abschloss. Schon wenige Minuten später spürte sie die Augenlider schwer werden, eine ungeheure Müdigkeit überkam sie. Ehe sie wegnickte, merkte sie gerade noch, dass ihr die Hände eingeschlafen waren.

Was sie als Nächstes spürte, waren Hände, die sich an ihren Fesseln zu schaffen machten. Ihre Lider waren noch immer bleischwer, die Zunge klebte ihr unnütz im Mund, und den Kopf konnte sie nur unter Mühen anheben. »Ich muss etwas Scharfes finden, warte einen Moment.«

Es rumorte in dem kühlen Raum, und endlich bekam Gitte ihre Augen auf. Zunächst sah sie nur verschwommen, dann erkannte sie zunehmend Konturen. Der Kellerraum wurde immer noch von der schwachen Glühbirne erleuchtet.

Eine schlanke Gestalt kramte in einer dunklen Ecke herum, dann hörte Gitte einen Triumphschrei, gefolgt von einem Scheppern. Glas zerbrach, und die junge Frau kam mit einer Scherbe zurück. Nun konnte sie den Kabelbinder durchtrennen.

»Jetzt hätte ich eine Waffe gegen dieses Miststück«, erklärte sie und hielt eine Glasscherbe hoch.

»Sie wird nicht mehr wiederkommen«, sagte Gitte und rieb sich mühsam die Handgelenke. »Du bist Karen, oder? Wie lange bist du schon hier?«

Das bleiche Gesicht der jungen Frau schob sich in ihr Blickfeld. Sie schwankte ein bisschen. Dann nahm sie sich eine Banane aus dem Obstkorb und setzte sich auf das Deckenlager, denn es gab nur den einen Stuhl, auf dem Gitte saß. »Ich weiß es nicht, ich habe immerzu nur geschlafen und zwischendurch ein bisschen gegessen. Sie kam ab und zu, hat mir Nahrungsmittel gebracht und den Toiletteneimer ausgewechselt. Das Medikament ist in den Wasserflaschen. Du musst irgendwann was trinken, es geht nicht anders.« Sie zeigte auf die Wanne, in der sich Wasser zum Waschen befand. »In dem Wasser da ist Salz, man kann es nicht trinken.«

Wie perfide, fand Gitte. Ohne Wasser würde man verrückt werden und irgendwann ins Delirium fallen, aber mit dem Wasser sank man in Schlaf. So oder so hatte man immer nur eine kurze Zeitspanne, um sich zu befreien, zumal das Medikament durstig machte, wie sie selbst feststellte.

»Welches Datum haben wir denn?«, fragte Karen. Gitte sagte es ihr und war erschrocken, als die junge Frau plötzlich in heftige Tränen ausbrach. Ihr ganzer Körper bebte. Nur mühsam beruhigte sie sich.

Gitte schleppte sich zur Wasserwanne, ihr Kopf glühte, und sie hatte einen wahnsinnigen Durst. Sie fasste nach einem Waschlappen, der neben dem Wassereimer lag, zog ihn durch das Wasser und legte ihn sich auf das Gesicht. Die Kühle tat gut, sie wurde wacher. »Was ist passiert?«, fragte sie Karen und setzte sich zu ihr. »An was kannst du dich erinnern?«

Karen brauchte mehrere Anläufe, bis sie zusammenhängend erzählen konnte, sie war zu verwirrt und kraftlos. Gitte wartete, bis sie noch etwas Obst gegessen hatte. Unterdessen beruhigte sie Karen, sie erzählte ihr, alle Welt suche nach ihr, sie würden sicherlich in Kürze befreit. »Es kann nicht mehr lange dauern«, sagte sie, »der Kommissar wird als Erstes hier nach mir suchen. Außerdem ist Pia enttarnt. Ich weiß nun, dass sie die frühere Freundin von Joris war, und Frau Papadakis, die Tante von Joris, wird es bestimmt auch dem Kommissar mitteilen.« Sie redete einfach weiter, um Karen in Sicherheit zu wiegen. Und endlich begann Karen, von dem Tag zu berichten, an dem sie in Marielyst angekommen war und die Glasbläserei aufgesucht hatte.

»Ich habe eine Halbschwester, von der ich lange nichts wusste. Vor einigen Wochen haben wir uns getroffen, und sie hat mir erzählt, dass sie vor einem Jahr eine Karte von unserem Vater erhalten habe, abgestempelt in Marielyst.«

Karen erzählte, dass sie keine Ahnung gehabt habe, wo und wie er hier lebte, aber sie besorgte sich eine Praktikumsstelle, um nach ihm zu suchen. »Und dann kam ich zur alten Mühle, und er lief mir einfach über den Weg!«

»Er lief dir über den Weg?«

»Ja, er ist jetzt Landschaftsmaler. Ich habe mich schnell hinter einem Auto versteckt, damit er mich nicht sieht. Ich war total in Panik und wusste nicht, was ich machen sollte. Das ging mir alles zu schnell. Ich bat Pia, mir zu helfen, ich kannte sie ja bereits von der Sprachschule. Jedenfalls wollte ich erst einmal untertauchen. Ich wollte mich auch nicht bei der Glasbläserin sehen lassen, denn was sollte ich ihr bloß sagen? Sorry, aber ich kann das Praktikum nicht machen, mein verschollener Vater lebt gegenüber. Leider hatte mir Ann Brixen die Wohnung besorgt, und so musste ich eine Bleibe finden, bis Joris kam. Jedenfalls wollte ich erst einmal untertauchen, ich brauchte einfach mehr Klarheit. Ich beschloss, auf meinen Freund zu warten und in der Zwischenzeit mehr über meinen Vater herauszufinden. Dann würde ich ihn mit Joris zusammen zur Rede stellen. Alleine hatte ich plötzlich Angst. Ich bat Pia, mir zu helfen, und sie bot mir diesen Unterschlupf an. Hierher käme nie einer, sagte sie, nur die vorderen Räume dienten als Lagerräume. So könnte ich heimlich in sein Atelier, wenn er nicht da war, und seine Wohnung unter die Lupe nehmen. Pia wollte mir helfen, und sie wollte mich auch bei Ann Brixen entschuldigen. Nur leider wusste sie nicht, dass Joris und ich ein Paar geworden waren. Joris hatte vor, es ihr persönlich zu sagen, er wollte anständig mit ihr Schluss machen. Pia muss es dann irgendwie anders erfahren haben, vielleicht hat sie eine Nachricht auf meinem Handy gelesen, oder Joris hat ihr gegenüber eine Andeutung gemacht, ich weiß es nicht. Aber einen Tag, bevor ich mich mit Joris treffen wollte, sperrte sie mich plötzlich ein. Ich war schrecklich wütend und habe sie angeschrien, aber sie sagte nur: ›Morgen lasse ich dich wieder raus, und dann reden wir zu dritt miteinander. Aber ich treffe Joris als Erste, damit das klar ist.‹«

Karen seufzte. Dann fuhr sie fort: »Ich hatte Joris natürlich geschrieben, dass ich meinen Vater wahrscheinlich gefunden hätte, und auch den Namen der Glasbläserei habe ich ihm mitgeteilt. Darum hoffte ich, dass er mich bald befreien würde. In den Wasserflaschen muss Pia dann ein Medikament aufgelöst haben, denn ich schlief plötzlich ganz viel und fühlte mich absolut gleichgültig.« Sie sah Gitte mit Tränen in den Augen an und sagte: »Joris ist tot, und ich bin schuld.«

»Was ist dann passiert?«

Karen sammelte sich und strich sich die dunkelblonden langen Haare aus dem Gesicht. Sie waren strähnig und stumpf, aber sonst sicher glänzend und schön. Karen hatte grüne Augen wie eine Katze und ein apartes Gesicht mit Sommersprossen um die Nase. Allerdings war sie so blass, dass die dunklen Punkte sehr stark hervortraten.

»Am nächsten Abend kam Pia zu mir, war aber total aufgelöst. Sie sagte: ›Schnell, schnell, du musst etwas tun, die bringen sich um. Joris hat Karl angegriffen, weil er denkt, er habe dir etwas angetan.‹ Ich war total schlapp und müde, lief aber so schnell ich konnte die Treppe nach oben. Es musste spät am Abend gewesen sein, denn es war stockdunkel. Pia lief vor mir her, und wir rannten zur Wohnung von Karl, die mit seinem Atelier verbunden ist. Wir kamen zu spät. Karl hielt Joris in seinen Armen. Er rief uns entgegen, es sei ein Unfall gewesen, der Junge habe sich ein Messer geschnappt und habe sich damit aus Versehen selbst verletzt. Er, Karl, habe sich nur gewehrt. Joris muss mit ziemlicher Wucht auf ihn losgegangen sein. Karl beteuerte immer wieder, er wisse überhaupt nicht, was der Junge von ihm wolle, er habe doch gar keine Kinder. Joris dachte wirklich, Karl sei für mein Verschwinden verantwortlich. Ich habe keine Ahnung, was Pia ihm erzählt hat, als er nach mir gefragt hat. Wahrscheinlich wollte sie ihm weismachen, ich wäre niemals in Marielyst angekommen und hätte kein Interesse mehr an ihm. Sie wollte ihn sicher zurückgewinnen.«

»Aber Joris lebte doch zu dem Zeitpunkt noch, oder?« Gitte war erschüttert über das, was sie da hörte. Alle Beteiligten schienen durch eine verhängnisvolle Reihe von Missverständnissen in diese schreckliche Situation geraten zu sein.

»Ja. Er hatte Schmerzen, aber er freute sich wahnsinnig, dass es mir gut ging. Als er nichts mehr von mir hörte, hatte er ja geglaubt, mir wäre etwas Schlimmes passiert. Doch dann richtete sich seine Wut gegen Pia. Er beschimpfte sie ganz schrecklich. Pia weinte und flehte ihn an. Karl stand dabei und flehte auch, aber auf Dänisch, was Pia und Joris nicht so gut verstanden. Er sagte immer wieder, Joris müsse dringend ins Krankenhaus. Endlich erklärte Pia, sie werde Joris nun ins Krankenhaus bringen. Das gehe schneller, als hier auf einen Rettungswagen zu warten. Wir legten Joris vorsichtig auf die Rückbank, und ich setzte mich auf den Beifahrersitz. Doch Pia fuhr gar nicht nach Nykøbing, sondern bog links ab, in den Ort. Ich habe sie angeschrien, dass er einen Arzt braucht, aber sie fuhr einfach weiter, bog ins Wohngebiet ab, fuhr wahllos links, rechts, links. Ich dachte erst, sie kenne dort irgendeinen Arzt, doch plötzlich sagte sie zu Joris: ›Sag ihr, dass Schluss ist und dass du zu mir zurückkommen wirst. Los, sag es ihr.‹«

Karen schluchzte laut auf. »Hätte er es doch nur gesagt! Er hätte ihr im Auto seine ewige Liebe schwören sollen, dann wäre sie bestimmt endlich zu einem Arzt gefahren. So aber wurde er immer schwächer. Er sah so schrecklich blass aus, und seine Stimme wurde immer leiser. Das Letzte, was er sagte, war: ›Ich liebe Karen, ich bin mit ihr verbunden.‹ Ich war noch zu benommen, um viel ausrichten zu können, aber da griff ich Pia ins Lenkrad. Beinahe wären wir gegen einen

Baum geknallt. Aber sie bremste und fasste seitlich ins Fach ihrer Autotür. Und ehe ich mich versah, hatte sie mich mit einem Elektroschocker außer Gefecht gesetzt. Wach geworden bin ich dann erst wieder in diesem Raum in der Mühle. Hier, schau.« Karen schob ihre Haare zur Seite, und man konnte deutlich zwei kleine Brandwunden sehen. Die junge Frau wurde nun zunehmend munterer.

Gitte schüttelte verwundert den Kopf. »Warum macht sie so etwas? Wollte sie die letzten Minuten mit Joris alleine haben? Oder wollte sie ihn umbringen?«

Karen machte ein hoffnungsvolles Gesicht. »Hat er sich noch retten können? Oder ist er wirklich tot?«

Gitte schüttelte behutsam den Kopf. »Nein, er ist tot. Er lag vor meiner Terrasse. Ich vermute, dass er mit letzter Kraft aus dem Auto raus ist und sich zum nächstbesten Haus geschleppt hat, um nach Hilfe zu fragen. Doch mehr hat er nicht geschafft. Als ich ihn fand, war er gerade gestorben. Er muss ein tapferer Mann gewesen sein. Hat Pia dir erzählt, dass er sich Wikingerrunen einritzen ließ, um dir beizustehen? Er ist für dich in einen heldenhaften Kampf gezogen.«

Mit großen Augen sah Karen sie an und hing an ihren Lippen, während Gitte ihr erzählte, was sie alles herausgefunden hatten. Am Ende schlug Karen die Hände vor das Gesicht und weinte. Gitte fragte sich, welche Rolle Karl bei der ganzen Geschichte spielte. Er hatte gewollt, dass Joris ärztlich versorgt wurde. Aber nach dessen Tod hatte er sich nie zu Wort gemeldet, sondern sich in sein Atelier verkrochen und den Harmlosen gespielt. Und Pia hatte einfach weiter bei Ann Brixen in der Werkstatt gearbeitet. Sie hätte Karen doch nicht ewig gefangen halten können!

Gitte ließ Karen eine Zeit lang in Ruhe, doch dann wollte sie mehr erfahren. »Was weißt du eigentlich über Pia? Was hatte sie mit dir vor?«

»Sie wollte mich laufen lassen, sobald sie ihre Flucht fertig geplant hatte. Pia kommt aus sehr reichem Hause und ist ein Einzelkind. Das ist wahrscheinlich auch ein Teil ihres Problems. Sie hat immer alles bekommen, was sie wollte. In ihrer Heimat hat sie Kunst studiert und wollte Glaskünstlerin werden, sie hatte großartige Pläne. Ich denke, dass ihr Vater sie nun irgendwohin ins Ausland bringen lässt. Der von ihr verschuldete Tod von Joris, dazu Freiheitsberaubung – da kommt einiges an Anklagepunkten zusammen.«

Gitte wollte noch etwas ganz anderes wissen. »Wie sicher bist du dir, dass Karl dein Vater ist?«

»Ich weiß es mittlerweile selbst nicht mehr. Er sieht meinem Dad extrem ähnlich, aber es ist auch schon ein paar Jahre her, dass ich ihn zuletzt gesehen habe. Und eine Sache passt gar nicht: Mein Vater war kein Künstler.«

Nun, das könnte sich im Laufe der Jahre geändert haben, wusste Gitte. »Meinst du, er weiß, dass Pia dich hier gefangen hält?«

»Nein. Sie hat mir erklärt, dass sie Karl erzählt habe, als Joris auf dem Weg zum Arzt starb, sei ich ausgeflippt, aus dem Wagen gesprungen und verschwunden. Pia hat Karl in der Hand, sie kann einfach behaupten, Karl habe Joris umgebracht. Es war Karls Messer, das Joris sich spontan geschnappt hat. Es lag in seiner Werkstatt, und es müssten seine Fingerabdrücke daran gewesen sein.«

Der Kommissar würde einige Verhöre zu führen haben, dachte Gitte. Zunächst aber hoffte sie, dass jemand sie bald hier finden würde. Schreie und Rufe hörte hier niemand, ihr Handy hatte keinen Empfang, und sie trug auch keine Uhr und wusste nicht, wie spät es mittlerweile war. Also hockten sich die beiden Frauen erschöpft auf die Decken und warteten. Der Durst wurde immer stärker. Gitte hatte sich umgesehen, Nahrungsmittel und Wasser würden nicht mehr lange reichen, zumal das Wasser sie wieder schwächen würde. Die alte Tür war massiv, sie war schmal, aber aus dickem Eichenholz.

Um auf andere Gedanken zu kommen, fragte sie Karen: »Was hast du vor, wenn das alles vorbei ist? Wirst du nach Lübeck zurückkehren? Du bist in der dänischen Minderheit von Schleswig aufgewachsen, oder?«

»Ja, genau. Ich bin mir nicht sicher, ob ich den Job in Lübeck wieder aufnehmen soll. Vielleicht bleibe ich hier und versuche, in Nykøbing eine Stelle als Lehrerin zu finden. Könnte auch gut sein, dass die Sprachschule mich gar nicht mehr haben will. Ich hatte zugesagt, mich nach zwei Wochen zu melden. Bekommt man mildernde Umstände, wenn man entführt worden ist?« Sie lächelte zum ersten Mal.

»Ja, ich glaube, das ist schon ein ziemlich gutes Alibi«, antwortete Gitte.

Eine Zeit lang schwiegen sie, dann erzählte Karen von Joris.

»Joris' Vater hat im betrunkenen Zustand seine Mutter umgebracht und sitzt deshalb im Gefängnis. Sein Onkel, der Bruder des Vaters, hatte gegen ihn ausgesagt. Als Junge war Joris deshalb wütend, er hasste seinen Onkel, zumal er den wahren Grund für die Verurteilung erst später erfuhr. Doch dann hat er seinen Vater im Gefängnis besucht und war erschrocken, auf einen bösen, verbitterten alten Mann zu treffen. Das war nicht der Vater, den er so vermisst hatte. Von da an wollte er nicht mehr in der Heimat bleiben und ging zuerst nach Deutschland. Für die stolzen Wikinger schwärmte er immer schon, darum wollte er unbedingt zum Onkel nach Dänemark und Frieden mit ihm schließen. Also ging er an die Schule in Lübeck, um Dänisch zu lernen. Ziemlich schnell waren er und Pia, die auch dort Schülerin war, ein Paar. Joris und ich haben uns erst ganz allmählich kennengelernt. Ich war seine Lehrerin, eine solche Liebe war kompliziert und nicht erwünscht. Doch wir entdeckten viele Gemeinsamkeiten, und Joris war so sanft und wissbegierig. Allerdings auch hart und unerbittlich, was seinen Vater anging. Als er erfuhr, dass mein Vater seine kleine Familie um Geld betrogen hatte und einfach abgehauen war, wollte er mir helfen, ihn wiederzufinden. Der Hinweis meiner Schwester, dass mein Vater eventuell in Marielyst lebte, war für Joris eine Aufforderung, etwas zu unternehmen.«

Sie lächelte plötzlich versonnen und sagte nicht ohne Stolz: »Dass Joris sich Wikingerrunen einritzen ließ, passt zu ihm. Was das anging, konnte er sehr theatralisch sein. Er wollte auch in die Religionsgemeinschaft der *Forn Siðr*, der alten Sitte, aufgenommen werden.«

Gitte nickte, das alles hatte sie sich bereits zusammengereimt.

»Er dachte, dein Vater habe womöglich etwas mit deinem Verschwinden zu tun«, sagte sie.

Karen schlang ihre Arme um die Knie, wiegte sich hin und her und sagte: »Ich hoffe sehr, dass Karl nicht mein Vater ist. Denn dann hätte er mich ein zweites Mal im Stich gelassen. Er hat feige bei der ganzen Sache zugeschaut und sich weiterhin versteckt. Das ist erbärmlich.«

Ein wenig verstand Gitte den Landschaftsmaler. Er hatte bestimmt nicht geahnt, dass Karen hier in der alten Mühle gefangen gehalten wurde. Und seine Darstellung der Dinge hätte Joris auch nicht wiederbelebt, sondern nur Probleme aufgeworfen. Karl, der nicht mitgefahren war, konnte nicht wissen, dass Pia sich nicht sofort zum Krankenhaus auf den Weg gemacht hatte. Sie hatte ihm sicher weisgemacht, sie habe sich verfahren und dann in Panik die Leiche einfach irgendwo abgelegt.

Plötzlich hörten sie Stimmen, genauer gesagt, eine Stimme, eine männliche. Ohne sich abzusprechen, sprangen beide Frauen auf und schrien: »Hier sind wir, hier!«

Dann verstummten beide wie auf Verabredung und horchten. Direkt vor der Tür war ein Rumoren zu hören. »Hier ist Ole Ansgaard. Gitte? Bist du da drin?«

»Ja, ich und Karen sind hier. Hol uns bitte raus!«

»Wartet, ich muss eben den Schlüssel suchen.«

»Den hat Pia, die Assistentin deiner Schwester.« So knapp vor ihrer Rettung bekam Gitte plötzlich einen Anfall von Klaustrophobie. Sie musste hier raus! Ihr Durst wurde immer schlimmer, ihr Kopf glühte, und sie musste an sich halten, nicht mit den Fäusten gegen die Tür zu schlagen. Meine Güte, was hatte Karen alles aushalten müssen.

»Nein, hat sie nicht. Pia sagt, der Schlüssel steckt hier rechts in einer Mulde. Ah, ich habe ihn.« Seine Stimme klang dumpf und erleichtert, aber es schwang auch noch etwas anderes mit. Sie war so gepresst.

Beinahe zappelnd wartete Gitte vor der Holztür, während Karen stumm und starr neben ihr stand. Die einzig erkennbare Bewegung fand auf ihrem Gesicht statt, denn dort liefen lautlos die Tränen. Und dann stand er vor ihnen, groß, breitschultrig und mit dunklen Ringen unter den Augen. Mit einem prüfenden Blick musterte er die beiden Frauen und fragte dann Karen: »Kannst du laufen?«

Sie nickte, machte einen Schritt nach vorne und fiel ihm in die Arme. Ole fing sie auf, stöhnte selbst leise auf und bat Gitte, ihm zu helfen. Gemeinsam nahmen sie die erschöpfte Frau in die Mitte und gingen schnell durch den Gang nach draußen. Gitte wunderte sich, dass es oben an der Treppe überhaupt nicht heller wurde, doch draußen war es dunkel, es war mitten in der Nacht.

Mehrere Polizeiwagen und ein Krankenwagen standen auf dem Hof. Karen wurde den Sanitätern übergeben. Gitte lehnte eine Behandlung rigoros ab, sie brauche nur etwas zu trinken, sagte sie. Jemand reichte ihr eine Flasche Cola, und unverhofft blickte sie in das Gesicht von Nils Jansen, der heute offenbar einmal rechtzeitig als Reporter vor Ort war.

»Ole hat mich angerufen. Er meinte, es wäre gut, wenn die Presse bei dieser Aktion dabei wäre. Kluger Mann, der Ole.« Gitte beantwortete ihm einige Fragen, dann marschierte Nils mit seiner Kamera weiter, sichtlich begeistert von der Fülle an

Bildern, die sich ihm bot. Das Haus und die Werkstatt von Karl waren hell erleuchtet.

Und dann stand Gitte unverhofft allein zwischen all den Beamten. Eine ungeheure Müdigkeit überkam sie, sie wollte nur noch nach Hause. Für den Moment war sogar ihre Lust an Abenteuern gedeckt.

Plötzlich war Ann Brixen neben ihr. Gitte wusste, dass die Glasbläserin nicht auf dem Hof wohnte, sie musste mitten in der Nacht hergefahren sein. Ann nahm ihre Hand und sagte: »Gitte, du kommst mit zu mir. Du gehört ins Bett.«

»Kann ich denn einfach so weggehen? Müssen wir niemandem Bescheid geben?«

»Ich sage es einem Beamten. Ole ist stinksauer auf dich, es sei deine Schuld, dass sie nun diesen nächtlichen Einsatz haben. Warum hast du ihm nichts von deinem Verdacht erzählt? Stattdessen bist du zu mir gekommen, und ich schicke dich dann auch noch allein mit Pia los.« Ann schüttelte den Kopf, und Gitte erzählte ihr von dem unglücklichen Anruf von Frau Papadakis. »Hat Ole Pia noch erwischt?«

Ann nickte und öffnete die Beifahrertür ihres Autos, eines alten VWs, der nach Farben roch. »Ja, Frau Papadakis fand deine Reaktion bei eurem Telefonat sehr merkwürdig, und als sie dich auch am Abend nicht erreichen konnte, rief sie bei der Polizei an, um sicherheitshalber dort ebenfalls den Namen von Joris' Freundin Pia durchzugeben. Ole hat sich bei mir gemeldet und dann sofort eine Fahndung nach Pia veranlasst. Den Termin heute Nachmittag mit Karl hatte er vorher schon abgesagt, es ginge ihm nicht so gut, meinte er. Warum, das wollte er mir nicht sagen.«

»Mein Ex-Freund hat ihm am Samstagabend eine Rippe gebrochen, und Ole hatte noch keine Zeit, sich zu schonen. Gestern haben wir zusammen auch noch ein entlaufenes Krokodil eingefangen.« Gitte kicherte nun etwas überdreht.

»Ihr habt eine sehr interessante Beziehung, du und mein

Bruder. Das musst du mir alles später en détail erzählen. Jedenfalls war Ole sofort klar, dass du in Gefahr bist, als ich ihm erzählte, du seist mit Pia zusammen im Auto weggefahren. Zum Glück hat er mir dafür nicht die Schuld gegeben. Er hat dich überall gesucht. Pia haben sie gerade noch rechtzeitig erwischt, sie befand sich bereits auf einer privaten Jacht, die in Richtung Russland unterwegs war. Kein Wunder, dass sie anfangs nur zögerlich zugegeben hat, dass Joris bei ihr in der Glasbläserei gewesen war. Liebe kann echt krank machen, vor allem unerfüllte Liebe.«

Gitte erzählte Ann, was sie in der Nacht alles erfahren hatte, auch über Karl. Ann hörte schweigend zu. Vor einem kleinen weißen Haus hielt sie schließlich an. Gitte hatte nicht auf den Weg geachtet und wusste nicht, wo sie waren, nur einmal hatte sie einen Wegweiser zum Bøtø-Nor-Vogelschutzgebiet gesehen.

Ann führte sie ins Haus und zeigte ihr als Erstes das Badezimmer. Sie gab ihr ein langes T-Shirt für die Nacht, ein Handtuch, einen Waschlappen und sogar eine neue Zahnbürste. Gitte freute sich auf das Bett wie ein Kind auf seinen Geburtstag. Sie betrat das kleine heimelige Wohnzimmer mit den dicken weißen Teppichen und erstarrte. Nicht, weil überall überwältigend schöne Glasobjekte herumstanden, sondern weil direkt am Eingang ein großer Glaskasten mit einigen Bowiemessern zu sehen war. Sie drehte sich zu Ann um, die eine Tasse Kakao für Gitte bereithielt.

»Hast du gewusst, dass Joris ein Bowiemesser im Bauch hatte?«

»Nein. Ich wusste nur von einem Messer. Ich sammle sie seit ein paar Jahren.«

»Hat Karl so ein Messer von dir bekommen?«

Ann setzte sich und schob Gitte einen Stuhl hin. »Ja, er hat es mit mir getauscht. Ich bekam ein kleines Bild dafür, es hängt bei mir im Schlafzimmer. Willst du damit sagen, mein

Bowiemesser ist für den Tod dieses jungen Griechen verantwortlich? Das ist ja furchtbar.«

»Weiß dein Bruder davon?« Gitte nickte zu der Messersammlung hinüber.

»Nein, er war ja seit langer Zeit nicht mehr hier. Die Messer besitze ich erst seit drei Jahren, als ich Urlaub in Kanada machte. Hätte er mich mal früher besucht, dann wären wir zumindest Karls trauriger Rolle in dem Spiel eher auf die Spur gekommen. Ich glaube ihm allerdings. Karl ist kein Draufgänger oder gar ein Mörder, seine Lebensstrategie ist der Rückzug. Man hat ihm übel mitgespielt. Zudem hätte er gar kein Motiv. Er wird sich wohl tatsächlich gewehrt haben, und das ist Joris zum Verhängnis geworden.«

Gitte trank in kleinen Schlucken von ihrem Kakao. Er tat gut, rann wohlig warm und süß durch die Kehle. »Er hätte eine Aussage machen müssen.«

Ann hob langsam die Schultern und ließ sie fallen. »Ja, sicher. Hätte er. Aber Leute wie er, die aus einem alten Leben verschwinden wollten, möchten nichts mit der Polizei zu tun haben. Er konnte nicht ahnen, dass Pia schlussendlich für den Tod von Joris verantwortlich war oder dass Karen von ihr in der alten Mühle festgehalten wurde.«

In dem Moment klingelte das Telefon. Es war zwei Uhr in der Nacht. Ann ging an ihr Handy und schaltete den Lautsprecher ein. Es war ihr Bruder, der Kommissar. »Sag mir, dass du Gitte mitgenommen hast und sie gefesselt in deinem Gästebett liegt.«

Beide Frauen schmunzelten verschwörerisch. »Ja, sie ist bei mir und trinkt artig ihren Gutenachtkakao. *Tillykke med fødselsdagen*, mein Lieber«, gratulierte sie ihrem Bruder zum Geburtstag, und Gitte rief etwas Ähnliches in den Hörer.

»Pia hat ein ausführliches Geständnis gemacht, ich muss nun noch ein paar andere Leute verhören«, sagte Ole unbeeindruckt. Beide wussten, dass er von Karl sprach, und schwiegen. »Ich komme morgen im Laufe des Vormittags vorbei, lass sie nicht weggehen, versprich mir das.«

Gitte beugte sich zum Apparat vor und sagte: »Lieben Dank, dass du mich gerettet hast, ich werde hierbleiben, versprochen. Schlaf gut.«

»Schlafen? Mach dich nicht lustig«, brummte er und legte auf.

Das Faszinierende an Anns Wohnung waren die Farben. Die Wände, die Teppiche und auch die Couch waren weiß oder beige. Aber überall standen hohe bunte Vasen, kleine Schälchen, hingen Fensterbilder in satten Tönen, und eine hellblaue Obstschale schmückte den Holztisch. Gitte blickte sich bewundernd um und fragte dann nach ihrem Zimmer. Sie schlief in einem kleinen Raum, den Ann auch als Büro nutzte. Es lagen einige Zeichnungen auf dem kleinen Schreibtisch. Das Bett war eine ausziehbare Couch. Mit schnellen Handgriffen hatte Ann ihr ein bequemes Lager bereitet, und Gitte fiel gleich in einen tiefen Schlaf.

Sie erwachte, als ihr Handy klingelte. Es zeigte nicht nur eine schwache Akkuleistung, sondern auch einen Anruf von Larstsen an. Den hatte sie komplett vergessen. Natürlich zeigte er Verständnis dafür, dass sie erst gegen Mittag bei ihm auftauchen würde. »Ich würde dir ja ganz freigeben, aber ich möchte noch heute die gesamte Geschichte hören.«

Später saßen sie zu dritt am Frühstückstisch, Ann, ihr Bruder Ole und Gitte. Ann hatte besonders festlich gedeckt und auch ein kleines Geschenk für ihren Bruder neben seinen Platz gelegt. Ole hatte Brötchen mitgebracht, doch er sah furchtbar aus. Die Ringe um seine geröteten Augen waren dunkler geworden, und er wirkte, als habe er Fieber. Die hohen Wangenknochen glänzten rot. Er hatte sich zwar irgendwo frisch rasiert, doch der Kragen seines Hemdes schimmerte speckig.

Gitte fiel auf, dass er so stoßweise redete, als wäre er schnell gelaufen. Doch erst als Ole unerwartet seitlich von seinem Stuhl rutschte und von Ann nur mühsam gehalten werden konnte, begriff sie, wie angeschlagen er war. Vielleicht hatte er durch den Rippenbruch eine Lungenquetschung oder etwas Ähnliches erlitten.

Ann fühlte seine Stirn und sagte erschrocken: »Er glüht ja. Wir sollten einen Krankenwagen rufen.«

Ole zuckte zusammen und sagte leise: »Keinen Krankenwagen, ich brauche nur Schlaf.«

»Den bekommst du, keine Sorge.« Ann zögerte nicht lange und wählte den Notruf.

Es war halb drei Uhr am Nachmittag, als Gitte endlich bei ihrem Chef auftauchte. Der strahlte sie an: »Gitte, du bringst Abenteuer und Aufregung in unseren kleinen Ort. Doch wenn ich daran denke, dass dich ausgerechnet ein spektakulärer Unglücksfall in meinen Laden gebracht hat, wundert es auch wieder nicht. Du hast so eine Aura. Setz dich und erzähl mir alles.«

»*Bare rolig*, keine Sorge, du sollst ja alles erfahren. Aber ich brauche erst einen starken Kaffee.« Die nächste halbe Stunde verbrachte Gitte damit, Larstsen eine Zusammenfassung der Ereignisse zu geben.

Danach machte Larstsen seinem Erstaunen Luft. »Ich finde es unglaublich, dass diese Pia so lange unbemerkt eine Frau in der alten Mühle verstecken konnte.«

»Mitunter ist das Offensichtliche die beste Tarnung. Es sollten eigentlich nur ein paar Tage werden, aber Pias Vater wurde sehr krank, und so haben sich die Vorbereitungen für ihre Flucht verspätet. Er hat wohl eine Menge geschäftliche Kontakte zu den Russen. Pia wollte Künstlerin werden, und als Künstlerin kannst du überall arbeiten und untertauchen – siehe Karl.«

Larstsen nickte eifrig. »Genau. Was stimmt mit dem Mann nicht? Ist er nun der Vater von Karen?«

»Hundertprozentig ist das nicht geklärt, aber wahrscheinlich sagt er die Wahrheit. Er sei wegen einer Suchterkrankung vor vielen Jahren von seinem Bruder unter Betreuung gestellt und dann um sein Erbe betrogen worden. Einige Jahre später habe er dann die Ähnlichkeit mit seinem Bruder ausgenutzt und dessen Unterschrift gefälscht. Damit hat er dann einen nicht unerheblichen Betrag vom Konto seines Bruders abgehoben und ist verschwunden. Das ist zwar ein paar Jahre her, aber noch nicht verjährt.«

Larstsen grinste: »Auch eine Form von Selbstjustiz, nachvollziehbar, aber strafbar. Er wird nun wohl einige Unannehmlichkeiten bekommen, nehme ich an.«

Gitte nickte. Sie wusste, dass Ann Brixen den Künstler unterstützen wollte. Zwar wurde Joris beim Angriff auf Karl schwer verletzt, doch er hätte eine Chance gehabt, wäre er rechtzeitig behandelt worden. Aber natürlich hätte der junge Grieche nicht gleich mit einem Messer auf den Mann losgehen dürfen.

Am nächsten Nachmittag fuhr Gitte ins Krankenhaus nach Nykøbing, um zwei Besuche zu machen. Als Erstes fragte sie nach dem Zimmer von Karen Milasen, die sich hier im Krankenhaus ein paar Tage ausruhen sollte. Sie hatte körperlich und seelisch einiges durchgemacht.

Karen strahlte, als Gitte ihr Zimmer betrat. Nachdem sie ein paar Erinnerungen an die Ereignisse ausgetauscht hatten, fragte Gitte sie: »Weißt du, ob dein Vater einen Bruder hatte?«

Karen legte die Stirn in Falten und dachte nach. Ihr Gesicht erschien inzwischen etwas voller und weniger blass. »Ja, aber zu dem hatte er kaum Kontakt. Er sei ein Alkoholiker, hat meine Mutter immer gesagt. Sie hatte ihn auch nur ein- oder zweimal getroffen.«

»Hast du Karl eigentlich mal deinen Nachnamen gesagt?«

Jetzt guckte Karen verblüfft auf ihre weiße Bettdecke. Sie sagte langsam. »Nun, als ich ihm in der Nacht gegenübertrat, ging es ja recht hektisch zu. Ich habe zu ihm gesagt, ich sei Karen, seine Tochter, und ob er sich nicht an mich erinnere. Meinen Nachnamen hielt ich nicht für notwendig, ein Vater würde doch seine Tochter nach über zehn Jahren noch erkennen. Ich war dreizehn Jahre alt, als er verschwand.«

Gitte fand durchaus, dass Mädchen sich noch sehr verändern konnten, aber das war jetzt egal. »Und Joris? Hat er Karl deinen vollen Namen genannt?«

»Ich weiß es nicht. Joris hat meinen Namen sowieso ständig falsch ausgesprochen. Worauf willst du hinaus?«

Gitte wartete einen Moment und ließ die Bombe dann platzen: »Ich glaube, dass Karl der Bruder deines Vaters ist und somit dein Onkel. Das würde die Ähnlichkeit mit deinem Vater erklären. Dein Vater hat auch ihm einst übel mitgespielt. Karl war damals tatsächlich Alkoholiker. Vielleicht weiß er sogar, wo sich sein Bruder, also dein Vater, aufhält. Du wirst sehen, du findest deinen Vater noch.«

Im nächsten Krankenzimmer, dem Zimmer von Ole Ansgaard, hörte Gitte dann genau diesen Satz selbst. »Du wirst sehen, du findest ihn noch«, sagte auch der sichtlich angeschlagene Kommissar und meinte damit Gittes Vater. »Du verfolgst und hetzt wirklich auch den letzten Verbrecher aus seinem Versteck. Wo hast du nur diese fast schon kriminelle Ausdauer her?«

»Vielleicht von meinem Vater, aber ich hoffe sehr, dass er selbst kein Verbrecher ist. Wie geht es dir?«

Ole richtete sich in seinem Bett auf und antwortete: »Besser. Die haben hier tolle Medikamente, tut kaum noch weh. Ich habe mir doch tatsächlich durch dieses ständige vorsichtige Atmen eine schwere Lungenentzündung eingefangen. Das

Bandagieren des Brustkorbes durch meinen Trainer hat angeblich dazu beigetragen und natürlich die Krokodiljagd bei Dauerregen. Über den Einsatz am Montag möchte ich lieber nicht reden, sonst werde ich ausfallend. Aber eine interessante Information habe ich noch für dich. Der Spruch in dem Kondolenzbuch, ›wir sehen uns in Walhalla‹, der stammte von Karl, dem Maler. Er wollte dem Jungen etwas auf die letzte Reise mitgeben, einen Trost, denn ganz unschuldig fühlte er sich nicht.«

Gitte dachte bei sich, dass sie recht gehabt hatte. Den Satz hatte tatsächlich jemand geschrieben, der am Tode von Joris beteiligt gewesen war. Sie wechselte das Thema.

»Mein Nachbar Erik möchte ein Abschiedsgrillen veranstalten und dabei auch den Abschluss unseres Falls feiern. Übermorgen am frühen Abend. Schaffst du das? Es kommen alle, Julia und Michael Heilmann, Timon, der Cousin von Joris, Ann und Tante Stine mit ihrer Bäckersfreundin Sofie. Die bringt dann auch das Brot mit.«

»Schau mich an, wie soll das gehen? Erst heute Morgen ist das Fieber gesunken, und ich …«

»Malthe kommt auch, er bringt die Würstchen mit.«

Ole Ansgaard richtete sich mühsam im Bett auf und setzte ein tapferes Gesicht auf. »Na gut, eventuell komme ich für ein, zwei Stündchen.«

Und er hielt Wort. Am Freitagnachmittag strahlte die Sonne von einem nur leicht bewölkten Himmel. Gitte hatte mit Erik zusammen ihren Gartentisch an den seinen gestellt, und so hatten alle Gäste an einer langen Tafel Platz. Sofie hatte eine Menge Brot und Baguettes mitgebracht, Malthe spendierte die Würstchen, und Timon strahlte stolz, als er eine große Schale Tzatziki und eine weitere Schale mit Hirtensalat auf den Tisch stellte. Tante Stine erschien in einem grünen wallenden Gewand und machte ein wichtiges Gesicht, als sie Erik, dem

Gastgeber, eine Schale mit dänischem Brotsalat und zwei Flaschen Weißwein mit den Worten überreichte: »Der Wein ist von der Insel Bornholm. Es ist ein Lille Gadegård. An deiner Stelle würde ich ihn mit nach Hause nehmen, statt ihn nun dieser Meute vorzusetzen.«

Erik hatte auch eine Menge Steaks besorgt und fühlte sich am Grill sichtlich wohl. Julia und Michael Heilmann brachten ihre beiden Kinder mit, die sich sofort zu Gittes Schildkröte auf die Wiese setzten. Ihr Beitrag zum Grillfest bestand aus einer großen Schale Herrencreme. Ein echtes Dessert aus dem Münsterland, stellte Gitte begeistert fest. Das deutsche Ehepaar erzählte mühsam, aber lustig in einem Gemisch aus Deutsch und Englisch, was sie alles in der dänischen Werkstatt erlebt hatten, als sie das Schließsystem ihres Autos reparieren ließen. »Die haben tatsächlich erst geglaubt, wir hätten unser Auto gestohlen!« Julia stemmte empört die Hände in ihre Hüften.

Ann und Ole erschienen ein wenig später als die anderen und fuhren mit Anns Auto vor. Ole machte noch immer einen angeschlagenen Eindruck; als er aus dem Auto stieg, war sein Gesicht trotz der Sonnenbräune blass. Das Bier, um das er bat, verbot ihm seine Schwester strikt. »Du nimmst Antibiotika, das verträgt sich nicht mit Alkohol, mein Lieber.« Und zu Gitte und Erik gewandt ergänzte sie: »Er darf zwei Stunden bleiben, dann muss er zurück ins Bett. Die Lungenentzündung ist noch nicht ausgeheilt.«

Ole verdrehte die Augen und begrüßte alle betont munter, Gitte nahm er kurz in den Arm. Zu kurz, fand sie. Er roch so gut, nach einem würzigen Rasierwasser und nach frisch gewaschener Wäsche. Sie aßen vergnügt und besprachen die jüngsten Ereignisse, wobei Tante Stine gleich mehrfach vorwurfsvolle Blicke an Gitte richtete.

Oles Einsatz in der ereignisreichen Nacht wurde entsprechend gewürdigt, was einige zum Anlass nahmen, ihn nach seinem Befinden zu befragen. Er winkte tapfer ab, doch Ann schimpfte, dass ihr Bruder seinen Aktionismus dieses Mal deutlich übertrieben habe. »Er hat mit einem Rippenbruch einfach weitergearbeitet, nicht richtig durchgeatmet, dann bei Regenwetter ein Krokodil eingefangen und nachts Geiseln befreit. Das musste ja schiefgehen. Seinen Geburtstag hat er schließlich mit hohem Fieber im Krankenhaus verbracht. Und fit ist er noch lange nicht.« Über Karl sprachen sie an diesem Abend so wenig wie möglich, aus Rücksicht auf Ann und ihre Beziehung zu dem Landschaftsmaler.

Später, als Gitte mit Ole zusammen ihre Schildkröte ins Haus brachte und sie eine kleine Weile auf ihrer Veranda standen, erzählte er ihr, dass Karl tatsächlich der Bruder von Karens Vater war. »Karen und Karl haben sich im Krankenhaus getroffen, und Karl hat sehr offen mit seiner Nichte gesprochen. Wenn du mich fragst, hat er jetzt endlich mal Mut bewiesen.«

Gitte nickte. »Immer, wenn ich an diese Ereignisse zurückdenke, möchte ich an der Uhr drehen. Es ist alles eine so unglückliche Verkettung von Missverständnissen gewesen, dass man am liebsten jeden Beteiligten retten möchte, vor allem natürlich Joris. Sein Tod erscheint mir so sinnlos.«

Ole stimmte ihr zu. »Mit dieser Schuld muss Pia nun leben. Sie hätte ihn wahrscheinlich retten können. Übrigens zeigt sie sich absolut kooperativ. Sie hat Joris auf ihre eigennützige Art wohl sehr geliebt. Unglücksfälle erscheinen uns meist sinnlos, weil wir sie so schlecht verarbeiten können.«

»Denkst du an deine Frau?«

»Ja, sehr oft. Ich habe auch einiges zu verarbeiten, Gitte Madsen.« Er strich ihr sanft über die Wange und das Kinn, dann verweilte seine Hand kurz in der Luft. Schließlich wandte er sich ab und winkte seiner Schwester zu, dass sie nun fahren könnten.

Am Himmel war plötzlich eine Sternschnuppe zu sehen, und Gitte sprach leise einen Wunsch aus, bevor sie zu ihren neuen Freunden zurückkehrte.

Danksagung

Als Erstes möchte ich mich bei meinem Agenten, Dirk Meynecke, bedanken, der mich von der ersten Idee an begleitet und wunderbar beraten hat.

Nina Wegscheider vom Ullstein Verlag danke ich für das Vertrauen, für das erste strukturelle Lektorat, für die guten Gespräche und ihr Engagement für das Dänemarkprojekt.

Mein Bruder Andreas Schwienhorst und seine Frau Judith verdienen hier Erwähnung: Sie sind die treuesten Dänemark-Urlauber, die man sich vorstellen kann, und liefern immer wieder gute Ideen und interessante Details aus ihrem Lieblingsland.

Ich danke Uta Rupprecht, meiner Lektorin, die mich schon so lange begleitet und sich auch dieses Mal wieder hilfreich und professionell um meinen Text gekümmert hat. Ihr danke ich ganz besonders für die gute Arbeit.

Und ich danke meinem Mann Michael, der sich als Informatiker tapfer durch meine belletristischen Texte schlägt. Als Erstleser fand er so manchen logischen Fehler. Ihm fällt es auf, wenn ein Auto mal blau beschrieben wird und dann mit rotem Lack auftaucht.

Dem Ullstein Verlag danke ich für die gute Zusammenarbeit in allen Bereichen und vor allem für das tolle Cover!

Doch am wichtigsten sind Sie, liebe Leser. Danke für das Interesse an meinem Buch!